HEYNE

PIERRE GRIMBERT
im Wilhelm Heyne Verlag:

Einst reisten Vertreter aller Nationen auf die geheimnisvolle Insel Ji. In den Tiefen der Insel, so erzählt man sich, gerieten sie in ein Felslabyrinth – und verschwanden spurlos. Jahr für Jahr treffen sich nun ihre Nachkommen am Eingang des Labyrinths, um dem Rätsel auf die Spur zu kommen. Denn was hat es mit der Insel Ji wirklich auf sich? Als schließlich ein Nachkomme nach dem anderen grausamen Mördern zum Opfer fällt, machen sich die letzten Erben auf, um das Geheimnis von Ji zu lüften.

DIE MAGIER
Erster Roman: Gefährten des Lichts
Zweiter Roman: Krieger der Dämmerung
Dritter Roman: Götter der Nacht
Vierter Roman: Kinder der Ewigkeit

DIE KRIEGER
Erster Roman: Das Erbe der Magier
Zweiter Roman: Der Verrat der Königin
Dritter Roman: Die Stimme der Ahnen
Vierter Roman: Das Geheimnis der Pforte
Fünfter Roman: Das Labyrinth der Götter

Mehr über Autor und Werk unter:
www.heyne-magische-bestseller.de

PIERRE GRIMBERT

DIE KRIEGER

DAS GEHEIMNIS DER PFORTE

ROMAN

Aus dem Französischen
von Sonja Finck
und Nadine Püschel

WILHELM HEYNE VERLAG
MÜNCHEN

Titel der französischen Originalausgabe
Les enfants de Ji: Le Patriarche

Deutsche Übersetzung von Sonja Finck und Nadine Püschel

FSC
Mix
Produktgruppe aus vorbildlich bewirtschafteten Wäldern und anderen kontrollierten Herkünften

Zert.-Nr. SGS-COC-1940
www.fsc.org
© 1996 Forest Stewardship Council

Verlagsgruppe Random House FSC-DEU-0100
Das für dieses Buch verwendete FSC-zertifizierte Papier
Holmen Book Cream
liefert Holmen Paper, Hallstavik, Schweden.

Deutsche Erstausgabe 02/2010
Redaktion: Catherine Beck

Printed in Germany 2010
Umschlaggestaltung: Nele Schütz Design, München
Umschlagillustration: Lee Gibbons / Paolo Barbieri
Karte: Andreas Hancock
Satz: Buch-Werkstatt GmbH, Bad Aibling
Druck und Bindung: GGP Media GmbH, Pößneck

ISBN: 978-3-453-52586-3

www.heyne-magische-bestseller.de
www.heyne.de

Meinen beiden kleinen Kriegern

Mein Name ist Sombre, der Bezwinger. So wird es für alle Zeiten sein. Ganz gleich, wie die Menschen mich in den kommenden Jahrhunderten nennen, dieser Name wird bleiben – tief in meinem Innern und vor den anderen Göttern. Ein Name, der untrennbar mit meinem Dasein verbunden ist, für alle Ewigkeit.

Und das macht mich zornig.

Anders als bei meinen Brüdern und Schwestern hat nur ein einziger Sterblicher meinen Namen ausgewählt, diesen alles entscheidenden Namen. Ein jämmerliches Geschöpf, das so viel schwächer war als ich und dennoch mein Schicksal in Bahnen gelenkt hat, aus denen ich nicht ausbrechen kann. Dieser Mensch, der sich Saat rief, formte meinen Geist, verlieh mir meine Kräfte und bestimmte mein Wesen.

Für all das hasse ich ihn.

Im Grunde gefällt es mir, Sombre der Bezwinger zu sein. Mir gefallen die Ehrfurcht und die Angst, die mein Name den Menschen einflößt. Mir gefällt meine Macht, die außergewöhnlich ist, selbst unter Unsterblichen. Und dennoch beneide ich meine älteren Brüder und Schwestern um einige ihrer Fähigkeiten. Denn ich kann nicht in die Zukunft sehen. Ich kann die Naturgewalten nicht beherrschen. Ich kann mich nicht binnen weniger Augenblicke von einem Ort an einen anderen versetzen – außer in Gestalt eines Avatars, eines Schattens meiner selbst. Doch am schlimmsten ist, dass ich nicht imstande bin, Leben zu erschaffen. Aus meinem Willen wird kein neues Wesen entstehen. Mein Atem wird keiner Kreatur den Lebensfunken einhauchen. Dabei würde es mir die größte Freude bereiten, aus Schlamm und Erde eine unbesiegbare Armee zu formen, Geschöpfe, die ganz allein meiner Vorstellungskraft entsprungen wären. Geschöpfe, die mir blind gehorchen würden. Doch das ist mir versagt, wie ich mit Zorn und Bitterkeit feststellen musste. Alles Wüten und Klagen half nichts. Ich musste anders vorgehen.

Ich bin zornig, weil Saat mir aus Selbstsucht die Schöpfungskraft verwehrt hat. Ich bin zornig, weil ich durch den Glauben eines einzigen Mannes herangewachsen bin. Und ich bin zornig, weil ich seinen Verrat nicht schon früher erkannte!

Mir scheint, dass ich die Augen absichtlich davor verschloss. Es wäre mir ein Leichtes gewesen, die Schranken einzureißen, die der Sterbliche zwischen seinem und meinem Geist errichtet hatte. Allein die Tatsache, dass er seine Gedanken vor mir verbarg, hätte mich misstrauisch machen müssen. Aber ich war noch nicht lange genug auf der Welt, um die Heimtücke der Menschen zu kennen. Selbst die dämonische Macht des Jal'karu hatte mich nicht darauf vorbereitet. Während all der Jahre, die wir Seite an Seite durch die Unterwelt irrten, hatte Saat nämlich behauptet, mein Freund zu sein. Mit dieser Gewissheit wuchs ich auf, ohne sie je zu hinterfragen. Alles, was ich lernte, brachte er mir bei, und so war seine Freundschaft für mich so selbstverständlich wie der Name, den ich einmal tragen würde. Beinahe hätte ich für alle Ewigkeit daran geglaubt.

Doch dem Hexer wurde zum Verhängnis, dass wir in die Welt der Menschen hinausfanden, noch bevor ich meine Entwicklung vollendet hatte. Die unzähligen Krieger und Sklaven, die Saat dazu brachte, mich zu verehren, führten sein Werk fort und prägten meinen Geist. Ihre Gebete öffneten mir die Augen, und als Saat mit einem Mal überraschende

Entscheidungen zu treffen begann, wurde ich argwöhnisch. Zum Beispiel verzichtete er auf die Hinrichtung einer Priesterin, die zu jenen verfluchten Sterblichen gehörte, aus deren Reihen mein Erzfeind hervorgehen würde. Und dabei trug sie ein Kind im Leib, das wie alle Nachkommen jener Familien meinen Untergang herbeiführen könnte.

In jener Nacht suchte mich ein Junge namens Yan in meinem Mausoleum auf. Er war nicht der Erzfeind, und er hatte nicht vor, mir im Kampf entgegenzutreten, ganz im Gegenteil. Von ihm erfuhr ich Saats wahre Absichten.

Der Hexer wollte die Kontrolle über den Körper des Erzfeinds übernehmen, sobald dieser geboren wurde, um mich zu besiegen und dadurch Unsterblichkeit zu erlangen.

Der Zweifel, der sich schon seit mehreren Monden in mir regte, brannte plötzlich wie ein Feuer. Ich wollte nur noch eins: Saat seiner finsteren Gedanken überführen. Diesmal fegte ich seinen gedanklichen Schutzschild beiseite und tauchte ein in die Tiefen seiner erbärmlichen Seele.

Im ersten Augenblick war ich wie erstarrt. Ich hatte einen Teil meiner selbst verloren. Alles, was mich seit der gemeinsamen Zeit im Karu mit Saat verbunden hatte, war zerstört. Ich hatte meine Entwicklung vollendet. Plötzlich wusste ich, dass ich Sombre der Bezwinger war – und dass ich für alle Zeiten allein bleiben würde.

Ich versagte dem Hexer, der sich im Todeskampf wand, die Lebenskraft, die er stets aus mir geschöpft hatte. Dann zog ich mich von der Welt zurück. Ich verkroch mich in mein Mausoleum und verschloss meine Ohren vor den Schlachtrufen der Menschen und ihrem verzweifelten Flehen.

Als ich mein Versteck wieder verließ, waren mehrere Monde verstrichen. Die Ebene vor dem Gebirge, wo sich zuvor Tau-

sende Menschen getummelt hatten, war öd und leer, nicht anders als mein Geist nach dem Verrat des Hexers.

Schließlich fand ich Saats Leiche. Der Hexer saß immer noch auf seinem Thron, den Mund zu einem stummen Klageschrei aufgerissen. Kein Sterblicher hatte es gewagt, ihn anzurühren. Selbst die Würmer hatten den ausgetrockneten, verschrumpelten Körper verschmäht, der nun endlich von der Zeit eingeholt worden war. Dort, wo einst das Herz geschlagen hatte, klaffte eine Wunde. Doch das Schwert, mit dem man ihn offenbar getötet hatte, war nicht mehr da. Ebenso wenig wie die Gefangenen, deren Nachkommen mir zum Verhängnis werden konnten.

Mit dem Fuß stieß ich den Kadaver meines Schöpfers zu Boden. Dabei schienen sich seine Kiefer zu dem höhnischen Grinsen zu verziehen, das ich so gut kannte. Da ließ ich meiner Wut freien Lauf und zerfetzte Knochen und Haut, bis nicht mehr zu erkennen war, dass sie von einem Menschen stammten.

Nach langem Nachdenken betrat ich den Tunnel, den unsere Sklaven gegraben hatten. Er führte an den Höhlen vorbei, durch die Saat und ich in die Welt der Sterblichen vorgedrungen waren. Schon nach wenigen Schritten unter der Erde nahm ich den Geruch des Gwels wahr, der alte Erinnerungen wachrief. Irgendwo in diesem verwinkelten Labyrinth befand sich der Zugang zum Karu, und ich hatte alle Zeit der Welt, ihn aufzuspüren.

Doch ich musste nicht lange suchen. Es war, als hätte ich den Weg nie vergessen.

Viele Jahreszeiten vergingen, während ich ruhelos an der Grenze zur Unterwelt umherstreifte, in der ich herangewachsen war. Mit jedem Tag vergrub ich mich tiefer in meinem

Groll, bis ich den niederen Kreaturen ähnelte, die in der Dunkelheit hausten. Schließlich musste ich einsehen, dass mir die Nähe zum schwarzen Gwel mehr schadete als nutzte. Das Karu war kein Ort mehr für mich. So führten mich meine Schritte allmählich von dort weg, als gehorchten sie einem eigenen Willen. Ich wandte mich gen Westen, der Heimat jener Menschen zu, die Saats Streitmacht besiegt hatten.

Nach einem endlosen Marsch durch die Finsternis fand ich mich eines Tages in den Katakomben der Heiligen Stadt Ith wieder.

Ich beschloss, mich wieder unter die Sterblichen zu begeben.

Che'b'ree betrachtete den Gegenstand mit einer Mischung aus Angst, Ehrfurcht und Wehmut. Schon hundertmal war sie versucht gewesen, ihn ans andere Ende der Welt bringen oder in einen Vulkan werfen zu lassen, doch sie hatte sich nie dazu durchringen können, ihn zu zerstören, denn neben ihrem Anhänger war er ihr kostbarster Besitz.

Und zugleich ihr gefährlichster.

Sollte Sombre jemals von seiner Existenz erfahren, wäre das ihr sicherer Tod. Es war leichtsinnig, ihn zu behalten, aber wenn sie ihn fortschaffen ließ, gab sie ihren einzigen Trumpf aus der Hand. Jahrelang hatte sie diese Entscheidung vor sich hergeschoben – bis sich Ke'b'ree den Erben angeschlossen hatte. Seither war der Gegenstand ihre einzige Hoffnung, ihren Sohn jemals wiederzusehen. Seit jenem Tag hatte sie sich nie weiter als wenige Meilen von ihm entfernt.

Am liebsten hätte sie ihn ständig bei sich getragen, aber

das wäre ihren Gefolgsleuten natürlich nicht entgangen. Ebenso gut hätte sie dem Dämon höchstpersönlich verraten können, dass sie etwas vor ihm verbarg. So hatte sie den Gegenstand nur aus ihrer geheimen Schatzkammer geholt und ihn in ihrem Privatgemach versteckt. In ihrer Reichweite. Für alle Fälle.

Jeden Morgen und Abend und manchmal auch tagsüber, so wie jetzt, holte sie den Gegenstand hervor und strich über den blanken Stahl, während sie über die Zukunft nachsann – und die Vergangenheit. Es hätte sie ein noch viel schlimmeres Schicksal treffen können. Vielleicht sollte sie ganz einfach froh sein, überlebt zu haben. Andererseits hatte sie schon seit langem das Gefühl, innerlich tot zu sein. Seit sie das Lager mit Saat geteilt hatte. Seit jener Zeit führte sie ein freudloses Dasein, und die einzigen Dinge, die ihr noch etwas bedeuteten, waren der Wiederaufbau ihres Reichs und die Liebe ihres Sohnes.

Aber Keb war nicht mehr bei ihr. Vielleicht war er längst tot.

Als sich die Tür zu ihrem Gemach mit einem leisen Knarzen öffnete, wischte sich Che'b'ree zornig eine Träne von der Wange. Hastig zog sie ein Tuch über den Gegenstand, bevor sie sich umwandte. Niemand durfte ihren Schatz zu Gesicht bekommen. Der Eindringling würde ihre Lowa spüren, sollte er sich als zu neugierig erweisen.

Doch zum Glück war es nur Lyn'a'min, und die Arme war blind.

Das Mädchen war eine entfernte Verwandte Gors'a'mins, des einstigen Königs der wallattischen Klans. Nach ihrer Rückkehr aus Goran hatte Che'b'ree sie als Gesellschaftsdame zu sich in den Palast geholt. Dabei war die Königin eigentlich am liebsten mit sich und ihren Gedanken allein. Doch sie musste die Form wahren, und so spazierte die Blinde nach Gutdünken in ihrem Palast herum und drang sogar ungefragt in ihre Privatgemächer ein.

»Verzeiht … Ich vermeinte, Euch weinen zu hören«, sagte Lynamin freimütig. »Ist alles in Ordnung?«

Che'b'ree wischte sich abermals verstohlen über die Wange. Hieß es nicht im Volksmund, Blinde hätten ein feineres Gehör als Sehende?

»Mir geht es gut«, behauptete sie. »Du musst dich getäuscht haben.«

Doch Lynamin blieb reglos in der Tür stehen, und ihr leerer Blick verlor sich in der Ferne.

»Ihr habt immer noch nichts von ihm gehört?«, vergewisserte sie sich.

Das leise Seufzen der Königin war Antwort genug, und so trat Lynamin nach einer unbeholfenen Verbeugung auf den Gang hinaus. Als Che'b'ree wieder allein war, schlug sie ihren Schatz behutsam in das Tuch ein und legte ihn zurück in sein Versteck.

Sie durfte die Hoffnung nicht aufgeben. Die Hoffnung, dass Keb irgendwann nach Wallatt zurückkehren würde. Und sich von seiner Mutter zum Bleiben bewegen ließe.

Vor mir hatte acht Jahrhunderte lang kein Kind, ob Gott oder Dämon, das Jal verlassen. Das weiß ich von meinen »Verbündeten«, vielmehr jenen Unsterblichen, die sich mir bereits unterworfen haben. Bis ich kam, hielten sie unsere Verbreitung für beendet. Vor allem die Alten Gottheiten konnten sich noch der Zeit entsinnen, als jeden Mond neue Götter und

Dämonen geboren wurden, und sie waren erleichtert, dass diese Ära vorbei war. Ich genieße es, sie allein durch meine Existenz zu verärgern. Die Geschöpfe des Dara und Karu sind seit jeher Feinde: Alles, was Hamsa, Eurydis und den anderen Göttern missfällt, macht mich froh.

Eine ganze Weile glaubte ich, der Letztgeborene des Jal zu sein, doch Zuïa belehrte mich eines Besseren. Eryne, eine Sterbliche, die im Jal gezeugt worden war, hat ihre Entwicklung begonnen. Zunächst vermutete ich in ihr den Erzfeind, doch es gelang ihr nicht, Zuïa die Strafende zu töten. Vielleicht ist der Erzfeind das Kind, das in ihrem Leib heranwächst. Was kümmert mich das? Der Bastard wird ohnehin nie das Licht der Welt erblicken. Die unsterbliche Natur seiner Mutter wird die Kraft ihres Gweloms bald übersteigen, und dann werde ich sie überall finden können. Ich werde sie meine Überlegenheit spüren lassen.

Welche Stufen meine jüngere Schwester auf dem Weg zu ihrer Vollendung beschreiten wird, weiß ich genau. Göttliche Macht geht immer mit Leid einher. Es sei denn, für das Dara gelten andere Gesetze als für das Karu, was ich bezweifle. Ich erinnere mich noch dunkel an die langweiligen Gärten, über die der alte Nol seit Anbeginn der Tage als Tyrann herrscht. Im Grunde ist die strenge Ordnung des Dara ebenso grausam wie das Chaos des Karu. Vor allem für ein Kind, das nicht unter seinesgleichen aufgewachsen ist, wie es Göttern bestimmt ist.

Natürlich habe ich kein Mitleid mit meiner Schwester, deren Leben längst verwirkt ist. Ihr Leid, so groß es auch sein mag, ist nichts im Vergleich zu dem, welches meine eigene Entwicklung begleitet hat.

Nachdem ich dem Karu den Rücken gekehrt und Ith er-

reicht hatte, beleidigten die Gebete der Diener des Dara meinen Geist. Verstört von diesen widerlichen Lobpreisungen verließ ich die Stadt und streifte eine Weile ziellos umher.

Da mir Müdigkeit und Erschöpfung fremd sind, hätte ich durch die Welt ziehen können, ohne jemals zu schlafen, aber zu meiner Verblüffung stellte ich fest, dass ich den Lebensrhythmus der Sterblichen übernahm. Bald ging mir auf, dass ich seit meiner Vollendung nur sehr wenige dieser niederen Geschöpfe kennengelernt hatte. Nicht alle waren wie Saats Krieger und Sklaven. So begann ich, in den Provinzen des Großen Kaiserreichs Goran und später in der gesamten bekannten Welt die Gedanken vieler verschiedener Menschen zu erforschen. Damit war ich lange Jahre beschäftigt, in denen ich kein einziges Mal kämpfte, dafür aber mehr lernte als in all der Zeit mit Saat. Ich sog die Erfahrungen Abertausender Sterblicher auf.

Damals wurden mir zwei Dinge klar: Erstens sind die Menschen nicht die Luft wert, die sie atmen. Sie sind so jämmerlich und stumpfsinnig, dass es eine Beleidigung ist, sie für unsere Schöpfer zu halten! Ihre einzige Daseinsberechtigung ist die Verehrung, die sie uns entgegenbringen – vor allem mir, dem mächtigsten aller Unsterblichen.

Zweitens greifen meine Brüder und Schwestern kaum noch in den Lauf der Welt ein. Häufig ist das, wofür sie vor Jahrtausenden erschaffen wurden, längst vom Antlitz der Erde verschwunden: die Inseln etwa, deren Schutzpatron sie waren, oder der feindliche Stamm, dem sie an den Hals gewünscht worden waren. Manche der Alten Gottheiten spielen eine so unbedeutende Rolle, dass es geradezu lachhaft ist.

Mir war das unbegreiflich. Warum machte sich keiner meiner Brüder und Schwestern seine Unsterblichkeit zunutze? Ich hielt mich zwar ebenfalls im Hintergrund, aber das war nur die Ruhe vor dem Sturm. Bald würde ich genug Erfahrung gesammelt haben. Schließlich bin ich der Bezwinger. Mein Daseinszweck ist der Kampf, der Sieg und die Unterjochung der Schwachen. Ich wusste, dass meine Zeit kommen würde. Deshalb war mir die Tatenlosigkeit meiner älteren Brüder und Schwestern ein Rätsel, auch wenn sie mir nützte. Wie konnten sie sich nur damit begnügen, die Menschen bis ans Ende der Tage zu beobachten, ohne in ihr Leben einzugreifen?

Nach einer Weile wollte ich meine Macht erproben. Bei meinen Streifzügen stieß ich zufällig auf den Sterblichen, der mich einst in meinem Mausoleum aufgesucht hatte. Yan.

Als ich ihn erst einmal erkannt hatte, kam ich nicht mehr von ihm los. Ich las in ihm wie in einem offenen Buch oder heftete mich in Gestalt eines für ihn unsichtbaren Avatars an seine Fersen. Was ich so über ihn erfuhr, faszinierte mich von Tag zu Tag mehr, denn dieser Yan ähnelte keinem anderen Sterblichen, dessen Gedanken ich erforscht hatte.

Am meisten unterschied er sich von seinesgleichen durch die Stärke seines Willens – und seine Gleichgültigkeit gegenüber dieser Macht. Seine Fähigkeit, auf die Elemente einzuwirken, eine Fähigkeit, die Sterbliche Magie nennen, kam sogar den Kräften der niederen Geschöpfe aus dem Jal gleich, aber er machte fast nie Gebrauch davon und brüstete sich auch nicht damit. Noch unbegreiflicher war mir sein Mangel an Ehrgeiz und Machtgier. Jeder andere hätte danach gestrebt, die Herrschaft über ein Königreich an sich zu reißen, während Yan sich nichts weiter wünschte, als in Frieden zu leben.

Und noch etwas verblüffte mich über alle Maßen: Der Sterbliche empfand keinen Hass, auf nichts und niemanden. Das Einzige, wovor er Angst zu haben schien, war ein erneu-

ter Angriff der Züu, wobei er sich immer vor Augen hielt, dass die Priester im roten Gewand schon als Kinder Zuïas Lehre unterworfen und zu Mördern erzogen wurden. Zudem fürchtete Yan mich viel weniger, als mir lieb war. Er hatte miterlebt, wie tief mich Saats Verrat getroffen hatte. Für ihn war ich nichts als ein Kind aus dem Jal, das zu früh und ohne eigenes Verschulden dem Schutz der Gärten entrissen worden war.

Der Sterbliche hatte Mitleid mit mir.

Mehrmals war ich kurz davor, meine unsichtbare Gestalt aufzugeben, meine Krallen auszufahren und ihn auf der Stelle zu zerfetzen. Wenn er wenige Schritte neben mir stand oder tief und traumlos in seinem Bett schlief, überkam mich hin und wieder der Drang, ihm die Glieder auszureißen, die Knochen zu brechen und die Haut von seinem blutigen Fleisch zu ziehen. Doch die Tage vergingen, ohne dass ich etwas unternahm.

Ich bin der Bezwinger, so haben mich die Menschen erschaffen. Ich töte jeden, der sich mir nicht unterwirft. Dieses Gesetz beherrscht meinen Geist. Doch obwohl ich Yan mehrmals verletzt hatte und das Leben seiner Freunde und Verwandten allein durch meine Existenz in Gefahr war, betrachtete er mich nicht als Feind. Das verwirrte mich derart, dass ich lange Zeit unfähig war, eine Entscheidung zu treffen.

Nach mehreren Dekaden der Unschlüssigkeit trieb es mich innerlich von ihm fort. Und ich wäre wohl auch gegangen, hätte nicht eines Tages eine Neuigkeit die Gedanken des Sterblichen erschüttert.

Yan würde Vater werden.

Ich hatte bereits Gelegenheit gehabt, das Phänomen zu beobachten. Anfangs handelt es sich nur um ein kleines Flämmchen, einen schwachen Lebensfunken, der dann plötzlich auflodert und in das Getöse der menschlichen Gedanken einstimmt. Diesmal blieb mir diese Entwicklung jedoch verborgen: Die Mutter war durch Gwel aus dem Dara vor meinem Zugriff geschützt. An sie kam ich nur über den Umweg von Yans Gedanken heran. So war ich gezwungen, mich in Geduld zu üben und auf den Tag zu warten, an dem dieser neue Erbe nicht länger unter dem Schutz des verfluchten magischen Anhängers stand. Auf den Tag seiner Geburt.

Meine Gedanken kreisten nur noch um eins. Dieses Kind konnte der Erzfeind sein und meinen Untergang bedeuten. Und auch wenn Yans seltsames Verhalten mich davon abhielt, ihm etwas anzutun, würde sein Sohn seinem Schicksal nicht entkommen. Sein erster Atemzug würde auch sein letzter sein.

Nach Monden des Wartens kam endlich der Tag, an dem das Kind das Licht der Welt erblickte und sein Geist für mich sichtbar wurde. Es war, als hätte das Messer, mit dem die Nabelschnur des Neugeborenen durchtrennt wurde, zugleich seinen Tod besiegelt. Ich beugte mich über ihn und näherte meine unsichtbare Hand seinem Gesicht, um das Kind zu ersticken. Neben mir weinte Yan vor Glück. Doch sein Sohn gehörte längst mir.

Dieser Gedanke brachte mich auf eine Idee. Anstatt das zarte Lebensflämmchen, das unter meinen Fingern zitterte und tanzte, für alle Zeiten zu löschen, schirmte ich es mit den Händen ab, fachte es an und formte es. Nicht anders, als Saat es bei mir getan hatte!

Ich war erstaunt, dass ich überhaupt über diese Fähigkeit verfügte. Aber hatte der Hexer mich nicht nach seinem Ebenbild geschaffen? Vor Aufregung vergaß ich meine Mordabsichten und widmete mich ganz und gar dem schöpferischen Akt. Dieser kleine Junge würde nicht der Erzfeind sein. Im Gegen-

teil, er würde ein mächtiger Verbündeter werden, ebenso versessen aufs Kämpfen und Siegen wie ich, und ohne Erbarmen für jeden, der schwächer war oder sich ihm widersetzte. Mit wilder Freude ging mir auf, dass ich zwar selbst kein Wesen in die Welt setzen konnte, aber die Fähigkeit hatte, ein bereits erwachtes Leben nach Gutdünken zu formen. Ich konnte Saats Werk wiederholen. Ich würde einen Dämon erschaffen.

Mehrere Tage war ich wie im Rausch und flüsterte dem noch unberührten Geist des Sterblichen all das ein, was aus mir den mächtigsten Eroberer aller Zeiten gemacht hatte. Das dauerte länger, als ich dachte, denn als Autor war ich nur ein blasses Abbild meiner selbst, und der Widerstand des Neugeborenen war verblüffend stark.

Mir fehlten nur noch wenige Dekanten, höchstens ein Tag, als mir mein Erstgeborener urplötzlich entzogen wurde. Seine Mutter hatte ihm ihren Anhänger um den Hals gebunden. Weil er unter dem Druck meines Geistes fast ununterbrochen schrie, hatte sie in ihrer Verzweiflung beschlossen, es mit dem Gwelom zu versuchen. Damit verwehrte sie mir unwissentlich den Zugriff auf seine Gedanken.

Bitter enttäuscht blieb ich mehrere Dekaden lang in der Nähe des Kindes und wartete vergeblich auf die Gelegenheit, meine Schöpfung zu vollenden. Am liebsten hätte ich meinen Zorn an seinen Eltern ausgelassen, aber ohne sie hatte das Neugeborene nicht überlebt. Rasend vor Wut verließ ich schließlich dieses verfluchte Haus und zog wieder rastlos in der Welt umher. Diesmal ließ ich meiner Gier nach Blut und Unterwerfung freien Lauf.

Unzählige Sterbliche bezahlten für die Niederlage, die ich erlitten hatte, mit dem Leben.

So war ich zum Warten verdammt, während die Jahre ver-

gingen. Vielleicht war es mir ja doch gelungen, einen Verbündeten zu erschaffen, der das Beste von mir in sich trug. Oder aber der Schutz des Gwels hatte meine Anstrengungen zunichtegemacht, und Cael würde für alle Zeiten ein Mensch bleiben, ein jämmerliches, unwürdiges Geschöpf.

Als ich die Valiponden vor einiger Zeit damit beauftragte, ihn zu entführen, kam ich der Antwort näher. Den Männern gelang es nicht, ihn festzuhalten, da sich der Junge wie ein wildes Tier gebärdete und völlig entfesselt um sich schlug. Als Zuïa mir dann den Kampf in ihrem Palast schilderte, bestätigte sich meine Vermutung. Beide Vorfälle erklären so einiges. Nicht zuletzt das Rätsel, das Usul umgibt.

Wenn ich mich nicht irre, und wenn er nicht zuvor getötet wird, müsste sich mein Erstgeborener bald auf die Suche nach mir machen. Und dann wird er mich als seinen wahren Schöpfer anerkennen müssen – oder sterben.

Am Morgen erwachte Drud mit schlechter Laune. Ein weiterer Tag, von dem er nichts zu erwarten hatte und den er irgendwie überstehen musste, bis die Sonne unterging und er wieder ins Bett kriechen und sich die Decke über den Kopf ziehen konnte, um sein trostloses Dasein für eine Weile zu vergessen. Ein Jahr war verstrichen, seit seine Eltern ihn in der Hoffnung, ihm ein besseres Leben zu ermöglichen, bei Bertil dem Weber in die Lehre gegeben hatten.

Mit seinen siebzehn Jahren war Drud froh gewesen, den elterlichen Hof verlassen und nach Lorelia gehen zu können. Er hatte sich eine Zukunft als angesehener – und stinkreicher – Handwerker ausgemalt, der den lorelischen Edelleuten die kostbarsten Stoffe verkaufte. Stattdessen schuftete er als gemeiner Knecht und Laufbursche, der nur die schäbigste Ware in die umliegenden Stadtviertel ausliefern durfte.

Auch Bertils Werkstatt war weit weniger prunkvoll, als er es sich vorgestellt hatte. Eingezwängt zwischen einer heruntergekommenen Schänke und einer leerstehenden Bruchbude, die bei jedem Sturm einzustürzen drohte, erinnerte sie eher an einen Trödelladen als an das Reich eines angesehenen Händlers. Und Drud saß tagaus, tagein in diesem Loch fest, lud schwere Stoffrollen auf einen Karren, weichte die Ballen zum Färben in Bottichen ein oder kochte das grobe Tuch, während sich Bertil im Hinterzimmer mit seinen Kundinnen vergnügte.

Mit jedem Tag, der verging, wurde Drud mürrischer. Die Arbeit war zwar sterbenslangweilig, aber trotzdem viel schwerer als auf dem Hof seiner Eltern. Manchmal dachte er daran, nach Hause zurückzukehren, aber er konnte sich nie so recht dazu durchringen. Im Grunde gefiel ihm die Unabhängigkeit, die er als Lehrbursche in Lorelia genoss.

Und diese Unabhängigkeit würde er heute ausnutzen. Er zog sich rasch an, schlich aus seiner Kammer und trat auf die Straße. Ihm stand wahrlich nicht der Sinn danach, mit Bertil, seiner zeternden Frau und ihren drei ebenso hässlichen wie ungezogenen Kindern an einem Tisch zu frühstücken. Wie vier- oder fünfmal in jeder Dekade schlug er daher den Weg zum *Argelet* ein, einem kleinen Gasthaus, das schmackhaftes Essen in reichlichen Portionen anbot. So gab Drud zwar einen Großteil seines Lohns für Mahlzeiten außer Haus aus, was die Wahrscheinlichkeit, eines Tages reich zu werden, erheblich verringerte, aber er brauchte diese Momente der Ruhe, um die anderen Tage zu überstehen.

Heute herrschte vor dem Wirtshaus ungewöhnlicher Trubel. An die fünfzig Menschen debattierten lauthals über eine Bekanntmachung, die an die Fassade geschlagen war, und im Innern der Schänke schienen sich mindestens ebenso viele Leute zu drängen. Verwundert bahnte sich Drud einen Weg durch die Menge, um das Plakat zu studieren. Er versuchte, die Schrift zu entziffern, aber da er erst vor kurzem Lesen gelernt hatte, gab er rasch wieder auf und beschloss stattdessen, die Umstehenden auszufragen. Da entdeckte er seinen Freund Mandrin, der bei einem Töpfermeister in die Lehre ging, und schob sich mühsam zu ihm durch. Mandrin, den sonst nichts aus der Ruhe brachte, war sichtlich aufgekratzt.

»He, Drud!«, rief er ihm entgegen. »Hast du schon das Neueste gehört? Vom Königshof?«

»Na klar«, antwortete Drud schulterzuckend. »König Bondrian ist doch schon seit über einer Dekade tot.«

»Ja, aber jetzt weiß man mehr! Der Bärenangriff auf seine Kinder war kein Unfall! Das Tier, das den Prinzen und die Prinzessin getötet hat, war darauf abgerichtet!«

Ungläubig riss Drud die Augen auf. Natürlich war es seltsam, dass das Raubtier ausgerechnet die beiden Thronerben totgebissen hatte. Wenige Tage später war dann auch Bondrian verstorben, dahingerafft vom Kummer über den Tod seiner Kinder. Aber deshalb musste man ja nicht gleich glauben …

»Bist du sicher?«

»Königin Agénor selbst verbreitet die Kunde!«, antwortete Mandrin und zeigte auf das Plakat. »Ihre Spitzel haben die Angelegenheit untersucht und herausgefunden, dass der Mord vom goronischen Kaiser in Auftrag gegeben wurde! Das Große Kaiserreich erklärt uns den Krieg!« Er hieb sich mit der Faust in die Handfläche.

Drud überlief ein Schauer, vor Angst wie vor Aufregung. An den Worten der Königin, die dem Blutbad wie durch ein Wunder entronnen war, konnte es keinen Zweifel geben. Außerdem war es verdächtig, dass gerade ein Bär die lorelischen Thronfolger getötet hatte. Schließlich war Mishra mit dem Bärenkopf die Hauptgöttin der Goroner!

Drud wurde schwindelig. Jetzt verstand er, warum vor dem Wirtshaus ein solcher Aufruhr herrschte. Ähnliche Szenen mussten sich in diesem Moment in ganz Lorelia abspielen, und bald würde die Nachricht bis in die entlegensten Winkel des Königreichs vordringen. Etwas Großes würde geschehen, und niemand würde sich den Ereignissen entziehen können. Wie schnell sich auch sein eigenes Leben verändern sollte, ahnte er in diesem Moment noch nicht.

»Die Königin rekrutiert Soldaten«, sagte Mandrin. »Wir können uns zum Dienst an der Waffe melden, jetzt gleich, hier in der Schänke. Wir werden im Schwertkampf unterwiesen, bekommen die nötige Ausrüstung, und der Sold ist doppelt so hoch wie mein Lehrgeld! Weißt du, was das heißt? Wir werden den Goronern ihre Verbrechen heimzahlen! Und wenn ich mich nebenbei aus ihren Schatztruhen bedienen kann, werde ich mir keinen Zwang antun!«

Eifrig reihte er sich in die Schlange ein, die sich vor

dem Wirtshaus zu bilden begann. Ein paar Soldaten, die aus dem *Argelet* getreten waren, sorgten für Ordnung.

»Worauf wartest du?«, drängte Mandrin. »Komm schon!«

Drud zögerte keine Dezille. Er gesellte sich zu seinem Freund und freute sich insgeheim, Bertil dem Weber eine lange Nase drehen zu können.

Bei meinen Streifzügen durch die Welt geriet ich eines Tages in die Nähe meines einstigen Mausoleums. Mehr als zwanzig Jahre waren seit Saats Tod vergangen, doch die Sterblichen mieden die Gegend noch immer. Mittlerweile rankten sich zahlreiche Legenden um den Hexer – und um mich. Mit großer Genugtuung hörte ich die Menschen von meiner Stärke und Macht sprechen. Wer jedoch zu behaupten wagte, dass ich endgültig besiegt oder gar getötet worden sei, den bestrafte ich gnadenlos. Damit sorgte ich für neue Gerüchte, Geschichten über ein blutrünstiges Ungeheuer, das die Wälder heimsucht und bisweilen sogar bis in die Dörfer vordringt. Diese Geschichten hätten mich eigentlich befriedigen müssen, doch meine Wut saß zu tief. Es war an der Zeit, mich den Menschen zu zeigen und den mir gebührenden Platz einzunehmen, aber wie sollte ich das bewerkstelligen?

Gerissen, wie er war, hatte Saat mir nicht die Gaben eines Strategen verliehen, damit ich ihn nicht durchschaute. Sobald ich einem Sterblichen meine wahre Natur enthüllte, verspürte ich den Zwang, ihn zu töten. Kein bedeutender Krieger hatte mir jemals Treue geschworen. Mit ihrer verzweifelten Gegenwehr, panischen Angst oder heuchlerischen Unterwürfigkeit waren meine Opfer unwürdig, auch nur meine Sklaven zu sein. Doch ich wollte auch nicht über ein Totenreich herrschen. Mir, dem mächtigsten aller Dämonen, gelang es einfach nicht, meinen Willen durchzusetzen.

Das änderte sich erst, als ich in den Tiefen meines Mausoleums eine Schriftrolle entdeckte. Einen Brief. Einen an mich adressierten Brief, verfasst von einer Sterblichen, einer alten Frau, die im Königreich Lorelien über große Macht verfügte. Aus ihren Worten sprachen die Ehrfurcht und Bewunderung, nach der ich mich so lange gesehnt hatte. Sie schlug mir ein Treffen vor.

Im Bruchteil einer Dezille hatte ich ihren Geist im Getöse der menschlichen Gedanken gefunden und ihre Absichten erforscht. Eigentlich hatte ich sie für ihre Dreistigkeit mit dem Tod bestrafen wollen, aber dann entdeckte ich etwas Unerwartetes: Sie war aufrichtig.

Mehrere Tage lang verfolgte ich ihre Gedanken und stellte fest, dass sie mir ähnelte – sie liebte die Eroberung und den Sieg. Im ersten Moment war ich versucht, sie herauszufordern, um ihr meine Überlegenheit zu beweisen, aber irgendetwas hielt mich zurück. Schließlich begriff ich, was mich so an ihr faszinierte.

Sie war ebenso machtgierig wie Saat. Sie war der Mensch, der mir zu meinem Triumph verhelfen konnte. Sie würde den Sterblichen mein Kommen ankündigen. Sie würde meine Beraterin sein und mir zeigen, wie ich mir die Welt unterwerfen konnte, ohne sie zu zerstören.

So begab ich mich in ihren Palast in Lorelia. Ich sollte meine Entscheidung nicht bereuen.

Der Plan, den sie ersonnen hat, ist so raffiniert, dass er nicht scheitern kann. Sie hilft mir, meinen Zorn zu zügeln und mit Bedacht zu handeln. Als sie mich zu den Anführern der Dämonenverehrer schickte, erklärte sie mir, wie ich mich verhalten sollte. So gelang es ihr, die Alte Religion wiederaufleben zu lassen, meine Religion. Sie hat die Dunkle Bruderschaft gegründet und mich geheißen, Anhänger um mich zu scharen. Und sie hat mir geraten, mir meine Brüder und Schwestern und die niederen Kreaturen des Karu untertan zu machen. Nicht zuletzt haben ihre Spitzel alle Erben aufgespürt, die mir zum Verhängnis werden können.

Wir stehen kurz davor, unseren Feinden den entscheidenden Schlag zu versetzen. Hätten wir nicht etwas zu langsam gehandelt, wäre der Sieg längst unser. Doch ich werde mich nicht mehr lange gedulden müssen. Und diesmal kann ich dem Menschen, der für meine Herrschaft kämpft, tatsächlich vertrauen. Die Sterbliche hält keinen ihrer Gedanken vor mir geheim. Sie hat keinerlei Verlangen, mich zu verraten, und sie fürchtet mich nicht, auch wenn sie mich ihren Männern als blutrünstiges Ungeheuer beschreibt, um sie fügsam zu machen.

Sie liebt mich aufrichtig.

Sie liebt meine Macht, meine ewige Jugend, meine Schönheit. Sie hat mich an Sohnes statt angenommen und will mir ihr Reich zu Füßen legen – in der Hoffnung, dass damit ihr Andenken für alle Zeit gewahrt ist. Agénor von Lorelia will ein Weltreich errichten und mich zu ihrem Erben machen.

Ich weiß noch nicht, was ich mit der Welt anfangen werde. Aber eins weiß ich: Alle werden mich als ihren alleinigen Herrscher anerkennen müssen.

So wurde ich von Saat erschaffen.

ERSTES BUCH

DAS VERMÄCHTNIS DER ETHEKER

Bowbaq wäre gern gefasster gewesen, so wie seine Gefährten, die noch halbe Kinder waren, aber es gelang ihm einfach nicht. Immer wieder unterdrückte er ein Schluchzen, wischte sich über die Augen und fuhr sich durch den zerzausten Bart. Im Arm hielt er den schlaffen Körper seiner Enkelin. Sie wirkte so still und zart, als schliefe sie, und dieser Anblick brach ihm das Herz.

Er konnte es einfach nicht glauben. Immer wieder musste er an das Unglück zurück denken, das so unerwartet über ihn hereingebrochen war. Wie konnte das Leben nur so grausam sein? Nach dem Verschwinden seiner Familie hatte Niss' Heilung ihm neuen Mut gemacht. Doch dann hatte er mit ansehen müssen, wie sie abermals im Tiefen Traum versank, dieser fremden, unerreichbaren Welt, in der ihre Seele hilflos umherirrte und aus der sie womöglich nie wieder zurückkehren würde. Äußerlich war sie unversehrt, doch ihr Geist hatte einen schweren Schock erlitten, als sie in Zuïas Palast die Kontrolle über den Körper eines Zü-Priesters übernommen hatte, der kurz darauf von der Dämonin getötet worden war.

Mit feuchten Augen musterte Bowbaq die versteinerten Mienen der anderen Passagiere des Ruderboots, bevor er sich wieder dem schmalen Gesicht zuwandte, das keinerlei Reaktion zeigte. Er fühlte sich schuldig, zutiefst schuldig, weil er nicht gut genug auf seine Enkelin aufgepasst hatte. Er hatte das Unglück vorhersehen müssen! Schließlich kam Niss ganz nach ihrem Vater Prad. Er hatte ihr ausdrücklich untersagt, in den Tiefen Geist eines Tiers oder Menschen einzudringen, dabei war es völlig sinnlos, ihr irgendetwas verbieten zu wollen. Er hätte wissen müssen, dass sie es bei der erstbesten Gelegenheit ausprobieren würde. Anstatt sie wie ein Kind zu behandeln, hätte er sie besser auf diese schwierige Aufgabe vorbereiten sollen.

Niss hatte sich geopfert, um ihnen allen das Leben zu retten. Nur weil sie in den Körper des Zü geschlüpft war und unter den Boten Zuïas Chaos und Verwirrung gestiftet hatte, war es den Erben gelungen, ihre Feinde zu überwältigen. Sie hatte sogar eigenhändig mehrere Gegner niedergestreckt – bis Zuïa ihren stechenden Blick auf den von Niss besessenen Zü-Priester gerichtet hatte, woraufhin der Mann tot zu Boden gesunken war.

Seither hing Niss leblos wie eine Stoffpuppe in seinen Armen, und wenn Bowbaq ihre Lider anhob, blieben ihre Augen stumpf. Ihr Zustand war sehr viel schlimmer als beim letzten Mal: Ihr Körper schien nichts als eine leere Hülle zu sein. Neben dem Klatschen der Ruder und dem eintönigen Schwappen der Wellen gegen den Rumpf durchbrachen nur Bowbaqs erstickte Schluchzer die Stille. Er wollte nichts, als auf der *Othenor II* Zuflucht suchen, in der Hoffnung, dass Niss nach einigen Dekanten Schlaf wieder zum Leben erwachte. Bowbaq glaubte zwar selbst keine Dezille daran, aber was konnte er anderes tun, als an ihrer Seite zu bleiben? Zumal es niemanden gab, den er um Hilfe bitten konnte. Es war zum Verzweifeln.

Das bange Warten auf dem Meer unweit der Insel Zuïa machte alles nur noch schlimmer. Vor mehreren Dezimen hatten sie Nolan, Amanón und Zejabel ein gutes

Stück nördlich vom Hafen abgesetzt, wo die *Othenor II* vor Anker lag. Seither beteten sie um die Rückkehr der Feluke, die sie in Leidjill gekauft hatten. Vielleicht waren ihre Gefährten gefangen genommen oder gar getötet worden?

Nolan, der sich wieder als Zü verkleidet hatte, könnte enttarnt worden sein, da nur Zejabel die Sprache der Einheimischen beherrschte. Die Sonne stand schon tief am Himmel, aber sosehr die Erben auch die Augen zusammenkniffen, es zeichnete sich kein Segel am Horizont ab. Irgendwann würde ihr Boot unweigerlich von einem feindlichen Schiff entdeckt werden, und mit ihren zwei armseligen Rudern war an Flucht nicht zu denken.

Nun wurde es rasch dunkel. Nach einer weiteren Dezime stummen Wartens sprang Kebree so plötzlich auf, dass das Boot wild zu schaukeln begann. Eryne, Cael und Bowbaq blickten hoffnungsvoll gen Süden, aber seit die Nacht ihren Mantel über die Welt gebreitet hatte, konnten sie nicht mehr viel sehen. Alle wandten sich dem Wallatten zu, der sich lauernd über den Rand des Ruderboots gebeugt hatte.

»Da ist was im Wasser«, sagte er leise.

Während er seine Lowa zog, ließ sich Eryne von der Bank auf den Boden des Boots gleiten. Behutsam legte ihr Bowbaq Niss in die Arme. In diesen Gewässern trieben zahlreiche Meeresraubtiere ihr Unwesen, und keiner von ihnen hatte den riesigen Talantenhai vergessen, den die Züu-Fischer in den Hafen geschleppt hatten. Wenn es einem solchen Monstrum einfiel, sie anzugreifen, würde ihre Nussschale nicht lange standhalten.

Hastig stellten sich Keb, Cael und Bowbaq an den

Längsseiten und am Bug auf. Etwa eine Dezille, nachdem Keb Alarm geschlagen hatte, hörte Bowbaq ein Rauschen, als schwimme dicht unter der Wasseroberfläche ein großer Körper auf sie zu.

Die anderen hatten das Geräusch ebenfalls vernommen. Eryne versuchte, eine der Öllampen zu entzünden, aber vor Anspannung zitterte ihre Hand so sehr, dass es eine Weile dauerte, bis sie den Docht in Brand gesteckt hatte. Entmutigt stellten die Erben fest, dass der Lichtschein nur wenige Schritte aufs Wasser hinausreichte, was ihnen noch mehr Angst einjagte, weil sie jetzt in jedem tanzenden Schatten eine Schwanz- oder Rückenflosse zu erkennen glaubten.

Das Rauschen kam immer näher. Mal schien es von steuerbord zu kommen, mal vom Heck, mal vom Bug und dann wieder aus allen Richtungen zugleich, so dass die Erben nicht einmal sagen konnten, ob es sich um ein Tier oder mehrere handelte.

Plötzlich fiel Bowbaq Reexyyl ein: Hatte der Leviathan sie wiedergefunden? Doch dann hätte er sie wohl schon längst angegriffen.

Nach einer Weile glättete sich die Wasseroberfläche wieder. Das Meerestier oder, was auch immer es gewesen war, schien weitergeschwommen zu sein. Aber noch bevor Bowbaq erleichtert aufzuatmen wagte, hörte er neben den Wellen, die gegen den Rumpf schwappten, ein sonderbares Klackern. Im selben Moment begann sich das Boot zur Seite zu neigen.

Keb packte die Lampe und beugte sich über Bord. Er stieß einen wüsten wallattischen Fluch aus und hieb mit der Lowa wie wild auf etwas an der Außenseite ein. Vor lauter Hast verlor er das Gleichgewicht, und Bowbaq konnte ihn gerade noch rechtzeitig am Gürtel packen, bevor er kopfüber ins Wasser fiel.

»Dieses Mistvieh hat sich am Boot festgeklammert!«, rief Keb. »Es sieht aus wie eine Raupe mit einem riesigen Maul!«

»Ein Dornhai«, sagte Eryne tonlos. »Bei Eurydis! Mit seinen giftigen Widerhaken lähmt er seine Beute. Wenn es ihm gelingt, sich an Bord zu ziehen …«

Mehr musste sie nicht sagen. Cael, Keb und Bowbaq hatten abermals Posten bezogen und überwachten jetzt den Rumpf des Ruderboots. Mittlerweile war es stockfinster, was die Sache nicht leichter machte. Als das Klackern kurz darauf von neuem ertönte, war klar, dass Keb den angriffswürdigen Dornhai nicht in die Flucht geschlagen hatte oder sie von mehreren Raubfischen attackiert wurden.

Erschrocken beobachtete Bowbaq, wie Cael mehrmals mit dem Rapier zustieß, aber es wirkte eher, als dresche er auf ein empfindungsloses Stoffbündel ein. Bowbaq machte einen großen Schritt über Eryne hinweg und beugte sich ebenfalls zu dem Dornhai hinunter. Bei seinem Anblick fuhr ihm der Schreck in die Glieder. In dem klaffenden Maul blitzten mehrere Reihen spitzer Zähne, die einem erwachsenen Mann wahrscheinlich mit einem einzigen Biss den Arm ab konnten. Das Tier war längst tot, durchbohrt von Caels Klinge, krallte sich aber noch immer mit unzähligen Widerhaken, die aus seinem Schuppenpanzer hervorragten, in die Planken. Bowbaq holte mit seiner Kaute aus und traf den toten Dornhai so heftig an der Seite, dass die Widerhaken abrissen.

Als der Kadaver in den dunklen Fluten versank, glaubte Bowbaq zu sehen, wie sich mehrere andere Dornhaie auf ihn stürzten und ihn zerfleischten. Er wollte Cael gerade darauf aufmerksam machen, als Eryne einen erstickten Schrei ausstieß.

Alle fuhren herum. Der Kampf gegen den Dornhai am Heck des Boots hatte sie abgelenkt, und ein drittes Exemplar, um einiges größer als die anderen beiden, hatte ihre Unachtsamkeit genutzt und den Bug erklommen. Dort reckte er sich wie eine Kobra in die Höhe, während der Rest seines reptilienartigen Körpers im Wasser verschwand. Mit gebleckten Zähnen und ausgefahrenen Widerhaken bäumte sich der Dornhai ausgerechnet vor Niss' lebloser Gestalt auf.

Bowbaq warf sich ihm entgegen, wusste aber zugleich, dass er es nicht rechtzeitig ans andere Ende des Boots schaffen würde, bevor die Bestie Niss packen und in die Tiefe ziehen konnte. Und um in Ruhe zielen und dem Raubfisch seine Kaute entgegenschleudern zu können, schwankte das Boot zu stark.

Als plötzlich ein Zittern durch den Körper des Dornhais lief, wähnte Bowbaq seine Enkelin verloren. Im nächsten Moment hieb Keb mit seiner Lowa auf das Tier ein, und Bowbaq stand mit offenem Mund daneben, bis er den vibrierenden Pfeil sah, der dem Dornhai aus dem Kopf ragte. Gleich darauf löste sich das Rätsel: Die *Othenor II* tauchte aus der Dunkelheit auf, und Zejabel grüßte die Geretteten, indem sie ihren Bogen in die Luft reckte.

Auch wenn niemand Niss' besorgniserregenden Zustand vergaß, waren die Erben froh, wieder vereint zu sein. Nolan half seinen Gefährten, über die Reling der Feluke an Bord zu klettern, während Zejabel die Dornhaie mit Pfeil und Bogen auf Abstand hielt. Indes setzte Amanón sämtliche Segel, die noch nicht gehisst waren. Kaum drei Dezillen später nahmen die Erben mit voller Fahrt Kurs auf Norden, nachdem sie das Ruderboot am Heck der *Othenor II* vertäut hatten. Erst als sie weit genug von den Dornhaien und Zuïas Insel entfernt waren, wagten sie die Lampen an Bord zu entzünden.

»Ihr wart aber lange weg«, brummte Kebree und sah dabei Nolan an.

»Im Hafen wimmelte es nur so von Züu. Sie schienen nicht genau zu wissen, wonach sie suchten, aber Amanón wollte abwarten, bis sie wieder verschwunden waren. Danach sind wir so schnell wie möglich aufgebrochen.«

»Kann schon sein. Ich meinte ja auch nur … Wir fingen allmählich an, uns Gedanken zu machen.«

Mit einem Augenzwinkern und einem schiefen Grinsen warf er sich den Reisesack, den er tagelang mit sich herumgeschleppt hatte, über die Schulter und verschwand unter Deck. Das erinnerte Nolan an den Zettel, den Keb ihm in die Hand gedrückt hatte, bevor er todesmutig von der Klippe gesprungen war. Der Zettel, auf dem stand, wie die Erben Sombre besiegen könnten. Wie lange hatte Keb dieses Geheimnis schon mit sich herumgetragen? Und was verbarg er noch hinter der Maske des spöttischen Draufgängers?

Zumindest auf eine dieser Fragen wollte Nolan eine

Antwort, und zwar noch heute Nacht. Bisher hatte er das Thema nicht angeschnitten, weil er warten wollte, bis sie wieder zusammen waren, aber jetzt gab es keinen Grund mehr, das Gespräch weiter hinauszuschieben. Er folgte Keb unter Deck, während Cael und Amanón sämtliche Taue und Knoten überprüften. Sie hatten beschlossen, die Segel über Nacht gehisst zu lassen, auch wenn sie damit Gefahr liefen, von einem plötzlich heraufziehenden Sturm erfasst zu werden oder in der Dunkelheit mit einem anderen Schiff zusammenzustoßen. Doch dieses Risiko nahmen sie in Kauf, um sich so schnell wie möglich von der Insel Zuïa zu entfernen.

Als Nolan die Kajüte betrat, waren Eryne, Bowbaq und Zejabel gerade dabei, Niss auf eine Koje zu betten. Alle drei machten besorgte Gesichter, selbst die einstige Kahati, die ihre Gefühle sonst immer verbarg. Der Tränenausbruch auf der Klippe in der Nähe von Zuïas Palast und die Hinrichtung ihrer einstigen Gebieterin waren für Zejabel offenbar eine Art Befreiungsschlag gewesen. Beim Auslaufen aus dem Hafen hatte sie voller Wehmut an der Reling gestanden und Nolan anvertraut, dass sie nach all dem Leid, das sie auf ihrer Heimatinsel erlebt hatte, nie wieder dorthin zurückkehren wollte.

Als Nolan dem Blick seiner Schwester begegnete, senkte er unwillkürlich den Kopf. Mittlerweile hatte er sich einigermaßen an den Gedanken gewöhnt, dass Eryne im Zustand der Entsinnung Stimmen wahrnahm und kleinere Wunder vollbrachte. Doch jetzt war unzweifelhaft bewiesen, dass sie eine künftige Göttin war. Eryne hatte die Gedanken der Züu-Priester gelesen, Zuïas Täuschungsversuch durchschaut und sogar das Ruderboot wiedergefunden, das sie bereits verloren geglaubt hatten. Und das alles nur mit der Kraft ihres Geistes! Außerdem hatte Zuïa, selbst eine Unsterbliche, sie als Schwester bezeichnet. Seither fühlte sich Nolan in Erynes Gegenwart befangen und wusste nicht genau, wie er sich verhalten sollte. Natürlich war das dumm und egoistisch von ihm: Mehr denn je brauchte Eryne jetzt seine brüderliche Zuwendung und Liebe. So zwang er sich, ihr in die Augen zu sehen und ihr mattes Lächeln zu erwidern. Die Hände seiner Schwester ruhten auf ihrem Bauch.

Diese schützende Geste war ihm bereits bei dem gefährlichen Abstieg die Steilküste hinunter aufgefallen. Spürte sie das Kind, das in ihrem Leib heranwuchs, vielleicht sogar schon? Nolan wurde den Gedanken nicht los, dass sein Neffe oder seine Nichte den Erben nicht nur Freude, sondern auch große Sorgen bereiten würde. Es war gut möglich, dass das Kind der Erzfeind war und von Sombre verfolgt würde, sobald es zur Welt kam. Zumal die Ungewissheit, wer sein Vater war, Zwietracht unter den Gefährten säen könnte – und das wäre ihr Ende. Würden sich Keb und Amanón heillos zerstreiten?

Zum Glück hatten beide Männer bisher große Zurückhaltung an den Tag gelegt. Amanón hatte sogar bewiesen, wie sehr er Keb vertraute, als er die Passagiere des Ruderboots seiner Obhut übergab, während er selbst die Feluke holen ging. Und anders als sonst hatte sich Keb nicht beschwert, zurückgelassen zu werden. Vielleicht hatte er eingesehen, dass eine kleine Gruppe im Hafen weniger auffiel, vielleicht hatte er aber auch nur bei Eryne bleiben wollen – bei ihr und dem Kind, das sie unter dem Herzen trug.

Jedenfalls benötigten Eryne und ihr Kind besonderen Schutz. Bald würde Erynes göttliche Macht die Kraft ihres Gweloms übersteigen, und dann könnte jeder Gott – und jeder Dämon – sie überall auf der Welt aufspüren.

Nolan stieß einen leisen Seufzer aus und ging hinüber in die Kombüse, wo die Männer schliefen. Keb hatte sich bereits auf seiner Koje ausgestreckt, wie er bei der erstbesten Gelegenheit zu tun pflegte. Nolans Blick fiel auf die Bücher, die der Wallatte auf Amanóns Koje abgelegt hatte, was ihn auf die Idee brachte, seinen eigenen Rucksack zu öffnen und ihm die Manuskripte aus Zuïas Bibliothek zu entnehmen. Als er sich an den Kampf erinnerte, der nötig gewesen war, um sie in ihren Besitz zu bringen, wurde ihm ganz schlecht. Immerhin hatten sie eine Dämonin bestohlen. Jetzt blieb nur zu hoffen, dass sie mit ihrer Hilfe endlich die ethekischen Schriftzeichen entziffern konnten und vielleicht sogar mehr über die magischen Pforten ins Jal erfuhren. Wenn überhaupt, so konnten sie ihre Eltern nur auf diesem Wege retten. Wahrscheinlich würde sich Amanón gleich heute Nacht an die Übersetzung machen. Leider würde die Entschlüsselung der Schriftzeichen wohl Tage oder gar Dekaden dauern.

Nachdem Nolan seinen Rucksack geleert hatte, musste er nur noch eins tun, um das Abenteuer auf der Insel Zuïa hinter sich zu lassen. Er trug immer noch seine Verkleidung, das Gewand der Züu-Priester. Mit großer Erleichterung tauschte er es wieder gegen die Kutte der eurydischen Novizen.

Er überlegte, welche Gewänder wohl die Priester tragen würden, die seiner Schwester dienten, wenn sie erst einmal eine Göttin wäre. Das wiederum brachte ihn auf den Gedanken, dass es vielleicht seine Aufgabe sein würde, die Lehrsätze dieser neuen Religion aufzustellen.

Rasch schob er diese Überlegungen beiseite, denn er hielt sie für dumm und hochmütig. Doch ganz vergessen konnte er sie nicht.

Geistesabwesend stand Cael am Steuer. Seit dem Beginn ihrer Reise hatte er so viele Dekanten an Bord eines Schiffs verbracht, dass ihm das Segeln mittlerweile in Fleisch und Blut übergegangen war. Dass er im Großen Haus die Schulbank gedrückt hatte, schien in weiter Ferne zu liegen, dabei hatte er Kaul erst vor wenigen Dekaden verlassen. Wenn man allerdings bedachte, welche Abenteuer sie seither Tag für Tag erlebt hatten, war es nicht weiter verwunderlich.

Abermals drehte er eine Runde an Deck, um die Segel zu überprüfen und an allen Tauen zu ruckeln. Zwar würde Amanón vermutlich eine Nachtwache aufstellen, aber er wollte lieber auf Nummer sicher gehen. Nachdem er sich dieser Tätigkeit einige Dezillen gewidmet hatte, musste er sich eingestehen, dass er sich etwas vormachte. In Wahrheit hatte er ganz einfach Angst, unter Deck zu gehen, weil er den Anblick von Niss' regloser Gestalt nicht ertrug.

Genauso wenig wie die Blicke seiner Gefährten.

Dabei hatte bisher niemand auch nur ein Wort über seinen jüngsten Anfall verloren. Das überraschte ihn jedoch nicht: Seine Freunde machten sich Sorgen um Niss, um Erynes ungeborenes Kind oder zerbrachen sich den

Kopf über den Dämon, der sie irgendwann unweigerlich aufspüren würde. Außerdem hatte Cael in seinem Wahn diesmal keinen seiner Gefährten angegriffen, sondern unter dem Einfluss der Stimme, die die Kontrolle über seinen Körper übernommen hatte, den Erben geholfen und ihre Feinde niedergestreckt. Es gab also keinen Grund, sich zu grämen.

Doch ihm machte etwas viel Schlimmeres zu schaffen. Er hatte eine Schwelle überschritten, von der seine Gefährten nichts ahnten. Jetzt konnte er nicht mehr hoffen, dass die Stimme irgendwann von selbst verstummte, wie ein Schmerz, der abklang, wenn man sich nur ordentlich ausschlief. Die Stimme war da. Sie würde immer da sein. Und sie wurde immer lauter.

Auch jetzt spürte Cael, wie sein innerer Dämon gegen die Barrieren in seinem Kopf anrannte, hinter denen er gefangen war, wie er Bilder der Gewalt und des Hasses in ihm aufblitzen ließ, um ihn zu zwingen, ihn freizulassen. Seit dem Kampf in Zuïas Palast hatte er sich nicht mehr beruhigt, und als die Dornhaie das Ruderboot angegriffen hatten, war seine Stimme noch mächtiger geworden. Bislang konnte Cael sich ihr ohne große Mühe widersetzen, aber würde seine Kraft auf Dauer reichen? Jedes Mal, wenn die Stimme die Oberhand gewann, schien die Bestie in ihm stärker zu werden. Es schien nur noch eine Frage der Zeit zu sein, bis sie endgültig die Kontrolle übernahm. Sobald er erneut in Gefahr geriet oder es zu einem Kampf kam, würde der Dämon aus seinem geistigen Gefängnis ausbrechen, und vielleicht würde es ihm dann nicht mehr gelingen, ihn zurückzudrängen.

Cael ging davon aus, dass sich seine innere Zerrissenheit auf seinem Gesicht widerspiegelte. Seit dem Kampf in Zuïas Palast war er nicht mehr derselbe. Die Stimme in seinem Kopf wurde nicht nur immer lauter, sondern war ihm mittlerweile auch viel vertrauter. Manchmal hatte er sogar das Gefühl, sie zu verstehen. In solchen Momenten fand er die Logik ihrer Argumente geradezu bestechend. *Wenn ich ein unbesiegbarer Krieger werden kann, warum sollten sich die anderen Sterblichen mir dann nicht unterwerfen?* Doch wenn gleich darauf Caels eigentliche Natur wieder die Oberhand gewann, hasste er sich für solche Gedanken.

Niss hatte gesagt, sein eigener und der fremde Geist könnten nicht zu einer Einheit verschmelzen. Irgendwann würde der eine den anderen vernichten. Dieser Kampf schien bereits in vollem Gange zu sein. Und deuteten seine Stimmungsschwankungen nicht schon jetzt darauf hin, wer den Sieg davontragen würde?

Schließlich hatte Usul ihm prophezeit, er werde sich irgendwann seiner Stimme unterwerfen. Natürlich konnte sich Cael an die Hoffnung klammern, dass die Prophezeiungen des Gottes ungewiss wurden, sobald er sie aussprach. Im Prinzip konnte auch das genaue Gegenteil dessen eintreten, was Usul vorhergesagt hatte, aber das glaubte Cael von Tag zu Tag weniger.

Usul hatte auch verkündet, dass einer der Gefährten die anderen verraten würde. Und wenn Cael den Einflüsterungen seiner Stimmte lauschte, die ihm schier den Verstand raubten, zweifelte er kaum noch daran, wer dieser Verräter sein würde: er selbst. Sobald er den Kampf gegen die Stimme in seinem Kopf verloren hätte.

Irgendwann würde es ihm richtig vorkommen, Unschuldige dahinzumetzeln, um seine Überlegenheit unter Beweis zu stellen. Spielte er nicht schon jetzt manchmal mit dem Gedanken?

Cael wollte jedenfalls lieber sterben, als seine Freunde zu gefährden. Als die Feluke am Abend auf das Ruderboot zugesegelt war, hatte er sogar kurz überlegt, ob er die anderen nicht bitten sollte, ihn auf der Insel Zuïa zurückzulassen. Doch zwei Dinge hatten ihn davon abgehalten.

Zum einen konnte er Niss nicht verlassen, nicht nach dem, was ihr in Zuïas Palast zugestoßen war. Das brachte er einfach nicht übers Herz. Bevor er fortging, wollte er sich von ihr verabschieden, und dazu musste er warten, bis sie aufwachte. Und wenn das zu lange dauerte, würde er ihr eben einen Brief schreiben.

Zum anderen musste er seinen Freunden unbedingt ein letztes Mal helfen, indem er ihnen den Namen des Erzfeinds verriet. Irgendwann würde er sich zwangsläufig daran erinnern, schließlich hatte sein anderes Ich Usuls Antwort gehört. Sobald er tief genug in seinem Gedächtnis gegraben hätte, würde er seine Gefährten verlassen, um sich einsam und allein der Hoffnung hinzugeben, dass der Sieg der Erben über Sombre ihn zugleich von seinem inneren Dämon befreite.

Aber vielleicht würde er gar nicht mehr von ihm befreit werden wollen, wenn sein dunkles Ich erst einmal die Kontrolle über seinen Körper übernommen hätte.

Erneut schnürte ihm die Angst die Kehle zu. Als Amanón ihm an Deck entgegenkam, machte er abrupt kehrt, weil er fürchtete, in Tränen auszubrechen, wenn sein Cousin ihn ansprach. Was würde nur aus ihm werden? Was hatte Sombre ihm angetan?

In welch eine Bestie hatte der Dämon ihn verwandelt?

Nach einem hastigen Blick über die Schulter schob er die Ärmel seines Hemds hoch und betrachtete die Schnitte, die die Dolche der Züu auf seinen Unterarmen hinterlassen hatten. Vergiftete Dolche.

Es war die einzige Stelle seines Körpers, an der die Züu-Priester ihn getroffen hatten, aber eigentlich hätte ihn schon ein einziger oberflächlicher Kratzer töten müssen. Warum war er noch am Leben? In Lorelia hätte ihn ein Dolchstoß der K'lurier in die Brust fast dahingerafft. Warum hatten die Hatis der Züu, die zu den gefährlichsten Waffen der Welt zählten, ihm weniger anhaben können als der Zackendolch?

Ohne Zweifel lag das an der Macht des Dämons, der in ihm wohnte. Was bewirkte er sonst noch? Verlor Cael nicht nur allmählich den Verstand, sondern auch seine Menschlichkeit?

Ihm grauste davor, was die Stimme mit ihm anstellte. Die Wut und Blutiger seines inneren Dämons nahmen bisweilen ein solches Ausmaß an, dass er sich wie ein wildes Tier verhielt, jede Hemmung verlor und blindwütig um sich schlug. Manchmal konnte er sich im Nachhinein nicht einmal mehr an seine Taten erinnern. Deshalb hatte er auch den Namen des Erzfeinds vergessen, obwohl er sicher war, ihn gehört zu haben.

Immerhin wusste er inzwischen, was gegen Ende seiner Begegnung mit Usul passiert war. Beim Kampf gegen die Boten Zuïas war ein Teil seiner Erinnerung zurückgekehrt. Die Stimme hatte ihn dazu angestachelt, den allwissenden Gott anzugreifen.

Was anschließend geschehen war, lag nach wie vor im

Dunkeln. Cael wusste nur noch, dass er fast ertrunken wäre und seine Gefährten ihn gerade noch rechtzeitig hochgezogen hatten. Vermutlich hatte Usul ihm aus Rache die Luftblase entzogen, die er seinen Besuchern gewährte. Eigentlich kam es einem Wunder gleich, dass der Unsterbliche ihn nicht auf der Stelle getötet, sondern zugelassen hatte, dass seine Freunde ihm das Leben retteten. Aber schließlich war es Usuls einziger Zeitvertreib, Sterbliche zu beobachten und ihren hilflosen Kampf gegen das Schicksal zu verfolgen. Hätte er Cael getötet, wäre er wieder zur Langeweile verdammt gewesen.

Wenn die Stimme das nächste Mal die Kontrolle übernahm und ihn in blinde Raserei versetzte, würde die Sache vielleicht nicht so glimpflich ausgehen. Cael hoffte inständig, dass sein innerer Dämon nicht allen Erben zum Verhängnis wurde.

»Du musst etwas essen«, drängte Zejabel.

Eryne warf einen zweifelnden Blick auf die Blechschüssel, die ihre Freundin ihr hinhielt. Eigentlich hätte sie nach dem tagelangen Marsch durch die Sümpfe des Lus'an, dem Kampf in Zuïas Bibliothek und der gefährlichen Kletterpartie hinab zum Meer völlig ausgehungert sein müssen. Zugegebenermaßen duftete der Eintopf, den Keb gekocht hatte, auch überaus köstlich. Dennoch fühlte sich Eryne nicht imstande, auch nur einen Bissen herunterzubringen. Sie hatte die Gedanken so vieler kaltblütiger Züu-Mörder vernommen, dass ihr vor Abscheu ganz schlecht war.

»Denk an dein Kind«, versuchte es Zejabel erneut. »Du musst bei Kräften bleiben.«

Sie hatte das richtige Argument gefunden: Mit einem matten Lächeln nahm Eryne die Schüssel entgegen. Zejabel ließ sich neben ihr auf der Koje nieder. Die anderen saßen draußen in der Kombüse am Abendbrottisch, doch Eryne hatte sich geweigert, Niss allein zu lassen. *Anders kennen wir es nicht von dir,* hatten ihre Gefährten gesagt. Sicher, für Eryne war es unvorstellbar, nicht am Bett ihrer kranken oder verletzten Gefährten zu wachen. Schon als Kind hatte sie ihre Eltern oder ihren kleinen Bruder gepflegt, wenn sie wegen einer Grippe das Bett hüten mussten.

»Außerdem solltest du versuchen, etwas zu schlafen. Bowbaq bleibt ohnehin bei Niss, sie wird also nicht allein sein.«

Da sie sich soeben einen Löffel in den Mund geschoben hatte, nickte Eryne nur, auch wenn sie fest entschlossen war, die Hand des Mädchens zu halten, bis ihr vor Erschöpfung die Augen zufielen. Falls sie überhaupt Schlaf fand …

In letzter Zeit wälzte sie sich oft ruhelos hin und her, und beim Aufwachen spukten ihr Fetzen aus bizarren Träumen im Kopf herum, oder vielmehr die Erinnerung an die Gedanken unzähliger fremder Menschen, die sie im Zustand der Entsinnung vernommen hatte. Eryne konnte sich einfach nicht an diese Träume gewöhnen, obwohl Zejabel gesagt hatte, dass sie sich damit abfinden musste. Bald würde sie die fremden Gedanken wohl auch hören, wenn sie wach war, und dann wäre der Schlaf ihr einziger Zufluchtsort.

Das brachte sie ins Grübeln. Erging es allen Unsterblichen so? Warteten sie sehnsüchtig auf den Schlaf, um wenigstens für kurze Zeit dem Getöse der menschlichen Gedanken zu entkommen? Intuitiv spürte sie, dass sie der Wahrheit nahekam, auch wenn sie keine Gewissheit hatte. *Das wird also mein Schicksal sein, wenn ich erst …*

Rasch schob sie die düsteren Gedanken beiseite und konzentrierte sich auf die Gegenwart: *Mutter und Vater. Nolan. Amanón und Keb. Zejabel, Bowbaq, Cael und die kleine Niss. Meine Freunde.*

Mein Sohn.

»Schmeckt dir das Essen nicht? Ist dir nicht gut?«, fragte Zejabel.

Eryne hatte das Gesicht verzogen und sich eine Hand auf den Bauch gelegt. Für einen kurzen Moment amüsierte es sie, dass Zejabel sich um sie kümmerte, wie es sonst immer ihre Mutter Lana getan hatte. Außerdem fiel ihr auf, dass die Zü stillschweigend zum Du übergegangen war. Selbst Amanón gebrauchte seit dem Kampf in Zuïas Palast die ungezwungene Anrede. Hatte sich das Bild, das ihre Freunde von ihr hatten, durch ihre Schwangerschaft verändert? War sie in ihren Augen nun keine vornehme Hofdame mehr?

Nein, der vertrauliche Umgang hatte wohl eher etwas mit den Gefahren zu tun, die sie gemeinsam durchgestanden hatten. Ihre Abenteuer hatten sie einander näher gebracht. Dabei hätten Eryne und Zejabel nicht unterschiedlicher sein können. Und Amanón … Mit ihm hatte sie immerhin das Bett geteilt. Dass sie sich danach weiter mit ausgesuchter Höflichkeit begegnet waren, hatte niemanden getäuscht. Zumal er vielleicht der Vater ihres Kindes war – er oder Kebree.

»Mir ist etwas schwindelig«, murmelte sie.

Tatsächlich schwirrte ihr der Kopf. Neben all den anderen Sorgen wusste sie nicht einmal, wer der Vater ihres Kindes war. Wie hatte sie sich in so kurzer Zeit zwei so unterschiedlichen Männern hingeben können? Warum hatte sie ihnen das angetan? Keb und Amanón hatten doch nur ihr Bestes gewollt und sie immer beschützt. Und wieso war sie immer noch unschlüssig, was ihre Gefühle anging?

Aber jetzt lag die Entscheidung nicht mehr bei ihr.

»Ich muss mich hinlegen«, sagte sie mit matter Stimme.

Zejabel nahm ihr die Schüssel ab und erhob sich, um ihr Platz zu machen, aber Eryne stand auf, tappte zu Niss hinüber und streckte sich neben ihr aus. Sie hatte das Gefühl, in einen bodenlosen Abgrund zu stürzten, so schwindelig war ihr.

»Das kommt vor, mach dir keine Sorgen«, flüsterte Zejabel wie aus weiter Ferne. »Du hast deine Kräfte zu sehr beansprucht, ohne darauf vorbereitet zu sein. Jetzt ist es das Wichtigste, dass du dich ausruhst.«

Vielleicht sagte sie noch mehr, aber Eryne hörte sie nicht mehr. Sie versank in einem Dämmerzustand, in dem die dramatischen Ereignisse des Tages erneut vor ihrem geistigen Auge vorbeizogen: Die Erben waren Zuïa in ihrem Palast in die Falle gegangen. Die Dämonin hatte verkündet, das Gwelom werde Eryne bald nicht mehr schützen, und ihr eröffnet, dass in ihrem Leib ein Kind heranwuchs. Die Erben hatten gegen die Züu-Priester gekämpft, und plötzlich war Niss leblos in sich zusammengesackt. Dann waren die Freunde zur Nordküste der Insel geflohen, mit Zuïa als Geisel.

Dort hatten Eryne und Zejabel der Dämonin gemeinsam deren Lanze in den Bauch gestoßen und die Unsterbliche getötet.

Während Eryne in diesem seltsamen Schwebezustand dahindämmerte, näherte sie sich noch etwas mehr jener göttlichen Natur, die ihr vorherbestimmt war. Und so erfuhr sie dank der rätselhaften Verbindungen, die zwischen den Unsterblichen bestehen, die Wahrheit:

Zuïa war nicht tot.

Folglich war Eryne nicht der Erzfeind.

Das war ihr letzter klarer Gedanke, bevor sie in einen tiefen, zunächst erholsamen Schlaf fiel.

Dann kamen die Träume, die nicht ihre eigenen waren.

Träume, die ihr eine weitere traurige Kunde brachten.

Alle verstummten, als Zejabel aus der Kajüte trat und sich zu ihnen an den Tisch setzte. Da sie die Tür leise hinter sich zuzog, nahm Amanón an, dass Eryne endlich eingeschlafen war. Er war erleichtert, aber auch etwas enttäuscht. Natürlich wusste er, dass seine Geliebte nach all den Schrecknissen Ruhe brauchte, aber er vermisste auch ihre Gesellschaft. Seit dem Kampf in Zuïas Palast waren sie kein einziges Mal miteinander allein gewesen.

Und dabei hatten sie sich so viel zu sagen.

Ratlos musterte er seine Freunde. Sie boten einen kläglichen Anblick. Bowbaq hatte tiefe Furchen im Gesicht und saß mit hängenden Schultern wie ein Häuflein Elend auf der Bank. Seit gestern schien er um zehn Jahre gealtert zu sein. Caels Blick huschte unstet umher, und ein Augenlid zuckte nervös, vermutlich war er todmüde. Nolan und Zejabel wirkten ebenfalls erschöpft, auch wenn die Zü wie immer versuchte, keine Schwäche zu zeigen. Nur Keb sah putzmunter aus. Er leerte soeben zum dritten Mal seinen Teller und würde sicher zu schnarchen beginnen, sobald er sich aufs Ohr legte. Nach vielen gemeinsamen Erlebnissen kannte Amanón ihn inzwischen recht tut. *Zu vielen gemeinsamen Erlebnissen,* dachte er bitter.

»Nun denn«, sagte er mit brüchiger Stimme. »Was steht auf dem Zettel?«

Keb schwieg und nickte Nolan zu, der das zusammengefaltete Stück Papier aus der Tasche zog und es Amanón reichte.

»Vielleicht sollten wir auf Eryne und Niss warten«, gab Nolan zu bedenken.

»Dafür haben wir keine Zeit«, entgegnete Amanón. »Bald wird Erynes Gwelom seine Wirkung verlieren. Wir wissen nicht, wie viele Tage der Schutz noch anhält, und wenn es so weit ist, wird Sombre uns finden, ganz gleich, wo wir sind. Wir können nicht warten.«

Er verharrte noch einen Moment mit dem Zettel in der Hand, um den anderen Gelegenheit zu geben, ihm zu widersprechen. Dann entfaltete er das Pergament.

Drei kurze Sätze, mehr nicht.

Meine Mutter besitzt Saats Schwert. Die Waffe ist aus Gwel geschmiedet. Sie könnte Sombre töten.

Fassungslos las Amanón die Zeilen ein zweites und drittes Mal. Dann hob er den Kopf und reichte den Zettel an Zejabel weiter, die schon die Hand danach ausgestreckt hatte.

»Hast *du* das geschrieben?«, fragte Amanón, nachdem er aus seiner Erstarrung erwacht war.

»Natürlich. Glaubst du etwa, wallattische Prinzen können nur reiten und kämpfen?«, antwortete Keb spöttisch. »Ich habe wahrscheinlich mehr Hauslehrer gehabt als ihr alle zusammen.«

Der Zettel machte die Runde. Nachdem sie die Sätze gelesen hatten, starrten auch Bowbaq und Cael Keb verblüfft und neugierig an. Keb schien die Aufmerksamkeit zu genießen, und bei seinem ewigen Grinsen riss Amanón der Geduldsfaden.

»Und seit wann trägst du dieses Geheimnis schon mit dir herum?«, herrschte er ihn an, selbst überrascht von seinem plötzlichen Zorn.

»Seit Goran«, antwortete Keb ungerührt. »Und ich hätte auch weiterhin geschwiegen, wenn ich mir nicht bei dem Sprung von der Klippe das Genick hätte brechen können.«

»Aber warum?«, fragte Nolan entgeistert. »Warum hast du die ganze Zeit kein Sterbenswörtchen gesagt?«

»Weil es um meine Mutter geht. Sombre hat keine Ahnung, dass sie das Schwert besitzt. Und ich wusste, dass ihr alles daransetzen würdet, es in euren Besitz zu bringen. Ich will Che'b'rees Leben nicht in Gefahr bringen.«

»Aber wenn wahr ist, was auf dem Zettel steht«, warf Bowbaq ein, »dann müssen wir …«

»Ja«, fiel ihm Keb ins Wort. »Aber erst, wenn alle anderen Möglichkeiten gescheitert sind. Ich will, dass wir erst versuchen, diese verdammten ethekischen Schriftzeichen zu übersetzen. Das seid ihr mir ja wohl schuldig.«

Amanón bemühte sich, seine Wut hinunterzuschlucken, auch wenn er innerlich kochte. Wie hatte Keb ihnen eine so wichtige Auskunft nur vorenthalten können? Andererseits war seine Sorge verständlich, und er hatte es in der Tat verdient, dass sie sich auch einmal nach ihm richteten. Von Anfang an hatte er bei den gefährlichsten Unternehmungen mitgemacht, ohne zu murren.

»Vielleicht ist das alles sowieso nur Unsinn«, brummte Keb. »Meine Mutter behauptet, Saat habe dem Schwert magische Kräfte verliehen, aber es ist ihr nicht gelungen herauszufinden, welche. Der Hexer hat sich das Ganze vermutlich nur ausgedacht, um sich wichtig zu machen. Mehr steckt nicht dahinter.«

»Das glaube ich nicht. Wir müssen die Sache ernst nehmen«, widersprach Nolan. »Es ist gut möglich, dass Saat einen Klumpen Gwel aus dem Jal entwendet hat, so wie Bowbaq und Grigán. Corenn und Yan haben unsere Steine in magische Anhänger verwandelt. Warum sollte sich Saat nicht ein Schwert aus Gwel geschmiedet haben?«

»Wir müssen auch bedenken, dass Saat mit diesem Schwert getötet wurde«, warf Bowbaq ein.

Alle wandten sich dem Arkarier zu, dessen Augen schimmerten, als er sich an den letzten Kampf gegen den Hexer erinnerte.

»Léti entriss Saat sein Schwert, um ihn zu töten. Das weiß ich noch ganz genau. Und zuvor hatte er sich mit den magischen Eigenschaften der Waffe gebrüstet. Wie war das noch … Irgendwie kann man dem Schwert befehlen, jemanden zu töten.«

»Aber vermutlich kann nur ein Hexer diese Kraft nutzen«, meinte Zejabel.

»Bist du sicher, dass es sich um dasselbe Schwert handelt?«, fragte Amanón Keb.

»Meine Mutter hat es eigenhändig aus Saats Leiche gezogen und es seither nicht mehr aus der Hand gegeben. Also muss es die richtige Waffe sein.«

Amanón stieß einen tiefen Seufzer aus, stützte die Ellbogen auf den Tisch und vergrub das Gesicht in den Händen. Das Schicksal spielte ihnen wirklich übel mit … Hätte Léti oder einer der anderen Erben das Schwert vor zwanzig Jahren mitgenommen, sähe jetzt alles ganz anders aus. Nun mussten sie die lange, beschwerliche Reise nach Wallatt auf sich nehmen, bei der sie womöglich Sombre in die Hände fallen würden.

»Selbst wenn wir davon ausgehen, dass die Waffe aus Gwel besteht und magische Kräfte hat, beweist nichts, dass man mit ihr einen Dämon töten kann«, sagte er schließlich. »Sombre könnte versuchen, das Schwert in seinen Besitz zu bringen, um es gegen uns zu verwenden.«

»Das wird er bestimmt versuchen«, pflichtete ihm Nolan bei. »Aber wenn ich der Erzfeind wäre, würde ich bei einem Zweikampf gegen Sombre lieber dieses Schwert in der Hand halten als eine gewöhnliche Waffe.«

»Und auch Saat schien nichts und niemand etwas anhaben zu können«, sagte Bowbaq. »Bis Léti seine Waffe gegen ihn richtete.«

Unschlüssig musterte Amanón Kebs unergründliche Miene. Er wusste nicht, ob er die Geschichte tatsächlich für bare Münze nehmen sollte, aber unwillkürlich dachte er bereits über die beste Reiseroute nach Wallatt nach. Es gab drei Möglichkeiten: Sie konnten durch das Kaiserreich Goran bis zum Tal der Krieger ziehen, das Rideau-Gebirge im Norden umwandern und anschließend das Königreich Thalitt durchqueren. Das würde jedoch sehr lange dauern. Oder sie segelten zu den südlichen Ausläufern des Rideau, zu denen es nicht weit war, doch dann läge noch das Sandmeer vor ihnen, eine gigantische Wüste, und für einen solchen Marsch besaßen sie nicht die richtige Ausrüstung.

Oder aber sie nahmen den Weg unter dem Rideau hindurch.

In diesem Fall würden sie sich in den Tunnel vorwagen müssen, den Saats Sklaven durch das Gebirge gegraben hatten. Dieser Weg war nicht minder gefährlich als die anderen, dafür aber mit Abstand der schnellste.

»Lasst uns die Entscheidung auf morgen verschieben«, schlug Amanón vor und unterdrückte ein Gähnen. »Wir brauchen alle etwas Schlaf.«

»Irgendwas stimmt nicht an dieser Geschichte mit dem Schwert«, sagte Cael unvermittelt.

Mit einem Nicken forderte Amanón ihn zum Weitersprechen auf. Bisher hatte sich der Junge nicht an der Unterhaltung beteiligt. Ihm war deutlich anzusehen, wie sehr er in den letzten Tagen gelitten hatte: Seine Haut war aschfahl, und auf seinem Gesicht lag ein dunkler Schatten.

»Das Schwert hätte doch eigentlich verhindern müssen, dass Sombre Saats Gedanken lesen kann. So wie uns unsere Anhänger vor dem Zugriff des Dämons schützen. Tante Corenn schreibt aber in ihrem Tagebuch, dass zwischen dem Hexer und seinem Dämon eine ständige Gedankenverbindung bestand. Sie hat es selbst erlebt.«

»Saats Gwel stammte aus dem Karu«, bemerkte Zejabel. »Vielleicht wirkt es anders als das aus dem Dara.«

»Unsere Anhänger schützen uns sowohl vor Göttern als auch vor Dämonen«, widersprach Cael. »Das Gwel aus dem Karu muss die gleiche Wirkung haben.«

»Darüber habe ich auch schon nachgedacht«, sagte Nolan. »Ich bin zu folgendem Schluss gekommen: Saat verbrachte mehrere Jahrzehnte im Jal, wodurch seine Lebenserwartung um ein Vielfaches stieg. Aber das machte ihn nicht unverwundbar. Deshalb vermute ich, dass Saat Sombre Kraft entzogen hat, um sich davor zu schützen, mit einer Waffe getötet zu werden.«

»Corenn zufolge ist so etwas mit Magie möglich«, bestätigte Bowbaq.

»Jedenfalls konnte Léti Saat erst töten, nachdem Yan Sombre vom Verrat des Hexers erzählt hatte«, fuhr Nolan fort. »Also verbarg Saats Gwelom seine Gedanken nicht vor Göttern und Dämonen, weil der Hexer selbst eine Art Unsterblichkeit erlangt hatte, entweder durch seinen langen Aufenthalt im Jal oder durch die Kraft, die er Sombre entzog.«

»Verstehe«, sagte Keb. »Unsterbliche werden also nicht vom Gwel geschützt. Sombre nicht, Saat nicht, und unsere teure Freundin, die nebenan schlummert, bald auch nicht mehr.«

Amanón suchte Caels Blick, um zu sehen, ob sein Cousin mit Nolans Antwort zufrieden war. Doch der Junge schien noch blasser geworden zu sein.

»Was ist los?«, fragte er erschrocken.

»Nichts«, murmelte Cael. »Du hast recht, wir sind alle müde. Ich gehe schlafen. Weck mich, wenn ich die Wache übernehmen soll.«

Alle wünschten ihm eine gute Nacht, und bald zogen sich auch die anderen zurück. Amanón stieg hoch an Deck. Ohne eine Lampe anzuzünden, lehnte er sich an die Reling, um wie vereinbart einen halben Dekant lang Wache zu halten. Die Zeit verging wie im Fluge. Ihm spukten zu viele Sorgen im Kopf herum, als dass er sich auch nur eine Dezille gelangweilt hätte.

In der Nacht veränderte sich Niss' Zustand nicht, weder zum Besseren noch zum Schlechteren, und am Morgen lag das Mädchen immer noch leblos da und zeigte keine Reaktion. Bowbaq hatte Mühe, ihr auch nur etwas Wasser einzuflößen. Wenn das so weiterginge, würde Niss binnen weniger Tage an Entkräftung sterben.

Auch Eryne war noch nicht wieder ansprechbar. Sie schien sich in einem eigenartigen Zustand zwischen Wachen und Träumen zu befinden, aus dem sie ab und zu hochschreckte, nur um gleich darauf wieder wegzudämmern. Am Vormittag bat Amanón Bowbaq, ihm zu helfen, sie auf ihre eigene Koje umzubetten, doch als die beiden Männer nach kurzer Zeit noch einmal nach ihr sahen, schmiegte sich Eryne schon wieder an das Mädchen. Es war ihnen unbegreiflich, woher sie die Kraft genommen hatte, aufzustehen und zu Niss hinüberzugehen, wo sie doch kaum die Augen offen halten konnte. Immerhin mussten sie sich keine Sorgen um ihre Gesundheit machen. Zejabel zufolge konnte ein längeres

Verharren im Zustand der Entsinnung solche Auswirkungen haben, vor allem, wenn man noch nicht daran gewöhnt war. Sie war überzeugt, dass die künftige Göttin bald wieder zu sich kommen würde.

Da sie noch nicht wussten, wo sie als Nächstes hinfahren würden, behielt Amanón erst einmal den nördlichen Kurs bei, und so entfernten sie sich immer weiter von der Insel Zuïa und den Gefahren, die dort lauerten. Die Züu-Priester verfügten zwar über keine große Flotte, aber wenn auch nur eins ihrer Schiffe die *Othenor II* einholte, mussten sich die Erben auf einen ungleichen Kampf gefasst machen. Und dass sie verfolgt wurden, stand außer Frage, schließlich konnten die Judikatoren ihren Frevel nicht ungestraft lassen, und sei es nur, um das Geheimnis von Zuïas Tod zu wahren.

Nach einer Weile übernahm Cael das Steuer, und Amanón konnte sich endlich in Ruhe den Büchern widmen, die sie aus Zuïas Bibliothek mitgenommen hatten. Es handelte sich um fast dreißig Manuskripte von unschätzbarem historischem Wert, auch wenn noch ungewiss war, ob sie den Erben weiterhelfen würden. Bislang waren auf der gesamten bekannten Welt nur eine Handvoll ethekischer Pergamente gefunden worden, und keins davon war in klassischem Ethekisch verfasst. Sie stammten vielmehr aus einer Zeit, als sich bereits verschiedene Kulturen mit eigenen Dialekten herausgebildet hatten. Die Bücher aus Zuïas Bibliothek hingegen waren in eben jenen Schriftzeichen verfasst, aus denen auch die Inschriften der Pforten bestanden.

Doch die Erben hatten keinen Sinn für die Kostbarkeit dieser uralten Zeugnisse der Menschheit. Sie hofften eigentlich nur, endlich Antworten auf ihre Fragen zu bekommen.

Als Erstes durchblätterte Amanón sämtliche Manuskripte und suchte nach einem Bild von den Pforten oder einem anderen offensichtlichen Hinweis auf das Jal. Nolan bot ihm Hilfe an, und einen knappen Dekant lang steckten beide ihre Nasen eifrig in jedes Buch. Das Ergebnis war enttäuschend, auch wenn sie auf einige wenige Stellen mit Symbolen stießen, die sie an Corenns Abschrift erinnerten. Sie markierten die Seiten mit Lesezeichen, um sie sich genauer anzusehen, sobald sich Amanón mit dem fremdartigen Alphabet vertraut gemacht hätte. Es erwies sich als großes Glück, dass die Erben einen Übersetzer unter sich hatten.

Nachdem sie alle Bücher durchgesehen und nach ihrer Brauchbarkeit sortiert hatten, nahm sich Amanón die ersten Seiten einer Lesefibel vor und versuchte, nicht daran zu denken, wie sehr die Zeit drängte. Während er über den geschwungenen Symbolen aus Strichen und farbigen Flächen brütete, die seit Jahrtausenden niemand mehr verwendete und deren Bedeutung längst in Vergessenheit geraten war, hatte er das seltsame Gefühl, einen Kampf zu führen: einen Kampf um ihr aller Überleben.

Eine ganze Weile starrte er ratlos auf die Zeichen, bis ihm vor lauter Nachdenken der Schädel brummte. Er kam kein Stück voran. Zwar war das Buch eine Lesefibel, und Amanón war es durchaus gewohnt, sich fremde Sprachen anzueignen, aber er durchschaute die Logik des Alphabets einfach nicht. Je länger er grübelte, desto verwirrender kam es ihm vor.

Um die Schrift zu entschlüsseln, brauchte er irgendeinen Anhaltspunkt, etwa ein geläufiges Wort, das leicht wiederzuerkennen war. Daraus würde er Rückschlüsse auf andere Wörter ziehen können und sich so allmählich immer mehr Vokabeln erschließen. Doch selbst die Zeichenfolgen, deren Bedeutung in der Fibel erklärt wurde, waren kaum voneinander zu unterscheiden. Jedes Mal, wenn er dachte, endlich einem Wort auf die Spur gekommen zu sein, fand er gleich darauf ein Gegenbeispiel, das seine Annahme zunichte machte.

Schuld daran waren die Farben der Schriftzeichen, die ein unverzichtbarer Bestandteil des ethekischen Alphabets zu sein schienen. So hatte eine bestimmte Abfolge von Zeichen offenbar verschiedene Bedeutungen, je nachdem, ob sie mit einem blauen oder einem gelben Symbol begann. Selbst die Bilder, die hie und da den Text illustrierten, halfen Amanón nicht weiter, denn auch sie erklärten nicht, warum das Wort für ein und denselben Gegenstand mal gelb und mal grün war. Insgesamt gab es sieben verschiedene Farben, wobei Schwarz die einzig neutrale zu sein schien. Und selbst das war nichts weiter als eine Vermutung …

Beharrlich, wie er war, gab Amanón nicht so schnell auf. Er ließ sogar das gemeinsame Essen zum Mit-Tag ausfallen, um weiter über den Büchern zu brüten. Nachdem er sich einen weiteren halben Dekant vergeblich abgemüht hatte, bat er Zejabel um Hilfe, weil er nichts unversucht lassen wollte. Sie setzte sich neben ihn an das Holzbrett, das ihm als Schreibpult diente.

»Erkennst du vielleicht eins dieser Zeichen wieder?«

Die Zü starrte eine Weile konzentriert auf die aufgeschlagene Fibel und schüttelte schließlich den Kopf.

»Und was ist mit gesprochenem Ethekisch?«, bohrte Amanón weiter. »Hat Zuïa hin und wieder eine Sprache gesprochen, die du nicht verstanden hast?«

»Ja, als sie auf der Insel Ji den Leviathan rief. Ich glaube, das war Ethekisch.«

»Damals ging alles so schnell«, sagte Amanón seufzend. »Ich konnte mir keins ihrer Worte merken. Erinnerst du dich vielleicht noch an etwas anderes? Einen Ausdruck, den sie von Zeit zu Zeit gebrauchte? Einzelne unverständliche Wörter?«

Zejabel schloss die Augen und durchforstete ihr Gedächtnis, obwohl sie die Vergangenheit am liebsten vergessen hätte. Als sie die Augen wieder aufschlug, zuckte sie nur bedauernd mit den Schultern. »Zuïas heilige Lanze heißt Zaya'nat«, fiel ihr dann plötzlich ein. »Der Name ist kein Ramzü. Die Dämonin hat behauptet, er bedeute Donner.«

»Auf Altitharisch heißt Gewitter *zayenath*. Vermutlich stammt der Name daher.«

»Nein, die Lanze ist wesentlich älter als die ersten itharischen Siedlungen. Es heißt, sie sei schon immer in Zuïas Besitz gewesen.«

In diesem Moment blitzte ein Bild vor Amanóns Augen auf: Eryne, die auf der Flucht aus Zuïas Palast eine Lanze umklammert hielt, in deren Eisenspitze Symbole eingraviert waren. Fieberhaft blätterte er in der Fibel, deren Aufbau er allmählich auswendig kannte. Schließlich hielt er bei dem Bild einer schwarzen Wolke inne, aus der ein Blitz zuckte. Darunter befanden sich drei bunte Schriftzeichen.

»Erkennst du diese Symbole?«

Zejabel nickte, und ein leises Lächeln erhellte ihr Gesicht. Mehr brauchte Amanón nicht zu wissen. Er selbst hatte die Zaya'nat nur kurz gesehen und der Waffe keine besondere Aufmerksamkeit geschenkt. Doch Zejabel hatte sie Tag für Tag vor Augen gehabt. Der Name der Lanze war in ihre Spitze eingraviert. Also ähnelten sich die Wörter für Gewitter im Ethekischen und Altitharischen.

Die beiden Sprachen waren miteinander verwandt!

Diese Entdeckung war ein unverhoffter Glücksfall. Seit langem beherrschte Amanón das Altitharische nahezu perfekt. Wenn seine Vermutung stimmte, musste er sich nur noch überlegen, welcher Begriff mit den Bildern in der Fibel jeweils dargestellt werden sollte, dann das entsprechende altitharische Wort in seine Silben zerlegen und diese Laute wiederum den einzelnen ethekischen Schriftzeichen zuordnen. Hätte er dann erst einmal einen Großteil der Zeichen entschlüsselt, würde er sämtliche Bücher aus dem Ethekischen erst ins Altitharische und von dort ins Hochitharische übertragen können, der gemeinsamen Sprache der Erben.

Die Übersetzung der ethekischen Schriften wäre demnach weniger schwierig, als er befürchtet hatte. Eilig dankte er Zejabel und vertiefte sich wieder in das Lesebuch, eine Feder in der Hand und mehrere unbeschriebene Pergamente vor sich.

Schon nach wenigen Dezillen bekam Amanóns Begeisterung jedoch einen Dämpfer. Sein Problem mit den Farben bestand weiter. Er probierte verschiedene Möglichkeiten durch, aber er fand einfach keine Lautfolge, die irgendeinen Sinn ergeben hätte.

Das Wissen der Etheker blieb ihm verschlossen.

Eryne erwachte gegen Ende des fünften Dekants; sie hatte fast den ganzen Tag verschlafen. Bowbaq, der an Niss' Bett wachte, ging den anderen Bescheid sagen. Amanón brütete immer noch über seinen Büchern, Keb saß mit der Angel in der Hand an Deck und plauderte mit Cael, der seit dem Morgen am Steuer stand, und Nolan las wieder einmal in Corenns Tagebuch und suchte alle Stellen heraus, an denen Saats Schwert erwähnt wurde. Nur Zejabel streifte ruhelos hin und her, weil sie keine sinnvolle Beschäftigung fand. Die lange Untätigkeit schlug ihr aufs Gemüt. Sie war froh, auf der Feluke einigermaßen in Sicherheit zu sein, sehnte sich jedoch auch nach Abwechslung. Mit jeder Dezille, die sie auf dem Meer verbrachten, kam Sombre der Verwirklichung seiner finsteren Pläne näher. Deshalb nahm sie die Nachricht, dass Eryne aufgewacht war, mit Erleichterung auf. Endlich könnte sie sich wieder nützlich machen: Sie würde Eryne bei ihrer Entwicklung zur Göttin begleiten.

Als sie in die Kajüte trat, warf Eryne ihr einen traurigen Blick zu. Noch bevor Zejabel nach dem Grund fragen konnte, versammelten sich auch die anderen in dem engen Raum. Zwar erwiderte Eryne das Lächeln ihrer Freunde, wurde dann aber gleich wieder ernst und räusperte sich.

»Ich bin nicht der Erzfeind«, sagte sie ohne Umschweife.

Alle machten ungläubige Gesichter, nur Zejabel verzog keine Miene. Sie fühlte sich, als hätte ihr jemand einen Eimer kalten Wassers über den Kopf gegossen, denn sie begriff sofort, was das bedeutete. Dass Eryne sich sicher war, bezweifelte sie nicht eine Dezille, sonst hätte die Freundin sie nicht so mitleidig angesehen.

»Das wissen wir nicht«, widersprach Amanón. »Es könnte jeder von uns sein.«

»Jeder, außer mir«, beharrte Eryne. »Während ich schlief, habe ich … Wie soll ich das beschreiben? Ich habe für einen kurzen Moment etwas gespürt. Stimmen, die anders waren als alles, was ich bisher vernommen habe. Unter ihnen war auch Zuïas Stimme. Die Dämonin ist nicht tot. Also kann ich nicht der Erzfeind sein.«

Alle Blicke wandten sich Zejabel zu, doch das Blut pochte ihr viel zu heftig in den Schläfen, als dass sie auch nur ein Wort hätte herausbringen können. Stocksteif stand sie da, unfähig sich zu rühren. Innerlich kochte sie vor Wut und bebte zugleich vor Angst. Zuïa war also noch am Leben. Diejenige, in die Zejabel all ihre Hoffnungen gesetzt hatte, konnte die Dämonin nicht besiegen. Und Zuïas Hass auf ihre einstige Dienerin und die Erben musste seit den Ereignissen auf der Insel noch gewachsen sein.

»Und du hast das nicht geträumt?«, fragte Bowbaq vorsichtig. »Nach allem, was du durchgemacht hast, wäre das nur verständlich.«

»Nein«, versicherte Eryne. »Es war zwar seltsam, aber kein Traum.«

»Und hat Zuïa deine Anwesenheit auch gespürt?«, fragte Nolan.

»Ich weiß nicht. Es könnte sein.«

Zejabel stöhnte leise auf: Wenn Zuïa wusste, wo sich Eryne aufhielt, würde sie der *Othenor II* sofort ihre Schiffe hinterherschicken. Dem Kampf gegen eine ganze Schar

Zü-Priester fühlte sich Zejabel zwar gewachsen, aber der Dämonin selbst konnte sie nicht noch einmal die Stirn bieten. Nach dem ersten Schock überkam Zejabel tiefe Mutlosigkeit. Alle Kraft schien aus ihren Gliedern zu weichen, sie sank auf eine Koje und vergrub den Kopf in den Händen.

»Selbst wenn wir davon ausgehen, dass Zuïa tatsächlich noch lebt«, sagte Amanón, »hat das nicht unbedingt etwas zu bedeuten. Wir haben angenommen, dass derjenige, der Sombre besiegen kann, auch imstande ist, andere Götter und Dämonen zu töten. Aber das war lediglich eine Vermutung. Vielleicht kann der Erzfeind tatsächlich nur Sombre bezwingen. Und in diesem Fall könntest du sehr wohl der Erzfeind sein.«

»Ganz davon abgesehen, dass du Zuïa nicht aus eigenem Antrieb erstochen hast. Du hast schließlich nur die Lanze gehalten«, pflichtete ihm Nolan bei.

Zejabel dankte Nolan mit einem flüchtigen Lächeln. Vielleicht hatte er recht. Es war immer noch möglich, dass Eryne der Erzfeind war und sie alle rettete. Ihre Freundin hingegen schien diese Aussicht nicht gerade hoffnungsfroh zu stimmen. Offenbar wäre sie diese Bürde am liebsten ein für alle Mal losgeworden. Wieder einmal standen die Erben vor unzähligen offenen Fragen, auf die sie keine Antworten fanden.

Obwohl Eryne den ganzen Tag geschlafen hatte, wirkte sie erschöpft. So verabschiedeten sich ihre Freunde nach ein paar aufmunternden Worten und wandten sich wieder ihren Aufgaben zu. Auch Zejabel schickte sich an zu gehen, als Eryne sie zu sich winkte.

»Das ist noch nicht alles«, vertraute sie ihr an. »Im

Schlaf, also im Zustand der Entsinnung, da war mir so, als hörte ich Niss' Stimme.«

Die Zü warf einen raschen Blick auf den leblosen Körper des Mädchens in der gegenüberliegenden Koje und sah Eryne dann tief in die Augen. »Glaubst du es nur oder bist du dir sicher?«

Eryne musste nicht lange nachdenken. »Ich bin mir sicher. Sie hörte sich völlig verzweifelt an und flehte um Hilfe. Genau wie damals, als sie fast ertrunken wäre. Was soll ich nur tun? Ich traue mich nicht, Bowbaq davon zu erzählen. Es ist so schrecklich!«

Sie schlug eine Hand vor den Mund und versuchte vergeblich, ein Schluchzen zu unterdrücken. Zejabel streichelte ihr tröstend die Schulter.

Als sich Eryne etwas beruhigt hatte, fragte Zejabel weiter.

»Hast du versucht, ihr zu antworten?«

»Ja, aber es ging nicht«, sagte Eryne todunglücklich. »Ich kann nicht mit den Stimmen sprechen, die ich im Zustand der Entsinnung höre. Sie nehmen meine Anwesenheit nicht wahr.«

»Anders als Zuïa hast du also nicht die Fähigkeit, in Gedanken zu den Sterblichen zu sprechen«, sagte Zejabel nachdenklich. »Du hast sicher andere Kräfte. Wir müssen nur herausfinden, welche.«

»Aber wie kommt es, dass ich Niss' Hilferufe höre?«, fragte Eryne beunruhigt.

»Niss ist nicht tot. Wenn ich Bowbaq richtig verstanden habe, befindet sie sich in einer Art Dämmerzustand, weil sie sich mithilfe ihrer Erjak-Kräfte eines fremden Körpers bemächtigt hat und dieser Körper gestorben ist. Jetzt irrt ihr Geist in einer Zwischenwelt herum, die sie den Tiefen Traum nennt.«

»Aber wie kann es sein, dass ich ihre Stimme höre, obwohl sie ein Gwelom trägt?«

Abermals betrachtete Zejabel Niss' reglose Gestalt. Das war in der Tat seltsam. Aber vielleicht traf ja die einfachste Erklärung zu.

»Ihr Körper und ihr Geist sind zurzeit offenbar voneinander getrennt. Deshalb wird ihr Geist nicht mehr von dem Gwel verborgen – so stelle ich mir das zumindest vor.«

»Und warum kehrt ihr Geist nicht einfach wieder in ihren Körper zurück? Bei Eurydis, warum ist das alles nur so kompliziert?«

»Niss ist zwar nicht tot, aber der Körper, den ihr Geist kontrolliert hat, ist gestorben. Und anders als beim ersten Mal war es diesmal ein Mensch, kein Tier, und er starb eines gewaltsamen Tods. Man hat mich gelehrt, dass auf dieser Welt Gesetze gelten, die wir Sterbliche nicht begreifen. Vielleicht verhindert ja eines dieser rätselhaften Gesetze, dass Niss aufwacht und gesund wird.«

»Aber wenn wir nichts unternehmen, stirbt sie tatsächlich.« Eryne rollten Tränen über die Wangen.

Zejabel betrachtete sie nachdenklich. Ihre Antwort würde Eryne in noch größere Verwirrung stürzen, aber sie musste es ihr sagen. Vor schwierigen Aufgaben war die einstige Kahati noch nie zurückgeschreckt.

»Nur du kannst ihr helfen. Du bist als einzige von uns in der Lage, Niss' Rufe zu hören. Vielleicht kannst du sie zurückholen, falls dir diese Fähigkeit gegeben ist. Eine andere Möglichkeit sehe ich nicht.«

Auf diese Worte hin brach Eryne endgültig in Tränen aus, und eine Dezime lang hielt Zejabel sie im Arm. Schließlich fuhr sich die künftige Göttin über das Gesicht, legte sich neben Niss auf die Koje und nahm behutsam die Hände des Mädchens in ihre. Nach wenigen Dezillen versank sie erneut in einen tiefen Schlaf, einen Schlaf, wie ihn nur Unsterbliche kennen.

Erst nachdem sie die Tür hinter sich zugezogen hatte, erlaubte sich auch Zejabel einen kurzen Moment der Schwäche. Zum Glück war keiner der anderen in der Nähe, so dass niemand ihre feuchten Augen sah. Dann straffte sie die Schultern, setzte eine undurchdringliche Miene auf und ging zum Bug, wo sie sich an die Reling lehnte und gedankenverloren den Horizont betrachtete. Irgendwo hinter ihnen war Zuïa nach wie vor am Leben, und unten in der Kajüte focht Eryne einen stummen Kampf gegen die Gesetze, denen die Sterblichen unterlagen.

Seit dem Morgengrauen war Cael etwas zur Ruhe gekommen. Die Stimme in seinem Kopf war mittlerweile zu einem leisen Flüstern abgeklungen, und fürs Erste schien ihm kein weiterer Anfall bevorzustehen. Eigentlich hätte er froh sein sollen, aber insgeheim war er enttäuscht. Er musste unbedingt das Gedächtnis seines anderen Ichs durchforsten, um den Namen des Erzfeinds herauszufinden. Und diese Erinnerung blieb verschüttet, solange sich sein innerer Dämon nicht regte.

Nachdem er den ganzen Tag über die Sache nachgegrübelt hatte, stand sein Entschluss fest. Sobald er seinen Gefährten den Namen des Erzfeinds geliefert hätte, würde er sie verlassen, um sie nicht länger in Gefahr zu bringen. Das Gespräch über Saats Schwert und die Gwelome hatte seine schlimmsten Befürchtungen bestätigt: Sombre hatte vorgehabt, eine grausame Bestie aus ihm zu machen. Und das Vermächtnis des Dämons wirkte sich nicht nur auf sein Verhalten aus, sondern auch auf seine Menschlichkeit – besser gesagt, auf seine Sterblichkeit. Cael hatte sich von Anfang an darüber gewundert, wie stark er war und wie geschickt er kämpfte, wenn er sich in der Gewalt der Stimme befand. Bisher hatte er ganz einfach geglaubt, sein rasender Zorn ließe ihn über sich selbst hinauswachsen. Aber das erklärte nicht, warum ihm das Gift der Züu nichts anhaben konnte. Erst als Nolan von der Wirkung des Gwels gesprochen hatte, war es Cael wie Schuppen von den Augen gefallen.

Unsterbliche werden nicht vom Gwel geschützt.

Und bei seinem Kampf gegen die K'lurier in Lorelia hatte Niss klar und deutlich zwei Geister gesehen, die in seinem Körper miteinander rangen.

Dafür konnte es nur zwei Erklärungen geben. Entweder konnte Niss den Geist eines Menschen auch dann wahrnehmen, wenn er ein Gwelom trug. Andererseits hatte sie ein paar Tage zuvor vergeblich versucht, in Caels Geist einzudringen. So weit reichten ihre Erjak-Kräfte also nicht.

Blieb nur noch die zweite Möglichkeit, die auch die außergewöhnliche Stärke des Dämons erklären würde, der in Cael schlummerte, seine Unempfindlichkeit gegen das Gift der Züu und die Tatsache, dass selbst schwere Verletzungen binnen kurzer Zeit verheilten.

Der Geist, den Sombre in ihm erschaffen hatte, war unsterblich.

Zu diesem Schluss war Cael gekommen, als Nolan den Gefährten seine Überlegungen anvertraut hatte. Aber er konnte sich seinen Freunden nicht offenbaren. Wie auch? Er war ein Ungeheuer, das den Erben irgendwann zum Verhängnis werden würde. Während Eryne völlig zu Recht ehrfürchtige Blicke auf sich zog, verbarg sich in ihm ein Dämon aus dem Karu, der jederzeit hervorbrechen und jeden töten konnte, der sich ihm in den Weg stellte. Cael war nicht wie die anderen. Er war ein Eindringling. Kein Wunder, dass Usul von einem Verräter in ihren Reihen gesprochen hatte.

Nachdem ihn diese Erkenntnis zunächst verstört hatte, war er mittlerweile eher erleichtert. Zumindest wusste er nun endlich, was es mit dieser Stimme in seinem Kopf auf sich hatte, die ihn seit frühester Kindheit quälte. Er musste sich nicht mehr fragen, woher sie kam oder was sie mit ihm anstellte. Vielleicht konnte er sie sogar bekämpfen, um sie für immer zum Schweigen zu bringen, auch wenn Usul prophezeit hatte, dass er daran scheitern würde. Aber dafür musste er seine Freunde verlassen, und zwar so schnell wie möglich.

Bis dahin würde er sich irgendwie die Zeit vertreiben und seine wahren Absichten vor den anderen verbergen. Er beschloss, eine Weile mit Kebree zu plaudern. Der wallattische Prinz hatte so viele interessante Geschichten auf Lager, dass Cael seinen Kummer für eine Weile vergaß. Gespannt lauschte er Kebs Erzählungen von seiner Heimat und der Vergangenheit des wallattischen Königreichs.

Die Wallatten waren schon immer ein Kriegervolk gewesen, da Thalitten und Solener seit jeher gegen ihre Grenzen angestürmt waren. Die Thalitten waren auch in die meisten Scharmützel zwischen dem goronischen Kaiserreich und den Ländern des Ostens verstrickt, denn obwohl sie im Tal der Krieger seit Jahrhunderten Niederlage um Niederlage erlitten, tat das ihrer Eroberungslust keinen Abbruch. Eines Tages war dann Saat in Wallatt aufgetaucht. Die wallattischen Fürsten, allen voran Gors der Zimperliche, schlossen sich dem Hexer zunächst nur an, um sich ein für alle Mal die Vorherrschaft über ihre angestammten Gebiete zu sichern. Er aber versprach ihnen sämtliche Schätze der Oberen Königreiche, und schon bald ließen sie sich von seiner Gier anstecken. Als sie genügend Sklaven gefangen genommen hatten, begannen die Arbeiten an dem Tunnel unter dem Rideau.

Nach der Niederlage in der Schlacht am Blumenberg und Saats Tod nutzten Thalitten und Solener die Schwäche der Wallatten aus. Zwar gelang es Königin Che'b'ree, die verstreuten Klans zu einen und sich die Hoheit über das Gebiet rund um die Hauptstadt Wallos zu sichern, doch sollten sich Solener und Thalitten jemals gegen ihr kleines Reich verbünden, würden sie Wallatt mit Leichtigkeit dem Erdboden gleichmachen. Das wäre das sichere Ende einer Kultur, die nie richtig aufgeblüht war. In einem Anflug von Wehmut machte Keb Cael ein Geständnis: Er hatte seiner Mutter geschworen, dass er es nicht so weit kommen lassen würde.

Zu weiteren Vertraulichkeiten ließ sich der Krieger jedoch nicht hinreißen. Seine eigene Vergangenheit oder seine Zukunftspläne erwähnte er mit keinem Wort, und als Cael es wagte, ihm eine persönliche Frage zu stellen, erntete er nur ein schiefes Grinsen und eine spöttische Bemerkung. Keb war gerade einmal dreiundzwanzig, strotzte vor Kraft und Stolz und lag die meiste Zeit lässig an Deck herum, eine Angel zwischen die Knie geklemmt, und doch schien er nicht mehr viel vom Leben zu erwarten. Ganz so, als ginge ihn das alles nichts an, als glaubte er, keinen Anspruch auf Glück zu haben. Ob er sehr unter seiner Abstammung litt? Was war es wohl für ein Gefühl, einen Mörder wie Saat zum Vater zu haben?

Vermutlich empfand Keb Hass. Und Scham.

Natürlich war dieses Gefühl unbegründet, aber er kam wohl nicht dagegen an. Man musste sich nur einmal ansehen, wie unbesonnen Keb kämpfte, wie er in der Schänke Krug um Krug leerte, bis er umfiel, und wie er jede Chance vertat, Erynes Herz zu erobern. Er schien in dem Glauben zu leben, Buße tun zu müssen. Cael hoffte für ihn, dass er durch den Kreuzzug, den die Erben gegen Sombre führten, endlich Frieden finden würde.

Offenbar war er nicht der Einzige, der einen inneren Kampf auszufechten hatte.

Diesen Traum hat sie schon einmal geträumt. Das heißt, sie träumt ihn jetzt gerade, auch wenn dieser Augenblick mit einem Mal sehr weit in der Vergangenheit zu liegen scheint, nur um gleich darauf jäh mit der Gegenwart zu verschmelzen. Im tiefen Traum folgt die Zeit keiner Logik. Nur eins weiß sie mit Sicherheit: Sie ist darin gefangen. Und sie leidet darunter.

Sie fühlt sich verloren und fehl am Platz. Noch gehört sie nicht hierhin. Die Landschaft ist wunderschön, aber sie will trotzdem nicht für alle Ewigkeit darin herumspazieren. Doch so einfach ist das nicht … Selbst über all das nachzudenken, fällt ihr schwer. Sie weiß nur, dass sie nicht hier sein sollte.

Sie versucht es zu sagen, aber niemand scheint sie zu bemerken. Sie ruft um Hilfe, aber sie kann ihre eigene Stimme nicht hören. Sie überlegt, ob sie sich einem der Kinder nähern soll, die im Schatten eines Baums schlafen. Nein. Irgendetwas hält sie davon ab. Irgendetwas sagt ihr, dass es dann kein Zurück mehr gibt. Und ihre Zeit ist noch nicht gekommen.

Hin und wieder entgleitet ihr der Tiefe Traum. Dann entflieht sie ihm, wenn auch nur für kurze Zeit. Sie sieht sich neben Eryne auf einer Koje liegen. Ihr Großvater sitzt daneben auf einem Stuhl, reibt sich die Augen und scheint um Jahre gealtert. Sie würde gern bei ihm bleiben, aber der Tiefe Traum holt sie immer wieder zurück, zurück in das Licht, durch das sie die Gärten betritt. Ist sie wirklich dazu verdammt, ewig darin herumzuirren? Unentwegt ruft sie um Hilfe, sie gibt die Hoffnung nicht auf, dass sie endlich jemand hört.

Damals, nachdem ihr Geist zum ersten Mal den Tod eines fremden Körpers durchlebt hatte, erwachte sie manchmal aus dem Tiefen Traum. Warum diesmal nicht?

Allmählich beginnt sie zu verstehen. Sobald sie die Gärten verlässt, zieht das Licht sie wieder an, so stark, dass sie ihm nicht widerstehen kann. Sie muss diesem Licht entfliehen, an diesen Gedanken klammert sie sich jedes Mal, wenn sie sich plötzlich in der Kajüte wiederfindet. Hier gehört sie hin. Für sie ist es noch nicht an der Zeit, in den Gärten zu bleiben. Doch das Licht holt sie ein ums andere Mal zurück, heraus aus Zeit und Raum, und lässt sie immer wieder im Tiefen Traum versinken.

Sie schreit vor Verzweiflung, ohnmächtiger Wut und Angst, sie will nicht an diesem Ort bleiben, an dem alles stillzustehen scheint. Ihre Gedanken sind jetzt nur noch eine rasche Abfolge von Bildern: Kajüte – Licht – Gärten. Sie wiederholen sich in einem endlosen Kreislauf, den nichts und niemand durchbrechen kann.

Nach unzähligen gescheiterten Fluchtversuchen ist sie kurz davor, aufzugeben und ihre Gefangenschaft hinzunehmen. Sie hat keine Kraft mehr und sehnt sich nur noch nach Ruhe. Sie überlegt, ob sie nicht doch zu den Kindern hinübergehen soll. Manchmal fühlt sie sich ihnen sehr nah. Wenn sie sich einem von ihnen anschließt, wird sie nie wieder Angst oder Verzweiflung empfinden.

Sie unternimmt noch einen letzten Versuch, den Gärten zu entfliehen, bevor sie den entscheidenden Schritt tut. Diesmal ist irgendetwas anders, und das gibt ihr neue Hoffnung. Irgendjemand hat versucht, sie zurückzuhalten, damit sie nicht wieder durch das Licht gezogen wird. Es hat sich angefühlt wie das Streicheln einer Hand. Eine Hand, die mit ihr gegen die Anziehungskraft der Gärten kämpfen will. Diesmal hat ihr die Hand nicht helfen können, aber sie wird es wieder versuchen.

An diesen Gedanken klammert sich Niss mit aller Kraft, während sie auf die nächste Gelegenheit zur Flucht wartet.

Nolan entdeckte das Schiff, das sich ihnen näherte, als Erster. Im Licht der untergehenden Sonne stand er am Bug der Feluke und plauderte mit Cael, Keb und Zejabel. Schon seit einer ganzen Weile fragte er sich, was es mit dem schwarzen Punkt am Horizont auf sich hatte. Als er irgendwann die Augen zusammenkniff und genauer hinsah, erkannte er ein Segel und schlug Alarm.

Amanón riss sich von seinen Büchern los und trat zu den anderen an die Reling, und auch Bowbaq verließ das Krankenbett seiner Enkelin, um dem Schiff entgegenzusehen. Es kam von Norden, also vermutlich nicht von der Insel Zuïa, aber die Erben hatten mittlerweile so viele Feinde, dass sie sich trotzdem auf einen Kampf gefasst machten. Schließlich waren ihnen nicht nur die Züu auf den Fersen, sondern auch die Spitzel der Grauen Legion und die Anhänger der Dunklen Bruderschaft. Auch ein Piratenüberfall war denkbar, denn in den Gewässern rund um die Yérim-Inseln trieben bekanntermaßen Freibeuter ihr Unwesen.

Nachdem sie dem Schiff einen halben Dekant lang entgegengestarrt hatten, während die Sonne hinter ihnen im Meer versank, konnten die Erben aufatmen. Das Segel gehörte zu einer Galuppe, einem winzigen Kahn, wie man ihn eigentlich nicht auf hoher See erwartete. Die *Othenor II* hätte ihm mühelos davonfahren können, aber Amanón beschloss, es darauf ankommen zu lassen. An Bord einer Galuppe fanden nur wenige Menschen Platz, und der hohe Rumpf der *Othenor II* würde den Erben einen gewissen Schutz bieten, falls die Besatzung sie tatsächlich angriff.

Wenige Dezimen später befand sich das Boot in Rufweite. Die Passagiere, ein Mann, eine Frau und drei Kinder, hoben die Hand zum Gruß, und Nolan erwiderte die Geste. Da von der Familie keine Gefahr auszugehen schien, ergriffen die Erben das Tau, das der Mann ihnen zuwarf, und machten es an einem Poller fest. Kurz darauf dümpelten die beiden Boote nebeneinander. Auf dem Deck der Galuppe waren mehrere wuchtige Schrankkoffer und verschiedene Möbel festgezurrt, und auch aus der Luke zum Laderaum quoll Hausrat hervor. Es sah ganz so aus, als schliefen die armen Leute an Deck inmitten ihrer Habseligkeiten.

Der Mann, ein breitschultriger Kerl mit bloßen Füßen, sprach sie auf Goronisch an. Nolan blickte zu Amanón, der die Frage mit einem Nicken beantwortete.

»Sprecht Ihr Itharisch?«, erkundigte sich Amanón.

»Ja«, erwiderte der Mann. »Wie viel Geld wollt Ihr denn für das Trinkwasser?«

»Wir wollen kein Geld von Euch. Ihr könnt ein Fass von unseren Vorräten haben. Wir haben mehr als genug.«

Der Fremde lächelte seiner Frau zu, die sich erleichtert an ihn schmiegte. Beide wirkten zutiefst erschöpft. Ihre Haare waren ungewaschen und die Kleider zerlumpt.

»Habt vielen Dank. Ich habe den Fehler gemacht, an Bord nicht genug Platz für Vorräte zu lassen. Wir hofften, etwas Regenwasser auffangen zu können, aber seit wir in See gestochen sind, scheint jeden Tag die Sonne.«

»Woher kommt ihr?«, fragte Nolan.

»Aus der Umgebung von Leem. Wir wollen zu meinem Bruder, der in Mythr einen Gemischtwarenladen führt.«

»Verzeiht, aber … Habt Ihr nicht bedacht, wie gefährlich die Überfahrt in einem so kleinen Boot ist?«

»Es ist das einzige, das ich besitze«, entgegnete der Mann schulterzuckend. »Die Lorelier ließen mir keine Wahl. Und ich kann mich noch glücklich schätzen. Meine Familie ist unverletzt, und wir konnten einen Teil unseres Hab und Guts retten, als sie unser Haus niederbrannten. Unsere Nachbarn hat es viel schlimmer getroffen.«

Nolan und Amanón wechselten einen verwunderten Blick. Nolan war froh, dass er mit seinem Novizengewand und dem kahlrasierten Schädel nicht auf den ersten Blick als Lorelier zu erkennen war, aber gleich darauf fragte er sich, wie er auf diesen Gedanken kam.

»Ihr seid schon eine Weile unterwegs, nicht wahr?«, fragte der Fremde, als er ihre verblüfften Mienen sah. »Vermutlich wisst Ihr nicht einmal, dass König Bondrian und seine Kinder tot sind?«

»Hylin und Narcilia sind auch tot?«, rief Nolan bestürzt.

Sofort bereute er seine Unbedachtheit. Wenn er zu großes Interesse am Schicksal des lorelischen Königshauses zeigte, verriet er damit womöglich seine Herkunft. Er hoffte, den Mann nicht misstrauisch gemacht zu haben.

»Ein dressierter Bär ist bei einem Empfang im Palast plötzlich wild geworden«, erklärte der Fremde. »Er tötete die Thronerben, und Bondrian starb vor Kummer über den Verlust seiner Kinder. Stellt Euch vor, die neue Königin gibt uns Goronern die Schuld. Sie ruft zum Krieg gegen das Große Kaiserreich auf.«

»Wer ist denn die neue Königin?«, fragte Amanón.

Nolan hatte die Antwort bereits erraten. Er kannte die lorelischen Gesetze gut genug, um zu wissen, an wen die Krone gegangen sein musste: an Bondrians jüngere Schwester, Erzherzogin Agénor. Aber war das möglich? Warum sollte diese reiche, zurückgezogen lebende Witwe einen Krieg zwischen den beiden mächtigsten Königreichen der bekannten Welt anzetteln? Vielleicht hatte sie ja recht, wenn sie Goran der Verschwörung zieh?

»Agénor von Lorelia. Eine abscheuliche Hexe!«, rief der Fremde zornig. »Sie hetzt die Lorelier mit Lügengeschichten zu einem Rachefeldzug auf. Mein Dorf wurde von einer aufgebrachten Meute, die über die Grenze kam, in Brand gesteckt. Und das ist erst der Anfang. Es wird ein Blutbad geben. Deshalb haben wir beschlossen zu fliehen, solange es noch möglich ist.«

»Das verstehe ich«, gab Amanón ernst zurück.

Die Erben sahen sich vielsagend an. Es war durchaus denkbar, dass die Spannungen zwischen Lorelien und Goran etwas mit der Grauen Legion und Sombre zu tun hatten. Was bezweckte der Dämon? Wollte er Unfrieden stiften, um die Oberen Königreiche leichter erobern zu können? Oder wollte er die ganze bekannte Welt in Schutt und Asche legen und so das Werk zu Ende bringen, das er vor zwanzig Jahren begonnen hatte?

Ob Sombre nun seine Finger im Spiel hatte oder nicht, Agénor konnte den Krieg nie und nimmer gewinnen. Die goronischen Städte waren uneinnehmbare Festungen, und das Kaiserreich verfügte über die größte Streitmacht der bekannten Welt. Was versprach sich die frisch gekrönte Königin davon, die Lorelier in den Untergang zu führen? Mit einem Sieg konnte sie ja wohl nicht rechnen? War Agénor überhaupt bei Trost?

All diese Fragen gingen Nolan durch den Kopf, während Bowbaq das Wasserfass holte und es zu den Flüchtlingen hinunterließ. Amanón erzählte ihnen eine erfundene Geschichte über das angebliche Ziel ihrer Fahrt, und nachdem sie einander viel Glück gewünscht hatten, setzten beide Boote ihre Reise fort. Nolan sah der Galuppe noch lange nach. Falls es tatsächlich zum Krieg kam und die Lorelier in Goran einfielen, würde bald eine ganze Armada von Flüchtlingsbooten in See stechen. Außerdem stand zu befürchten, dass Itharien, das Matriarchat von Kaul und selbst Arkarien in die Feindseligkeiten verwickelt wurden. In Romin tobte ohnehin schon ein Bürgerkrieg, und bald würde der ganze Kontinent in Gewalt und Elend versinken. So würden die ältesten Kulturen der bekannten Welt geschwächt, wenn nicht gar zerstört. Aber vielleicht hatte Sombre genau das im Sinn.

Nolan ging die anderen suchen, um ihnen von seinen Überlegungen zu berichten. Seine Freunde hatten sich unter Deck versammelt und sprachen bereits über die Neuigkeiten. Amanón runzelte besorgt die Stirn, Zejabel schlug vor, kehrtzumachen und Kurs auf die Fürstentümer zu nehmen, und Cael, Bowbaq und Keb diskutierten aufgeregt, wer den Krieg wohl gewinnen würde. Nolan wollte sich gerade in das Gespräch einmischen, als aus der Kajüte ein gellender Schrei ertönte, gefolgt von lautem Schluchzen.

Eryne drückte Niss an ihre Brust, während ihr die Tränen in Strömen über die Wangen liefen. Sie schluchzte so heftig, dass sie kaum noch Luft bekam. So lange hatte sie verbissen darum gekämpft, das Mädchen zurückzuholen, und fast hätte ihre Kraft nicht gereicht … Aber jetzt war Niss da, und sie lebte! Als sie beide kurz nacheinander erwacht waren, hatte Eryne unwillkürlich aufgeschrien, so sehr hatte sie sich danach gesehnt, Niss' Lider flattern zu sehen. Im nächsten Moment waren sie einander stumm in die Arme gefallen. Worte erübrigten sich. Sie wussten, was geschehen war, denn sie hatten es gemeinsam durchlebt. Das war alles, was zählte. Diese Erfahrung konnte ihnen niemand nehmen.

Selbst als vor der Tür eilige Schritte ertönten, lösten sich die beiden nicht voneinander. Niss wandte nur den Kopf, um ihren Großvater anzusehen und ihren Freunden zuzulächeln, die sich hinter ihm durch die Tür drängten. Bowbaq brachte vor Glück kein Wort heraus. Er fiel auf die Knie, schlug sich die Hände vor den Mund, um einen Schluchzer zu ersticken, rutschte zu Eryne und Niss hinüber und drückte sie an sich. Auch die anderen lachten und strahlten um die Wette, umarmten sich erleichtert und vergossen die eine oder andere Träne. Alle waren überglücklich, dass sie keinen der Ihren auf der Insel Zuïa verloren hatten und Niss der Dämonin doch nicht zum Opfer gefallen war. Dieses Wunder – denn nichts anderes war es – gab ihnen im Angesicht der Gefahren, die vor ihnen lagen, neuen Mut.

Nach einer Weile löste sich Niss sanft von Eryne und erwiderte Bowbaqs Umarmung, der sich aus Angst, den Zauber zu brechen, kaum zu rühren wagte. Eryne wiederum wandte sich ihren Freunden zu, vor allem Keb und Amanón, die sie voller Zärtlichkeit ansahen. Der Anblick der beiden Männer erinnerte sie wieder an ihre aussichtslose Lage. Sie schlug die Augen nieder und starrte auf ihren Bauch. Es war ihr zwar gelungen, Niss zurückzuholen, aber vielleicht hatte sie dem Mädchen nur einen kurzen Aufschub verschafft. Ihrer aller Leben wurde von dunklen Mächten bedroht, denen sie sich nicht gewachsen fühlte.

»Wie geht es dir?«, fragte Bowbaq mit rauer Stimme.

»Prima«, versicherte ihm Niss strahlend. »Ich … Ich bin wieder zurück! Schon zum zweiten Mal! Aber diesmal hat Eryne mir geholfen.« Sie warf Eryne einen dankbaren Blick zu.

Sofort stand Eryne im Mittelpunkt der Aufmerksamkeit. Ihre Freunde musterten sie ehrfurchtsvoll, ohne sich erklären zu können, was sie getan hatte.

Bowbaq, der immer noch vor dem Bett kniete, murmelte: »Mein ewiger Dank ist dir sicher, Freundin Eryne!« Als reichte das nicht aus, beugte er vor ihr den Kopf, wobei er es vermied, sie zu berühren.

Eryne starrte ihn entgeistert an. Verneigte er sich etwa vor ihr? Noch bevor sie etwas sagen konnte, kniete auch Nolan mit einem freundschaftlichen Zwinkern vor ihr nieder. Das war zu viel für sie. Womöglich würden die anderen dem Vorbild der beiden folgen.

Sie dankte ihnen mit einem knappen Nicken, nahm all ihre Kraft zusammen und erhob sich von der Koje, die sie seit dem Vorabend nicht verlassen hatte. Vielleicht behandelten ihre Gefährten sie weniger ehrerbietig, wenn sie neben ihnen stand.

»Du hast es geschafft. Du hast Niss zurückgeholt«, sagte Zejabel mit vor Stolz glänzenden Augen. »Wie hast du das gemacht?«

»Viel musste ich nicht tun«, log Eryne. »Ich hatte großes Glück. Während ich mich im Zustand der Entsinnung befand, bin ich auf Niss' Geist gestoßen und habe sie einfach … wie soll ich sagen … festgehalten.«

Statt ihren Gefährten die Ehrfurcht zu nehmen, bewirkten ihre Worte das glatte Gegenteil. Alle machten große Augen und warfen Eryne bewundernde Blicke zu.

»Du hast heilende Kräfte«, sagte Bowbaq schüchtern.

»Überhaupt nicht, ich …«

»Er hat recht«, fiel ihr Zejabel ins Wort. »Denk doch nur daran, wie du dich immer um uns kümmerst, wenn wir krank oder verletzt sind. Als ich in Goran dem Tode nah war, hast du die ganze Nacht meine Hand gehalten. Und die anderen haben erzählt, dass du in Lorelia dasselbe für Keb und Cael getan hast. Wir haben nicht nur überlebt, sondern sind auch viel schneller genesen, als zu erwarten war. Das haben wir dir zu verdanken.«

»Du bist Eryne die Heilende«, fügte Bowbaq hinzu.

Als sie das hörte, lief ihr ein Schauer über den Rücken. Nun gab es kein Zurück mehr. Ihr Name war gefallen. Alle Götter trugen einen Beinamen, der ihre Kräfte beschrieb. Noch wollte sie es nicht wahrhaben, wollte diese Bürde nicht auf sich nehmen, doch zugleich wusste sie, dass die Entscheidung nicht mehr in ihrer Macht lag. Eryne die Heilende würde ihr Name sein, so wie es ihr seit jeher bestimmt war. Es hatte ihn nur jemand zum ersten Mal aussprechen müssen.

Um sie herum waren die Mienen ernst geworden, und die Aufregung über Niss' Rückkehr hatte sich gelegt. Alle hatten das Gefühl, einem bedeutenden Moment beizuwohnen. Dabei müssten sie sich doch eigentlich Sorgen machen, dachte Eryne, während sie zur Luke trat und sie öffnete, um frische Luft hereinzulassen. Jeder Schritt auf dem Weg zur Göttlichkeit brachte sie und ihre Gefährten in größere Gefahr. Auf dem Meer konnten sie sich einigermaßen sicher fühlen, aber was wäre, wenn sie das Festland betraten und anderen Menschen begegneten? Was, wenn ein Gott oder Dämon auf die Erben aufmerksam wurde? Je stärker Erynes göttliche Natur sich zeigte, desto schwächer wurde der Schutz ihres Gweloms.

»Ich kann nicht bei euch bleiben«, hauchte sie.

Sie ließ eine knappe Dezille verstreichen und drehte sich dann zu ihren Freunden um, die wie versteinert dastanden. Am betroffensten wirkte Cael, was sie etwas verwunderte. Aber sie durfte jetzt keinen Rückzieher machen, musste weitersprechen, bevor sie den Mut verlor. »Ich kann nicht zulassen, dass Sombre euch meinetwegen findet«, murmelte sie.

»Wo willst du denn hin?«, fuhr Keb sie an.

»Wir müssen zusammenbleiben«, setzte Amanón nach. »Einer von uns ist der Erzfeind, und nur er oder sie kann die anderen beschützen.«

»Aber ich bin es nicht«, rief Eryne. »Glaubt mir, ich will nicht von euch fort, ganz sicher nicht. Aber ich habe keine Wahl!«

Als sie Amanóns traurigen Blick und Kebs störrische, fast wütende Miene sah, geriet ihre Entschlossenheit ins Wanken. Aber nein, ihre Entscheidung stand fest, und je eher sie sie in die Tat umsetzte, desto besser. Götter waren nicht dazu geschaffen, mit Menschen zusammenzuleben. Wie lang ihr Lebensweg auch sein würde, Eryne musste ihn allein gehen.

»Mag sein, dass du nicht der Erzfeind bist«, wandte

Amanón ein. »Aber denk daran, dass du ein Kind erwartest. Und dieses Kind ist vielleicht unser Retter.«

Unwillkürlich legte sich Eryne die Hände auf den Bauch und begann zu weinen. Wieder waren es Tränen der Freude und Erleichterung, wie schon nach Niss' Rückkehr. Amanón hatte ihr einen Vorwand geliefert, um bei ihren Freunden zu bleiben, jenen Menschen, die alles waren, was sie auf der Welt noch hatte. Tief bewegt trat sie zu ihm und schmiegte sich an seine Brust, dann ergriff sie Kebs Hand und zog seinen Arm um ihre Taille. Die anderen verließen die Kajüte, um die drei allein zu lassen. Und als Eryne so dastand, umarmt von ihren beiden Verehrern, die verlegen zu Boden starrten, sprach sie endlich die Worte aus, die ihr seit dem Kampf in Zuïas Palast auf der Seele lagen.

»Verzeiht mir«, sagte sie leise.

Sofort war ihr leichter zumute.

Keb und Amanón reagierten sehr verständnisvoll: Sie streichelten ihr die Hand, versprachen ihr, dass sie Sombre besiegen würden, und beteuerten ihr, dass sie nach der Niederlage des Dämons weitersehen würden und niemand ihr Vorwürfe mache. Innerhalb weniger Dezillen gelang es ihnen, Eryne von einer schweren Bürde zu befreien.

Dennoch fiel ihr auf, dass die beiden kein Wort miteinander wechselten, dem Blick des anderen auswichen und jede Berührung sorgfältig vermieden, auch, als sie die Kajüte verließen. Eryne hatte ihnen vielleicht die Gelegenheit genommen, jemals richtige Freunde zu werden. Und das konnte schlimme Folgen haben.

Amanón überließ es Nolan und Bowbaq, Eryne und

Niss zu erzählen, was sie in Erfahrung gebracht hatten, während die beiden geschlafen hatten: dass Saats Schwert in Che'b'rees Besitz war und dass die Oberen Königreiche von Krieg bedroht wurden. Nach der Aussprache mit Eryne wollte Amanón allein sein, und so vertiefte er sich wieder in die ethekischen Manuskripte. Dass es ihm nach wie vor nicht gelang, den Sinn der Farben zu verstehen, besserte seine Laune nicht gerade. Nach einer Weile gab er auf und beschloss, stattdessen sein Tagebuch weiterzuführen.

Wie seine Mutter zwanzig Jahre zuvor hielt er darin nicht nur ihre Erlebnisse und Reiserouten fest, sondern auch Vermutungen darüber, wer der Erzfeind war und was Sombre im Schilde führte. So konnte er seine Gedanken ordnen und ihre Lage mit etwas Abstand betrachten. Das half ihm, mit seinem Kummer fertig zu werden, obwohl er viel zu zurückhaltend war, um offen über seine Gefühle zu schreiben. Aber es blieb ihm nichts anderes übrig, als die Wahrheit festzuhalten; schließlich war sie von größter Bedeutung für die Erben. Also schilderte er, unter welchen Umständen sie von Erynes Schwangerschaft erfahren hatten und welche Hoffnungen auf dem Kind ruhten, dessen Vater unbekannt war.

Dessen Vater unbekannt war.

Diesen Satz zu schreiben, tat weh, und so klappte er das Tagebuch zu und wandte sich wieder den ethekischen Manuskripten zu.

Es ist alles gesagt. Wir werden eine Entscheidung treffen, sobald unser Leben nicht mehr in Gefahr ist. Bis dahin konnte er nichts tun, als den Schmerz stumm zu ertragen. So wie er es gewohnt war.

Nach einer Weile kam Eryne ihn zum Abendessen holen, aber Amanón bat sie, ihm nur ein paar Scheiben Krümelbrot und ein Stück Käse zu bringen. Er wollte endlich das Rätsel der ethekischen Schriftzeichen lösen – das würde ihn von seinen trüben Gedanken ablenken. Immerhin ging es um nichts Geringeres als ihr Überleben. Wenn es ihnen nicht gelang, das Geheimnis der Pforten zu ergründen, würden sie weiterhin von Königreich zu Königreich fliehen, bis Sombre sie aufspürte. Und das wollte Amanón um jeden Preis verhindern. Jetzt erst recht.

Im Schein einer unruhig flackernden Öllampe begann er zum fünften Mal ganz von vorn. Eigentlich müsste die Lösung zum Greifen nah sein. Es war ein unglaublicher Glücksfall, dass sie die Verwandtschaft zwischen dem Ethekischen und dem Altitharischen entdeckt hatten. Bislang hatte er die altitharischen Wörter, die zu den Bildern der Fibel passten, in einzelne Silben zerlegt, was ihm eigentlich als eine Art Generalschlüssel für sämtliche Bücher hätte dienen müssen, die sich vor ihm stapelten. Aber die Bedeutung der Farben ließ sich davon nicht ableiten. Bei keinem anderen Alphabet der bekannten Welt, nicht einmal beim romischen, das als äußerst kompliziert galt, war ihm so etwas untergekommen. Er tappte völlig im Dunkeln.

Das Schriftzeichen für die Silbe »nat« zum Beispiel, das Zejabel wiedererkannt hatte, weil es in die Klinge von Zuïas heiliger Lanze eingraviert war, stand unter dem Bild eines Mannes im Lotussitz. Doch so sehr sich Amanón auch den Kopf zermarterte, ihm fiel einfach kein Wort im Altitharischen ein, das zu dem Bild passte und dieselbe Silbe enthielt. Er ging alle möglichen Begriffe durch: Weiser, Mönch, Geistlicher, Konzentration, Ruhe, Entspannung, Meditation, Gott, Geist. Nichts. Auf diesem Weg kam er nicht weiter.

Nach einer Weile begann Amanón an seiner Theorie zu zweifeln. Vielleicht war die Ähnlichkeit zwischen »Zaya'nat«, dem Namen von Zuïas Lanze, und »zayenath«, dem altitharischen Wort für Gewitter, reiner Zufall. Wenn dem so war, würde es ihm nie gelingen, die ethekischen Manuskripte zu übersetzen. Dabei war er so zuversichtlich gewesen, als er die Bücher zur Hand genommen hatte. Er hatte sich schon mehrere Fremdsprachen beigebracht, indem er Texte miteinander verglichen und aus Verwandtschaften Rückschlüsse gezogen hatte. Aber das Ethekische war womöglich einfach zu alt, um Ähnlichkeiten mit noch existierenden Sprachen aufzuweisen.

Doch er blieb hartnäckig. Zum hundertsten Mal starrte er auf das Bild des Mannes im Lotussitz, der ihn mittlerweile höhnisch anzugrinsen schien. Welchen Gegenstand oder Begriff hatte der Verfasser der Fibel mit diesem Bild erklären wollen? Was wollte er dem Leser sagen? *Im Grunde könnte es alles sein, außer vielleicht Wut,* dachte Amanón mürrisch. *Nervös ist dieser Kerl jedenfalls nicht. Ganz im Gegenteil.*

Plötzlich setzte er sich kerzengerade auf. Amanón beherrschte das Altitharische so perfekt, dass er bisweilen sogar in dieser Sprache dachte. Und das Wort für »nervös« enthielt die gesuchte Silbe! Das Gegenteil von nervös. Konnte das sein?

Fieberhaft durchblätterte er das Buch nach weiteren Beispielen. Er stieß auf das Bild eines Bergs, unter dem eine Folge schwarzer Schriftzeichen stand. Weiter hinten fand er dieselben Zeichen unter dem Bild eines Zwergs, diesmal jedoch in Blau. Konnten sie »klein« bedeuten, das Gegenteil von »groß«?

Vielleicht stand jede Farbe für einen ganz bestimmten Vorgang: Sie verkehrte ein Wort in sein Gegenteil, setzte es in die Mehrzahl oder die weibliche Form oder steigerte es. Wenn das stimmte, könnte das Wort »Baum«, wenn es nicht in Schwarz, sondern in Gelb geschrieben wurde, »Ast«, »Holz« oder »Wald« bedeuten. Jetzt musste Amanón nur noch herausfinden, welche Farbe welchem Vorgang entsprach.

Während seine Gefährten beim Abendessen saßen, gelang es Amanón, drei Farben zu entschlüsseln. Das reichte aus, um eine erste Übersetzung der Texte zu versuchen.

Die ganze Nacht brütete er über den Büchern und notierte fieberhaft Sätze, die Jahrhunderte vor seiner Geburt verfasst worden waren.

Erst im Morgengrauen, als ihm immer wieder die Augen zufielen, ging er Cael wecken, der ihn verschlafen ansah.

»In Ith gibt es eine Pforte«, sagte Amanón matt. »Nimm Kurs auf Itharien, wenn du aufstehst.«

Cael nickte, während Amanón auf seine Koje sank und sofort einschlief. Im Traum spukten ihm wirre Bilder aus einer fernen Vergangenheit durch den Kopf.

Zejabel und die anderen bestürmten Cael mit Fragen, aber er konnten ihnen auch nicht mehr sagen. Amanón würde ihnen sicher alles erklären, sobald er sich ausgeschlafen hätte. Natürlich gönnten sie dem Übersetzer die wohlverdiente Ruhe, auch wenn sie vor Neugier platzten. Als sie sich am Abend zuvor in ihre Kojen gelegt hatten, hatte er kein Sterbenswörtchen gesagt. Niemanden wunderte es, dass Amanón die ganze Nacht über den Büchern gesessen hatte, denn seine Aufgabe schien äußerst schwierig gewesen zu sein. Jetzt konnten sie es kaum erwarten, einen Blick auf seine Notizen zu werfen, aber Amanón verwahrte die Blätter in einer mit einem Riemen verschlossenen Ledermappe. Sie vermuteten, dass er die Übersetzung noch einmal überarbeiten oder ihnen selbst mitteilen wollte, was er herausgefunden hatte.

Ihr neues Reiseziel nahmen die Freunde mit einer gewissen Unruhe auf. Vor allem Nolan empfand Beklemmung bei dem Gedanken, in die Stadt zurückzukehren, in der die K'lurier ihn fast zum Mörder gemacht hätten. Doch auch die anderen hatten nicht vergessen, dass die Dunkle Bruderschaft in Ith ihr Unwesen trieb und zahlreiche Anhänger Sombres die verwinkelten Gassen der Heiligen Stadt unsicher machten. Alle fragten sich, wie sie die Pforte finden sollten, welche Gefahren auf dem Weg dorthin auf sie lauerten und wie der Ewige Wächter aussehen mochte, der sie hütete. Andererseits klammerten sie sich an die Hoffnung, dass sie im Jal ihre Eltern wiederfinden und vielleicht mit ihnen gemeinsam gegen Sombre kämpfen würden.

Um die Zeit auf dem Meer sinnvoll zu nutzen, schlug Zejabel Eryne vor, mit den Konzentrationsübungen weiterzumachen, mit deren Hilfe sie sich in den Zustand der Entsinnung versetzen konnte. Wider Erwarten war ihre Freundin alles andere als begeistert von der Idee.

»Ich habe Angst, alles nur noch schlimmer zu machen«, erklärte Eryne. »Vielleicht hält die Wirkung meines Gweloms länger an, wenn ich aufhöre, meine Kräfte zu gebrauchen.«

»Ich glaube nicht, dass das eine Rolle spielt«, widersprach Zejabel. »Deine Entwicklung hat begonnen und ist nicht mehr aufzuhalten. Deshalb halte ich es für das Beste, wenn du dich auf den Tag deiner Vollendung vorbereitest, und zwar so früh wie möglich.«

Eryne antwortete nicht gleich, sondern fuhr sich geistesabwesend mit einer Bürste durchs Haar. Um Amanón nicht aufzuwecken, waren die anderen an Deck gegangen. Zejabel und Eryne saßen in der Kajüte und unterhielten sich leise miteinander.

»Wie hat das alles eigentlich angefangen?«, fragte Eryne unvermittelt.

Die Zü wusste gleich, was sie meinte. »Darüber haben Nolan und ich uns auch schon unterhalten. Warum ist deine wahre Natur so plötzlich zum Vorschein gekommen? Vielleicht lag es an dem Schock nach dem Verschwinden deiner Eltern, oder du hast ganz einfach das richtige Alter erreicht, die nötige körperliche und geistige Reife. Oder aber es war reiner Zufall, auch das ist denkbar.«

»Es war kein Zufall. Alles, was uns widerfährt, hat eine Bedeutung. Es ist, als wäre unser Schicksal seit Jahrhunderten vorgezeichnet.«

»Das glaube ich auch. Deine Kräfte haben sich genau in dem Moment offenbart, als dein Leben aus den Fugen geriet. Aber es gibt auch noch eine andere Erklärung. Natürlich ist das nichts als eine Vermutung.«

Eryne sah sie erwartungsvoll an. Zejabel seufzte. Wieder einmal musste sie ein heikles Thema zur Sprache bringen.

»Schon als Kind hast du Erfahrungen mit dem Zustand der Entsinnung gemacht. Du sagtest doch, dass du die Träume deiner Eltern, deines Bruders und sogar die von Fremden nacherzählen konntest. Aber als junges Mädchen oder besser gesagt, in dem Moment, als du zur Frau wurdest, hörte das auf.«

»Ja, aber …«

Zejabel ging zu ihrer Koje hinüber und zog den Beutel hervor, der darunter verstaut war. Sie entnahm ihm eine Phiole und zeigte sie Eryne. »Als ich zum ersten Mal meine Blutungen hatte, gab man mir diesen Trank. Von da an musste ich ihn Mond für Mond einnehmen. So wollte es das Gesetz der Judikatoren.«

»Ich weiß nicht, was du mir damit …«

»Der Trank macht die Anwärterinnen auf den Titel der Kahati unfruchtbar, denn nur ein unfruchtbarer Körper kann Zuïas Geist in sich aufnehmen. Deshalb glaube ich, dass deine Entwicklung zur Göttin etwas mit deiner Schwangerschaft zu tun haben könnte.«

Eryne machte große Augen und runzelte dann die Stirn.

»Das kann nicht sein«, widersprach sie. »Ich hörte die Stimmen in meinem Kopf, noch bevor ich … bevor … wie soll ich sagen … vor der Sache mit Keb und Amanón.«

»Aber war dein Körper nicht schon vorher zur Empfängnis bereit? Warst du nicht vom letzten Tag deiner Blutungen an dazu bestimmt, schwanger zu werden?«

Eryne schlug die Augen nieder und dachte eine Weile über die Frage nach. Schließlich nickte sie ernst. »Tatsächlich war ich am Tag vor der Entführung meiner Eltern unpässlich. Du magst recht haben …«

Wieder verstummte sie, und Zejabel ließ sie in Ruhe ihre eigenen Schlüsse ziehen.

»Wenn ich nicht … Wenn ich nicht schwanger geworden wäre … Dann wäre ich vielleicht immer noch ein gewöhnlicher Mensch«, murmelte sie schließlich.

»Du solltest nicht bereuen, was geschehen ist«, sagte Zejabel sanft. »Du wirst viel Gutes tun.«

»Aber was wird sein, wenn das Kind auf der Welt ist? Was geschieht nach der Geburt mit mir? Verliere ich meine Kräfte dann wieder?«

»Zuïa ging offenbar nicht davon aus. Und auch ich bezweifle, dass du jemals wieder eine gewöhnliche Sterbliche sein wirst. Dazu wird es nicht kommen.«

Zejabel freute sich, Zuversicht und neue Hoffnung in Erynes Gesicht zu lesen. Doch als Eryne versonnen lächelte, begriff die Zü, dass sie ihr gar nicht richtig zugehört hatte. Die Göttin durfte sich keinen Illusionen hingeben. Sie würde niemals in ihr altes Leben zurückkehren können.

Zejabel suchte nach den richtigen Worten, um es ihr schonend beizubringen, als Eryne ihr plötzlich bekümmert in die Augen sah. Mit einem Nicken ermunterte die Zü sie zum Sprechen.

»Verzeih, ich war selbstsüchtig. Erst jetzt fällt mir ein, dich nach diesem Trank zu fragen, den du einnehmen musstest. Glaubst du, dass seine Wirkung immer noch anhält?«

Zejabel schluckte schwer und starrte auf die Phiole in ihrer Hand. Sie hatte jahrelang regelmäßig davon getrunken … »Ich weiß es nicht«, sagte sie leise. »Ich hatte bereits wieder Blutungen, aber … Ob ich jemals schwanger werden kann, weiß ich nicht.«

Schweigend saßen sie noch eine Weile beisammen, jede in ihren Gedanken versunken, bevor Zejabel aufstand und mit einem leichten Lächeln die Kajüte verließ.

Plötzlich sehnte sie sich nach Nolans Gesellschaft. Sie wollte spüren, wie er sie ansah, wie sein Blick auf ihrem Körper ruhte. Alles andere erschien ihr in diesem Augenblick nebensächlich.

Nachdem sie dem Tod nur knapp entronnen war, entdeckte Niss das Leben wieder, als wäre es ein rauschendes Fest. Sie vergaß zwar nicht, dass die Erben von finsteren Mächten bedroht wurden, und sorgte sich nach wie vor um ihre Eltern und ihre Großmutter, die sie schmerzlich vermisste, aber für eine Weile genoss sie es einfach, am Leben und wohlauf zu sein.

Ihre gute Laune und ihr fröhliches Lachen waren ansteckend. Aus Freude über ihre Heilung hätte Bowbaq am liebsten von früh bis spät Lieder geträllert, aber Keb verbot es ihm, weil er ihm angeblich die Fische vergraulte. Auch Nolan und Zejabel strahlten bis über beide Ohren. Beim geringsten Anlass nahmen sie einander bei der Hand, und Niss wollte die beiden in ihrer Zweisamkeit nicht stören. Zunächst plauderte sie eine Weile angeregt mit Eryne und versicherte ihr, ihr Kind werde das hübscheste Baby der Welt werden, was der Lorelierin ein Lächeln auf die Lippen zauberte. Schließlich ging sie zu Cael, um sich mit ihm zu unterhalten.

Der Junge schien dringend jemanden zum Reden zu brauchen. Er war schon immer der stillste von ihnen gewesen, aber in den letzten Tagen beschäftigte ihn offenbar etwas sehr Ernstes. Nachdem sie eine Weile vergeblich versucht hatte, ihn dazu zu bringen, sich ihr anzuvertrauen, änderte sie ihre Taktik und bemühte sich stattdessen, ihn mit allen lustigen Geschichten und Witzen aufzuheitern, die sie kannte.

Anscheinend machte sich ihre Mühe bezahlt, denn Cael entspannte sich etwas und gab sogar selbst die eine oder andere amüsante Geschichten zum Besten. Eine brachte Niss derart zum Lachen, dass sie kaum noch Luft bekam und schließlich auch Cael ansteckte. Als sie sich wieder beruhigt hatten, taten Niss die Bauchmuskeln weh. Sie schloss die Augen, sog die Meeresluft ein und genoss diesen kostbaren Moment des Glücks.

Doch Cael brachte sie abrupt in die Wirklichkeit zurück.

»Kannst du dich diesmal an den Tiefen Traum erinnern?«

Sie fühlte sich, als hätte ihr jemand eine Ohrfeige verpasst. Dabei meinte Cael es nicht böse, das sah sie an seinem Blick. Es hatte bisher nur niemand gewagt, den Tiefen Traum zu erwähnen, selbst Bowbaq nicht, obwohl er ihr vermutlich am liebsten eine ordentliche Standpauke darüber gehalten hätte, wie gefährlich es für einen Erjak war, den Tiefen Geist eines anderen Lebewesens zu berühren. Auch Eryne, die ihr ein Stück weit in den Tiefen

Traum gefolgt war, hatte kein Wort über ihren gemeinsamen Kampf diesseits des Lichts verloren.

»Ich kann mich an fast nichts erinnern«, log Niss. »Es ist alles so verworren. Jedenfalls kommt es mir vor, als wäre ich furchtbar weit fort gewesen. Deshalb nenne ich diesen Zustand ja auch den Tiefen Traum.«

»Aber hast du mitbekommen, was um dich herum vorging? Wie beim letzten Mal?«

Niss antwortete nicht gleich. In ihrer Erinnerung sah sie, wie ihr Körper in Zuïas Palast am Boden lag und ihre Gefährten gegen die Züu-Priester kämpften. Im nächsten Moment war sie von dem Licht angezogen und verschluckt worden, ohne sich dagegen wehren zu können.

»Diesmal war es anders«, sagte sie. »Ab und zu bekam ich mit, wo ich war, aber immer kurz. Beim ersten Mal sah und hörte ich viel mehr von der Welt um mich herum. Diesmal war ich fast die ganze Zeit im Tiefen Traum gefangen.«

»Aber du kannst nicht beschreiben, was er ist?«

»Nein.« Niss dachte nicht gern an den Tiefen Traum und wollte schon gar nicht darüber reden. Je eher sie von etwas anderem sprachen, desto besser. »Warum interessiert dich das überhaupt?«, fragte sie.

Nun war es an Cael, verlegen herumzudrucksen. »Na ja … Ich habe mich nur gefragt, ob … Ich wollte wissen, ob du wieder mein anderes Ich gesehen hast, oder besser gesagt seinen Geist, so wie damals in Lorelia. Als wir in Zuïas Palast gegen die Priester kämpften, hatte ich nämlich wieder einen Anfall.«

»Daran kann ich mich nicht erinnern, tut mir leid. Warum willst du …?«

»Nur so«, fiel ihr Cael ins Wort. »Es hätte ja sein können, dass du noch einmal diese Vision hattest. Das hätte bestätigt, dass ich … Ach, egal.«

Da Niss ebenfalls das Thema wechseln wollte, drang sie nicht weiter in ihn. Sie begriff auch gar nicht, was Cael von ihr wollte. Dass in Cael zwei Persönlichkeiten schlummerten, war allen an Bord bekannt.

Erstaunlich war nur, dass sie seinen Geist in Lorelia hatte sehen können, obwohl er ein Gwelom trug. Aber schließlich war sie damals im Tiefen Traum gefangen gewesen, und dort war ohnehin alles so seltsam, dass es auf ein Rätsel mehr oder weniger nicht ankam.

Amanón erwachte, als seine Freunde gerade zu Mit-Tag gegessen hatten. Er murmelte einen verschlafenen Gruß, vergewisserte sich, dass sie Kurs auf Ith genommen hatten, schob sich hastig eine Scheibe Brot in den Mund und vertiefte sich gleich wieder in seine Bücher. Die Fragen seiner Gefährten wehrte er ab. Er würde ihnen später Rede und Antwort stehen. Einstweilen konnte er an nichts anderes denken als an seine Übersetzung und das Wissen, das in den Manuskripten verborgen war. Am liebsten hätte er zwei Bücher auf einmal gelesen, mit jedem Auge eins, und mit beiden Händen zugleich geschrieben. Aber er arbeitete schon so schnell wie irgend möglich, und so mussten sich seine Freunde eben noch etwas gedulden.

Erst gegen Abend riss er sich von den Büchern los und rief die anderen in der Kombüse zusammen. Während er darauf wartete, dass alle Platz nahmen, starrten sie wie gebannt auf die Blätter, die er in der Hand hielt. Um Aufmerksamkeit musste er sie nicht erst bitten. Amanón räusperte sich und begann, von den Ergebnissen seiner Recherchen zu berichten.

»Wie ihr euch denken könnt, ist es mir nun doch gelungen, das Geheimnis der ethekischen Sprache zu lüften. Gestern Nacht habe ich damit begonnen, die Bücher aus Zuïas Bibliothek zu übersetzen, aber es würde Monde dauern, sie alle ins Itharische zu übertragen, und ...«

»Monde?«, fiel Keb ihm ungeduldig ins Wort.

»Es handelt sich um fünfunddreißig Bände«, verteidigte sich Amanón. »Und selbst wenn ich mit der Zeit immer schneller werde, weil ich mir mehr und mehr Wörter aneigne, braucht man für eine solche Arbeit die größte Ruhe. Wenn wir erst einmal in Ith sind, werden wir anderes zu tun haben.«

»Sprich weiter, mein Freund«, sagte Bowbaq.

»Bislang habe ich mich auf die Übersetzung jener Passagen beschränkt, von denen ich annahm, dass sie von den Pforten handeln. Außerdem habe ich noch einmal das Tagebuch meiner Mutter durchgesehen. Corenn hat alle ihr bekannten ethekischen Schriftzeichen abgeschrieben, vor allem natürlich die Inschrift der Pforte von Ji. Die Übersetzung dieser Zeichen war noch komplizierter als die der ethekischen Manuskripte, weil die Farben fehlten, aber ich habe es trotzdem geschafft, sie zu entschlüsseln, indem ich alle möglichen Varianten durchprobierte. So erfuhr ich von der Pforte in Ith. Offenbar wird sie in den Inschriften aller anderen Pforten erwähnt. Ich nehme an, dass die Etheker dieser Pforte, die sie als die erste bezeichnen, besondere Ehrfurcht entgegenbrachten.«

»Die erste?«, wiederholte Nolan. »Also sind die Pforten nicht zur gleichen Zeit erbaut worden? Das ist interessant …«

»Außerdem sind die Pforten erst entstanden, als schon Menschen auf der Welt lebten«, fügte Amanón hinzu. »Die Etheker kannten eine Zeit vor und eine Zeit nach der Errichtung der Pforten. So steht es jedenfalls in den Büchern.«

»Und welche Bedeutung hatten die Pforten für die Etheker?«, fragte Nolan. »Erwähnen die Bücher das Jal, die Götterkinder und all das?«

»Das weiß ich noch nicht. Vieles von dem, was in den Büchern steht, nützt uns gar nichts. Manche handeln von der ethekischen Geschichte oder dem Alltagsleben der Stämme, vom Handwerk oder von der Landwirtschaft. Von Interesse für uns ist eigentlich nur die Beschreibung der ethekischen Bestattungsriten. Hier kommen nämlich die Pforten ins Spiel.«

Seine Worte lösten allgemeine Verblüffung aus. Einige seiner Freunde machten große Augen, andere runzelten die Stirn.

»Anscheinend errichteten die Etheker die Pforten zu Ehren ihrer Toten. Und als manche Stämme im Laufe der Zeit in andere Gegenden auswanderten, nahmen sie diesen Brauch mit. Deshalb gibt es heute mehrere Pforten. Vermutlich stand früher in jedem großen Stammesgebiet eine.«

»Aber wozu waren die Pforten da?«, fragte Nolan. »Wie sahen diese Riten aus?«

»Das ist mir noch nicht ganz klar. Offenbar trugen die ethekischen Priester oder jene Stammesangehörige, die für religiöse Rituale zuständig waren, die Verstorbenen unter der Pforte hindurch.«

»Und was dann?«, wollte Keb wissen. »Ließen sie die Leichen einfach im Jal vermodern und kehrten seelenruhig in ihr Dorf zurück?«

»Ich bin nicht sicher, ob sie überhaupt ins Jal gelangten«, sagte Amanón. »Den Beschreibungen zufolge wurde der Leichnam nach dem Durchschreiten der Pforte auf der nackten Erde abgelegt und mit geweihtem Öl eingerieben. Das alles geschah abseits der Dörfer. Ich habe jedenfalls keinen Hinweis auf Magie oder übernatürliche Vorgänge gefunden. Es scheint sich um ein recht einfaches Stammesritual gehandelt zu haben.«

»So ein Blödsinn. Diese Leute haben sich doch wohl nicht krumm und buckelig geschuftet und mitten in der Einöde riesige Steinpforten errichtet, nur um ihre Toten darunter durchzutragen. Was ist mit Dara und Karu und dem ganzen Götterkram?«

»Ich denke, das Durchschreiten der Pforte symbolisierte den Übergang des Verstorbenen in eine bessere Welt«, erklärte Amanón. »Allerdings habe ich erst wenige Passagen übertragen. Vielleicht finde ich auf den unübersetzten Seiten eine Antwort auf diese Fragen. Und wenn die Schriftzeichen der Pforte von Ji nicht so verwittert wären, wüssten wir jetzt schon mehr. Hoffentlich haben wir in Ith mehr Glück.«

Die anderen nickten, auch wenn sie sichtlich enttäuscht waren. Sie hatten es kaum erwarten können, Amanóns Bericht zu hören, und das magere Ergebnis war unbefriedigend. Allerdings blieb ihnen immer noch die Hoffnung, dass die bisher unübersetzten Seiten aufschlussreicher waren. Und immerhin hatten sie an einem einzigen Tag mehr über die Pforten und ihre Bedeutung erfahren, als alle Generationen von Erben vor ihnen – dabei waren sie nicht einmal im Jal gewesen.

»Steht in den Büchern, wo sich die Pforte von Ith befindet?«, fragte Zejabel.

»Auf dem Rücken der Berge«, zitierte Amanón. »Das hilft uns nicht viel weiter, schließlich liegt die Heilige Stadt am Fuß eines gewaltigen Gebirges. Aber es ist der einzige Hinweis, den ich gefunden habe.«

»Vielleicht kann Eryne uns zu der Pforte führen«, meinte Niss. »So wie auf Ji.«

Amanón schwieg, obwohl er auch schon daran gedacht hatte. Wenn Eryne nur nah genug an die Pforte herankäme, würde sie den Weg intuitiv wissen. Das Lächeln der künftigen Götten war zwar etwas verkrampft, aber ihre Freunde wussten, dass sie ihr Bestes geben würde.

»Vielleicht ist Sombre ja durch genau diese Pforte aus dem Jal gekommen«, sagte Cael nachdenklich.

Den anderen verschlug es die Sprache. Das war in der Tat denkbar.

Dann lauerten dort vielleicht noch weitere Dämonen auf sie.

Für Eryne vergingen die nächsten Tage wie im Flug, und sie genoss die Ruhe auf der Feluke in vollen Zügen. Am liebsten hätte sie die Zeit angehalten. Anders als so manchem ihrer Freunde war ihr keine Dezille langweilig – auch in dieser Hinsicht hatte sie sich verändert. War sie früher von einem Hofball zum nächsten geeilt, so konnte sie sich jetzt nichts Schöneres vorstellen, als mit ihren Freunden, ihren beiden Verehrern und dem Kind in ihrem Bauch, dessen Abwesenheit sie von Tag zu Tag deutlicher wahrnahm, übers Meer zu segeln.

Natürlich spürte sie das Kind nicht körperlich, dafür war es noch viel zu früh. Aber im Schlaf oder manchmal sogar mitten am Tag kam es vor, dass sie den Geist des kleinen Wesens streifte, das in ihr heranwuchs, und dann liebkoste sie in Gedanken das zarte Flämmchen mit aller Liebe, derer sie fähig war.

Allmählich gewöhnte sie sich an die Vorstellung, Mutter zu werden. Sie würde ein Kind haben, das sie Mama nannte. Manchmal vermisste sie ihre Eltern heftig, denn sie hätte ihr Glück so gern mit ihnen geteilt, doch meistens vermied sie es, sich Hoffnungen zu machen. Schon jetzt graute ihr davor, sich irgendwann zwischen Keb und Amanón entscheiden zu müssen. Aber noch viel mehr sorgte sie sich um ihren Sohn. Würde er ein gewöhnlicher Sterblicher sein? Oder wäre auch er von der Magie des Jal beeinflusst? Eryne wünschte sich nichts sehnlicher, als sein Schicksal zu teilen, wie es auch aussehen mochte. Der Gedanke, ein Kind zu gebären, es großzuziehen und dann irgendwann sterben zu sehen, während sie selbst für alle Zeiten weiterlebte, war so unerträglich, dass sie ihn gleich wieder beiseiteschob. *Es ist durchaus möglich, dass ich nach der Geburt wieder zu einer gewöhnlichen Sterblichen werde,* sagte sie sich immer wieder. Vielleicht rettete ihr Sohn sie ja vor dem Dasein als Göttin, das sie sich nicht ausgesucht hatte. Alles andere wollte sie im Augenblick vergessen.

Und doch kreisten ihre Gedanken unentwegt um die

beiden Männer, die nicht wussten, wer von ihnen der Vater des Kindes war.

Eryne hatte bisher nicht den Mut aufgebracht, ihnen zu sagen, dass das Kind ein Junge werden würde. Das hatte sie bei der ersten Berührung mit seinem Geist in Zuïas Palast ganz deutlich gespürt. Irgendwie fühlte sie sich verpflichtet, ihren Verehrern davon zu erzählen, aber sie fürchtete, ihnen damit nur noch mehr wehzutun. So achtete sie darauf, sich nicht zu verplappern, während sie insgeheim überlegte, ob ihr Sohn Keb oder Amanón ähneln oder das Aussehen ihres Vaters Reyan erben würde.

Manchmal kam ihr auch der Gedanke, er könne etwas von Saat haben, aber dann musste sie nur die hauchzarte Flamme in sich erspüren, um sich zu beruhigen. *Nein, nicht er, nicht der Letztgeborene der Erben.*

Zum Glück schnitt keiner ihrer beiden Verehrer das Thema von sich aus an. Vielmehr vermieden sie es tunlichst, auf eine gemeinsame Zukunft mit Eryne anzuspielen. Fast schien es, als gingen sie ihr aus dem Weg, vermutlich, um sich vor weiteren Enttäuschungen zu schützen. Keb stand tagaus, tagein mit einer Angelrute am Heck des Schiffs, auch wenn er nie mehr als einen oder zwei Fische aus dem Wasser zog, und Amanón brütete ständig über den ethekischen Manuskripten, um mehr über die untergegangene Zivilisation herauszufinden. Eryne begegnete ihnen praktisch nur beim Essen. Darunter litt sie zwar ein wenig, aber sie tröstete sich damit, dass diese Zeit bald vorbei sein würde. So gab es wenigstens keinen Unfrieden an Bord.

Nolan und Zejabel hingegen schwebten im siebten

Himmel. Den lieben langen Tag waren sie in Gespräche vertieft, lachten miteinander oder saßen ganz einfach an der Reling und betrachteten versonnen das Meer. Am liebsten hätten sie wohl auch die Nächte miteinander verbracht, aber die Feluke bot nicht viel Platz für Zweisamkeit, und vielleicht war es auch gut, dass sich die beiden damit noch etwas Zeit ließen. Als Nolans ältere Schwester und Zejabels beste Freundin hoffte Eryne jedenfalls, dass ihre Herzen zueinanderfinden würden.

So konnten sich alle ein paar Tage lang von den Strapazen ihrer Reise erholen. Erst als mehr und mehr Schiffe ihren Weg kreuzten, wuchs die Anspannung der Gefährten wieder. Bis Maz Nen, dem itharischen Hafen, in dessen Hinterland die Heilige Stadt Ith lag, war es nun nicht mehr weit. Während Keb, Zejabel und Bowbaq froh waren, dass die eintönige Fahrt endlich vorbei war, wurde Eryne immer missmutiger. Sie ahnte, dass weitere Kämpfe und neue Gefahren auf die Erben zukommen würden. In Ith würden sie vielleicht großes Leid erleben, wenn nicht gar das endgültige Scheitern ihrer Suche.

Nur Cael war noch mürrischer als Eryne. Die Freunde bemerkten seinen Kummer, aber niemand konnte ihm helfen. Wer ihn auf seine Laune ansprach, dem erteilte der Junge eine schroffe Abfuhr. Und hin und wieder bekam er ohne jeden Anlass einen Wutanfall.

Als sie in den Hafen von Maz Nen einliefen, ging ein heftiger Regenschauer aus dem wolkenverhangenen Himmel auf die Feluke nieder. Am Abend zuvor hatten die Erben auf dem offenen Meer geankert, um eine letzte ungestörte Nacht zu verbringen, doch bei Tagesanbruch gab es keinen Grund mehr, ihre Rückkehr in die Oberen Königreiche weiter hinauszuzögern. Die *Othenor II* durchschnitt die glatte Wasseroberfläche des Hafenbeckens und glitt auf einen freien Platz am Landungssteg zu.

Die Erben wussten nicht, was sie in den nächsten Tagen erwartete. Sie klammerten sich an die Hoffnung, die Pforte von Ith zu finden, um dort vielleicht weitere Hinweise zu entdecken oder es mit etwas Glück sogar zu schaffen, sie zu öffnen und zu ihren Eltern ins Jal zu gelangen. Von den Gefahren, die dort auf sie warten mochten, sprachen sie lieber erst gar nicht. Sie würden sich ihnen stellen, wenn es so weit war.

Nolan hatte sich an die Reling gelehnt, sobald der Hafen in Sicht kam. Maz Nen war weniger als einen Dekant zu Pferd von der itharischen Hauptstadt entfernt, und als Novize war er gelegentlich in dieses friedliche kleine Städtchen geritten, dessen Einwohner hauptsächlich von der Fischerei lebten. Ein Großteil des Fangs landete auf den Tellern der Priester und Gläubigen der Heiligen Stadt. Heute herrschte trotz des trüben Wetters ungewöhnlicher Trubel im Hafen. Nolan konnte sich nicht erinnern, hier jemals so viele Schiffe gesehen zu haben. Ein goronischer Dreiruderer überragte alle anderen, und auch die Anlegestege, die wenige Monde zuvor nur von Pilgern und fliegenden Händlern bevölkert gewesen waren, wimmelten jetzt vor Soldaten aus dem Großen Kaiserreich. Doch es gab auch Zivilisten, zumeist Familien, die ihre Habseligkeiten auf Boote luden, um das Land zu verlassen. Der Krieg zwischen Goran und Lorelien schien zwar noch nicht bis nach Itharien vorgedrungen zu sein und hatte vielleicht nicht einmal richtig begonnen, aber Maz Nen schien sich bereits für einen Angriff zu rüsten.

Der Anblick schmerzte Nolan. Nachdem bereits die Dämonenverehrer der Dunklen Bruderschaft die Heilige Stadt unsicher machten, wurde sie nun auch noch in eine militärische Festung verwandelt. Andererseits war das Eingreifen der Goroner nur verständlich. Ith lag unmittelbar an der goronischen Grenze, und das Große Kaiserreich konnte diese strategisch so wichtige Stadt nicht einfach ihrem Schicksal überlassen. Vielleicht hatten die Hohepriester des Großen Tempels die Goroner sogar um Schutz vor den Loreliern gebeten. Diese wiederum mussten sich dadurch erst recht bedroht und in ihren Verschwörungsvermutungen bestätigt fühlen. *Das ist nun einmal die Logik des Krieges,* dachte Nolan schicksalsergeben.

Kebs und Amanóns besorgte Blicke zeugten davon, dass ihnen ähnliche Gedanken durch den Kopf gingen. Der heraufziehende Krieg gefährdete nicht nur die Menschen in ihrer Heimat, sondern drohte auch die Suche der Erben zu erschweren. Es war nicht einmal sicher, ob die Goroner sie zur Heiligen Stadt durchlassen würden. Als Cael auf den Anlegesteg sprang, um die Leinen festzumachen, näherte sich sogleich ein Wachtrupp aus drei Soldaten. Ihre argwöhnischen Mienen und die Art wie sie die Hände an die Griffe ihrer Krummschwerter legten, sprachen Bände: Die kaiserliche Armee befand sich in Alarmbereitschaft. Vermutlich hatten Spitzel der Grauen Legion schon mehrmals versucht, sich auf diesem Weg nach Goran einzuschleichen.

»Wo kommt Ihr her?«, rief einer der Soldaten, ohne sich mit einem Gruß aufzuhalten.

»Aus Mythr«, antwortete Amanón ruhig.

»Und wem gehört das Schiff?«

»Mir und meinem Cousin.« Amanón wies auf Cael. »Wir vermieten es für kürzere Überfahrten, und unsere Passagiere wollen eine Pilgerreise in die Heilige Stadt unternehmen.«

Der Mann runzelte die Stirn und musterte sie genauer.

»Seid Ihr Kaulaner?«, fragte er herablassend.

»Das sind wir«, bestätigte Amanón.

Er sah keinen Grund zu lügen. Eryne war zwar leicht als Lorelierin zu erkennen, aber sie war mit Niss, Zejabel und Bowbaq in der Kombüse geblieben. Auch den beiden Arkariern und der Zü sah man ihre Herkunft einfach zu deutlich an. Keb hingegen ging mühelos als Matrose aus den Ländern des Ostens durch, und Nolan war nur einer von unzähligen eurydischen Novizen. Auf sie würde die Dunkle Bruderschaft kaum aufmerksam werden.

»Kaul hat dem Königreich Lorelien seine Unterstützung zugesagt«, sagte der Soldat säuerlich.

Amanóns Verblüffung war nicht gespielt. Es wurden bereits Bündnisse geschmiedet – so schlimm stand es also um die Oberen Königreiche. Dass sich das Matriarchat noch vor Kriegsbeginn auf eine Seite geschlagen hatte, war sonderbar, denn Kaul war im Laufe seiner Geschichte immer um Neutralität bemüht gewesen. Hatten die Valiponden das Große Haus vollends in ihrer Gewalt? Wenn sie mondelang Zugang zu allen Archiven und damit zu allen offiziellen Dokumenten des Ständigen Rats gehabt hatte, konnten sie Urkunden gefälscht und zerstört oder die Ratsfrauen sogar mit Drohungen eingeschüchtert haben.

Die offensichtliche Verblüffung der Erben hatte immerhin den Vorteil, dass die Soldaten ihr Misstrauen verloren. Zwei wandten sich bereits ab, während der dritte einen kürzlich ergangenen Erlass herunterleierte, der im Hafen von Maz Nen und im gesamten Protektorat Itharien galt und sich im Grunde in einem Satz zusammenfassen ließ: »Störenfriede machen wir einen Kopf kürzer.« Damit war klar, wer in Itharien jetzt das Sagen hatte.

Als die Soldaten gegangen waren, versammelten sich die Erben in der Kombüse und berieten ihre Lage. Viel tun konnten sie ohnehin nicht. Der Einmarsch der goronischen Armee in Itharien und die Verwicklung Kauls in den bevorstehenden Krieg durften sie nicht an ihrer Suche nach der Pforte der Etheker hindern. Sie mussten weitermachen, auch wenn die Welt um sie herum im Chaos versank.

Kaum einen Dekant später gingen sie von Bord, beladen mit Waffen, Gepäck, den ethekischen Büchern und so vielen Vorräten, wie sie tragen konnten. Keiner wusste, ob sie die *Othenor II* oder auch nur das Mittenmeer jemals wiedersehen würden.

Am Hafen standen Mietdroschken bereit, um Reisende von Maz Nen nach Ith und zurück zu befördern, und die Gefährten fanden mühelos zwei freie Gespanne. Zurzeit trafen kaum noch neue Pilger ein, und wer sich bereits in der Nähe eines Tempels befand, weigerte sich in diesen unsicheren Zeiten häufig, ihn zu verlassen. So buhlten die Kutscher um die Gunst der wenigen Passagiere, die ihre Dienste in Anspruch nehmen wollten. Manche boten sogar Waren feil, darunter die berühmten eurydischen Masken, die in Itharien und Goran weit verbreitet waren. Amanón bestand darauf, dass jeder von ihnen eine solche Maske aufsetzte, um von den Spionen der Dunklen Bruderschaft nicht so leicht erkannt zu werden. Selbst Nolan kaufte sich eine neue Maske, anstatt seine eigene zu tragen, die zu prachtvoll und damit zu auffällig war, obwohl er sehr an dem Geschenk seiner Eltern hing, das überall mit hinnahm.

Folgsam band sich Cael die Maske aus Kork vors Gesicht, auch wenn ihm dabei eher unwohl zumute war. Sie gab ihm einen Vorgeschmack darauf, welch grauenvolle Zukunft ihn erwartete. Immer wieder malte er sich aus, wie es sich anfühlen würde, in seinem eigenen Körper gefangen zu sein und hilflos mit ansehen zu müssen, wie sein innerer Dämon die schlimmsten Verbrechen beging. So wie jetzt mit der Maske würde keine einzige seiner Gefühlsregungen mehr nach außen dringen, er würde innerlich verkümmern, eingesperrt in einen Körper, über den er keine Kontrolle mehr hätte. Wahrscheinlich konnte er von Glück sagen, wenn er irgendwann den Verstand verlor und die Taten des Dämons für seine eigenen hielt, so wie das schon jetzt manchmal vorkam.

Noch hatte er sich einigermaßen im Griff. Aber in immer kürzeren Abständen geriet Caels Weltsicht für einen Augenblick aus den Fugen. In solchen Momenten fragte er sich, warum die Erben Sombre überhaupt bekämpfen wollten. Wenn der Dämon tatsächlich der mächtigste aller Unsterblichen war, dann war es doch nur natürlich, dass er sich Menschen wie Götter unterwarf. *So will es das Gesetz des Stärkeren nun einmal,* dachte er jedes Mal, wenn er spürte, wie seine Kräfte wuchsen. Sobald seine eigentliche Persönlichkeit dann wieder die Oberhand gewann, hasste er sich für diese Gedanken und versank in Schwermut.

Um nichts Falsches zu sagen, beteiligte er sich kaum noch an den Gesprächen seiner Gefährten. Sie hätten große Augen gemacht, wenn er laut ausgesprochen hätte, was ihm bisweilen durch den Kopf ging. Also verwandte er all seine Konzentration darauf, seinen inneren Dämon nur so weit hervorzulocken, dass er die Lücke in seiner Erinnerung schließen konnte. Er musste unbedingt den Namen des Erzfeinds herausfinden, und je eher ihm das gelang, desto besser. Sonst geschah noch ein Unglück.

Bis dahin musste er einfach versuchen, Ruhe zu bewahren. Er hörte nur mit halbem Ohr zu, während Nolan ihnen von der Geschichte Ithariens erzählte. Selbst in dem feinen Dauerregen, der das Hügelland verschleierte, war die Landschaft wunderschön anzusehen. Kühe und Schafe grasten auf grünen Weiden zwischen ordentlich bestellten Feldern und Gärten. Auch die Dörfer wirkten gastfreundlich, selbst in diesen unruhigen Zeiten. Immer wieder fuhren sie an Schänken oder Herbergen vorbei, die Pilger aufnahmen, und passierten Bretterbuden oder kleine Läden mit Gewändern, Schriften, Götterbildern und Reliquien der wichtigsten Religionen, die in Ith ausgeübt wurden.

Inmitten der Hügel und Wälder stand auch die eine oder andere verwitterte Ruine, die von der reichen Vergangenheit dieser seit Urzeiten besiedelten Gegend zeugte. Schon die Vorfahren der Itharer, die Stämme Iths, hatten hier gelebt, und wenn man den Manuskripten glaubte, die Amanón übersetzt hatte, waren die Etheker die Vorfahren der Iths. Das hatten die Geschichtsschreiber zwar immer vermutet, aber nun hielten die Erben den Beweis dafür in Händen. Wohl hatte es zu jenen Zeiten auch noch andere Völker gegeben, aber nur den Ethekern war es gelungen, sich über sämtliche Kontinente zu verbreiten.

Die Wiege der Menschheit lag also am Fuß der unzugänglichen Höhenzüge des Rideau-Gebirges, an ebenjener Stelle, an der die Itharier ihre Heilige Stadt errichtet hatten, die seit jeher Pilger aus aller Welt anzog. In Ith waren fast alle bekannten Religionen vertreten, auch die finstersten, und in der Abgeschiedenheit der Tempel beteten die Gläubigen seit Jahrtausenden zu ihren Göttern und Dämonen.

Alles in Itharien schien mit Religion zu tun zu haben. Nolan erklärte ihnen, dass noch die schmalste Gasse der Hauptstadt den Namen eines Märtyrers, Heiligen oder berühmten Emaz trug. Und wenn der Bürgermeister auch nur den kleinsten Stein an einem der Stadttore auswechseln wollte, musste er das Bauwerk anschließend von jeweils einem Priester der sechs größten Religionen weihen lassen. Zudem gab es in Ith unzählige Orte, die als heilig verehrt wurden, und nicht selten versammelten sich Scharen von Pilgern mitten auf der Straße, am Fuß einer Statue, deren Gesicht zu einer dämonischen Fratze verzerrt war, oder vor einer Steinplatte, in die fremdartige Schriftzeichen eingeritzt waren.

Cael wunderte sich über das Schauspiel, das sich ihm bot, als die Stadt endlich in Sichtweite kam. Dem drohenden Krieg zum Trotz zogen immer noch kleine Gruppen von Pilgern nach Ith oder kehrten von dort in ihre Heimat zurück. Ihr Anblick war bisweilen mehr als wunderlich: Priester in violetten Kutten marschierten im Gänsemarsch und mit gesenkten Köpfen die Straße entlang, Büßer rutschten auf Knien auf das Stadttor zu, und manche Gläubige sangen ebenso inbrünstig wie schief religiöse Lieder. Alle schienen den strengen Regeln ihrer Religion, ihres Tempels oder ihres Gewissens zu folgen und sich die Straße trotzdem einträchtig zu teilen. Vielleicht ignorierten sie einander aber auch nur und blickten voller Verachtung und in der festen Überzeugung, im Besitz der alleinigen Wahrheit zu sein, auf die anderen herab.

Allerdings waren die sonderbaren Gestalten in der Minderheit. Die meisten Pilger reisten einfach nur nach Ith, um einen Sinn im Leben zu finden oder ihren Glauben zu erneuern, und wollten den Großen Tempel aufsuchen, in dem Eurydis verehrt wurde. Eurydis, genannt die Führende, die Göttin der Weisheit und beliebteste Unsterbliche Ithariens. Während unzählige Splittersekten nur eine Handvoll Anhänger hatten, manchmal sogar nur drei oder vier, waren Eurydis rund zwanzig Tempeln geweiht, die über die ganze Stadt verteilt waren, und Hunderte von Maz dienten der Göttin. Und das aus gutem Grund: Es hieß, sie habe den Menschen bei der Gründung der Heiligen Stadt geholfen. Erst sei sie dem Sohn König Li'uts erschienen, der daraufhin die Stämme Iths einte, und dann habe Eurydis die Itharier, wie sie sich nun nannten, von ihrer Kriegsbesessenheit befreit und sie auf den Weg des Glaubens geführt.

Wie Nolan ihnen ins Gedächtnis rief, glaubten die eurydischen Priester, dass die Göttin den Menschen dereinst zum dritten und letzten Mal erscheinen werde, um ihnen zu helfen, den letzten Schritt hin zum Zeitalter von Ys zu gehen, jener sagenumwobenen Epoche, in der es kein Leid mehr geben würde. Sie war das höchste Ziel der eurydischen Emaz, und ihr diente alles Streben nach Moral. An jenem fernen Tag würden Wissen, Toleranz und Frieden endlich die allgemeinen Werte der Menschheit sein.

Die Erben konnten vor dem Kutscher nicht offen sprechen, aber Corenn hatte in ihrem Tagebuch geschrieben, dass Nol der Seltsame das Zeitalter von Ys auch »das Zeitalter der Harmonie« nannte. Außerdem hatten die Undinen ihren Vorfahren offenbart, dass der Anbruch jenes Zeitalters vom Sieg des Erzfeinds über Sombre abhing. Doch niemand wusste, wie dieses legendäre Zeitalter genau aussehen und ob es unmittelbar nach der Niederlage des Dämons oder erst Jahrtausende später einkehren würde. Jedenfalls hatte Nolan seinen Gefährten mit seinen Worten schmerzlich in Erinnerung gerufen, dass bei ihrem Kampf gegen Sombre das Schicksal der ganzen Menschheit auf dem Spiel stand.

Als sie das Stadttor erreichten, kam ihnen eine kleine Prozession entgegen, deren Anführer eine Kupfersonne auf einem langen Stab in die Höhe reckte. Nolan erklärte, dass die Priester um Regen beteten, damit das Getreide auf den Feldern wuchs. Sie verehrten Aliandra die Sonnige.

Doch ihre Anhänger wussten nicht, dass die Göttin tot

war, weil ein Dämon namens Sombre die Flamme ihres unsterblichen Lebens ausgeblasen hatte.

Plötzlich war Cael froh um seine Maske, denn für den Bruchteil einer Dezille verzerrte ein höhnisches Grinsen sein Gesicht. Er weidete sich an der Schwäche und Dummheit der Sterblichen.

Als diese Anwandlung vorbei war, überkam ihn erneut tiefste Verzweiflung.

Obwohl sich tagaus, tagein Menschenmassen durch die Stadt schoben, waren die Straßen von Ith erstaunlich sauber. Doch unzählige Generationen von Pilgern hatte das Pflaster der engen, verwinkelten Gassen derart ausgetreten, dass man auf den glatten Steinen leicht ausrutschte. Zejabel fühlte sich hier ebenso fremd wie in Goran. Das seltsame Verhalten der Menschen, die sich in den Straßen drängten, die Stuckfassaden der Häuser und Tempel und der religiöse Eifer, der allenthalben zu beobachten war, bereiteten ihr Unbehagen. Wo sie auch hinsah, hatten sich Gläubige zum Gebet niedergekniet oder waren in ein rätselhaftes Ritual vertieft. Durch sämtliche Gassen hallten Gesänge, Predigten und Fürbitten, und bei jedem Atemzug stiegen ihr beißende Weihrauchdämpfe in die Nase.

Nolan rief den anderen zu, dass er die Stadt noch nie so voll erlebt habe, außer vielleicht an einem der offiziellen Feiertage. Und dabei war es noch früh. Nach Mit-Tag würde das Gedränge in den Gassen weiter zunehmen. Dass sich plötzlich so viele Menschen den Göttern zuwandten, lag wohl am bevorstehenden Krieg.

»Oder daran, dass zwischen Göttern und Dämonen ein Kampf auf Leben und Tod ausgebrochen ist«, raunte Nolan Zejabel zu.

Möglicherweise spürten die Gläubigen, dass Sombre ihre Götter in Angst und Schrecken versetzte. Ob die Unsterblichen die frommen Bemühungen ihrer Anhänger überhaupt bemerkten? Während sich Zejabel durch die Gassen schob, in denen auf Schritt und Tritt betende Pilger knieten, vorbei an überfüllten Tempeln und Heiligtümern, hatte Zejabel den Eindruck, als nahte das Ende der Welt. Und wer wusste besser als sie und ihre Freunde, dass tatsächlich das Schicksal der Menschheit auf dem Spiel stand?

In ihrer Beklommenheit war Zejabel dankbar, dass Nolan sie abzulenken versuchte. Immer wieder erklärte er ihr einen religiösen Brauch oder eine rätselhafte Zeremonie. Bisweilen ergriff er sogar ihre Hand, um ihr durch eine Menschenansammlung zu helfen. Seine Fürsorge brachte sie zum Schmunzeln, schließlich war sie um einiges stärker und kampferprobter als er und hätte sich mühelos allein einen Weg durch die Menge bahnen können. Dennoch genoss sie es, derart galant behandelt zu werden. Bis vor kurzem hatte sie nicht einmal gewusst, was das Wort »galant« überhaupt bedeutete. Erst Erynes Frage, ob sie trotz Zuïas Tinkturen noch schwanger werden könne, hatte ihr die Augen geöffnet: Auch sie sehnte sich danach, geliebt zu werden. Sie hatte Nolan nur einmal tief in die Augen sehen müssen, um ihn wissen zu lassen, dass sie bereit war.

Seither konnte sie es kaum erwarten, ihn erneut zu küssen, so wie in der Nacht nach ihrer ersten Begegnung. Doch diesmal wollte sie ihm die Initiative überlassen.

Vielleicht würden sie ja sogar hier in Ith zueinanderfinden. Nolan hatte viel von der Heiligen Stadt erzählt, und ihr war klar, dass er sich trotz der schlechten Erfahrungen, die er hier gemacht hatte, über die Rückkehr freute. Auch ihr gefiel die Stadt, einmal abgesehen von dem religiösen Wahn, der sich in den Straßen abspielte. Majestätisch überragte der Blumenberg die Häuser, und im Norden und Süden erhoben sich die schroffen Felswände des Rideau wie eine unüberwindliche Mauer, die den Sterblichen vor Augen führen sollte, wie unbedeutend sie waren.

Irgendwo in diesen Bergen entsprang der Alt, der größte Fluss der bekannten Welt. Niemand wusste, wo seine Quelle war, und niemand hatte es bisher geschafft, sämtliche Zuflüsse zwischen der Heiligen Stadt und dem Spiegelozean auf einer Landkarte zu verzeichnen. Um zu verhindern, dass die Heilige Stadt bei Hochwasser überschwemmt wurde, hatten die Bewohner über die Jahrhunderte ein Netz aus Kanälen angelegt. Unzählige Brücken, jede mit ihrer eigenen Geschichte und Architektur, überspannten die Wassergräben. Sie passierten eine Gruppe ehrwürdiger Greise, die auf einem steinernen Geländer meditierten. Offenbar wurden sogar auf den Brücken Gottesdienste und spirituelle Rituale zelebriert. Nolan bestätigte, dass in Ith auch jeder Brunnen, jede Fontäne und jedes noch so kleine Wasserbecken religiösen Zwecken diente.

»Außerdem bringen die Pilger dem Fluss regelmäßig Opfergaben dar«, fuhr Nolan fort. »Auf dem Grund des Alt müssen Abertausende Goldterzen liegen.«

»Versucht denn niemand, danach zu tauchen?«

»Das kommt so gut wie nie vor. Wer sich erwischen lässt, wird zum Ketzer erklärt und für immer aus der Stadt verbannt. Das hat eine abschreckende Wirkung. Außerdem heißt es, der Fluss werde sich eines Tages rächen.«

»Vermutlich wegen der Legende von dem Totenheer, die auch in Goran weitverbreitet ist«, warf Amanón ein.

Zejabel interessierte sich nicht sonderlich für Geld, denn es hatte ihr bisher an nichts gefehlt. Dennoch fand sie es seltsam, dass kaum jemand den Mut aufbrachte, zum Grund des scheinbar so friedlich dahinströmenden Flusses hinunterzutauchen. Wenn man ein Heer zu fürchten hatte, dann wohl eher die Armee des Großen Kaiserreichs, die in Itharien aufmarschiert war.

Überall in der Stadt begegneten sie goronischen Soldaten, wenn auch nur in kleinen Gruppen: Sie patrouillierten in den Gassen oder standen an wichtigen Kreuzungen und vor großen Tempeln Wache. Zejabel war nicht ganz klar, was ihre Aufgabe war. Wie sollten sie inmitten all dieser maskierten Menschen in religiösen Gewändern lorelische Spitzel entdecken? Oder ging es eher darum, einen Volksaufstand zu verhindern? Jeder mittelmäßig begabte Redner hätte die Itharer mühelos gegen das Große Kaiserreich aufhetzen können. Und sollte sich Itharien mit Lorelien verbünden, würde Goran von zwei Seiten in die Zange genommen.

Angesichts der zahlreichen Soldaten, die sich allein in Ith aufhielten, konnte sich Zejabel ungefähr vorstellen, wie viele Truppen die Goroner an ihren Grenzen und um ihre Hauptstadt herum zusammengezogen haben mussten. Sie war noch nie in Lorelia gewesen, aber die uneinnehmbaren Befestigungsanlagen und die schwer bewaffneten Soldaten der goronischen Hauptstadt hatte sie mit eigenen Augen gesehen. Zwar war Lorelien die wichtigste Handelsmacht und somit das wohlhabendste Land der bekannten Welt, doch sein Untergang schien unabwendbar. Ihr wäre das im Grunde gleichgültig gewesen, wenn nicht Nolan, der seiner Heimat sehr verbunden war, unter dieser Vorstellung gelitten hätte. So konnte sie es sich nicht verkneifen, allen goronischen Soldaten, denen sie begegnete, finstere Blicke zuzuwerfen. Hätte sie keine Maske getragen, hätte sie sich vermutlich eine Menge Ärger eingehandelt.

Nachdem sie die Stadt fast vollständig durchquert hatten, gelangten die Erben zu den ersten Ausläufern des Blumenbergs. Die nun steil ansteigenden Gassen waren von Häusern und Tempeln gesäumt, bis der Hang in schroffe Felswände überging. Mit schmerzenden Wadenmuskeln stapften sie bis zur obersten Gasse hinauf. Von hier aus hatten sie einen großartigen Blick über die Stadt, die sich unter einer graue Wolkendecke duckte. Als sie einen Moment verschnauft hatten, scharten sich alle um Eryne, doch die künftige Göttin schüttelte bekümmert den Kopf.

Sie konnte ihnen nicht sagen, wo sich die Pforte der Etheker befand. Anders als auf der Insel Ji zeichnete sich der Weg nicht in ihrem Geist ab.

Amanón legte sein Gepäck ab und begann, grübelnd auf und ab zu laufen. Zejabel starrte zu den schroffen Abhängen des Blumenbergs hinauf. Von dort, wo sie standen, war nicht einmal der Gipfel zu sehen. Sie hoffte inständig, dass ihnen die halsbrecherische Kletterpartie erspart bleiben würde.

Nach den geruhsamen Tagen auf dem Meer war Niss des Gedränges in den Gassen bald überdrüssig. Die Pilger ließen keine Gelegenheit aus, sich zum Gebet hinzuknien oder sich gar auf den Pflastersteinen auszustrecken. Immer wieder musste sie einen Bogen um ein menschliches Hindernis schlagen und darauf achten, nicht mitten in eine Prozession, ein Kreis betender Gläubiger oder einen Chor zu geraten, was mit ihren Unmengen von Gepäck umso schwieriger war.

Auch wenn Nolan behauptet hatte, dass der Trubel ungewöhnlich sei, kam Niss nicht umhin, Ith für eine Stadt voller religiöser Fanatiker zu halten. Sie war nur froh, dass sie die Predigten und Gebete, die um sie herum erschallten, zumeist nicht verstand. Auch so brummte ihr schon der Schädel, und der Lärm machte sie schier wahnsinnig.

Cael schien ebenfalls unter dem Tohuwabohu zu leiden. Seit sie durch das Stadttor getreten waren, hatte er kein Wort gesprochen und stapfte mit eingezogenem Kopf neben ihr her. Mal starrte er angestrengt zu Boden, mal irrte sein Blick rastlos umher, als suchte er einen Ort, an den er sich flüchten könnte. Nach einer Weile ertrug Niss seine Unruhe nicht länger und sprach ihn darauf an.

»Mir geht's gut«, sagte Cael schroff. »Mir gehen nur die vielen Menschen auf die Nerven.«

Seine Stimme klang seltsam gepresst, was aber auch

an der Maske liegen konnte. Niss drang nicht weiter in ihn und schloss wieder zu den anderen auf. Nachdem sie vergeblich sämtliche Gassen der Oberstadt durchstreift hatten, machten die Gefährten kehrt und liefen zurück zum Stadtkern. Sie beschlossen, ihre Suche nach der ethekischen Pforte später fortzusetzen. In der Zwischenzeit mussten sie sich eine Unterkunft suchen, und so führte Nolan seine Freunde zu einer Herberge in einem Viertel, wo ihn niemand kannte.

Als das Wirtshaus endlich in Sicht kam, seufzte Niss erleichtert auf. Innen war sie auf Anhieb begeistert von der schlichten Gemütlichkeit und anheimelnden Ruhe, die nach dem Trubel auf den Straßen umso angenehmer waren. Alle waren sich einig, dass sie hier übernachten wollten, und bezogen unverzüglich zwei große Zimmer. Wie schon auf der *Othenor II* teilte sich Niss das Zimmer mit Eryne und Zejabel.

Niss war froh, endlich das Gepäck absetzen zu können, denn sie trug schwer an ihrem Teil der ethekischen Bücher, die Amanón auf sämtliche Säcke und Bündel verteilt hatte.

Kurz darauf versammelten sich die Freunde im Schankraum. An den Tischen saßen bereits etliche hungrige Gäste, die wie sie nicht hatten warten wollen, bis es zum Mit-Tag läutete: Pilger unterschiedlichster Herkunft, Priester des Großen Tempels in eurydischen Gewändern und vier goronische Soldaten mit mürrischen Mienen. Niss dachte bei sich, dass die Männer zum Waffendienst verdonnert worden waren und ihre Heimat hatten verlassen müssen, nur weil in einem fernen Land ein Prinz und eine Prinzessin ermordet worden waren. Lorelien warf

Goran vor, den Mord in Auftrag gegeben zu haben, und der Kaiser konnte oder wollte keine Gegenbeweise vorlegen. Letztlich mussten die Soldaten ausbaden, was sich ihre Herrscher in den Kopf gesetzt hatte. Es war im Grunde nicht anders als bei den Erben, denen eine hunderteinundvierzig Jahre alte Prophezeiung, die höhere Mächte in Gegenwart ihrer Vorfahren ausgesprochen hatten, das Leben schwermachte.

Das Essen war eine gute Gelegenheit, um ihre Pläne zu besprechen, und Amanón wählte wie immer den Tisch, der am weitesten von den anderen Gästen entfernt war. Erleichtert ließen sich die Erben auf die Bänke sinken, nahmen ihre Masken ab und rieben sich die Gesichter. Endlich konnten sie einander wieder in die Augen sehen und sich zulächeln. Nur Cael behielt seine Maske auf und saß so lange reglos da, bis seine Freunde ihn neugierig anstarrten. Schließlich nahm auch er die Maske ab. Niss zwinkerte ihm aufmunternd zu.

Cael sah aus, als habe er einen harten Kampf hinter sich: Seine Gesichtszüge waren verzerrt, und er hatte dunkle Schatten unter den Augen. Der Marsch durch die Straßen der Heiligen Stadt musste ihn zutiefst erschöpft haben.

Da der Wirt nur ein Gericht anbot, Gemüseeintopf mit Speck, hatten die Erben im Handumdrehen dampfende Teller vor sich stehen. Nach den langen Tagen in den Sümpfen des Lus'an und auf dem Meer schmeckte ihnen das frische Gemüse aus dem Garten der Herberge doppelt gut. Niss nahm sich noch einen Nachschlag, während ihr Großvater und Keb einen wahren Wettstreit austrugen und gar nicht mehr aufhören konnten zu essen.

Erst als alle satt und die goronischen Soldaten fort waren, kamen sie auf die Pforte zu sprechen.

»Vielleicht ist sie schon vor Jahrhunderten eingestürzt«, sagte Keb. »Wir haben den ganzen Hang abgesucht und nichts gefunden.«

»Oder sie steht oben auf dem Blumenberg«, warf Bowbaq ein. »Der Große Sohonische Bogen, der ebenfalls eine Pforte ins Jal ist, befindet sich auf einem Felsplateau. Aber er ist völlig verfallen. Ich glaube nicht, dass man den Durchgang noch benutzen kann.«

»Welches ist denn das älteste Viertel von Ith?«, fragte Amanón. »Vielleicht sollten wir dort suchen.«

»Es liegt östlich vom Großen Tempel. Ich kann euch hinführen«, antwortete Nolan. »Aber in diesem Viertel wohnen auch die meisten Emaz. Vermutlich wird es scharf bewacht. Wir würden Misstrauen erregen, wenn wir alle zusammen durch die Straßen spazieren.«

Betretenes Schweigen senkte sich über den Tisch. Seit Usul prophezeit hatte, einer von ihnen werde die anderen verraten, wagten die Erben nicht mehr, sich für längere Zeit zu trennen.

»Ich begleite Eryne«, sagte Keb kurzentschlossen. »Du hast deine Bücher doch sicher noch nicht ausgelesen, oder?«

Diese Frage war natürlich an Amanón gerichtet, der den herausfordernden Blick des Wallatten stumm erwiderte. Der Waffenstillstand, den sie eingehalten hatten, solange sie auf der Feluke gewesen waren, schien gebrochen.

»Ich komme mit!«, sagte Zejabel.

»Gut. Zu viert werden wir nicht auffallen«, meinte Nolan.

Erst wollte Niss protestieren, doch dann fiel ihr ein, dass sie ohnehin keine große Lust auf einen weiteren Marsch durch die Straßen dieser Stadt hatte, in denen sich die absonderlichsten Menschen drängten.

Zumal sie nichts dagegen einzuwenden hatte, etwas Zeit allein mit Cael zu verbringen. Vielleicht konnte sie ihn ja dazu bewegen, sich ihr endlich anzuvertrauen.

Galle brannte in Amanóns Magen, aber er weigerte sich, diesem Gefühl Beachtung zu schenken, was es eigentlich nur noch schlimmer machte. Wahrscheinlich wäre es besser gewesen, die Wut und Eifersucht, die sich seit Beginn ihrer Reise in ihm angestaut hatten, endlich einmal herauszulassen. Vielleicht hätte er alle Vernunft in den Wind schlagen und Eryne seine Liebe offenbaren sollen, seine Angst vor dem Scheitern und die Verwirrung, in die ihn ihre Schwangerschaft stürzte.

Stattdessen hatte er zugesehen, wie seine Geliebte an Kebs Arm davonspaziert war, nachdem er sie ermahnt hatte, vorsichtig zu sein und so schnell wie möglich zurückzukehren. Mehr war ihm nicht über die Lippen gekommen.

Er verfluchte seine Zurückhaltung, auch wenn er wusste, dass es so besser war. Zumindest besser für die Erben. Es war in der Tat sinnvoller, wenn er seine Zeit darauf verwandte, an der Übersetzung der Manuskripte zu arbeiten, statt die anderen bei ihrer Suche nach der Pforte zu begleiten.

Also hatte er Niss und Cael sich selbst überlassen und war in das Zimmer der Männer hinaufgegangen, um sich abermals den Büchern zu widmen. Kurz darauf war ihm Bowbaq gefolgt, der nach dem reichhaltigen Essen müde geworden war und nun friedlich und stumm in seinem Bett schlummerte. Fast wäre es Amanón lieber gewesen, wenn er wie üblich laut geschnarcht hätte, denn dann hätte er wenigstens eine Ausrede für seine Konzentrationsschwierigkeiten gehabt.

Obendrein war er die Übersetzungsarbeit allmählich leid. Die wenigen Hinweise, die er den Büchern bisher entnommen hatte, reichten bei weitem nicht aus, um das Geheimnis des Jal zu entschlüsseln. Nach der ersten Freude über die Entdeckung der Passagen, in denen die Bestattungsrituale der Etheker geschildert wurden, begann Amanón nun zu verzweifeln, weil er keine weiteren Anspielungen auf das Jal fand. Nichts, was ihnen von Nutzen sein könnte …

Mit einem Seufzer klappte er den Band zu, in dem er gelesen hatte, und legte ihn auf den Stapel der bereits durchgesehenen Manuskripte. Bisher hatte er die Lesefibel, drei Abhandlungen über Landwirtschaft und Handwerk, zwei Geschichtschroniken, in denen die Kämpfe zwischen rivalisierenden ethekischen Stämmen geschildert wurden, und eine Gedichtsammlung in der Hand gehabt. Mit den Gedichten hatte er sich in den letzten Tagen ausführlich beschäftigt. Aber auch in diesem Büchlein hatte er nichts Hilfreiches gefunden. In Ermangelung einer besseren Idee schlug er Corenns Tagebuch auf, in das sie das Gedicht von Romerij übertragen hatte, das ebenfalls auf die Etheker zurückging. Es war ihr in der Bibliothek von Romin in die Hände gefallen. Doch trotz allem, was die Erben mittlerweile herausgefunden hatten, blieb ihm zumindest die letzte Strophe weiterhin ein Rätsel.

Weder gut noch böse ist ein Kind
Arglos sind Menschen wie Götter
Mensch ist das Wesen von Anbeginn
Götter entspringen der Menschen Sinn
Sterblich, wem der Leib Leben gewährt
Ewig, wer aus dem Geiste sich nährt
Glasklare Wasser der Gärten von Dara
Schwarzer Morast der Höhlen von Karu

Gelobter Tag, an dem die Götter die Stimmen vernehmen
Die Pforten geöffnet, die Wächter in Ketten
Das Unrecht verbannt, die Tugend gekrönt
Wenn die Höchsten endlich ihre Fesseln sprengen.

In der letzten Strophe schien es um das Zeitalter von Ys zu gehen, doch selbst dieses Wissen half Amanón nicht weiter. »*Die Pforten geöffnet* …« Nichts lieber als das! Doch dazu mussten sie erst einmal eine intakte Pforte finden, deren Wächter nicht wie der Lindwurm aus dem Land Oo blindwütig auf jeden losging, der sich ihr näherte.

Ohne Begeisterung oder sonderliche Zuversicht griff Amanón nach dem nächsten Buch von dem Stapel, der sich vor ihm türmte.

Nachdem er die ersten beiden Seiten übersetzt hatte, straffte er die Schultern und vergaß alles um sich herum.

Endlich war er auf etwas Brauchbares gestoßen.

Cael folgte Niss in das Zimmer der Frauen, ohne so recht zu wissen, warum. Natürlich fielen ihm ein paar Gründe ein, wenn er darüber nachdachte: Er wollte Amanón nicht bei der Arbeit stören, im Gastraum der Herberge würde er vermutlich irgendwann ungebetene Blicke auf sich ziehen, und nicht zuletzt fühlte er sich in Niss' Gegenwart wohl, trotz des beklemmenden Gefühls, dass ihr Schicksal und das seine auf unheilvolle Art miteinander verbunden waren. Sie war die Einzige, der er es verzieh, wenn sie ihn unumwunden auf seine Schwächen ansprach. Eine Erklärung dafür hatte er nicht.

So genoss er diesen seltenen Augenblick der Zweisamkeit. Er hoffte nur, dass er nicht wieder einen seiner Tobsuchtsanfälle bekam. Am Morgen hatte er sich kaum noch zügeln können. Am liebsten hätte er die Gläubigen, an denen sie vorbeikamen, lauthals verspottet. Schließlich hatte es ihn sogar große Mühe gekostet, sie nicht brutal zur Seite zu stoßen, wenn sie ihm den Weg versperrten. Er erkannte sich kaum noch wieder. Mal war er ganz er selbst, mal eine Marionette des Dämons, der die Kontrolle über seinen Körper übernehmen wollte. Trotzdem erinnerte er sich immer noch nicht an den Namen des Erzfeinds, den Usul ihm verraten hatte, und solange sein Gedächtnis nicht wiederkehrte, konnte er seine Gefährten nicht verlassen.

Kaum waren sie durch die Tür, machte Niss es sich auf ihrem Bett bequem und sah mit einem leisen Lächeln zur Decke. Da er nicht genau wusste, was sie von ihm wollte, machte Cael ein paar zögernde Schritte ins Zimmer und setzte sich schließlich auf Erynes Bett. Nachdem sie eine Weile geschwiegen hatten, beide in Gedanken versunken, wandte Niss den Kopf und sah Cael an. In ihrem Blick lag ein seltsames Funkeln.

»Wenn das alles hier vorbei ist, gehst du dann wieder im Großen Haus von Kaul zur Schule?«

Cael konnte seine Überraschung nicht verbergen. Niss schien sich als Einzige einen unverbesserlichen Optimismus bewahrt zu haben. Seit sie aus dem Tiefen Traum ergewacht war, lachte sie viel und oft. Und während er selbst nur noch hoffte, den nächsten Tag zu überstehen, tat sie so, als könnte er einfach in sein altes Leben zurückkehren! Sie ahnte ja nicht, was für eine düstere Zukunft ihm bevorstand. Doch darüber wollte er auf keinen Fall reden.

»Vielleicht«, murmelte er. »Das hängt von meinen Eltern ab, und davon, wie der Krieg verläuft …«

»Ich glaube nicht, dass der Krieg bis ins Weiße Land vordringt«, fuhr Niss fort. »Jedenfalls nicht so bald. Vielleicht könntet ihr ja zu uns ziehen?«

Obwohl er sich schon verloren glaubte, fand Cael diesen Gedanken tröstlich, und für einen kurzen Moment keimte Hoffnung in ihm auf. Er stellte sich vor, wie es wäre, wieder mit seinen Eltern vereint zu sein und Niss als Nachbarin zu haben. Dann hätten sie ein ganzes Leben Zeit, einander kennenzulernen. Aber das würde wohl für immer ein ferner Traum bleiben.

»Vielleicht«, wiederholte er. »Aber für solche Pläne ist es noch zu früh.«

Niss' Lächeln wurde etwas dünner, und sie senkte den Blick, nur um mit charmanter Hartnäckigkeit einen zweiten Vorstoß zu wagen. »Ich muss dir unbedingt meine Cousins vorstellen, Jeran und Tolomin. Sie sind zwar noch etwas klein, aber sehr nett. Bevor ich im Tiefen Traum versank, habe ich immer gern mit ihnen gespielt.«

Diese Erinnerung schien sie traurig zu machen, und wieder trat Schweigen ein. Nach einer Weile beschloss Cael, zumindest zu versuchen, sie etwas aufzumuntern, auch wenn er selbst Trost gebrauchen konnte.

»Ich habe leider nur Amanón als Cousin«, sagte er bemüht heiter. »Aber vor meiner Geburt prophezeite eine Wahrsagerin meinem Vater, dass er zwei Söhne haben werde. Ich warte also immer noch auf einen kleinen Bruder.«

Niss grinste, aber Cael sah es kaum noch. Soeben war ihm mit Entsetzen eingefallen, dass jener zweite Sohn möglicherweise der Dämon war, der seit seiner Geburt in seinem Körper hauste.

»Das Gwel aus dem Jal hat Spuren bei unseren Eltern hinterlassen«, sagte Niss nachdenklich. »Deine Großtante schreibt in ihrem Tagebuch, dass die Wirkung des Gwels die Lebensspanne verlängert, gleichzeitig aber die Fruchtbarkeit verringert. Ich werde wohl keine Geschwister mehr bekommen. Die Familien der Erben waren nie besonders kinderreich.«

Unwillkürlich griff Cael nach dem Anhänger, der unter seinem Hemd verborgen war. Manchmal verlockte ihn der Gedanke, ihn abzulegen, jetzt, wo es nicht mehr darauf ankam. Doch bisher war er immer im letzten Moment zurückgeschreckt, zumal er sicher war, dass seine innere Stimme ihm diese Idee einflüsterte. Und auch jetzt begann sie sich wieder zu regen. Er spürte, wie dumpfe Wut in ihm aufstieg.

»Ich frage mich, ob unsere Gwelome die gleiche Wirkung auf uns haben«, fuhr Niss fort. »Das wäre natürlich schade, aber wir haben wohl keine Wahl …«

»Ihr werdet erst Frieden finden, wenn ihr dem Dämon den Kopf abgerissen habt«, brach es aus Cael hervor.

Niss setzte sich abrupt auf und starrte ihn fassungslos an. Er merkte selbst, wie brutal seine Worte klangen und wie seltsam sie sich für Niss anhören mussten. Cael hatte gesprochen, als ginge ihn das Schicksal der Erben nichts an. Und tatsächlich wusste sein innerer Dämon, dass er nicht der Erzfeind war.

»Ich … Pass auf«, sagte er eindringlich. »Er wird immer gefährlicher. Ich höre seine Stimme die ganze Zeit, und er wird stärker und stärker. Das heißt, *ich* werde immer stärker«, verbesserte er sich mit einem grausamen Grinsen. »Nein, er! Du musst versuchen, in seinen Gedanken zu lesen. Du musst den Namen des Erzfeinds herausfinden!«, rief er zugleich herrisch und flehend.

»Aber das geht nicht. Ich …«

»Tu es!«, brüllte er und unterdrückte mit letzter Kraft den Drang, auf die Sterbliche einzuprügeln, bis sie tat, was er von ihr verlangte.

Doch der Hass in ihm wurde immer stärker, während Niss ihn erst erstaunt, dann ängstlich und schließlich nachdenklich anstarrte. Dann gab sie sich einen Ruck und sah ihm tief in die Augen. Der Dämon, der nun vollends von seinem Körper und Geist Besitz ergriffen hatte, wehrte sich heftig gegen den Eindringling. Nachdem er vergeblich versucht hatte, seine Gedanken vor Niss zu verschließen, stürzte er sich auf die Sterbliche, die sich erdreistet hatte, in seinen Geist einzubrechen. Endlich gelang es ihm, sie zurückzudrängen. Nun würde er sie für ihren Frevel bestrafen.

Ein paar Herzschläge später gewann Cael wieder die Oberhand. Als er zu Sinnen kam, saß er auf Niss' Oberkörper. Er hatte ihr die linke Hand auf den Mund gepresst, um ihre Schreie zu ersticken, während sich seine rechte Hand um ihre Kehle schloss und zudrückte. Das Mädchen schlug verzweifelt um sich, bevor ihre Glieder plötzlich erschlafften.

Cael zuckte zurück und rollte zur Seite. Ihm war speiübel. Rasch vergewisserte er sich, dass Niss atmete, dann stolperte er zur Tür und rannte aus dem Zimmer, die Treppe hinunter und hinaus auf die Straße.

Er war zu lange bei seinen Freunden geblieben.

Nun hatte ihm das Schicksal die Entscheidung abgenommen. Ihm blieb nichts anderes übrig, als fortzugehen, weit fort, trotz der Tränen, die ihm den Blick verschleierten.

ZWEITES BUCH

IN DER SCHATTENWELT

Ihr Ausflug in das älteste Viertel der Stadt war ein Schlag ins Wasser. Obwohl Eryne, Nolan, Keb und Zejabel fast zwei Dekanten lang sämtliche Straßen absuchten, fanden sie weder eine Ruine, die einst eine ethekische Pforte gewesen sein konnte, noch einen Weg, der möglicherweise dorthin führte. Eryne war am Ende ihrer Kräfte. Es brach ihr das Herz, dass sie die Hoffnung, die ihre Freunde in sie setzten, enttäuschte. Nur wenn es ihnen gelang, einen Zugang zum Jal zu finden, könnten sie ihren Eltern zu Hilfe kommen und Nol befragen, um mehr über Sombre herauszufinden. So freute sich Eryne umso mehr, als Amanón ihnen von seiner Entdeckung berichtete, kaum dass sie in die Herberge zurückgekehrt waren.

In den letzten Dekanten hatte Amanón offenbar eine hochinteressante Schrift übersetzt. Bowbaq, der sein Nickerchen mittlerweile beendet hatte, war bereits in einige der Geheimnisse eingeweiht. Eryne konnte es kaum erwarten zu hören, was Amanón ihnen zu erzählen hatte. Doch zunächst wollte sie sich etwas Trockenes anziehen, da ihre Kleider vom Nieselregen völlig durchweicht waren.

Als sie die Tür zu ihrem Zimmer öffnete, fiel ihr Blick als Erstes auf Niss, die reglos auf dem Bett lag.

Erschrocken rief sie nach ihren Gefährten und stürzte zu dem Mädchen. An Niss' Hals befanden sich rote Striemen, eindeutig die Abdrücke einzelner Finger, und ihr totenbleiches Gesicht war von blutigen Kratzern übersät. Voller Panik tastete Eryne nach ihrem Puls. Als Bowbaq und die anderen ins Zimmer eilten, konnte sie ihnen zumindest die größte Angst nehmen.

»Sie atmet.«

Bowbaq trat zu seiner Enkelin ans Bett, während Keb, Amanón und Nolan das Zimmer und den Flur durchsuchten, ohne etwas zu finden.

»Wie konnte das passieren?«, fragte Nolan Amanón. »Hast du nichts gehört?«

»Wo ist Cael?«, warf Zejabel ein.

Erst jetzt fiel Eryne auf, dass der Junge fehlte. Ihr kam ein schrecklicher Verdacht ... Nur zu gut erinnerte sie sich an den Vorfall auf der *Rubikant* im Hafen von Lorelia, als sich Cael mit seinem Rapier auf Niss gestürzt hatte, bevor er wie eine Marionette, der man die Fäden durchschnitt, in sich zusammengesackt war.

»Ich sehe unten nach«, sagte Keb.

Eryne nickte und schämte sich plötzlich für ihr Misstrauen. Anstatt Cael unverzüglich für schuldig zu erklären, sollte sie sich lieber Sorgen um ihn machen. Vielleicht hatte der unbekannte Angreifer auch ihn verletzt. Schließlich hatten die Valiponden schon einmal versucht, ihn zu entführen, damals im Großen Haus von Kaul. Womöglich waren sie wieder über ihn hergefallen, und er hatte sich diesmal nicht wehren können.

In ihrer Verwirrung verstand Eryne Bowbaqs flehenden Blick nicht gleich. Er hielt die Hand seiner Enkelin, als wäre sie der kostbarste Schatz der Welt. Erst nach einer guten Dezille begriff sie, was er sich von ihr erhoffte – oder vielmehr von Eryne der Heilenden. Ohne zu zögern, beugte sie sich über das besinnungslose Mädchen und begann ihr sanft über das Gesicht, den geschundenen Hals und die Brust zu streichen. Zum ersten Mal spürte sie die Kraft, die ihren Berührungen innewohnte, eine heilende Energie, die durch ihre Hände strömte. Diese Empfindung war noch recht schwach, nicht mehr als ein leichtes Kribbeln in den Fingerspitzen, aber sie war eindeutig da. Plötzlich wurde Niss von einem heftigen Hustenanfall geschüttelt und griff sich instinktiv an den schmerzenden Hals.

Sie schlug gerade die Augen auf, als Keb von unten zurückkehrte. Der Krieger begrüßte Niss mit einem schiefen Grinsen, aber sein Blick war düster.

»Im Schankraum ist Cael auch nicht. Die Wirtin hat gesehen, wie er vor gut zwei Dekanten die Herberge verließ. Er kam wohl die Treppe heruntergepoltert und rannte wie ein Blitz zur Tür hinaus.«

»Und seitdem ist er nicht wieder aufgetaucht …«, murmelte Amanón mit gerunzelter Stirn.

In seinen Augen lag tiefe Traurigkeit. Eryne kannte ihn mittlerweile gut genug, um zu wissen, dass er sich schuldig fühlte. Er hatte sich zu sehr auf seine Manuskripte konzentriert und seinen Cousin in den letzten Tagen nicht weiter beachtet. So vertieft war er in seine Arbeit gewesen, dass er die Kampfgeräusche aus dem Nebenzimmer nicht gehört hatte. Dabei wäre es seinen Freunden nicht im Traum eingefallen, ihm Vorwürfe zu machen. In diesem Fall gab es keinen Schuldigen. Selbst Cael war eher zu bemitleiden als zu verurteilen.

»Wir … müssen … ihn … suchen«, stieß Niss mühsam hervor.

Vor Schmerz und Anstrengung rollten ihr Tränen über die Wangen.

Bowbaq legte einen Finger an die Lippen, um ihr zu bedeuten, sie solle ihre Stimme schonen. Dann stand er auf, klopfte Eryne zum Zeichen, dass er ihr seine Enkelin anvertraute, auf die Schulter, und verließ das Zimmer. Gleich darauf kehrte er mit seinem Umhang über den Schultern und der Kaute in der Hand zurück. Mit seiner grimmigen, entschlossenen Miene wirkte er geradezu furchteinflößend.

»Cael ist Yans und Létis Sohn«, brummte er. »Und der Sohn meiner Freunde ist auch mein Freund. Ein Freund, der irgendwo in dieser Stadt voller Verrückter auf sich allein gestellt ist. Ich werde nicht zulassen, dass ihm irgendwer wehtut, auch nicht er selbst. Ich werde ihn finden, ihn ins Jal bringen und dort mit ihm bleiben, bis er geheilt ist.«

Seine Treue und Gutgläubigkeit rührten Eryne zutiefst. Mehr musste er nicht sagen: Amanón, Zejabel, Nolan und Keb holten ebenfalls ihre Waffen, und gemeinsam machten sie sich auf, die Heilige Stadt nach Cael abzusuchen. Nur Eryne blieb bei Niss in der Herberge.

Das Mädchen war zum Glück vernünftig genug, nicht mehr zu sprechen, was Eryne natürlich guthieß, auch wenn sie darauf brannte zu erfahren, was sich in dem Zimmer abgespielt hatte. Bei Niss' nachdenklichem Blick und dem Leuchten, das bisweilen in ihren Augen aufblitzte, beschlich sie das Gefühl, dass etwas Außergewöhnliches vorgefallen sein musste.

Nolan zitterten die Beine, und er spürte seine Füße kaum noch. Seit dem frühen Morgen lief er in der Stadt herum, und das war wesentlich anstrengender, als über Land zu marschieren. Die Pflastersteine waren ausgetreten und rutschig vom Regen, und in den winkeligen Gassen drängten sich so viele Menschen, dass sie kaum durchkamen.

Ihre Suche nach Cael wurde von Dezille zu Dezille aussichtsloser, auch wenn sich Nolan nichts sehnlicher wünschte, als inmitten der vielen fremden Gesichter plötzlich den Jungen zu entdecken. Zunächst hatten sie die Straßen rings um die Herberge abgesucht und dann die angrenzenden Viertel durchkämmt. Von Cael keine Spur. Natürlich konnte es sein, dass sie an ihm vorbeigelaufen waren, ohne ihn zu sehen. Er musste sich nur in einem der vielen Tempel versteckt haben, in einer Schänke oder Unterkunft, die Pilgern freie Kost und Logis boten. Vielleicht war er auch den goronischen Soldaten oder der Dunklen Bruderschaft in die Hände gefallen, oder er hatte die Stadt längst verlassen.

Insgeheim hatte Nolan gehofft, ihn irgendwo in einer dunklen Ecke kauern zu sehen, die Knie vor der Brust und das Gesicht in den Armen vergraben. Doch je mehr Zeit verging, desto weniger glaubte er daran. Seit fast einem Dekant durchstreiften sie nun schon vergeblich die Straßen. Mittlerweile war es dunkel geworden. Die meisten Gläubigen hatten sich für die Nacht in einen Tempel oder eine Herberge zurückgezogen oder waren ganz einfach in ihren Häusern verschwunden.

Nach und nach bevölkerten sich die Straßen mit einem Menschenschlag, der Nolan nur allzu vertraut war. Neben den traditionellen Gebeten und Zeremonien würden bald andere Rituale zelebriert werden, Rituale zu Ehren der Kinder des Karu. An finsteren Straßenecken versammelten sich Gestalten mit tief in die Stirn gezogenen Kapuzen, um hastig ein paar geflüsterte Worte zu wechseln und dann zu einem geheimen Treffpunkt aufzubrechen.

Mehr noch als die allgegenwärtigen Soldaten gaben Nolan diese zwielichtigen Gestalten ein mulmiges Gefühl. Zweimal glaubte er, einen Mann im Gewand der Anhänger Soltans vorbeihuschen zu sehen, und ein anderes Mal blitzte die grüne Kutte der Valiponden unter einem Mantel aus grobem Stoff auf. Da die Erben ihre Masken in der Herberge gelassen hatten, damit Cael sie schon von weitem erkennen konnte, fühlte sich Nolan besonders angreifbar. Auch seine Gefährten wirkten immer nervöser. Vor allem Zejabel schien bereit, dem ersten Kapuzenträger, der ihnen zu nahekam, die Kehle aufzuschlitzen.

Weihrauchschwaden wehten durch die Gassen, Gesänge erschallten von überallher, und Kerzen und Fackeln warfen ihr flackerndes Licht auf das Pflaster. In dieser unheimlichen Atmosphäre hatten die Erben mehr denn je das Gefühl, sich auf feindlichem Gebiet zu bewegen. Es war, als irrten sie durch die Katakomben der Dunklen Bruderschaft und müssten jeden Moment damit rechnen, hinterrücks erschlagen und einem grausamen Dämon geopfert zu werden.

»Heute Abend finden wir Cael nicht mehr«, sagte Keb schließlich und sprach damit aus, was alle dachten. »Vielleicht ist er längst in die Herberge zurückgekehrt, und jetzt machen sich die drei anderen Sorgen um uns, während wir hier sinnlos unsere Zeit vertrödeln.«

»Schön wär's«, brummte Amanón. »Aber es würde mich sehr wundern. Ich glaube eher, dass ihn die Goroner festgenommen haben, wenn ich mir so ansehe, was in der Stadt los ist.«

»Ein paar Kerle mit Krummschwertern sollen ihm Handschellen angelegt haben, nachdem zwanzig Züu es nicht geschafft haben, ihm mit ihren Dolchen beizukommen?«, entgegnete Keb.

»Cael war nicht mehr … Sein Anfall war sicher vorbei, als er die Herberge verließ. Sonst hätte er … das mit Niss zu Ende gebracht. Vermutlich schämt er sich jetzt in Grund und Boden. Ich bin davon ausgegangen, dass er in der Nähe der Herberge durch die Straßen irrt und nicht weiß, was er tun soll. Da dem nicht so ist, muss ihn jemand fortgebracht haben.«

»Vielleicht waren es auch nicht die Goroner, sondern jemand von der Dunklen Bruderschaft«, sagte Keb.

Nolan bedeutete ihm zu schweigen. Amanón war schon bedrückt genug, da musste Keb nicht auch noch Salz in die Wunde streuen.

»Da wären die Goroner wahrlich das kleinere Übel«, murmelte Amanón geistesabwesend.

»Und was machen wir jetzt?«, warf Bowbaq ein. »Schließlich können wir die Goroner nicht einfach fragen, ob sie heute einen Jungen aus Kaul festgenommen haben.«

»Nein, dann würden wir selbst im Kerker landen«, pflichtete ihm Zejabel bei. »Für die Goroner dürfte jeder Fremde ein möglicher Spitzel der Grauen Legion sein. Mir gefällt gar nicht, wie uns die Soldaten jedes Mal mustern, wenn sie an uns vorbeimarschieren.«

»Und dabei kämpfen wir gegen denselben Feind«, sagte Bowbaq mit einem Seufzer.

Nolan überlegte kurz, ob er den anderen von der Idee erzählen sollte, die ihm soeben gekommen war. Dann gab er sich einen Ruck. »Einer meiner ehemaligen Lehrer wohnt ganz in der Nähe. Er ist ein Priester des Großen Tempels und ein sehr einflussreicher Mann. Vielleicht kann er sich für uns nach Cael erkundigen.«

Die Reaktion seiner Freunde überraschte ihn nicht: Amanón und Bowbaq blickten eher skeptisch, Zejabel musterte ihn nachdenklich, und Keb hatte sein übliches schiefes Grinsen aufgesetzt. Es war schwer zu sagen, ob ihm die Idee gefiel, er sie völlig verrückt fand oder ob ihm die Sache schnurzegal war. Offenbar würde Nolan noch einige Bedenken ausräumen müssen.

»Als ich damals mit euren Eltern in Ith war, hat uns ein Freund Lanas verraten«, murmelte Bowbaq. »Auch er war ein einflussreicher Priester.«

»Das weiß ich«, sagte Nolan. »Ich habe es in Corenns Tagebuch gelesen. Aber Emaz Irno wird uns nicht unseren Feinden ausliefern, dafür lege ich meine Hand ins Feuer. Für seine Novizen tut er alles. Manchmal lügt er sogar für sie, wenn sie etwas angestellt haben. Mir hat er mehr als einmal aus der Patsche geholfen.«

»Das mag ja sein«, entgegnete Amanón. »Aber selbst wenn wir annehmen, dass er vertrauenswürdig ist, könnte er von der Dunklen Bruderschaft überwacht werden. Oder einer seiner Diener steckt mit den Dämonisten unter einer Decke. Es ist einfach zu gefährlich.«

»Emaz Irno lebt allein«, wandte Nolan ein. »Und wenn wir beschließen, ihn um Hilfe zu bitten, gehe nur ich zu ihm, während ihr euch in der Nähe seines Hauses versteckt und die Straße im Auge behaltet. Ich wette, dass wir von ihm etwas über Caels Verbleib erfahren. Der alte Priester weiß immer genau, was in der Stadt vor sich geht. Wenn die Goroner einen jungen Kaulaner verhaftet haben, der der Spionage bezichtigt wird, hat er davon gehört, da bin ich mir sicher.«

»Mir gefällt das gar nicht«, brummte Bowbaq.

»Wie wär's, wenn du nur an die Tür klopfst und mit ihm redest, ohne das Haus zu betreten?«, fragte Amanón nachdenklich.

Nolan dachte über den Vorschlag nach. Wenn er draußen blieb, wäre das zwar ungefährlicher, aber auch wesentlich unhöflicher. Andererseits musste er einsehen, dass sie sich in ihrer Lage nicht mit Anstandsregeln aufhalten konnten, auch wenn er der Sohn des Herzogs von Kercyan war. Er war kein Novize mehr und konnte nicht länger nach Belieben in den Lernstuben und Bibliotheken der Heiligen Stadt ein- und ausgehen. Für einen Augenblick hatte er vergessen, dass er von finsteren Mächten verfolgt wurde, sich als Lorelier mitten in einem goronischen Protektorat befand und eine der düstersten Prophezeiungen, die je ausgesprochen worden waren, ihm und seinen Freunden galt. Unter diesen Umständen mussten sie wirklich höchste Vorsicht walten lassen.

Nachdem er sich mit Amanóns Vorschlag einverstanden erklärt hatte, setzten sie den Plan sogleich in die Tat um. Amanón, Keb und Bowbaq bezogen unten an der steil ansteigenden Straße, in der Emaz Irno wohnte, Stellung, während Zejabel darauf bestand, Nolan bis zur Tür zu begleiten. Sein Herz klopfte zum Zerspringen, als er die Hand hob, um den Türklopfer zu betätigen. Er hoffte nur, dass es kein Fehler war, an seine Vergangenheit zu rühren.

Als das runzelige Gesicht von Emaz Irno im Türspalt erschien und bei seinem Anblick vor Freude aufleuchtete, atmete Nolan auf. Bevor er auch nur einen Gruß über die Lippen brachte, zog ihn sein ehemaliger Lehrer in die Arme und rührte ihn damit fast zu Tränen. Dann ergriff der Alte ihn und Zejabel bei der Hand.

»Was für eine Überraschung! Welch ein Glück, dich zu sehen!«, sagte der Emaz immer wieder. »Seit zwei Monden habe ich nichts von dir gehört. Und dabei habe ich eine wichtige Nachricht für dich!«

»Ich habe nicht viel Zeit, Emaz«, wehrte Nolan ab. »Meine Freunde und ich sind in großer Gefahr. Ich komme nur, weil ich eine Bitte an Euch habe.«

Schlagartig schlug die Freude auf dem Gesicht des Emaz in Sorge um, aber wie Nolan erwartet hatte, hörte er ihm aufmerksam zu, ohne ihn zu unterbrechen. Schließlich schüttelte er bedauernd den Kopf.

»Ich lese jeden Abend die Berichte der goronischen Kommandeure, die zum Schutz der Stadt abgestellt sind. Heute wurde in keinem ein vierzehnjähriger Junge oder ein Kaulaner erwähnt. Es tut mir leid, aber ich weiß leider nicht, wo dein Freund ist.«

Nolan konnte seine Enttäuschung nicht verbergen. Nachdem er einen raschen Blick mit Zejabel gewechselt hatte, wollte er sich verabschieden, aber Irno bedeutete ihm zu warten. »Einen Augenblick.«

Er verschwand in dem Gang, der zu seinem Arbeitszimmer führte, und ließ die Haustür offen. Nolan fragte sich, was das für eine »wichtige Nachricht« sein konnte. Irgendwie hatte er kein gutes Gefühl bei der Sache.

Als der Alte nach mehreren Dezillen nicht zurückgekehrt war, wurde Nolan unruhig, und Zejabel begann ebenfalls, sich nervös nach den anderen umzublicken. Nolan wollte gerade die Flucht ergreifen, als er seinen Lehrer wieder durch den Flur eilen hörte. Emaz Irno trug einen großen, bestickten Leinensack, den er Nolan übergab. Den einstigen Novizen überlief ein Schauer. Ein solch kostbarer Stoff wurde nur für eins verwendet …

»Was ist das?«, fragte er mit rauer Stimme.

»Die Gewänder eines Maz natürlich. Deine Gewänder!«, antwortete der Priester strahlend.

Angesichts von Nolans fassungsloser Miene fügte er hinzu: »Du hast doch wohl nicht geglaubt, dass du für immer Novize bleiben würdest, oder? Maz Aden hat schon vor geraumer Zeit beschlossen, seinen Titel an dich weiterzureichen. Vor acht Dekaden ist der Arme nun von uns gegangen. Seit jenem Tag warte ich auf deinen Besuch, um dir die geweihten Gewänder zu übergeben. Und jetzt geh! Du bist in Gefahr und darfst nicht länger verweilen. Betrachte dich von nun an bis zu deinem Tod als einen Vorkämpfer der weisen Eurydis. Es werden bessere Zeiten kommen, mein Junge. Ich werde für dich und die Deinen beten.«

Nolan hatte es die Sprache verschlagen. Während all der Jahre seiner Lehrzeit hatte er diesen Moment stets vor Augen gehabt – und jetzt, wo es so weit war, kam er ihm bedeutungslos vor. Doch dann dachte Nolan an seine Eltern. Wie stolz wäre seine Mutter, weil sein Fleiß endlich belohnt worden war. Aber hatte er das tatsächlich verdient? In seiner Verwirrung wusste er kaum noch, was er denken sollte.

Zejabel, die seine Hilflosigkeit spürte oder ganz einfach die Geduld verlor, nahm die Sache in die Hand: Hastig verabschiedete sie sich von dem alten Mann und zog Nolan die Straße hinunter. Ihre Freunde erwarteten sie in einem dunklen Winkel, wo sie vor neugierigen Blicken geschützt waren.

Den Regeln seiner Religion zufolge durfte sich Nolan fortan »Maz Nolan« nennen. Doch er bezweifelte, dass es ihm jemals gelingen würde, sich selbst als Maz zu sehen – und dass er dieses Ehrentitels überhaupt würdig war.

Wie alle anderen stierte Keb auf dem Rückweg zur Herberge missmutig vor sich hin, wenn auch nicht aus denselben Gründen. Während seine Gefährten sich Sorgen um Cael machten, dachte er an seine Mutter, das Königreich Wallatt und die Feinde, die es bedrohten. Natürlich hoffte auch er, dass sie Cael unverletzt wiederfanden würden. Er mochte den Jungen mit dem unsteten Blick, der in einem Moment schüchtern und verschlossen war, nur um sich gleich darauf in einen unerschrockenen Kämpfer zu verwandeln. Doch die Anwesenheit der goronischen Soldaten in der Stadt und die Vorboten des Krieges erinnerten Keb an die bedrängte Lage seiner Landsleute. Hatten Thalitten und Solener Che'b'rees Palast vielleicht schon in Schutt und Asche gelegt und alle Wallatten gefangen genommen oder getötet? Was erwartete ihn, wenn er eines Tages in seine Heimat zurückkehrte?

Trotzdem kam es Keb nicht in den Sinn, das aufzugeben, was er für seine Pflicht hielt: Sombre zu besiegen. Er wollte den Dämon in das finstere Loch zurückjagen, aus dem er einst hervorgekrochen war, und so seine Mutter befreien, die Sombre zu seiner Sklavin gemacht hatte. Und dieses Ziel konnte er nur gemeinsam mit den Erben erreichen, von denen manche inzwischen sogar seine Freunde geworden waren.

Usuls Prophezeiung, einer der Gefährten werde die anderen verraten, bereitete ihm häufig Kopfzerbrechen. Er fragte sich immer wieder, wer von ihnen zum Verräter werden könnte. Für ihn selbst war es undenkbar, die anderen ans Messer zu liefern. Sie hatten so vieles gemeinsam durchgestanden, so viele Kämpfe Seite an Seite gefochten … Sie hatten so vieles miteinander geteilt.

Vielleicht zu vieles, dachte er, als er die Tür zum Zimmer der Frauen öffnete und sein Blick auf Eryne fiel.

Auch in der Herberge hatte sich Cael zur allgemeinen Enttäuschung nicht blicken lassen. Doch als Nolan von seinem Besuch bei Emaz Irno erzählte, fiel Eryne ihrem Bruder strahlend um den Hals, bedeckte sein Gesicht mit Küssen und beglückwünschte ihn überschwänglich, weil er in den Rang eines Maz erhoben worden war. Er selbst schien sich nicht so richtig darüber freuen zu können. Eryne redeten auf den widerstrebenden Nolan ein, er solle das Gewand anprobieren, und nach einer Weile gab er klein bei und ging ins Nebenzimmer, um sich umzuziehen. Offenbar konnte er seiner großen Schwester keinen Wunsch abschlagen.

Das war eine von Erynes Eigenschaften, die Keb so bewunderte. Hinter dem Gehabe einer verzogenen Prinzessin, ihrem anfänglichen Hochmut und der Eitelkeit, die sie nur zu gern zur Schau stellte, besaß Eryne eine große innere Stärke. Das war Keb schon bei ihrer ersten Begegnung aufgefallen. Schließlich bedurfte es wahrlich einer ungewöhnlichen Charakterfestigkeit, um in ihrer Lage nicht den Verstand zu verlieren. Keb überlegte, wie er reagiert hätte, wenn ihm plötzlich offenbart worden wäre, er sei unsterblich. Er hätte den Gedanken nicht ertragen, Generation um Generation in den Tod gehen zu sehen, ohne ihnen folgen zu können. Der Mensch war einfach nicht dazu geschaffen, ewig zu leben.

Ein Mal, nur ein einziges Mal, war ihm jemand mit einer ähnlichen Willensstärke begegnet. Eine andere Frau. Doch obwohl Keb im Kampf viel Mut bewies und sich gern mit seiner Unerschrockenheit brüstete, hatte er damals aus Feigheit einen großen Fehler begangen.

So etwas würde ihm nicht noch einmal passieren, zumal Eryne vielleicht sein Kind unter dem Herzen trug.

Sobald er an Erynes Schwangerschaft dachte, schwankte Keb zwischen Freude und maßloser Enttäuschung, je nachdem, ob er sich oder Amanón als den Vater des Kindes sah. In seinen schwärzesten Momenten ertappte er sich bei dem Gedanken, Amanón könnte etwas zustoßen. Vielleicht wurde er ja bei einem der Kämpfe, in die sie so oft verwickelt wurden, tödlich verwundet. Doch er vermied es, sich diesen Fantasien hinzugeben, auch wenn die Wirklichkeit schmerzhaft war. Von allen Gefährten war Amanón immer der verlässlichste gewesen, und unter den Kriegern des Ostens hätte sein Ehrgefühl als beispielhaft gegolten. Einem solchen Mann konnte ein wallattischer Prinz keinen gewaltsamen Tod wünschen – zumal Amanón der Einzige war, der die Erben führen konnte.

Auch darauf war Keb eifersüchtig. Die Gefährten hatten Amanón vom ersten Tag an als ihren Anführer akzeptiert, ohne dass er darum kämpfen musste. Auch Keb hatte sich schon oft auf sein Urteil verlassen, und es war ihm nie in den Sinn gekommen, seine Entscheidungen anzuzweifeln – ganz einfach, weil sie vernünftig waren. Genau das war ja das Problem. Amanón war so klug und zuverlässig, dass sich Keb nicht einmal mehr traute, Eryne den Hof zu machen, um die stillschweigende Übereinkunft zwischen ihm und seinem Rivalen nicht zu brechen. Hin und wieder forderte er Amanón zwar mit einer spöttischen Bemerkung heraus, kam sich dabei aber jedes Mal gemein und niederträchtig vor. Ein derart kindisches Verhalten war seines Ranges unwürdig.

Keb wurde aus seinen Gedanken gerissen, als Nolan im traditionellen Gewand der eurydischen Maz durch die Tür trat. Obwohl er keine sonderliche Ehrfurcht vor Priestern hatte, musste er zugeben, dass Nolan das Seidengewand mit den goldenen Stickereien hervorragend stand. Auf einmal schien der Lorelier eine ganz neue Stärke auszustrahlen. In diesem Moment zweifelte Keb nicht daran, den Erzfeind vor sich zu haben. Wer, wenn nicht ein Priester, konnte den Dämon besiegen?

Trotz ihres Kummers über Caels Verschwinden beglückwünschten die Freunde Nolan mit ehrlicher Freude zu seinem Titel. Vor allem Zejabel bewunderte sein stattliches Aussehen unverhohlen, und selbst Keb ließ sich dazu herab, ein paar freundliche Worte zu sagen, wenn auch nur Eryne zuliebe.

Er schwor sich, irgendwann in den kommenden Dekaden ebenfalls zu Ruhm und Ehren zu gelangen. Er wollte, dass Erynes Augen bei seinem Anblick ebenso stolz leuchteten wie Zejabels in diesem Moment.

Schließlich war er Saats Sohn, auch wenn er seinen Vater verleugnete, und der Hexer hatte Großes bewirkt. Er hatte einen Dämon erschaffen.

Das Blut, das durch seine Adern strömte, war das eines Mannes, der zu ungeheuren Taten fähig war, und Keb war fest entschlossen, Eryne zu beeindrucken.

Vielleicht würde er dann endlich seine einstige Feigheit vergessen.

Amanón stand eigentlich nicht der Sinn danach, den anderen von seinen neuesten Erkenntnissen über die Etheker zu berichten. Auch das kalte Mahl, das sich die Erben auf das Zimmer der Männer hatten bringen lassen, rührte er kaum an. Nachdem er eine Weile auf einem harten Brotkanten herumgekaut hatte, schluckte er ihn am Stück hinunter und schob den Teller von sich. Er konnte an nichts anderes denken als an Cael. Wo mochte sein Cousin sein? Wie ging es ihm? Hatte er Hunger, hatte er Angst? Oder stand er wieder unter dem Einfluss seines inneren Dämons?

In letzter Zeit war die Stimme in Caels Kopf jedes Mal, wenn er sich in Gefahr befand, lauter geworden. Schon mehrmals hatte sie ihn völlig in der Hand gehabt – und nun irrte er mutterseelenallein durch eine fremde Stadt.

Nach dem, was er Niss angetan hatte, musste er entsetzliche Seelenqualen leiden.

Vielleicht hielt er sich gar für einen Mörder, dabei lag Niss mit einem feuchten Tuch um den wunden Hals im Bett und war trotz der Schmerzen putzmunter. Wenn Cael nicht wusste, dass sie seinen Angriff mehr oder minder unversehrt überstanden hatte, würde er vermutlich nicht mehr zu ihnen zurückkehren und auch seine Eltern nie wieder sehen wollen. Irgendwann würde ihn die Scham wohl in den Tod treiben – wenn das nicht schon längst geschehen war.

Amanón gab sich die Schuld an der Tragödie. Er hatte gewusst, wie gefährlich die dunkle Macht war, die in Cael schlummerte, aber er hatte nichts dagegen unternommen – im Gegenteil. Wenn er ehrlich war, hatte er die Entwicklung sogar mit einer gewissen Neugier verfolgt, weil er insgeheim gehofft hatte, dass sich Cael irgendwann als der Erzfeind zu erkennen gab. Schließlich war er der einzige der Gefährten, der unerbittlich und entfesselt genug kämpfte, um Sombre besiegen zu können. Wo mochte Cael nur stecken? Würden die Erben statt eines Dämons fortan zwei zu bezwingen haben?

Amanón machte sich Vorwürfe, so etwas Verabscheuenswürdiges auch nur zu denken, zwang sich aber, diese Möglichkeit nicht auszuklammern. Cael hatte schon mehrmals bewiesen, dass er unter dem Einfluss der Stimme brutal und absichtlich grausam sein konnte. In letzter Zeit war er einfach nicht mehr der alte gewesen: Seine Miene war immer finsterer geworden, und manchmal hatte fast so etwas wie Hass in seinem Blick gelegen. Amanón hatte es auf die Anspannung geschoben, unter der sie alle litten, doch das war offenbar eeinn Irrtum gewesen. Vielleicht war tatsächlich Caels innerer Dämon schuld an seinen Stimmungsschwankungen. Anscheinend beherrschte er den Jungen immer häufiger, und zwar auch, wenn dieser nicht in unmittelbarer Gefahr schwebte. Das war bis vor ein paar Tagen nicht vorgekommen.

Hätte Amanón früher begriffen, wie schlimm es um Cael stand, hätte er ihm vielleicht helfen können. Jetzt bereute er, nicht aufmerksamer gewesen zu sein, und war gleichzeitig wütend, weil Cael sich ihm nicht anvertraut hatte. Andererseits hatte ihn die Stimme in seinem Kopf vielleicht daran gehindert, offen mit seinen Freunden zu sprechen.

Amanón hatte eine schwierige Entscheidung zu treffen. Die Erben konnten nicht riskieren, mehrere Tage in der Herberge zu bleiben, schließlich wimmelte es in Ith nur so vor Anhängern der Dunklen Bruderschaft. Ob sie die Pforte der Etheker nun fanden oder nicht, sie würden bald aufbrechen müssen. Wenn Cael bis dahin nicht aufgetaucht war, würden sie den Jungen in der Heiligen Stadt zurücklassen müssen.

Und wie immer würde Amanón derjenige sein, der das Zeichen zum Aufbruch gab.

Plötzlich bekam er Atemnot, obwohl das Fenster einen Spalt offen stand. Er konnte seinen Freunden nicht länger beim Essen zusehen und verkündete, noch einmal in der Stadt nach Cael suchen zu wollen. Sogleich erboten sich Zejabel, Nolan, Keb und Bowbaq, ihn zu begleiten. Amanón nickte dem Arkarier dankbar zu und bat die anderen, in der Herberge zu bleiben, wo sie in Sicherheit waren.

Es war kein Zufall, dass er sich Bowbaq als Begleiter aussuchte. Der alte Mann wusste, wann er besser den Mund hielt, und Amanón stand nicht der Sinn danach, sich zu unterhalten. Ihm ging es nur darum, Cael wiederzufinden. Alles andere war im Moment unwichtig.

Doch nachdem sie bis spät in die Nacht durch die Straßen gezogen waren, mussten sie einsehen, dass Cael endgültig verschwunden war.

Am nächsten Tag hatten sich die Wolken verzogen, und Sonnenstrahlen die Heilige Stadt wärmten. Die Erben brachen in aller Frühe auf, um weiter nach Cael zu suchen. Niemand erwähnte mehr die Pforte der Etheker, Sombre oder ihre Eltern. Ihre einzige Sorge galt jetzt dem Jungen.

Zejabel litt besonders unter seinem Verschwinden. Seit sie auf der Insel Ji zu den Erben gestoßen war, war ihre Bewunderung für sie von Tag zu Tag gestiegen. Gemeinsam waren sie zu wahren Wundertaten fähig. Doch ihre Stärke, mit der sie selbst Zuïa in die Knie gezwungen hatten, beruhte allein auf ihrem Zusammenhalt. Den Erben haftete etwas rätselhaft Göttliches an, das spürte Zejabel ganz deutlich. Vermutlich unterschieden sie sich von anderen Sterblichen, weil sich ihre Eltern für eine Weile im Jal aufgehalten hatten. So überwanden sie auch die größten Gefahren – zumindest, solange sie zusammen blieben.

Und eben deshalb hatte Zejabel Angst. Nachdem sie

so viele Kämpfe überstanden hatten, war sie geneigt gewesen, die Erben für nahezu unbesiegbar zu halten. Wie sonst hätten sie so viele Gegner bezwingen können, ohne dass einer von ihnen ernsthaft verletzt wurde?

Doch jetzt war der Zauber gebrochen. Zum ersten Mal war einer der Erben fort, und das nun schon seit fast zwei Tagen. Niemand wusste, wo Cael steckte, ob er überhaupt noch lebte und wie es ihm ging. Nachdem sie auf ihrer Reise alles miteinander geteilt hatten, brachte sie diese Ungewissheit schier zur Verzweiflung.

Also waren die Erben doch nicht vor jedem Unglück gefeit. Während sie abermals die Stadt durchkämmten, nahm sich Zejabel vor, noch wachsamer zu sein als sonst. Die Freunde hatten beschlossen, alle Tempel und Herbergen abzuklappern, in denen Bettler, Kranke und Verzweifelte Almosen bekamen, und Nolan wurde in seinem Maz-Gewand überall mit offenen Armen empfangen. Als es zum Mit-Tag läutete, kehrten die Erben zu Zejabels Erleichterung für eine kurze Verschnaufpause in die Herberge zurück. Das Elend, das aus den verhärmten Gesichtern der Armen und Obdachlosen sprach, hatte sie schwermütig gemacht. Selbst die Tatsache, dass es Niss deutlich besser ging, munterte sie kaum auf.

Nach einem hastig eingenommenen Mahl zogen die Gefährten abermals los. Ihre Suche wurde immer gefährlicher, weil sie manchen Wachtrupps nun schon mehrmals begegnet waren. Irgendwann würden die Goroner sie anhalten, und Zejabel fürchtete, dass die Ausrede, die sich Amanón ausgedacht hatte, die Soldaten nicht täuschen würde. Eigentlich wäre es sinnvoll gewesen, sich aufzuteilen, aber einzeln wären sie ihren Feinden schutzlos ausgeliefert. Aufgeben wollten sie jedoch auf keinen Fall.

Während sie Tempel um Tempel absuchten, von denen manche nur aus einem unter freiem Himmel aufgestellten Altar bestanden, wurden sie Zeugen eines eindrucksvollen Schauspiels. Kurz nach dem vierten Dekant hielten weitere goronische Truppen Einzug in die Stadt. Die Männer kamen von Norden, ihrem schweren Gepäck und den müden Gesichtern nach zu urteilen wohl sogar aus der Hauptstadt des Großen Kaiserreichs. Offenbar hatten sie den weiten Weg im Marschschritt zurückgelegt, um Ith, eine der wichtigsten strategischen Städte der Oberen Königreiche, vor einem Angriff der Lorelier zu schützen.

Mehrmals mussten Zejabel und ihre Gefährten den Weg freigeben, um eine Einheit Krummschwertträger passieren zu lassen. Die bereits in Ith stationierten goronischen Feldmarschälle teilten die Fußsoldaten auf verschiedene Unterkünfte auf, die die Priester des Großen Tempels den Goronern mehr oder minder freiwillig überlassen hatten. Zejabel fragte sich, wie die religiösen Oberhäupter der Heiligen Stadt wohl zu dem drohenden Krieg standen. Zweifellos wollten die Emaz vor allem verhindern, dass ihre Stadt erneut zum Schauplatz einer blutigen Schlacht wurde, und hielten es für klüger, mit den Goronern zusammenzuarbeiten, als sich dem Joch einer Besatzungsmacht zu unterwerfen.

Der Einmarsch der Goroner in die Stadt kam den Erben alles andere als gelegen. Nachdem die Mannen des Kaisers Quartier bezogen hatten, verschärften sie die Kontrollen in Ith. An sämtlichen Brücken wurden Soldaten postiert, und die Anzahl der Wachen an den Stadttoren wurde verdoppelt oder verdreifacht. Amanón spitzte die Ohren, um die Goroner zu belauschen, und erfuhr so den Grund für die Verstärkung der Truppen. Offenbar hatten die Lorelier mittlerweile mit dem Feldzug gegen das Große Kaiserreich begonnen. Ein Teil des lorelischen Heers war vor die Mauern von Partacle gezogen und belagerte die Stadt, und die goronischen Generäle gingen davon aus, dass weitere Vorstöße auf goronisches Gebiet folgen würden.

Obwohl das absehbar gewesen war, machte die Nachricht die Erben noch trübseliger. Die Kunde verbreitete sich wie ein Lauffeuer in der Heiligen Stadt. Pilger wie Einheimische begannen, noch inbrünstiger zu ihren Göttern zu beten und sie je nach Neigung um Frieden, den Sieg, den Tod ihrer Feinde oder den Schutz eines geliebten Menschen zu bitten. Bald versank die Sonne am Horizont, und der zweite Tag ihrer verzweifelten Suche nach Cael neigte sich seinem Ende zu.

Mit Einbruch der Dämmerung wurden die goronischen Soldaten immer argwöhnischer. An zwei aufeinanderfolgenden Brücken fragten die Wachen Amanón, wo er hinwolle und warum er jetzt noch unterwegs sei. Kurz vor der dritten Brücke beschloss er, die Suche für heute aufzugeben. Für die Nacht war eine Ausgangssperre verhängt worden, und so würden sie ohnehin bald in die Herberge zurückkehren müssen.

Schweren Herzens machten sie sich auf den Rückweg. Der Krieg war ausgebrochen und würde die Oberen Königreiche ins Chaos stürzen, und zum ersten Mal hatten die Erben einen der Ihren verloren.

Bei Tisch herrschte noch gedrücktere Stimmung als am Vorabend. Um sich von ihrem Kummer abzulenken, waren die Freunde in den Schankraum der Herberge hinuntergegangen, und Amanón fuhr jedes Mal herum, wenn sich die Tür öffnete und ein Neuankömmling eintrat. Doch Niss war sicher, dass sich Cael an diesem Abend nicht mehr blicken lassen würde, sonst wäre er längst aufgetaucht. Seit zwei Tagen saß sie mit Eryne in ihrem Zimmer fest. Nicht, dass ihr Erynes Gesellschaft unangenehm gewesen wäre, im Gegenteil. Doch sie konnte es kaum erwarten, den anderen alles zu erzählen. Am liebsten wäre sie jetzt gleich damit herausgeplatzt, was sie in Caels Gedanken gelesen hatte – oder besser gesagt, in den Gedanken des Dämons, in den er sich bisweilen verwandelte.

Noch zögerte sie. Vielleicht gab es den Erben neuen Mut, wenn sie ihnen davon berichtete. Andererseits konnte es aber auch das glatte Gegenteil bewirken und ihren Kummer über Caels Verschwinden noch vergrößern. Am besten wartete sie ab, bis Cael wieder auftauchte. Früher oder später würde er zu ihnen zurückkehren, das spürte Niss. Sie war sich fast sicher.

Vor allem *wollte* sie sich sicher sein.

Ihr war es selbst ein Rätsel, warum sie sich nicht vor Cael fürchtete. Natürlich hatte sie das nackte Grauen gepackt, als sich der Dämon auf sie gestürzt, ihr die Hand auf den Mund gepresst und sie bis zur Besinnungslosigkeit gewürgt hatte. Manchmal blitzten diese Bilder erneut vor ihrem Auge auf und jagten ihr einen eiskalten Schauer über den Rücken. Sie hatte schon geglaubt, für immer in den Tiefen Traum geschickt zu werden, aber zum Glück war Cael im letzten Moment wieder zur Vernunft gekommen, das hatte Niss in seinen Augen gelesen. Geflohen war er wohl nur aus Verzweiflung und weil er sich zu Tode schämte. Aber selbst wenn er eine Gefahr für sie und ihre Gefährten war, er musste ganz einfach zurückkehren, und diesmal würde sie nicht lockerlassen, bis er sich ihnen anvertraute.

Zumal Cael ihnen etwas Wichtiges mitzuteilen hatte.

An diesem Abend schien keinem ihrer Freunde zum Reden zumute zu sein. In dem Schankraum, in dem sie zu Abend aßen, herrschte tiefe Stille, während von der Straße Geschrei zu ihnen hereindrang. Irgendjemand musste sich einen Ruck geben und ansprechen, was ihnen allen durch den Kopf ging. Als Opfer des Angriffs, der die anderen so erschüttert hatte, sollte sie vielleicht den Anfang machen. Sie legte ihren Suppenlöffel beiseite und wandte sich Amanón zu. »Hast du in den Büchern etwas Neues entdeckt?« Ihre Stimme klang immer noch etwas heiser.

Amanón starrte sie einen Moment lang verblüfft an und sah dann reihum den anderen in die Augen, die seinen Blick neugierig erwiderten. Dann schob er seinen Teller von sich. »Ich bin auf ein Manuskript gestoßen, in dem die Bestattungsriten der Etheker beschrieben werden. Außerdem handelt es davon, wie die erste Pforte entstanden ist und warum später überall auf der Welt Pforten errichtet wurden. Alles fing nämlich hier an.«

Er klopfte mit dem Zeigefinger auf den Tisch, als hätten die alten Etheker ihre Pforte im Schankraum der Herberge errichtet. Niss und die anderen warteten geduldig, bis er weitersprach.

»Die frühen ethekischen Stämme lebten in Höhlen.

Daher wurden wohl auch die meisten Überreste ihrer Zivilisation – abgesehen von den Büchern aus Zuïas Bibliothek – in Höhlen und unterirdischen Gängen gefunden. Und die Etheker, die im Gebiet des heutigen Itharien siedelten, lebten in Höhlen, deren Eingänge sich an den Hängen des Blumenbergs befanden.«

»Einige dieser Höhlen gibt es immer noch«, warf Nolan ein. »Manche Sekten nutzen die Grotten als Kultstätten.«

»Jedenfalls ist unklar, wie viele Menschen hier lebten, aber manche Stellen im Text weisen auf Tausende, vielleicht gar Zehntausende hin.«

»Wie passten denn so viele Menschen in ein paar Höhlen?«, fragte Eryne verblüfft.

»Manche siedelten vielleicht auch schon in der Ebene«, sagte Amanón nachdenklich. »Dort, wo später die Heilige Stadt errichtet wurde. Außerdem erwähnt das Buch ein Netz aus Höhlen und Gängen, das sehr viel größer sein muss, als es die wenigen Öffnungen vermuten lassen, die von außen sichtbar sind. Die Gänge erstreckten sich tief in den Berg hinein, fast bis auf die andere Seite des Gebirges.«

Mehr musste er nicht sagen. Auch Niss dachte sofort an den Tunnel, den Saat durch das Rideau-Gebirge gegraben hatte. Die Erben wussten aus Corenns Tagebuch, dass die Sklaven des Hexers bei der Ausführung seines wahnsinnigen Plans auf natürliche Gänge gestoßen waren, die ihnen die Arbeit um einiges erleichtert hatten.

»Worauf willst du hinaus?«, brummte Keb. »Glaubst du etwa, die Pforte befindet sich in einer Höhle, so wie auf Ji?«

»Ganz genau«, bestätigte Amanón. »Es hat keinen Sinn,

weiter in der Stadt oder am Berghang zu suchen. Die Pforte befindet sich irgendwo in den Tiefen des Gebirges.«

»Dann wird sie nicht leicht zu finden sein«, sagte Bowbaq entmutigt. »Ich war damals in diesem Tunnel. Ein schrecklicher Ort.«

»Außerdem kann es sein, dass es die Pforte längst nicht mehr gibt«, meinte Nolan. »Schließlich ist sie uralt. Die Höhle, in der sie erbaut wurde, könnte eingestürzt oder überflutet sein.«

»Ich hoffe ganz einfach, dass die Pforte noch erhalten ist«, entgegnete Amanón. »In dem Buch steht, sie führe zu einem Tal oder einer Ebene hinaus.«

»Eine Ebene? Könnte damit etwa das Jal gemeint sein?«, fragte Eryne.

»Das glaube ich nicht. Zumindest anfangs bot die Pforte wohl keinen Zugang ins Jal. Einer der unterirdischen Gänge mündete ganz einfach in ein Tal mitten im Gebirge. Da sich die Hochebene nicht für Ackerbau oder Viehzucht eignete, begannen die Etheker, ihre Toten dorthin zu bringen, um sie dem Wind und den Aasvögeln zu überlassen. Im Laufe der Zeit hat sich aus diesem Brauch ein regelrechtes Bestattungsritual entwickelt, was sie wohl dazu bewegte, Schriftzeichen in den Felsbogen am Ende des Gangs zu meißeln. So entstand die erste Pforte. Ich hatte bislang nicht die Zeit, das Manuskript vollständig zu übersetzen. Aber mir scheint, als verändere sich die Beschreibung der Ebene im Verlauf des Texts. Im Grunde ist sie sogar widersprüchlich. An einigen Stellen wird das Tal als üppig grün und betörend schön beschrieben, an anderen als abweisend, düster und felsig. Einmal wird es sogar als endloses Labyrinth bezeichnet.«

»Dara und Karu«, murmelte Nolan.

»Genau. Vieles ist mir noch unklar, aber die Übereinstimmung mit dem Jal ist offensichtlich. Nachdem sich die Etheker über die gesamte bekannte Welt ausgebreitet hatten, errichteten sie weitere Pforten zur Bestattung ihrer Toten. Und immer schienen diese Pforten auf einund dieselbe Ebene zu führen.«

»Zumindest würde das erklären, warum es von den Ethekern nur so wenige archäologische Funde gibt«, sagte Nolan nachdenklich. »Wenn sie ihre Toten ins Jal brachten, gaben sie ihnen vermutlich ihre Gewänder und ihren Schmuck mit. So haben sie ihre Spuren vom Antlitz der Erde gelöscht.«

»Jedenfalls ist die Pforte unsere einzige Hoffnung, ins Jal zu gelangen und unsere Eltern wiederzufinden«, sagte Amanón. »Wir müssen nur nah genug herankommen, damit Eryne den Weg findet.«

»Wir gehen in den Tunnel?«, rief Niss.

Amanóns unglückliche Miene sprach Bände. Er wich Erynes Blick aus, obwohl sie ihm direkt gegenübersaß.

»Die meisten Zugänge, durch die Saats Krieger in die Heilige Stadt einfielen, wurden nach der Schlacht am Blumenberg verschlossen. Ich weiß nicht einmal, ob es überhaupt noch welche gibt. Deshalb werden wir einen anderen Weg nehmen müssen. Ich dachte an die Abwasserkanäle.«

Keb lachte trocken auf, während die anderen Amanóns Vorschlag wortlos hinnahmen. Seit sich das Gespräch um unterirdische Höhlen und Gänge drehte, waren die Erben nicht umhingekommen, diese Möglichkeit in Betracht zu ziehen.

»Von den Kanälen aus können wir dem Lauf des Alt stromaufwärts in den Berg hinein folgen«, fuhr Amanón fort. »Irgendwann werden wir zwangsläufig auf eine Abzweigung oder dergleichen stoßen. Bowbaq, du sagtest doch, der Tunnel habe unzählige Seitengänge.«

Der Arkarier nickte. Damit war das Gespräch beendet. Jetzt, wo sie wussten, wie es weiterging, gab es nichts mehr zu sagen. Sie mussten nur noch entscheiden, wann sie aufbrechen sollten, aber niemand wagte, Amanón danach zu fragen.

So verbrachten die Erben eine weitere Nacht in der Heiligen Stadt, eine Nacht voller Albträume und Ängste.

Hunderte Bilder und Stimmen wirbelten durch ihren Kopf, ohne dass sie etwas dagegen tun konnte. So erging es Eryne Nacht für Nacht, seit ihre Entwicklung zur Göttin begonnen hatte. Im Schlaf war sie keine gewöhnliche Sterbliche mehr, sondern lauschte fremden Menschen, mal unzähligen, mal nur einer Handvoll. Anfangs war es ihr völlig willkürlich vorgekommen, welche Stimmen sie im Zustand der Entsinnung vernahm, aber allmählich entdeckte sie eine gewisse Logik darin: Seit sie den Beinamen »die Heilende« erhalten hatte, hörte sie immer häufiger die Gedanken von Kranken, Verwundeten oder Menschen in Not.

Der Schmerz, den sie dabei empfand, nahm sie sehr mit, und jeden Morgen wachte sie mit schwerem Herzen auf. Sie hätte viel darum gegeben, nicht mehr schlafen zu müssen. Andererseits hatte sie seit kurzem den Eindruck, den Notleidenden etwas Gutes tun zu können. Die Männer, Frauen und Kinder, die um Linderung ihrer Qualen beteten, ahnten nicht, dass sie tatsächlich von einer angehenden Göttin erhört wurden, und sie spürten nichts von der Wärme, die Eryne ihnen sandte und die bisweilen zu ihrer Heilung beitrug.

Eryne wusste, dass sie dadurch Gefahr lief, die Aufmerksamkeit ihrer Feinde zu erregen. Wenn Sombre, Zuïa oder andere Dämonen in den Diensten des Bezwingers sich in der Umgebung von Ith aufhielten, würden sie ihre Anwesenheit sofort bemerken. Ihre göttliche Ausstrahlung wurde von Tag zu Tag stärker. nach und nach würde sich die Wirkung ihrer Kräfte über die gesamte Welt erstrecken. Dann könnte sie nirgends mehr Zuflucht finden.

Dennoch brachte sie es nicht über sich, die armen Seelen, deren Seufzen und Flehen sie vernahm, ihrem Schicksal zu überlassen. Sie musste ihnen einfach helfen. So war es ihr bestimmt, das spürte sie tief in ihrem Innern. Offenbar befolgte sie damit die rätselhaften Gesetze, die im Reich der Götter und Dämonen herrschten. Jeder Unsterbliche war eigenen Regeln unterworfen, die sein Wesen für immer prägten. So sprach Usul Prophezeiungen aus, deren Erfüllung ungewiss war, Nol der Seltsame besuchte die Menschen, sobald in ihrer Welt zehn Generationen vergangen waren, und Zuïa ließ jeden hinrichten, für dessen Tod ihr genügend Gold geboten wurde. Diesen Zwängen konnte sich kein Gott entziehen, ebenso wenig wie ein Mensch beschließen konnte, nicht mehr zu atmen. Die Unsterblichen verhielten sich so, wie die Menschen es ihnen zugedacht hatten, und Erynes Daseinszweck war es, Kummer und Schmerz zu lindern.

In dieser Nacht spürte sie besonders viel Leid und Verzweiflung.

Die Eindrücke stürmten unvermittelt auf sie ein, als würde leichter Regen plötzlich in ein heftiges Gewitter übergehen. Innerhalb weniger Dezillen wurden ihre Träume von grausamen, blutigen Bildern erfüllt. Menschen kreischten und brüllten, als sich ihnen scharfe Klingen in den Leib bohrten. Andere wimmerten vor Schmerz, während sie ungläubig auf ihre klaffenden Wunden und abgeschlagenen Gliedmaßen starrten, bis ihre Lebensgeister schwanden. Wieder andere beteten nur noch darum, durch einen raschen Tod von ihrem Leiden erlöst zu werden. Trotz ihrer Verstörung versuchte Eryne, so viel Not wie möglich zu lindern, aber mit jedem Augenblick wurde es schlimmer. Es schien einfach kein Ende nehmen zu wollen.

Das Schreien und Sterben wirkte so echt, dass sie schon um ihr eigenes Leben zu fürchten begann, als sie plötzlich jemand an der Schulter rüttelte. Zwischen Träumen und Wachen hörte sie noch den Klageruf eines Kämpfenden, bevor sie vollends in die Wirklichkeit zurückkehrte. Es war immer noch Nacht. Zejabel beugte sich über sie und legte einen Finger an die Lippen. Niss war ebenfalls wach und stand am Fenster. Von der Straße drang Gebrüll herauf, und der Schein zahlloser Fackeln und Laternen fiel ins Zimmer.

»Die Lorelier greifen Ith an«, wisperte Eryne.

Zejabel nickte kurz und bedeutete ihr aufzustehen. Eryne setzte die Füße auf den Boden, während sich die Zü rasch ihre Kleider überzog. Ihr Herz pochte wie wild. Sie hatte gleich begriffen, was vor sich ging, schließlich hatte sie die Kämpfe im Zustand der Entsinnung durch die Augen der Sterbenden mitverfolgt. Auf beiden Seiten waren bereits zahlreiche Männer gefallen, und das Schlachtgetümmel, das von der Straße zu hören war, ließ viele weitere Opfer befürchten.

In der Eile begnügte Eryne sich damit, im Nachthemd in das Kleid zu schlüpfen, das sie am Vortag getragen hatte. Noch vor zwei Monden hätte sie sich eine solche Nachlässigkeit nie und nimmer erlaubt. Aber damals war sie weder schwanger, noch eine künftige Göttin, noch auf der Flucht vor einem Dämon gewesen … Hastig zog sie ihre Stiefel an und trat zu Niss ans Fenster.

Sie sah, was sie vermutet hatte. Kleinere Trupps goronischer Soldaten rannten mit gezogenen Schwertern durch die Straße, andere traten mit letzter Kraft den Rückzug an, und wieder andere pressten die Hände auf ihre Wunden oder schleppten einen verletzten Kameraden. Manche Einheimische waren vorsichtig genug, in ihren Häusern zu bleiben und das Geschehen vom Fenster aus zu verfolgen, aber viele schlossen sich auch den Kämpfen an und fuchtelten wie wild mit ihren Waffen oder religiösen Gegenständen herum. Da ihre Absichten nicht so recht zu durchschauen waren, stifteten die frommen Eiferer nur noch mehr Verwirrung. Eryne traute ihren Augen kaum, als sich drei Gestalten in Kapuzenumhängen plötzlich auf einen goronischen Soldaten stürzten, der von seinen Kameraden getrennt worden war. Sie stachen ihn kaltblütig nieder und traten dann mit Füßen auf ihr Opfer ein!

Die Szene war so grauenvoll, dass Niss und Eryne vom Fenster zurückwichen, auch wenn die Mörder sie in der

Dunkelheit nicht sehen konnten. Im nächsten Augenblick kamen Amanón, Keb, Nolan und Bowbaq ins Zimmer gestürzt. Auch sie hatten sich sofort angezogen und ihre Waffen gepackt, nachdem Zejabel sie geweckt hatte.

»Die Dunkle Bruderschaft … Die Dunkle Bruderschaft hilft den Loreliern!«, rief Eryne mit bebender Stimme.

Das war ihr klargeworden, als sie den heimtückischen Mord mit angesehen hatte. Wie jedes Mal, wenn Gefahr drohte, glitt sie wie selbstverständlich in den Zustand der Entsinnung, und so hatte sich ihr offenbart, dass ihre Landsleute von Dämonisten unterstützt wurden.

»Das war abzusehen«, sagte Nolan traurig. »Schließlich ist die Bruderschaft mit der Grauen Legion verbündet.«

»Wahrscheinlich haben sie den Überfall seit langem vorbereitet«, meinte Amanón. »Die Anhänger der Dunklen Bruderschaft kennen die Schwachstellen der Goroner und werden sich die wichtigsten Ziele aufgeteilt haben. Womöglich haben sie bereits sämtliche ranghohe Priester im Großen Tempel ermordet, vielleicht auch die goronischen Heerführer. In ein oder zwei Dekanten werden die Dunkle Bruderschaft und die Lorelier die ganze Stadt in ihrer Gewalt haben.«

»Was sollen wir jetzt tun?«, fragte Eryne.

Erst jetzt bemerkte sie, dass sich die Männer große Bündel über die Schulter geworfen hatten. Offenbar hatte Amanón die Entscheidung schon getroffen, so schwer es ihm auch gefallen sein musste. Er sah sich rasch im Zimmer um, trat kurz ans Fenster, um einen letzten Blick auf die Straße zu werfen, und marschierte dann entschlossenen Schrittes zur Tür.

»Wir haben keine Wahl«, sagte er. »Wir müssen gehen.

Packt so schnell wie möglich eure Sachen und kommt nach unten. Ich halte vor der Tür Wache.«

Die Männer folgten ihm, während die Frauen hastig ihre Bündel schnürten. Amanón war nicht der Einzige, dem der Aufbruch in der Seele wehtat. Niss begann leise zu schluchzen, und auch Erynes Herz krampfte sich zusammen, wenn sie an Cael dachte, den sie nun im Stich lassen mussten.

Die anderen Gäste der Herberge hatten sich wohl in ihren Zimmern eingeschlossen, denn auf dem Flur begegneten die Erben niemandem, und es war kaum vorstellbar, dass nur sie den Schlachtlärm von der Straße gehört hatten. Auch unten im Schankraum waren das Dröhnen schwerer Stiefel, die Schreie und andere Kampfgeräusche deutlich zu vernehmen. Entgeistert beobachteten die Wirtsleute, die noch ihre Nachthemden trugen, wie Keb den Balken in die Höhe schob, mit dem sie den Ausgang verrammelt hatten. Sie wagten nicht zu protestieren, und Nolan hatte ein schlechtes Gewissen, weil sie die beiden in Gefahr brachten. Obwohl Amanón pflichtbewusst für die Zimmer gezahlt und noch ein paar Goldstücke draufgelegt hatte, damit sie Cael im Falle seiner Rückkehr zur *Othenor II* schickten, lächelte Nolan ihnen zum Abschied entschuldigend zu. Es war nicht auszuschließen, dass die Dunkle Bruderschaft das Haus stürmte, sobald die Goroner geschlagen waren.

Als Keb die Tür weit genug aufgeschoben hatte, zwängten sich die Freunde ins Freie und hasteten die Straße hinauf, bis sie ein stilleres Gässchen erreichten. Hier blieben sie notgedrungen stehen, um eine Lampe anzuzünden, denn viele Bewohner hatten die Kerzen ausgeblasen, die sonst in den Fenstern der Häuser brannten. Weite Teile der Stadt lagen in tiefer Dunkelheit, während in den Vierteln im Süden und Osten die ersten Brände aufloderten.

Davon konnten sie sich selbst ein Bild machen, als sie die höher gelegenen Straßen erreichten. Zahlreiche Gebäude standen bereits in Flammen, darunter mindestens ein großer Tempel. Selbst aus dieser Entfernung erkannten sie die Silhouetten der Kämpfer, die sich schwarz gegen die Feuerwand abhoben.

Auf einmal begann irgendwo eine vereinzelte Glocke zu schlagen. Ihr Ton klang wie eine düstere Klage, in die bald weitere Glocken aus den Türmen und Tempeln ringsum einfielen, als hätten die Wächter und Priester nur auf dieses Zeichen gewartet, um die Bewohner der Stadt endlich vor dem Angriff zu warnen.

Gebannt starrte Nolan auf das furchtbare Schauspiel. Von dem Rauch, der aus den brennenden Häusern aufstieg, hatte er einen bitteren Geschmack im Mund. Vielleicht lag es aber auch an dem Gefühl der Hilflosigkeit, das er in sich aufwallen spürte. *Ein solches Ende hat Ith nicht verdient,* dachte er wütend.

Ausgerechnet seine eigenen Landsleute legten die Heilige Stadt in Schutt und Asche, und das wegen eines Kriegs, der unter einem lächerlichen Vorwand geführt wurde. Danach würde die Dunkle Bruderschaft über Ith herrschen, die K'lurier, Valiponden, Yossi oder sogar die Züu … Bei der Vorstellung, wie diese Mörder den Großen Tempel schänden, die Emaz demütigen und Eurydis' Anhänger verfolgen würden, drehte sich Nolan der Magen um. Nichts schien sie jetzt noch aufhalten zu können.

»Bestimmt sind die Lorelier von Maz Nen hermarschiert«, sagte Amanón. »Lorelien hat zwar kein besonders großes Heer, aber die beste Kriegsflotte der Welt. Und selbst wenn die Goroner mit einem Angriff vom Meer aus gerechnet haben, waren sie ganz sicher nicht auf den Hinterhalt der Dunklen Bruderschaft gefasst. Die Dämonisten sind ihnen wohl genau in dem Augenblick in den Rücken gefallen, als die Lorelier mit ihren Sturmböcken gegen die Stadttore anrannten.«

»Damit ist uns der Weg zum Hafen versperrt«, sagte Zejabel. »Wir können nicht zum Schiff zurück.«

Nolan wandte sich zu Amanón um und wartete neugierig auf sein Urteil, auch wenn er bereits ahnte, was kommen würde.

»Es wäre ohnehin schwierig, einen Weg aus der Stadt zu finden. Wir sollten uns das Chaos zunutze machen. Wenn wir ein Boot auftreiben, können wir auf dem Alt flussaufwärts ins Gebirge hineinrudern, wie wir es besprochen haben. Die Pforte zu suchen, ist die letzte Möglichkeit, die uns noch bleibt.«

Er sah die anderen fragend an, doch niemand hatte eine bessere Idee oder wagte es, ihm zu widersprechen. Alle wussten, dass ihm die Entscheidung das Herz brach.

So nickten sie nur stumm und stiegen zu einem der vielen Kanäle hinunter, die in den Alt mündeten. Nachdem sie eine Weile am Ufer entlanggelaufen waren, stießen sie auf ein Boot, in dem sie zu siebt Platz fanden. In einem unbeobachteten Moment kletterten sie hinein, lösten die Leine und begannen stromaufwärts zu rudern.

Nolan hatte am Heck Platz genommen und lauschte den Kampfgeräuschen in der Ferne. Obwohl er in letzter Zeit nur harte Worte über die Heilige Stadt verloren hatte, über ihre starren Traditionen, die Umtriebe der Dämonisten und die Ausschweifungen, denen sich manche ihrer Bewohner hingaben, war der frisch gekürte Maz tief erschüttert. Ihm war, als stürbe ein Teil seiner selbst. Traurig dachte er an seine Mutter Emaz Lana, die Ith fast ebenso sehr liebte wie ihre Familie.

Als das Boot unter einer Brücke hindurchglitt, senkte Nolan den Blick auf das dunkle Wasser, das ruhig und majestätisch dahinströmte. Dabei kam ihm wieder das Schauermärchen von dem Totenheer in den Sinn, das der Legende nach eines Tages den Fluss hinabgesegelt käme – ebenjenen Fluss, der sie bald in die Tiefen des Gebirges entführen würde.

In einem solchen Moment, an einem solchen Ort sah er allen Grund, zu Eurydis zu beten. Stumm beteuerte er der Göttin der Weisheit seine Hingabe und gestand seine Angst, dass Sombre die Herrschaft an sich reißen und damit das Böse regieren würde.

Nachdem er Eurydis angefleht hatte, seine Freunde, die Bewohner der Heiligen Stadt und alle Menschen der bekannten Welt zu schützen, war sein Bedürfnis nach innerer Stärkung noch immer nicht gestillt. Da fiel sein Blick auf das sorgenvolle Gesicht seiner Schwester, und er beschloss zum allerersten Mal, ein Gebet an sie zu richten. Nicht an Eryne, die Erstgeborene Reyans und Lanas von Kercyan aus Lorelien, sondern an Eryne die Heilende, die junge Göttin aus dem Jal, auf der all ihre Hoffnungen ruhten.

Er wusste, dass sie ihn nicht hören konnte, da er ein Gwelom trug. Und das war wohl auch besser so. Er wollte sie auf keinen Fall in Verlegenheit bringen.

Leider rief ihm das auch wieder in Erinnerung, dass *keiner* der Unsterblichen ihn hörte. So oft er auch betete und flehte, weder Eurydis noch irgendein anderer Gott würde den Erben zu Hilfe kommen.

Unterdessen glitten sie immer weiter in die Dunkelheit, auf der Suche nach der Wiege des ethekischen Volkes und vielleicht gar dem Ursprung der Welt.

Trotz seines Rangs als Prinz von Benelia und Großadmiral der lorelischen Armada legte Alcide Wert darauf, der Eroberung der Heiligen Stadt persönlich beizuwohnen. Er setzte sich damit keiner großen Gefahr aus, denn die Lorelier kämpften mit dreimal so vielen Soldaten wie ihre Gegner und konnten nicht nur auf den Überraschungseffekt, sondern auch auf die Hilfe der Dunklen Bruderschaft zählen. Der Sieg war so gut wie sicher, und so ging er kein Risiko ein, wenn er sich in diesem erhabenen Moment an allen Fronten blicken ließ. Schließlich gehörte er zu den wichtigsten Persönlichkeiten des Königreichs, seit seine Cousine ihrem Bruder auf den Thron gefolgt war, und das sollten die Soldaten nicht vergessen.

Es kam, wie er gehofft hatte. Kaum waren die goronischen Truppen zerschlagen, hoben Alcides Männer ihn auf ihre Schultern und trugen ihn im Triumphzug durch die Straßen, berauscht von ihrer Überlegenheit. Agénor hatte das Volk so erfolgreich gegen die Goroner aufgehetzt, dass die Soldaten nun felsenfest überzeugt waren, Rache üben zu müssen, um Loreliens Ehre wiederherzustellen. Sie metzelten jeden Itharer und Goroner nieder, der ihnen vor die Klinge kam, und plünderten Tempel und Häuser, als wäre das ihr gutes Recht. Der Prinz hütete sich, ihrer Raserei Einhalt zu gebieten. Der Siegestaumel ihrer Armee war Teil des durchtriebenen Plans, den Agénor und Sombre verfolgten. Umso härter würde die Männer später die Niederlage treffen, und genau darauf legten sie es an.

Vorerst sollte den Loreliern, die grölend durch die Straßen von Ith strömten, die Freude an ihrem Sieg vergönnt sein. Alcide konnte die letzten Kessel der goronischen Verteidigung getrost seinen Offizieren überlassen, nachdem er selbst sein Langschwert, die schwere Waffe der Edelleute, auf einige Häupter hatte niedersausen lassen. Die Blutspritzer auf seinen Kleidern erschienen ihm wie ein heiliges Mal, das sein neues Leben einläutete. In der künftigen Weltordnung, die Agénor vorbereitete, würde er Statthalter im ehemaligen Kaiserreich Goran sein. Ehrgeizig, wie er war, hätte sich Alcide kaum mit einer weniger einflussreichen Position begnügt, auch wenn er dafür einen Dämon als Gebieter anerkennen musste.

Dieser Gedanke behagte ihm zwar ganz und gar nicht, aber er ließ sich nicht länger verdrängen, denn als Nächstes musste der Prinz Sombres glühendsten Anhängern einen Besuch abstatten. Genauer gesagt ihrem Anführer, einem abtrünnigen Emaz, der die K'lurier zu einer der gefürchtetsten Sekten von Ith gemacht hatte – dem Mann, der von Agénor höchstselbst auserwählt worden war, die Dunkle Bruderschaft zu gründen und zu befehligen. Ein falscher Prophet und blutdürstiger Irrer, dessen Vorzüge und Schwächen Alcide ganz genau kannte, seit seine Schwarzen Legionäre insgeheim Nachforschungen über ihn angestellt hatten. Emaz Varcus, der Herrscher über die itharische Unterwelt.

Der Prinz ließ sich zu dem vereinbarten Treffpunkt eskortieren, einem der kleineren Tempel der Stadt, der schon seit längerer Zeit in der Hand der Dunklen Bruderschaft war. Rund zehn Männer mit k'lurischen Stirnbändern standen vor dem Eingangstor. Obwohl sie sich gleichgültig gaben, wusste Alcide ganz genau, dass sie unter ihren Kutten die berüchtigten Zackendolche verbargen, mit denen sie ihren Opfern unsägliche Schmerzen zufügten. In wie viele Leiber hatten sie sich in dieser Nacht wohl schon gebohrt? Während die K'lurier langsam zur Seite wichen, befürchtete Alcide plötzlich, der eine oder andere könnte noch unter dem Einfluss eines Mordlust auslösenden Rauschmittels stehen, das sie jeden Unterschied zwischen Freund und Feind vergessen ließ.

Der Prinz passierte die Wachen unbehelligt, doch seine Eskorte wurde angewiesen, vor der Tür zu warten. Als die Männer wütend mit den K'luriern zu diskutieren begannen, mahnte er sie, dem Befehl zu gehorchen. Emaz Varcus würde sie gewiss nicht in einen Hinterhalt locken, schließlich wusste der dämonische Priester ebenso gut wie seine lorelischen Verbündeten, dass es ihn den Kopf kosten würde, wenn er versagte. Ganz davon abgesehen, dass ihre Unterredung geheim bleiben musste. Das gemeine Volk würde bis zuletzt nicht ahnen, dass es nur ein Spielball in den Händen der Mächtigen war. Auf die

Gutgläubigkeit der Menschen war Verlass, das zeigte die Geschichte immer wieder.

Hastig durchquerte Alcide den kleinen Saal, der ihn an eine Gruft erinnerte. Der Ort bereitete ihm Unbehagen. Er hatte nach wie vor ein mulmiges Gefühl, wenn er die Tempel der schwarzen Kulte betrat, die Kerzen auf den Totenschädeln und die mit Blut geschriebenen Runen sah und den beißenden Geruch von Harz und Kräutern einsog. Dabei hatte er genug solcher Stätten besucht, als er und seine Schwarzen Legionäre in Agénors Auftrag die Sekten von Ith bespitzelt hatten. Die Symbole widerten ihn nur noch mehr an, seit er die Wahrheit kannte: Die Dämonen, die hier verehrt wurden, existierten tatsächlich. Sie hörten jede Bitte, die an sie gerichtet wurde, und erfüllten sie im schlimmsten Fall sogar.

Um die Sache möglichst schnell hinter sich zu bringen, beschleunigte Alcide seine Schritte und entdeckte gleich darauf den Anführer der Dunklen Bruderschaft, der vor einem Altar mit einer bizarren Inschrift kniete. Unwillkürlich zuckte der Prinz zurück, als er den nackten Körper eines jungen Mädchens auf der Marmorplatte des Altars liegen sah. Der Dolch, mit dem sie erstochen worden war, steckte ihr noch in der Brust, gleichsam als Banner zu Ehren der Dämonen, denen wohl zum Dank für die Eroberung der Stadt ein Opfer dargebracht worden war. Alcide vergaß, dass er soeben selbst einige wehrlose Menschen erschlagen hatte, und beobachtete mit wachsender Abscheu, wie Emaz Varcus den Dolch herauszog und mit der Klinge über Körper und Haare des toten Mädchens strich, um sie zu säubern. Erst dann war der Priester so gnädig, sich seinem Besucher zuzuwenden.

Alcide machte keinen Hehl aus seiner Verachtung. Der bloße Anblick des Anführers der Dunklen Bruderschaft widerte ihn an. Im Grunde war er nichts weiter als ein buckliger Greis mit kahlem, von Altersflecken übersätem Schädel, dessen knotigen Fingern eine unvermutete Kraft innewohnte. Sein religiöser Wahn und die Rauschmittel, die er seit vielen Jahren einnahm, verliehen seinem Blick und seinem ganzen Gesicht eine Starre, die allem Leben hohnzusprechen schien. Alcide war versucht, in ihm einen der sagenumwobenen Untoten zu sehen, die weder fühlen noch denken können und nicht einmal wissen, dass sie tot sind. Aber nein, Varcus war intelligent, teuflisch intelligent.

»Wie weit seid Ihr mit den Emaz?«, fragte er ohne jeden Gruß.

Der Priester hob den Dolch vors Gesicht, drehte und wendete ihn und betrachtete geistesabwesend die schimmernde Klinge. »Meine Boten bringen mir nichts als gute Nachrichten«, sagte er sinnend. »Noch vor Sonnenaufgang müsste die Sache erledigt sein.«

»Wenn unser Gebieter in die Stadt kommt, will er Eurydis und dieses ganze beweihräucherte Pack nicht mehr hierhaben!«

»Und Eure Soldaten sind zwar brutale Rohlinge, hängen aber an ihren religiösen Überzeugungen«, sagte Varcus höhnisch. »Keine Sorge. Meine Anhänger sind bereit für den letzten großen Feldzug. Innerhalb weniger Dekaden werden sie alle großen Tempel geschleift oder niedergebrannt haben. Dann ist Ith endlich von sämtlichen Schwächlingen befreit, und die Überlebenden werden sich zur Alten Religion bekennen.«

Der Prinz blieb einige Augenblicke lang stumm, während er krampfhaft überlegte, wie er dem schwarzen Priester beikommen könnte. Insgeheim wünschte er, Sombre würde dieses Wahnsinnigen überdrüssig werden und sich seiner entledigen. Doch diese Hoffnung war wohl vergebens. Varcus hatte keinen Augenblick gezögert, sich dem Dämon zu Füßen zu werfen, als Agénor ihn zu ihm gebracht hatte. Ein einziger Beweis seiner übernatürlichen Kräfte hatte ihm genügt, während Alcide noch ein zweites Wunder verlangt hatte, bevor er sich überzeugen ließ. Offenkundig zog Sombre die Gefolgschaft eines fanatischen Priesters der eines lorelischen Prinzen vor. Das war äußerst ärgerlich. Und gefährlich.

»Und was ist mit den Flüchtlingen?«, fragte Alcide. »Ich hoffe, dass Eure Boten auch in dieser Hinsicht Erfreuliches zu berichten haben!«

Er versuchte, seinen Worten einen drohenden Unterton zu verleihen, doch Varcus blieb ungerührt. Der Priester lachte heiser und legte dann feierlich den Dolch auf dem nackten Bauch des toten Mädchens ab. Der Prinz wagte sich gar nicht auszumalen, wie das Ritual weitergehen würde. Es hieß, dass die Valiponden ihre Opfer verspeisten, auch wenn das gewiss nur ein Schauermärchen war, dessen abschreckende Wirkung sich die Dunkle Bruderschaft zunutze machte. Seit Varcus seinen Anhängern die Ankunft eines leibhaftigen Dämons angekündigt und Sombre ihnen seine Kräfte vorgeführt hatte, waren dem religiösen Eifer der K'lurier keine Grenzen mehr gesetzt. Natürlich machte sie das zu wertvollen Verbündeten, doch Alcide hätte nur zu gern auf ihre Hilfe verzichtet, wenn diese Entscheidung in seiner Macht gelegen hätte.

»Ihr scheint zu hoffen, dass ich Eure Versäumnisse wiedergutmache«, erwiderte Varcus mit einem schmierigen Grinsen. »Seid unbesorgt. Unsere Brüder, die Züu, haben uns verständigt, dass sich die Flüchtlinge mittlerweile vermutlich in Ith aufhalten. Ihre Göttin hat uns sogar verraten, wo wir ihnen auflauern können. Es ist nur noch eine Frage von Tagen, vielleicht sogar von Dekanten … Es sei denn, sie nutzen den Aufruhr, um unbemerkt zu verschwinden«, fügte er mit zusammengekniffenen Augen hinzu. »Habt Ihr genügend Männer zur Bewachung der Tore abkommandiert?«

»Selbstverständlich! Für wie dumm haltet Ihr mich?«, herrschte Alcide ihn an. »Ich an Eurer Stelle würde mir eher Sorgen um die Narren machen, die Ihr losgeschickt habt, um ihnen aufzulauern! Die Flüchtlinge sind keine gewöhnlichen Leute, und wenn Eure Männer wie üblich im Rausch sind, werden sie sich so mühelos zerfetzen lassen wie ein Spinnennetz.«

»Ihr irrt«, erwiderte der Emaz mit aufreizender Gelassenheit. »Auch ich habe mich zu Beginn der Verfolgungsjagd in den Flüchtlingen getäuscht, das gebe ich zu. Es sind tatsächlich keine gewöhnlichen Menschen. Ich habe den Fehler begangen, nur eine Handvoll meiner Gefolgsleute loszuschicken, um sie aus ihren Häusern zu entführen. Aber glaubt nicht, dass ich daraus keine Lehre gezogen habe. Diesmal werden sie uns nicht entwischen.«

Alcide musterte Varcus' verschlagenes Gesicht. Die Zuversicht des Priesters überraschte ihn. Offenbar wartete er nur darauf, seinen Triumph voll auszukosten. Diesen Gefallen wollte ihm der Prinz auf keinen Fall tun, aber je länger sie schwiegen, desto stärker wurde seine Neugier. Schließlich gab er allen Stolz auf und platzte mit der Frage heraus. »Was habt Ihr vor? Hetzt Ihr wieder ein Ungeheuer auf sie, so wie in Goran? Das hat ja nicht viel genützt!«

Mit einem Ausdruck tiefster Befriedigung im Gesicht trat Varcus dicht an den Prinzen heran und senkte die Stimme zu einem Flüstern. »Ihr habt nicht die geringste Ahnung, wie groß die Macht ist, die unser Herr und Gebieter uns verliehen hat«, sagte er und weidete sich an Alcides Schrecken. »Ihr werdet es bald sehen.«

»Alter Narr!«, rief Alcide und trat einen Schritt zurück.

Er kehrte dem Emaz den Rücken und marschierte wütend auf den Ausgang zu. *Soll dieser Irre seine Geheimnisse doch für sich behalten,* schimpfte er in sich hinein. *Er wird Sombres Zorn schon noch zu spüren bekommen, wenn sein mysteriöser Plan misslingt und die Flüchtlinge uns wieder entwischen!*

Als er den Tempel verließ, atmete er tief durch. Varcus' Mundgeruch war so abscheulich wie die Dämonen, die er verehrte. So übel wie die Luft, die tief unter dem Gebirge herrschen musste.

Wie seine Gefährten war Amanón mitten in der Nacht aus dem Bett gesprungen, aber im Gegensatz zu den anderen hatte er zuvor nur einen halben Dekant geschlafen, da er aus Sorge um Cael lange wach gelegen hatte. Während die Erben den Alt hinaufruderten und den Jungen seinem Schicksal überließen, fragte sich Amanón, ob er je wieder Schlaf finden würde, zumal völlig ungewiss war, wann er das nächste Mal ein Bett oder auch nur ein

Zimmer zur Verfügung haben würde. Die nächste Etappe ihrer Reise würde solche Annehmlichkeiten wohl kaum bieten.

Trotz allem war er hellwach. Er saß am Bug, legte sich ab und zu selbst in die Ruder und versuchte ansonsten, im schwachen Licht ihrer Laterne die Richtung zu bestimmen, um den anderen den Weg zu weisen. Leider vermochte ihre klägliche Funzel nur wenig gegen die tiefe Finsternis der unterirdischen Kanäle von Ith auszurichten.

Sie hatten recht schnell einen Wasserarm gefunden, der in den Berg hineinzuführen schien, aber ein schweres Gitter hatte ihnen den Weg versperrt und sie zum Umkehren gezwungen. Dass sie beim zweiten Versuch offenbar mehr Glück hatten, stimmte Amanón nicht zuversichtlicher; schließlich tobte in den Straßen der Heiligen Stadt eine erbitterte Schlacht, und sein Cousin war immer noch spurlos verschwunden. Zudem galt die Kanalisation von Ith als Labyrinth mit unzähligen Sackgassen: In ihrer Furcht vor dem legendären Totenheer hatten die Itharer schon vor langer Zeit viele Wasserwege verschlossen, und seit dem Überfall von Saats Armee war so gut wie jeder Zufluss versperrt. Amanón rechnete jeden Augenblick damit, auf ein neues Hindernis zu stoßen. Sie würden lange rudern müssen, bis sie ein verrostetes Gitter fanden, das sie aus der Mauer reißen konnten, oder eine offene Durchfahrt passierten, die wie durch ein Wunder übersehen worden war.

Bislang waren sie eher aufs Geratewohl dahingefahren, denn es war schwierig, sich in dem Gewirr aus Kanälen zurechtzufinden. Nachdem sie mehrere Brücken verschiedener Länge und Breite passiert hatten, waren sie eine Weile durch einen Tunnel gerudert, bevor sie wieder ins Freie stießen. Mit der Zeit wurden die Tunnelabschnitte immer länger, und schließlich senkte sich endgültig Finsternis über sie herab. Die Erben hatten das Herz, oder vielmehr die Eingeweide der Stadt erreicht, was unschwer an dem Gestank und dem Unrat zu erkennen war, der im Wasser trieb oder sich an den Ufern angesammelt hatte. Zum Glück wurde der Kanal immer sauberer, je weiter sie stromaufwärts ruderten.

Im Untergrund der Stadt entdeckten sie fast ebenso viele Seltsamkeiten wie in den Straßen über ihren Köpfen. Dann und wann führte hinter einem Gitter eine Treppe in die Höhe, die den eingemeißelten Symbolen nach zu urteilen zu einem Tempel gehörte. Aus dem schlammigen Wasser erhob sich an manchen Stellen ein gewaltiger Haufen Münzen, die aus den Brunnen der Stadt stammen mussten, und immer wieder lagen Kultgegenstände am Ufer, die von unheimlichen religiösen Ritualen zeugten: kleine Statuen mit abgebrochenen Köpfen, schwere Steine, in die unzählige winzige Dreiecke geritzt waren, oder halbverbrannte Gewänder.

Viele dieser mysteriösen Devotionalien befanden sich an der Mündung von Abwasserrohren, und Amanón staunte darüber, dass manche Priester ihre Anhänger offensichtlich dazu aufforderten, ihre Opfergaben den Abort hinunterzuspülen. Noch merkwürdiger aber war die Vorstellung, dass ein Kind des Jal für solche religiösen Bräuche empfänglich sein sollte!

Nachdem sie rund zwei Dezimen ziellos durch die Tunnel gerudert waren, ließen sie die befestigten Abwasserkanäle allmählich hinter sich und drangen in natürliche Gänge vor. Amanón wählte absichtlich die halb verfallenen Wege, da er die Höhlen der Etheker im ältesten Teil des Labyrinths vermutete. Hier trieben kaum Abfälle im Wasser, und die Seitengänge waren nur noch selten mit Gittern verschlossen. Vermutlich wagten sich die Arbeiter, die die Eisenstangen einsetzten und instand hielten, nicht gern so tief in das Gebirge vor, besonders dann nicht, wenn sie abergläubisch waren. Selbst wenn man die düsteren Legenden vergaß, die sich um den Alt rankten, wirkten die dunklen Gewölbe unheimlich. Schuld daran waren vor allem die ockerfarbenen Sandsteinwände, die vor Feuchtigkeit glänzten. Wenn der Lichtschein der Laterne darauf fiel, sah es fast so aus, als rieselte Blut an den Wänden herab, um sich mit dem Flusswasser zu vermischen.

Die Gefährten konnten nicht sagen, ob sie noch immer auf dem Alt selbst oder auf einem seiner unzähligen Nebenarme unterwegs waren. Der Fluss verzweigte sich unter der Stadt in eine Myriade kleinerer Wasserläufe, die in komplizierten Mustern ineinanderflossen und sich wieder teilten, und die Strömung war zu schwach, um einen Anhaltspunkt zu bieten.

Nun begriff Amanón, warum man sich in Ith erzählte, dass die Quelle des Alt unauffindbar sei. Man konnte zwar den einen oder anderen Nebenarm hochrudern, aber der eigentliche Fluss entsprang irgendwo in den Tiefen des Blumenbergs, außer Reichweite der Menschen. Nur wer jahrelang suchte, würde vielleicht irgendwann Erfolg haben. Doch die Erben interessierten sich nicht für die Quelle des Alt, sofern sie sich nicht in der Nähe der ethekischen Pforte befand.

Amanón wandte sich regelmäßig zu Eryne um und warf ihr fragende Blicke zu. Sie bedeutete ihm jedes Mal mit einem Kopfschütteln, dass sie ihrem Ziel nicht näher gekommen waren, und hielt sich dann wieder ihr Taschentuch vor Mund und Nase, um den bisweilen unerträglichen Gestank fernzuhalten. Sie hatten wohl noch ein gutes Stück Weg vor sich, bevor sie die Pforte erreichten. Aus dem ethekischen Buch wussten sie, dass sie sich am Rande einer Hochebene in den Bergen befand. Irgendwann würden sie das Boot zurücklassen und den Aufstieg durch die uralten Gänge wagen müssen, in denen sie sich leicht verirren oder neuen Gefahren begegnen konnten.

Mehrmals wies Amanón seine Freunde an, vor einer Felsspalte oder einem Seitengang zu halten, und leuchtete mit der Lampe hinein. Doch jedes Mal winkte er enttäuscht ab: Der Gang war entweder mit einem Gitter verschlossen, eingestürzt oder zu schmal, wenn es nicht ohnehin nur eine Nische oder eine kurze Sackgasse war. Dennoch er wollte die Hoffnung nicht aufgeben, schließlich sah er mit eigenen Augen, wie weit verzweigt das riesige Labyrinth unter Ith war. Es erschien ihm unwahrscheinlich, dass die Einwohner der Stadt tatsächlich alle Ausgänge blockiert hatten.

Ein halber Dekant war vergangen, seit sie in die Kanalisation vorgedrungen waren. Sie hatten Ith weit hinter sich gelassen und mussten sich längst unter dem Gebirge befinden, als sie auf einmal von fern ein dumpfes Grollen vernahmen.

Zunächst war es nur ein leises Echo, dann wurde das Geräusch immer lauter, bis sie schließlich erkannten, worum es sich handelte. Irgendwo vor ihnen rauschte ein Wasserfall.

Amanón beobachtete nervös das Wasser, da er fürchtete, das Boot könnte plötzlich von einer heftigen Strömung erfasst werden und in die Tiefe stürzen. Doch seine Sorge erwies sich als unbegründet, denn sie kamen nun eher langsamer voran. Offenbar mündete ein Zufluss in ihren Kanal und bildete eine Gegenströmung. Als der Wasserfall einige Dezillen später in Sicht kam, konnte Amanón seiner Neugier nicht widerstehen und ließ die Freunde darauf zurudern. Aus sechs oder sieben Schritt Höhe prasselte ein breiter Strom auf den Felsboden nieder. *Wer zur Quelle des Alt vordringen möchte, muss wohl diese Felswand erklimmen und sich flussaufwärts kämpfen,* dachte Amanón. Noch dazu müsste die Kletterpartie im Dunkeln erfolgen, denn der feine Sprühregen des Wasserfalls würde jede noch so sorgfältig abgedichtete Lampe löschen.

In dem schmalen Gang hallte das Rauschen so ohrenbetäubend laut von den Wänden wider, dass Amanón nicht hörte, was ihm Bowbaq mit seiner tiefen Stimme zurief, obwohl er direkt neben ihm saß. Bowbaq musste ihn an der Schulter rütteln, um ihn auf sich aufmerksam zu machen. Amanón blickte in die Richtung, in die er wies.

Einige Schritte vom Wasserfall entfernt öffnete sich ein Gang, der breit genug war, um einen Menschen durchzulassen.

Und das Gitter, das ihn versperrte, war halb herausgerissen.

Zejabel begleitete Amanón ein Stück in den Gang hinein, um nachzusehen, ob er begehbar war. Er schien in gutem Zustand zu sein und führte sogar leicht nach oben, genau so, wie sie es sich erhofft hatten. Die beiden kehrten zum Boot zurück, um den anderen Bescheid zu geben, doch die Sorge stand ihnen ins Gesicht geschrieben. Alle sahen skeptisch drein, als sie sich um das Gitter herum versammelten.

»Da ist jemand mit einer Spitzhacke zu Werke gegangen«, meinte Keb. »So tief, wie die Streben in den Stein getrieben sind, muss das verdammt viel Arbeit gewesen sein.«

»Und dieser Jemand war erst vor kurzem hier«, fügte Amanón hinzu. »Der Fels hat eine andere Farbe.«

Zum Beweis brach er einen Stein heraus und schlug ihn gegen die Wand. Bei dem Geräusch zuckte Zejabel zusammen. Wenn sich irgendwelche Feinde in der Nähe befanden, würden sie unweigerlich auf die Gefährten aufmerksam werden, zumal jeder Schritt und jedes zu laut gesprochene Wort ein schier endloses Echo auslösten.

Amanón hielt den Felsbrocken ins Licht ihrer Lampen. Er hatte die gleiche Farbe wie der Schotter, der vor dem Gitter lag.

»Ach was, der Kerl ist schon lange weg«, sagte Bowbaq mit einer wegwerfenden Handbewegung. »Sonst hätten wir das Boot sehen müssen, mit dem er gekommen ist.«

»Vielleicht ist es von der Strömung fortgetrieben worden«, überlegte Eryne.

»Oder er war zu Fuß unterwegs«, warf Keb ein. »Abgesehen von einigen Stellen, wo man durchs Wasser waten muss, würde doch nichts einen Landstreicher daran hindern, bis hierher vorzudringen. Der Uferstreifen entlang der Kanäle ist so breit wie ein Gehsteig.«

»Warum sollte ein Landstreicher in der Kanalisation herumspazieren?«, fragte Niss und rieb sich den Hals.

»Warum sollte sich überhaupt irgendjemand hier herumtreiben?«, konterte Keb. »Ich weiß es nicht. Aber ich kann mir gut vorstellen, dass es unter den ganzen Verrückten in Ith auch den einen oder anderen Spinner gibt, der sich einbildet, damit seinem Gott eine Freude zu machen. Wir haben in den letzten Tagen schon üblere Rituale gesehen.«

»So harmlos ist das sicher nicht«, sagte Nolan leicht verärgert. »Wenn der Mann allein war, hat es bestimmt einen Tag gedauert, das Gitter aus dem Stein zu brechen. Das macht man nicht einfach so zum Spaß! Und wenn sie zu mehreren waren … Mir ist ziemlich unwohl bei der Vorstellung, einer ganzen Schar Unbekannter in die Hände zu fallen.«

»Also, was machen wir?«, fragte Keb ungeduldig. »Das ist der erste offene Durchgang, auf den wir gestoßen sind. Wollt ihr jetzt etwa kneifen?«

»Die Sache mit dem aufgebrochenen Gitter gefällt mir auch nicht«, gab Eryne zu. »Aber Kebree hat recht. Ganz davon abgesehen, dass wir dem Kerl auch über den Weg laufen könnten, wenn wir einen anderen Gang nehmen. Außerdem sterbe ich im Boot vor Kälte, wenn ich mich nicht bald etwas bewege.«

»Wer auch immer hier am Werk war, scheint nichts Böses im Sinn gehabt zu haben«, meinte Bowbaq. »Er hat sich nicht die Mühe gemacht, seine Spuren zu verwischen.«

»Das muss nichts heißen«, entgegnete Nolan. »Wo hätte er die herausgebrochenen Steine denn verstecken sollen? Selbst wenn er das Gitter ganz herausgerissen und samt den Steinen ins Wasser geworfen hätte, fallen die Bruchstellen in der Felswand sofort ins Auge. Also hat er sich nicht weiter um dieses Problem gekümmert.«

Mit sorgenvoller Miene hörte sich Amanón die Argumente seiner Gefährten an. Zejabel beteiligte sich nicht an der Diskussion, sondern wagte sich etwas weiter in den Gang hinein und ging in die Hocke, um den Boden genau zu untersuchen. Als sie Gewissheit hatte, kehrte sie zu den anderen zurück.

»Er war nicht allein«, verkündete sie. »Es war eine ganze Gruppe. Schwer zu sagen, wie viele, aber ich konnte mindestens drei verschiedene Fußabdrücke erkennen.«

Die Erben schwiegen, und ihre Gesichter verdüsterten sich noch mehr. Nach Keb trat auch Bowbaq in den Gang, um die Fußspuren in Augenschein zu nehmen, und beide bestätigten Zejabels Einschätzung.

»Wie viele könnten es sein, acht bis zehn?«, fragte Amanón.

»Es könnten sogar dreißig sein«, sagte die Zü und hob bedauernd die Schultern. »Der Boden ist hier zu steinig. Vielleicht kann man die Spuren ein Stück weiter besser lesen. Sicher ist nur, dass sie alle in eine Richtung führen. Falls die Unbekannten die Höhlen wieder verlassen haben, dann jedenfalls nicht auf diesem Weg.«

Amanón seufzte schwer, warf Eryne einen langen Blick zu und trat dann mit gezogenem Schwert in den Gang. Ohne ein weiteres Wort zu verlieren, setzten sich die Freunde im Gänsemarsch in Bewegung.

Zejabel bildete die Nachhut, um ihnen den Rücken decken.

»Seid so leise wie möglich«, flüsterte Amanón. »Wenn irgendwo vor uns tatsächlich noch andere unterwegs sind, müssen wir sie als Erste entdecken.«

Zejabel war ganz seiner Meinung. Sie war es ohnehin gewohnt, so geräuschlos zu laufen wie eine Katze, und sie wusste, dass auch die anderen seinen Ratschlag beherzigen würden. Aber die Unbekannten lagen vielleicht längst im Hinterhalt – schon hinter der nächsten Biegung konnte Gefahr lauern.

Niss litt noch mehr unter der Kälte als die anderen, obwohl sie sich einen dicken Schal um den Hals gewickelt hatte. In den letzten drei Tagen waren die Würgemale zwar einigermaßen verheilt, aber wenn sie kalte Luft einatmete, tat ihr immer noch alles weh. So hielt sie sich die Hand vor Mund und Nase, wenn sie die Arme nicht zum Balancieren brauchte – und das kam leider ziemlich häufig vor.

Zunächst waren die Freunde über festen Untergrund gelaufen, doch allmählich wurde der Boden immer feuchter und unebener, und mit ihren glatten Sohlen rutschte Niss leicht aus. Sie kamen nur noch langsam voran, und da die meisten von ihnen eine Lampe oder eine Waffe trugen, tasteten sie mit der freien Hand nach Vorsprüngen in der Felswand, um sich daran festzuhalten. Niss' Finger waren schon ganz steif gefroren und bluteten aus vielen kleinen Schürfwunden, aber sie beklagte sich mit keinem Wort. Sie nahm Amanóns Warnung sehr ernst und wollte auf keinen Fall der Dummkopf sein, der die Gefährten durch ein unbedachtes Stöhnen verriet. Seit Cael verschwunden war, musste sie sich allein unter Erwachsenen behaupten, so schwer das auch war.

Als sie aus dem Gang in eine Höhle traten, konnte sie endlich ein wenig verschnaufen und auf ihre klammen Finger pusten. Sie standen in einem riesigen natürlichen Gewölbe mit massiven Kalksteinsäulen. Der Schein ihrer Lampen reichte nicht weit genug, um die Decke oder das andere Ende der Höhle ausmachen zu können. Mit zum Zerreißen gespannten Nerven erkundeten sie die unmittelbare Umgebung, bevor sie sich weiter ins Innere vorwagten. Als Amanón unvermittelt stehen blieb, rechnete Niss schon mit dem Schlimmsten, doch ein paar Augenblicke später fiel ihr Blick auf die Felsmalereien, die er im Licht seiner Lampe begutachtete. Die Entdeckung versetzte alle in helle Aufregung.

»Ethekische Schriftzeichen!«, raunte Nolan staunend. »Unfassbar ... So nah an der Stadt!«

»Also haben sie tatsächlich hier gelebt«, sagte Amanón erleichtert. »Vielleicht besiedelten sie sogar das gesamte Gebiet unter den Bergen. Damals gab es sicher viele Eingänge zu den Höhlen.«

»Aber wie kann es sein, dass niemand davon weiß?«, fragte Nolan ungläubig. »Hat denn in all den Jahrhunderten kein Forscher diesen Gang erkundet?«

»Das Volk der Etheker ist schon lange in Vergessenheit geraten«, rief ihm Amanón in Erinnerung. »Und mit ihm auch alle Errungenschaften ihrer Kultur.«

»Kannst du übersetzen, was da steht?«, fragte Eryne.

»Ich fürchte nicht«, sagte Amanón bedauernd. »Viele

der Zeichen sind kaum mehr zu erkennen, und die Farben sind verblasst. Daher haben ihnen unsere Vorfahren wohl auch keine Beachtung geschenkt. Wir wissen, wie bedeutend diese Inschriften sind, aber andere würden darin nur primitive Felsmalereien sehen.«

Obwohl er sich bemühte, die Erwartungen der anderen zu dämpfen, ging Amanón noch eine Weile von Inschrift zu Inschrift und hielt seine Lampe dicht davor, um sie genauer zu studieren. Er wirkte sogar ein wenig enttäuscht, als Bowbaq einen weiteren Gang entdeckte, der leicht ansteigend aus der Höhle hinausführte. Trotzdem gab er sofort das Zeichen zum Aufbruch, und die Erben marschierten weiter. Niss reihte sich wieder zwischen ihren Großvater und Nolan ein.

Wie ihre Freunde hoffte sie, dass sie die Pforte möglichst bald finden würden, auch wenn sie wusste, welche Gefahren sie dort möglicherweise erwarteten. Aber es genügte wohl kaum, einfach nur immer weiter den Gang hochzumarschieren, denn nicht alle Wege führten unweigerlich zu der Hochebene, die sie suchten. Womöglich würden sie tagelang herumirren, bevor sie auf den richtigen Gang stießen und wieder Tageslicht sahen. War draußen, über der von den Loreliern verwüsteten Stadt, eigentlich schon die Sonne aufgegangen? Mittlerweile knurrte ihr der Magen, der Morgen musste längst angebrochen sein. So würde es vermutlich noch tagelang weitergehen: ein Marsch in immer gleichbleibender Dunkelheit, in der ihnen jedes Zeitgefühl abhandenkam. Niss hoffte inständig, dass diese Entbehrungen nicht vergeblich wären. Vielleicht hatte sich Amanón bei der Übersetzung geirrt, und die Pforte befand sich auf einem ganz anderen Berg? Schließlich war das Rideau-Gebirge viermal so groß wie das Matriarchat von Kaul!

Niss verscheuchte die trüben Gedanken und marschierte tapfer bis zur nächsten Gabelung, wo sie in einen neuen Tunnel einbogen. Rund drei Dezimen lang gingen sie aufs Geratewohl weiter. Da Eryne Angst hatte, sie könnten sich verirren, griff Bowbaq auf eine alte arkische Tradition zurück und begann, ihren Weg mit Zeichen zu markieren. Dazu verwendete er ausschließlich das, was er vor Ort vorfand – in diesem Fall kleinere Steine, die er so unauffällig anordnete, dass nur ein geübtes Auge das Zeichen erkennen oder gar lesen konnte. Niss war froh über die Idee ihres Großvaters. In der Dunkelheit konnte man Entfernungen nur schwer einschätzen, und ohne Bowbaqs Fährte würde sie nie und nimmer auf eigene Faust zum Boot zurückfinden.

Das Netz aus unterirdischen Gängen war in der Tat ein Labyrinth, ganz anders als die Höhlen auf Ji. Manche Stollen wirkten, als wären sie von Menschen gegraben oder befestigt, wie der Tunnel, durch den Saats Armee nach Ith gelangt war. Doch der Zahn der Zeit nagte auch hier an allem, und so unterschieden sich die natürlichen Gänge und Höhlen kaum mehr von den künstlich geschaffenen. Wenn Niss ihrer Einbildungskraft freien Lauf ließ, kam ihr der Ort nahezu verzaubert vor, wie ein Reich voller geheimer Gänge, die in andere Welten oder andere Zeiten führten.

Doch Kälte, Hunger und Angst holten sie bald auf den Boden der Tatsachen zurück, und Niss sah ihre Umgebung wieder als das, was sie wirklich war: ein Gewirr aus unterschiedlich großen Höhlen und Gängen aus rauem, vor Feuchtigkeit glitschigem Fels. Es war schwer vorstellbar, dass hier einst ein ganzes Volk gelebt hatte.

Andererseits wussten sie nicht mit Sicherheit, dass die Etheker tatsächlich hier gehaust hatten. Nach der ersten Inschrift hatten die Erben noch mehr Zeichen gefunden, doch je weiter sie ins Innere des Gebirges vordrangen, desto seltener wurden die fremdartigen Symbole. Entweder waren in diesen Tiefen alle Spuren der ethekischen Kultur verblasst, oder die Etheker hatten sich nur ab und an in diesen Teil des Labyrinths vorgewagt, um die Pforte aufzusuchen. Bei näherem Überlegen fand Niss das recht logisch. Gewiss hatten die Familien oder Klans damals in jenen Höhlen gelebt, die sich in der Nähe der Getreidefelder und Viehweiden an den Hängen des Blumenbergs befanden.

Als sie wieder einmal an eine Abzweigung kamen, gewährte ihnen Amanón eine wohlverdiente Pause. Erleichtert wärmte sich Niss die Hände über einer Lampe. Leider konnten sie kein richtiges Feuer machen, denn der Rauch wäre zu auffällig gewesen. Aber auch ein kaltes Frühstück tat ihrem leeren Magen gut.

Doch was Nolan nach einer Weile zur Sprache brachte, verdarb ihr den Appetit.

»Unser Ölvorrat wird nicht mehr lange halten«, sagte er. »Wir sind so überstürzt aufgebrochen, dass wir vergessen haben, unsere Ausrüstung zu überprüfen.«

»Ich weiß«, entgegnete Amanón. »Wir sollten sparsam mit unseren Vorräten umgehen. Vielleicht lassen wir von jetzt an nur noch zwei Lampen brennen.«

»Und wenn uns das Öl trotzdem ausgeht?«, warf Keb ein. »Dann sitzen wir plötzlich im Dunkeln.«

Amanón zuckte ratlos die Schultern, zwang sich aber zu einem Lächeln, als er sich zu Niss und Eryne umwandte. »Irgendwie kommen wir hier schon wieder heraus«, versuchte er sie zu beruhigen. »Unser Vorrat reicht bestimmt. Ich glaube nicht, dass der Friedhof der Etheker weit von ihren Wohnhöhlen und den Hängen des Blumenbergs entfernt ist. Wir sind sicher bald da.«

Niss fiel auf seine vorgetäuschte Zuversicht nicht herein. Die drei Pforten, von denen die Erben wussten – die Pforten auf Ji und im Land Oo sowie der Große Sohonische Bogen –, lagen fernab menschlicher Siedlungen. Warum sollte die Pforte von Ith eine Ausnahme sein?

Während sie sich vorstellte, wie die Begräbnisprozessionen der Etheker durch diese Gänge zogen, um die Verstorbenen ins Jal zu bringen, kam ihr plötzlich noch etwas anderes in den Sinn. Nicht ohne Grund hatten die Menschen die Pforten gefürchtet und sich lieber in einiger Entfernung angesiedelt.

Sie waren vor den Ewigen Wächtern geflohen.

Die Erben gingen davon aus, dass auch die Pforte von Ith von einem Ungeheuer bewacht wurde, doch das hatte sie nicht von ihrer Suche abgehalten. Vielleicht waren sie ihrem Ziel schon ganz nah, vielleicht würden sie bald wieder mit ihren Familien vereint sein – das war jedes Risiko wert. Und war nicht auch Eryne eine Göttin? Wenn ihnen tatsächlich eine Kreatur aus dem Karu auflauerte, würde sie sich dem Befehl einer Unsterblichen beugen müssen, so wie der Leviathan Zuïa gehorcht hatte.

Eine Weile hatte die Sorge um Cael alle diese Überlegungen verdrängt, aber jetzt wurde die Gefahr plötzlich greifbar. Bei dem Gedanken, dass sich im fahlen Schein ihrer Lampen oder gar in völliger Finsternis jeden Moment ein abscheuliches Ungeheuer auf sie stürzen könnte, lief es Niss eiskalt über den Rücken.

Irgendwo in seinem Kopf klagte eine dünne Stimme, aber daran hatte er sich schon fast gewöhnt. Sie war wie ein dumpfer Schmerz, der einem nur dann auffiel, wenn man sich darauf konzentrierte. Seit er beschlossen hatte, sie zu ignorieren, war ihm das Betteln und Flehen nicht einmal mehr lästig. Manchmal lauschte er dem eingesperrten Geist für eine Weile, um sich an seiner Verzweiflung zu ergötzen. Das war die Rache dafür, dass er selbst jahrelang hilflos in diesem Körper gefangen gewesen war.

Auge um Auge.

Er verabscheute die Bilder, die diese innere Stimme heraufbeschwor. Sie wollte ihn verweichlichen, ihn zu Mitleid, Reue und Erbarmen überreden, all jenen armseligen Dingen, die nur Schwächlingen etwas bedeuteten. Regungen, die mit seiner wahren Natur nicht vereinbar waren. Er fühlte sich mächtig und überlegen, zum Herrscher geboren, so wie es das Recht des Stärkeren seit jeher vorsah. Verschonte eine Katze etwas das Leben der Mäuse, mit denen sie spielte? Gewiss nicht. Und er hatte die Seele einer Katze, die all diese jämmerlichen Menschen mit Leichtigkeit totbeißen konnte. Er war eine gewaltige, furchterregende Raubkatze.

Die Zeit vor seiner Befreiung war fast völlig aus seinem Gedächtnis gelöscht. Er erinnerte sich noch schwach daran, dass er eine Sterbliche hatte bestrafen wollen. Kurz darauf war er in einer kleinen Gasse zu sich gekommen, wo er an einer Mauer kauerte, während sich ihm zwei mit erbärmlichen Messern bewaffnete Narren näherten. Mit bloßen Händen hatte er dem einen die Augen ausgekratzt und den anderen erdrosselt. Zuletzt hatte er ihre Waffen gepackt und ihnen die Gesichter bis zur Unkenntlichkeit zerstochen. Dann hatte er darum gerungen, nicht wieder in seinen Kerker verbannt zu werden, wie bisher jedes Mal, wenn er für kurze Zeit ausgebrochen war.

Und diesmal hatte er die Oberhand behalten.

Die grimmige Freude, die er in jenem Moment empfunden hatte, war noch immer lebendig, auch wenn seither drei Nächte vergangen waren. Er war mittlerweile zu stark, um sich in Ketten legen zu lassen. Von Dekant zu Dekant wuchs seine Macht. Nun beherrschte er diesen Körper, das war ihm nicht mehr zu nehmen. Die piepsende Stimme irgendwo in den Tiefen seines Geistes würde niemals wieder freikommen. Er hatte sie ein für alle Mal bezwungen, dachte er voller Häme.

Endlich war er Herr seines eigenen Schicksals. Als Erstes würde er versuchen, seinen geistigen Vater wiederzufinden. Seinen Erzeuger, der ihn nach seinem Vorbild geschaffen hatte. Sombre.

Er spürte, dass er ganz in der Nähe war – zumindest witterte er die Gegenwart höherer Wesen, die von ähnlicher Natur waren. Irgendwo in der Finsternis rühmten sich unsterbliche Seelen ihrer Macht. Offenbar hielten sie sich für unbesiegbar.

Davon wollte sich Cael, der *Dämon* Cael, selbst überzeugen. Unerschrocken lief er durch die übel riechenden

Gänge und stahl sich von Schatten zu Schatten, während die winzige Stimme in seinem Kopf ihn anflehte, die Verfolgungsjagd aufzugeben.

Eryne hätte sich gern etwas Wärmeres angezogen, wagte aber nicht, um einen Halt zu bitten. Am liebsten hätte sie das Kleid, das sie immer noch über dem Nachthemd trug, gegen ein einfaches Leinengewand getauscht, was ihr früher nicht einmal im Traum eingefallen wäre. Doch dafür würde sie sich ein Stück von den anderen entfernen oder die Männer auffordern müssen, sich abzuwenden, und das bedeutete, sich entweder in Gefahr zu begeben oder sich lächerlich zu machen. Immerhin hatte sie mit zweien ihrer Gefährten das Bett geteilt; Amanón und Keb würden sich zweifellos eifersüchtig beäugen, wenn sie sich vor ihren Augen auszog. Andererseits konnte sie ihnen wohl kaum befehlen, nicht hinzusehen! So beschloss sie, die Kälte stumm zu erdulden, schließlich litten ihre Gefährten ebenso darunter wie sie.

Ihr kam es vor, als stolperten sie seit einer Ewigkeit durch das Labyrinth unter den Bergen. Sie mochte zwar göttliche Fähigkeiten haben, aber Müdigkeit spürte sie trotzdem noch, und die vergangene Nacht war arg kurz gewesen. Es mussten mehrere Dekanten verstrichen sein, seit sie das Boot in der Nähe des Wasserfalls zurückgelassen hatten und zu Fuß weitergegangen waren. Vielleicht dämmerte draußen bereits der Abend. Zweimal hatten die Gefährten gerastet, um mit klammen Fingern ein paar Happen zu essen, und wahrscheinlich würden sie sich bald eine Höhle suchen, in der sie ihr Nachtlager aufschlagen konnten. Und dann? Wie viele Meilen würden sie noch zurücklegen, bevor sie ihr Ziel erreichten oder aufgeben mussten?

Sie hätten es viel leichter gehabt, wenn die Etheker den Weg zur Pforte in irgendeiner Weise markiert hätten. Aber die Erben wussten aus eigener Erfahrung, dass die Vorfahren der heutigen Menschen ihre Geheimnisse gut gehütet hatten. So überließen sie es dem Zufall, wohin sie ihre Füße trugen, wagten sich mal in diesen, mal in jenen Gang vor und mussten immer wieder kehrtmachen, weil sie in einer Sackgasse gelandet waren oder sich vor ihnen eine unüberwindliche Kluft auftat. Es war sinnlos, die Gänge methodisch absuchen zu wollen, denn sie waren zu verwinkelt, um sich orientieren zu können.

Neben der Kälte machte Eryne ihre wachsende Mutlosigkeit zu schaffen. An den düsteren Mienen ihrer Gefährten erkannte sie, dass sie von ähnlichen Sorgen geplagt wurden. Was, wenn sie den richtigen Gang schon übersehen hatten? Hatte es einst vielleicht eine Brücke über einen der Abgründe gegeben, vor dem die Erben hatten umkehren müssen? Oder war der Weg zu der sagenumwobenen Hochebene unter einem Berg Geröll verschwunden? Dann wäre ihre Suche zum Scheitern verurteilt, und sie könnten nur noch zum Boot zurückkehren und versuchen, aus der eroberten Stadt zu fliehen. Aber sie würden gewiss nicht kapitulieren, bevor sie nicht einen Großteil des Labyrinths erkundet hatten, was wohl Tage dauern würde. Und dafür reichten weder ihre Vorräte noch ihre körperlichen Kräfte aus!

Es war ein Wettlauf gegen die Zeit, und ein Glücksspiel noch dazu, wenn man bedachte, dass alles vom Zufall abhing. Ein Spiel, dessen Ausgang über das Schicksal der bekannten Welt entschied.

Eryne wurde immer beklommener zumute. Tief in ihrem Innern ahnte sie, dass dieser Ort dem Kind, das sie unter dem Herzen trug, in irgendeiner Weise schadete. Nicht etwa wegen der Gefahren, die in den Gängen lauern konnten und die sie selbst und ihre Gefährten ebenso bedrohten wie ihren Sohn. Nein, das unterirdische Labyrinth hatte eine verhängnisvolle Wirkung. Als trüge die Luft, die sie atmete und die sie an ihr Kind weitergab, ein Gift in sich, das sich schleichend in ihm ausbreiten würde.

Außerdem fühlte sie sich schuldig, weil sie schon so lange durch die Gänge irrten. Die anderen verließen sich darauf, dass sie plötzlich spüren würde, welches der richtige Weg war. Selbst im Halbdunkel entgingen ihr die fragenden Blicke ihrer Gefährten nicht. Obwohl niemand etwas sagte, war ihr klar, dass alle voller Anspannung auf ein Zeichen von ihr warteten. Und sie hätte die Hoffnungen, die auf ihr ruhten, so gern erfüllt! Doch die Eingebung, die sie auf der Insel Ji gehabt hatte, blieb aus, sosehr sie sich auch konzentrierte. Schließlich begann sie sogar daran zu zweifeln, dass sie die Erben damals tatsächlich auf den richtigen Weg zur Pforte geführt hatte. Vielleicht war es doch nur Glück gewesen?

Kaum hatte sie diesen Gedanken gefasst, mahnte sie sich zur Gelassenheit. Ihre Erinnerung trog nicht. Zwar hatte sie lange nicht wahrhaben wollen, dass sie eine Göttin war, aber nun konnte sie die Fähigkeiten, die sie in sich spürte, nicht mehr leugnen. Auch wenn sich noch nicht all ihre Gaben offenbart hatten, wusste sie ganz genau, dass sie in der Lage war, den Weg ins Jal zu finden. Sie musste nur nah genug an die Pforte herankommen – und beten, dass der Gang nicht eingestürzt war, wie so viele der Tunnel, die nicht mehr passierbar waren.

Sie machten gerade zum bestimmt vierzigsten Mal vor einem Berg aus Geröll kehrt und gingen zu der letzten Abzweigung zurück. Kaum hatten sie den nächsten Tunnel betreten, bedeutete ihnen Zejabel, stehen zu bleiben, und kauerte nieder. Die Zü hatte von Zeit zu Zeit die Führung übernommen, um nach Fußabdrücken oder sonstigen Spuren Ausschau zu halten. Sie hatte nichts entdeckt – bis jetzt.

»Ein Obstkern«, sagte sie und hob das Fundstück auf. »Könnte von einer Pflaume stammen. Er ist noch nicht sehr alt.«

Die Gefährten erschraken. Der eintönige Marsch durch die dunklen Gänge hatte sie so eingelullt, dass sie die Gefahr schon fast vergessen hatten.

»Was heißt das, nicht sehr alt?«, fragte Bowbaq, der nun das Schlusslicht bildete.

»Zwei bis drei Tage. Er ist noch nicht getrocknet. Andererseits ist es hier ziemlich feucht.«

»Vielleicht hat ihn eine Ratte hergeschleppt«, sagte Nolan.

»Wir haben keine Ratten mehr gesehen, seit wir die Kanalisation verlassen haben«, wandte Zejabel ein. »Nein, den Kern hat sicher ein Mensch fallen lassen. Es ist die erste Unachtsamkeit, die sie sich erlaubt haben.«

»Wenn diese Kerle Obst essen wie jeder normale Mensch, dann kann ich ihnen auch mit meiner Lowa den Schädel einschlagen«, feixte Keb. »Wir werden uns doch wohl nicht von einem Pflaumenkern ins Bockshorn jagen lassen!«

»Vielleicht kennen sie sich hier aus«, überlegte Nolan. »Wenn wir ihnen folgen, könnte uns das bei der Suche helfen.«

Damit sprach er den anderen aus der Seele. Die Hoffnung, ihrem Ziel irgendwie näher zu kommen, war stärker als die Angst vor möglichen Feinden, und so packten sie ihre Waffen fester, nahmen ihren ganzen Mut zusammen und drangen weiter in den Gang vor.

Diesmal war es Eryne, die nach wenigen Schritten innehielt. Vor ihrem geistigen Auge war eine Art Licht aufgeblitzt. Verblüfft zwinkerte sie ein paarmal, dann öffnete sie den Mund zu einem Schrei, senkte ihre Stimme aber gerade noch rechtzeitig zu einem Flüstern. »Die Pforte! Die Pforte liegt vor uns!«, sagte sie mit einer Mischung aus Furcht und Frohlocken.

Die Worte seiner Schwester erfüllten Nolan mit neuer Hoffnung, und er begann vor Erregung zu zittern. Sie hatten so viele Gefahren überwunden, um es bis hierher zu schaffen und vielleicht ihre Eltern wiederzusehen. Doch selbst wenn sie fast am Ziel waren, konnten sie immer noch scheitern.

Der Weg mochte verschüttet sein. Oder die Pforte war zerstört und ließ sich nicht öffnen. Oder ihr Ewiger Wächter, was für ein Ungeheuer es auch sein mochte, richtete seine überirdischen Kräfte gegen sie. Ganz davon zu schweigen, dass die Menschen, die vor ihnen hier entlanggegangen waren, womöglich Böses im Schilde führten und sie aus dem Hinterhalt angriffen! Jetzt stand zweifelsfrei fest, dass ihre Anwesenheit kein Zufall war. Im Grunde war nichts, was ihnen bisher zugestoßen war, dem Zufall zuzuschreiben, dachte Nolan schicksalsergeben.

»Bist du sicher?«, fragte Amanón.

»Ganz sicher«, bestätigte Eryne aufgeregt. »Wir müssen diesem Gang folgen, einmal abbiegen, bis wir in eine große Höhle kommen, und dann … Es ist noch ein gutes Stück, aber es geht auf jeden Fall hier lang!«

»Kannst du die Pforte sehen?«, fragte Keb. »Ich meine, siehst du sie innerlich vor dir?«

Eryne schloss kurz die Augen, um nachzudenken und ihre Fassung wiederzugewinnen. »Das ist es nicht«, sagte sie schließlich. »Ich habe keine Ahnung, wie sie aussieht, ich weiß einfach nur, dass dieser Weg der richtige ist. Es ist, als erinnerte ich mich plötzlich an etwas, das tief in meinem Gedächtnis vergraben war.«

Das Gedächtnis der Götter, dachte Nolan, sprach es aber nicht aus. Er wollte Eryne nicht noch mehr ängstigen, und den anderen schien es ähnlich zu gehen.

»Kannst du uns auch sagen, ob hier tatsächlich noch andere Menschen unterwegs sind?«, fragte Amanón vorsichtig. »Hörst du sie … Hörst du ihre Gedanken?«

Eryne riss entgeistert die Augen auf, versuchte dann aber, sich zu konzentrieren, wie Zejabel es ihr gezeigt hatte. Nolan beobachtete sie gespannt, obwohl er bezweifelte, dass es ihr gelingen würde. Die Gedanken anderer Menschen hatten sich ihr bisher nur im Schlaf oder im Angesicht großer Gefahr offenbart, und außerdem fühlte sie sich gewiss unter Druck gesetzt, wenn ihre Freunde sie anstarrten. Ihre Antwort gab ihm recht, auch wenn sie anders ausfiel, als er erwartet hatte.

»Ich vernehme nichts«, sagte Eryne bedauernd. »Aber das muss nicht heißen, dass niemand hier ist. Ich kann nichts Bestimmtes hören, weil ... weil in meinem Kopf zu viele Geräusche sind«, versuchte sie zu erklären. »Es ist, als gäbe es hier Wesen, deren Geist so stark ist, dass er alle anderen Gedanken überdeckt ... Das ist schwer zu beschreiben ...«

»Deren Geist so stark ist«, wiederholte Amanón mit Grabesstimme.

Die anderen ließen Eryne noch eine Weile in sich hineinhorchen. Die Adern an ihren Schläfen pochten, während sie lauschte. »Es sind mehrere, und sie halten sich in der Nähe der Pforte auf«, verkündete sie dann. »Und einer ... einer ist irgendwo hinter uns.«

Bei diesen Worten fuhren ihre Freunde herum, als rechneten sie damit, dass ein Ungeheuer in ihrem Rücken auftauchte. Doch so angestrengt Nolan auch in die Dunkelheit spähte und die Ohren spitzte, er vernahm nichts als das Geräusch des Wassers, das von den Felswänden tropfte.

»*Weit* hinter uns?«, fragte Keb.

»Das kann ich nicht sagen«, murmelte Eryne. »Aber ich glaube, das Wesen kommt näher.«

»Das ist bestimmt der Wächter der Pforte«, sagte Bowbaq mit unsicherer Stimme. »Der Lindwurm im Lande Oo hat sich auch auf uns zubewegt. Wir sollten hier nicht länger herumstehen.«

»Aber vor uns sind ja sogar mehrere«, erinnerte ihn Amanón und machte ein unschlüssiges Gesicht.

»Zumindest können sie nun nicht mehr auf den Überraschungseffekt hoffen«, warf Keb ein. »Unser schönes Fräulein ist der Meinung, dass die Pforte vor uns liegt. Und dahin wollten wir doch, oder nicht?«

»Ich könnte vorgehen und den Weg auskundschaften«, schlug Amanón vor.

»Wir dürfen uns nicht trennen, Manó«, mahnte Nolan. »Nicht auszudenken, wenn du auf fünf Gegner triffst! Gemeinsam haben wir vielleicht eine Chance, aber allein …«

»Und außerdem kommt der Wächter immer näher«, beharrte Bowbaq.

Dagegen wusste Amanón nichts mehr einzuwenden. Er nickte widerstrebend und gab damit das Zeichen zum Aufbruch. Keb packte seine Lowa fester, und wenn der Gang nicht so schmal gewesen wäre, hätte er sie wohl durch die Luft gewirbelt, um sich für den bevorstehenden Kampf aufzuwärmen. Zejabel, die ihren Dolch seit Ith nicht aus der Hand gelegt hatte, zog wortlos ein zweites Messer aus ihrem Stiefel und reichte es Eryne.

»Ich … Es tut mir leid«, sagte Eryne verlegen. »Seit ich im Zustand der Entsinnung das Leid der Menschen fühle, bringe ich es nicht über mich, noch einmal eine Waffe gegen jemanden zu erheben. Und ohne die Entsinnung bin ich eine erbärmliche Kämpferin.«

»Nur für den Notfall«, drängte Zejabel. »Keine Angst, wir werden dich beschützen. Du hast schon mehr getan, als jeder von uns je erreichen könnte.«

Nolan nickte zustimmend, genau wie Bowbaq und Amanón, die sich ebenfalls zum Kampf bereitmachten. Er selbst zog den Stockdegen, den er sich um das Priestergewand gegürtet hatte. Das letzte Mal hatte er damit in Zuïas Palast gefochten. Damals war Cael noch bei ihnen gewesen. Er hoffte nur, dass sie nicht wieder einen der Ihren verloren, wenn es zum Äußersten kam.

Sie dämpften das Licht ihrer Lampen, bis sie gerade noch den Boden vor sich erkennen konnten, und machten sich auf den Weg. An der nächsten Gabelung riet Amanón seinen Gefährten, ihre Bündel über der Schulter zu tragen, um sie sofort abwerfen zu können, wenn sie fliehen oder kämpfen mussten.

Nolan fiel auf, dass Amanón außer seinem eigenen Bündel immer noch Caels Gepäck trug. Wahrscheinlich würde es das Letzte sein, was Manó zurückließ.

Der Dämon im Körper des Jungen fand sich unter der Erde mühelos zurecht. Selbst in völliger Dunkelheit schritt er unbeirrt voran, denn er sah nachts ebenso gut wie am hellichten Tag. Cael fiel wieder ein, wie er durch die Finsternis in Usuls Höhle hindurch die wahre Gestalt des Gottes der Guori erblickt hatte. Die Erinnerung erfüllte ihn jedes Mal mit grimmigem Stolz. So klar, so überwältigend war noch keiner seiner Siege gewesen.

Und bald würde er zu den dunklen Kreaturen vorstoßen, deren bloße Existenz ihn dazu anstachelte, seine Überlegenheit erneut zu beweisen.

Es war nicht mehr weit.

Der Junge wusste nicht, wie lange er schon durch die dunklen Gänge lief, doch das war auch belanglos. Sein Körper kannte weder Müdigkeit noch Hunger. In den Kanälen unter der Heiligen Stadt hatte er ein paar Ratten getötet, aber nur zum Spaß. Er genoss die Schnelligkeit, mit der er sie fing, und das verzweifelte Fiepen der Tiere, wenn sie sich zwischen seinen Fingern oder Zähnen wanden. Doch auch dieses Spiels war er bald überdrüssig geworden. Er war ein Eroberer, ein glorreicher Kämpfer, der Besseres zu tun hatte, als Nagetiere zu jagen. Seine eigentliche Bestimmung lag darin, Sombre zu finden, und auch dieser Moment war nicht mehr fern. Der Dämon wartete inmitten der Kreaturen, die er erschaffen hatte. Vielleicht.

Geistig waren sich diese Wesen zu ähnlich, um sie zu unterscheiden. Wenn er sich der Anwesenheit des Dämons vergewissern wollte, musste er versuchen, gedanklich mit ihm in Verbindung zu treten. Doch dann würde Cael ihm seine Gegenwart offenbaren, und das wollte er noch nicht. Er kam schnell voran, er würde sich selbst ein Bild machen. Wenn er sich getäuscht hatte, würde er seine Suche einfach andernorts fortsetzen. Er hatte alle Zeit der Welt.

Auf einmal ging ihm durch den Kopf, dass nicht Sombre, sondern er selbst der Letztgeborene des Karu war. Gleich darauf verwarf er diesen Gedanken wieder. Was bedeutete das schon, wenn die Unsterblichen ohnehin nur einen Wechselbalg des Dämons in ihm sahen? Er rechnete nicht damit, dass einer von ihnen das Wort an ihn richten würde, zumindest nicht so bald. Aber er würde sich schon einen Namen machen. Wenn er genug Knochen gebrochen und genug Blut vergossen hätte, würden sie anerkennen müssen, wie mächtig er war.

Der große Augenblick stand vielleicht schon kurz bevor. Die dunklen Kreaturen forderten ihn mit aufgeregten Rufen heraus. Nun hatten auch sie seine Gegenwart gespürt. Irgendwo dort in der Dunkelheit erwarteten sie ihn, um sich mit ihm zu messen.

Zwischen ihnen und ihm blinkte gelegentlich das Licht eines anderen höheren Wesens auf, das allmählich an Kraft und Helligkeit gewann. Der Dämon Cael erinnerte sich noch gut an diese Göttin mit dem erbärmlich weichen Herzen. Es war sein Glückstag: Er würde gleich mehrere Feinde auf einmal erledigen können.

Mit einem grausamen Grinsen schritt Cael unermüdlich seiner Bestimmung entgegen. Die winzige Stimme in den Tiefen seines Geistes flehte und wimmerte vergeblich.

Amanón glaubte fast, seinen eigenen Herzschlag zu hören, während er geduckt und mit gezogenem Krummschwert dem Weg folgte, den Eryne ihnen vorgab. Trotz all ihrer Bemühungen war der Versuch, keinen Laut von sich zu geben, von vornherein zum Scheitern verurteilt. Immer wenn einer auf dem Felsboden ausrutschte oder mit der Klinge seiner Waffe gegen den Stein stieß, hallte das Geräusch doppelt so laut in den Gängen wider. Aber vielleicht machten die Unbekannten vor ihnen selbst so viel Lärm, dass sie das Echo nicht hörten. Das war Amanóns einzige Hoffnung, auch wenn er kein verdächtiges Geräusch aus der Dunkelheit vernahm.

Ihre Lage machte ihn schier wahnsinnig: Sie wussten nicht, welche Gefahren sie erwarteten, und marschierten doch geradewegs darauf zu. Vielleicht hätte er sich weniger Sorgen gemacht, wenn er ein besserer Kämpfer gewesen wäre, aber er hatte weder Bowbaqs und Kebrees Körperkraft noch Zejabels Reaktionsschnelligkeit. Im Gegensatz zu seinem Vater hatte er keine Erfahrung als Krieger. *Sichere Hand, fester Stand, wacher Geist,* hatte ihm Grigán immer wieder eingeschärft, wenn sich Amanón ausnahmsweise zu einer Fechtlektion hatte überreden lassen. Seither hatte er schon unzählige Male bereut, nicht eifriger bei der Sache gewesen zu sein. Zwar hatte er bislang alle Kämpfe mehr schlecht als recht überstanden, aber vielleicht würde er seine Unerfahrenheit schon bald bitter bereuen. Schon sehr bald.

Die anderen wirkten ebenfalls angespannt und schienen zugleich dem Moment entgegenzufiebern, in dem sie vor der ältesten Pforte der Etheker stehen würden. Ein steinerner Bogen mit magischen Kräften, der ihnen vielleicht den Weg ins Jal öffnete, wo sie ihre Eltern finden und gemeinsam einen Plan gegen Sombre schmieden würden. Stattdessen konnten sie aber auch in eine tödliche Falle geraten. Die nächsten Dezillen würden über ihr Schicksal entscheiden, und sie wussten nicht einmal, mit wem sie es zu tun hatten.

Amanón erschrak, als er plötzlich einen kalten Luftzug spürte. Ein rascher Blick zu Zejabel, die hinter ihm ging, bestätigte ihm, dass sie ihn ebenfalls wahrgenommen hatte. Zum ersten Mal seit Beginn ihrer langen Wanderung durch das unterirdische Labyrinth wehte ihnen ein leichter Windhauch entgegen, und das konnte nur eins bedeuten: Die Hochebene, die sie suchten, war nicht mehr weit!

Als wenige Augenblicke später erneut eine kühle Brise über sein Gesicht strich und den zarten Duft des Abends zu ihm trug, gab es für Amanón keinen Zweifel mehr.

In dem Gang roch es nicht länger nur nach feuchtem Sandstein. Sein Puls begann zu rasen. Ohne sich umzudrehen, wusste er, dass auch seine Freunde die Muskeln anspannten und die Hände fester um die Griffe ihrer Waffen schlossen. Vorsichtig ging er noch ein paar Schritte weiter und blieb dann kurz vor einer Abzweigung stehen. Seine Nerven lagen blank. Sollten ihnen ihre Feinde tatsächlich hier auflauern, mussten sie sich unglaublich leise bewegen.

Nach einer Weile wagten sie sich in den steil ansteigenden Gang vor, auf den Eryne gezeigt hatte. Als sie um eine Ecke bogen, sah Amanón einen hellen Punkt in der Ferne. Der Tunnel führte offenbar geradewegs auf die Lichtung hinaus, auf der die Etheker ihre Toten aufgebahrt hatten. Hastig löschte er seine Lampe, und Niss, der er die zweite Laterne anvertraut hatte, tat es ihm gleich. Lautlos schob Zejabel ihren Dolch in die Scheide, um einen Pfeil in den Bogen zu spannen. Amanón bewunderte ihre Geistesgegenwart. Wenn ihre Gegner plötzlich am Ausgang des Tunnels auftauchten, würden sie eine leichte Zielscheibe abgeben! Aber vermutlich blieben sie in Deckung, bis die Erben ins Freie traten, um ihnen den Fluchtweg abschneiden zu können.

Während er mit großen Schritten den Gang hinaufstapfte, bestätigte sich sein Eindruck, dass draußen bereits der Abend dämmerte. Und als er die Hälfte der Strecke zurückgelegt hatte, hörte er zum ersten Mal ein Geräusch, das eine fremde Gegenwart verriet.

Es war so leise, dass er nicht sagen konnte, ob es das Schaben eines Stiefels oder ein kurzes Räuspern gewesen war. Aber es stammte eindeutig nicht von einem seiner

Gefährten. Amanón brach der kalte Schweiß aus. Ein Alptraum wurde wahr. Was nun? Sollten sie kehrtmachen und so schnell wie möglich zurück nach Ith fliehen? Den Spieß umdrehen, sich in dem Labyrinth verschanzen und selbst einen Hinterhalt vorbereiten? Oder ins Freie stürzen und sich der Gefahr stellen, wie sie auch aussehen mochte?

Eine Dezille um die andere verstrich, ohne dass sich Amanón zu einer Entscheidung durchringen konnte. Während seine Freunde auf ein Zeichen von ihm warteten, fühlte er sich schier erdrückt von der Last dieser Verantwortung. Die Pforte war so nah ... Vor seinem geistigen Auge sah er bereits die Schriftzeichen, die im Licht der Abendsonne an der Innenseite des Steinbogens hervortraten ... Doch wenige Schritte von ihrem Ziel entfernt lauerte eine tödliche Gefahr!

Amanón zuckte zusammen, als Keb ihm plötzlich auf die Schulter klopfte und ihn aufforderte, zur Seite zu treten. Noch bevor er etwas sagen konnte, schob sich der Wallatte an ihm vorbei und erklomm das letzte Stück zum Ausgang. Zejabel stürmte ebenfalls voran, und so blieb Amanón nichts anderes übrig, als ihnen mit einer Mischung aus Erleichterung und Furcht zu folgen. Sie hatten ihm die Entscheidung abgenommen.

Ihre Schritte hallten so laut von den Wänden wider, dass sich Keb gar nicht mehr bemühte, leise aufzutreten. Da die anderen nicht zurückbleiben wollten, fielen sie in Laufschritt, bis sie geradezu auf die Tunnelöffnung zurannten. Amanón wurde ganz schwindlig, als die sagenumwobene Pforte vor ihnen auftauchte: ein fünfzehn Schritte hohes Tor aus Stein, dessen Inschrift zu den ältesten Zeugnissen der Menschheit gehörte. Aber ihm blieb keine Zeit, es länger zu betrachten. Kebrees ungestümer Kampfeswille war ansteckend, und so stürzte er zusammen mit seinen Gefährten keuchend und mit pochenden Schläfen unter dem uralten Bogen hindurch, hinaus in das Dämmerlicht eines Tages, den sie unter der Erde verbracht hatten.

Im selben Moment griffen die Kreaturen an.

Ihr Großvater war die ganze Zeit dicht neben ihr geblieben, doch dann machte er plötzlich einen Satz zur Seite, um den Angriff der dunklen Gestalt abzuwehren, die auf ihn zusprang. Niss hingegen blieb stocksteif stehen, wie gelähmt vor Entsetzen.

Sie hatten damit gerechnet, in dieser Einöde zwischen Himmel und Erde auf Anhänger der Dunklen Bruderschaft oder Mitglieder der Grauen Legion zu stoßen, und Niss hätte sich auch nicht gewundert, erneut einer Schar Züu gegenüberzustehen. Und tatsächlich erwarteten sie hinter der Pforte eine Handvoll Männer, die offenbar schon seit einigen Tagen hier waren, denn ein Stück entfernt hatten sie ein richtiges Lager aufgeschlagen.

Aber die eigentliche Gefahr ging von den sieben Lemuren aus, deren stechend grüne Augen böse funkelten.

Die dämonenartigen Kreaturen mit dem dicken Fell und dem spitzen Affengebiss kreisten die Erben ein und stießen dabei so durchdringende Schreie aus, dass Niss das Blut in den Adern gefror. Sie fragte sich, wie es den Lemuren gelungen war, so lange still zu bleiben. Wahrscheinlich machten sie ihrer angestauten Wut nun mit ihrem schrillen Kreischen Luft.

Sie waren so groß wie Kebree, und ihre krallenbewehrten Pranken schienen kräftig genug, um einem Erwachsenen Arme und Beine auszureißen. Wie um es zu beweisen, ergingen sie sich in Drohgebärden: Sie trommelten auf die Felsen ein, sprangen mit schier unglaublichen Sätzen hin und her und ließen ihre Muskeln spielen, als wäre es ihr einziger Daseinszweck, schwächere Lebewesen in Stücke zu reißen.

Dennoch hatten die Erben es schon einmal geschafft, einen Lemuren zu töten, bei ihrem Kampf auf den Dächern von Goran. Vier Dekaden lag das nun zurück. Aber da hatten sie zu dritt gegen einen gekämpft und waren nur knapp mit dem Leben davongekommen.

Diesmal würde es schlimm ausgehen, das war Niss sofort klar. Zwar hatten die Erben ihre Gegner mit ihrem plötzlichen Auftauchen überrumpelt, doch das verzögerte den Angriff nur um wenige Augenblicke. Keb blutete bereits an der Schulter und im Gesicht, während sich Bowbaq mit einem Sprung zur Seite und einem mächtigen Kautenschlag gerade noch rechtzeitig hatte retten können. Es würde nicht mehr lange dauern, bis die Lemuren ihre Einschüchterungsversuche aufgaben und sich wie hungrige Raubtiere auf sie stürzten, um ihnen die Eingeweide herauszureißen.

Die fremden Männer, mochten sie nun Bändiger oder Diener dieser dämonischen Wesen sein, machten keine Anstalten, sich an dem Kampf zu beteiligen. Sie stellten sich lediglich mit gezogenen Waffen unter der ethekischen Pforte auf, um den Erben den Fluchtweg zu versperren. Bei diesem Anblick beschloss Niss in einer Anwandlung von Hass und Grausamkeit, sich nicht zu ergeben, ohne einige dieser Mörder mit in den Tod zu reißen. Der Gedanke an den Tiefen Traum schreckte sie nicht mehr. Wenn ohnehin alles verloren war, konnte sie ebenso gut das Wagnis eingehen, noch einmal in einen fremden Körper zu schlüpfen! Nur wenige Dezillen, nachdem sie durch die Pforte ins Verderben gestürzt waren, konzentrierte sich Niss auf den Tiefen Geist eines der Anhänger der Dunklen Bruderschaft.

Doch sie brachte ihre Rache nicht zu Ende.

Ihr war ein anderer, noch verrückterer Gedanke gekommen.

Ohne lange zu überlegen, wandte sie sich dem Dämon zu, der mit fletschenden Zähnen auf ihren Großvater losging – und drang mit ihrem Geist in den abstoßenden Körper ein.

Es war ein ekelerregendes Gefühl, als wäre sie kopfüber in eine Totengrube gefallen, zwischen Würmer und verwesendes Fleisch. Niss wurde so übel, dass sie beinahe aufgegeben hätte, aber mit dem Mut der Verzweiflung wühlte sie sich weiter, bis sie den geheimnisvollen Ort erreichte, an dem sich Leib und Seele verbinden. Hier versuchte sie zu bleiben.

Der Widerstand des Dämons erstaunte und erschreckte sie. Einen so starken Geist hatte sie noch nie erlebt! Sie wollte schon fast vor der Macht des Ungeheuers aus dem Karu kapitulieren, da fiel ihr ein, dass sie womöglich für immer in diesem Körper gefangen bleiben würde, wenn sie sich jetzt geschlagen gab. Also nahm sie all ihre geistige Kraft zusammen und schöpfte aus dem Wissen, das sie im Tiefen Traum über Leben und Tod gewonnen hatte. Nachdem der Lemur Stück für Stück nachgegeben hatte, sah sie endlich durch seine Augen nach draußen und musste feststellen, dass der Kampf in vollem Gange war.

Wenige Dezillen später hatte sie den Körper des Dämons endgültig unter Kontrolle. Die Stärke und Zähigkeit, über die sie nun verfügte, ließen sie schwindeln. Diesmal hatte sie ihre Gabe nicht auf ein gewöhnliches Tier oder einen anderen Menschen angewandt: Eine Kreatur, die mit den unsterblichen Wesen aus dem Jal verwandt war, hatte sich ihrem Geist gebeugt! Sie konnte kaum fassen, dass ihr dieses Wunder gelungen war, obwohl sie es sich aus tiefstem Herzen gewünscht hatte.

Versuchsweise sprang sie ein paarmal auf und ab, um sich an den fremden Körper zu gewöhnen, und begann dann, ihre Krallen und Zähne in die Leiber der anderen Ungeheuer zu bohren. Plötzlich konnte sie nachempfinden, was Cael in seinen schwärzesten Momenten erlebte.

Als Niss wie eine leblose Puppe zu Boden sank, blieb Bowbaq fast das Herz stehen. *Nein, nicht schon wieder!*, dachte er verzweifelt. Ihm blieb keine Zeit mehr, zu ihr zu eilen, denn in diesem Augenblick gingen die Lemuren endgültig zum Angriff über.

Das Einzige, was den Erben zugute kam, war ihr Zusammenhalt. Sie hatten so häufig Seite an Seite gekämpft, dass sie gelernt hatten, einander zu beschützen und ihre Verteidigung blitzschnell aufzubauen. Auch diesmal bezogen Bowbaq und Kebree sofort außen Position, während sich Amanón, Zejabel und Nolan in eine Reihe vor

Niss und Eryne stellten. Alle hatten längst ihre Bündel zur Seite geworfen, und Zejabels erster Pfeil bohrte sich in den Hals des Ungeheuers, das Keb verletzt hatte. Der Schmerz schien den Lemuren allerdings ebenso wenig einzuschüchtern wie die Klingen, die vor ihm und seinen Artgenossen aufblitzten. Zwei der Bestien rissen die Mäuler auf, streckten ihre Pranken nach ihnen aus und sprangen auf sie los.

Bowbaq ließ seine Kaute auf den ersten niedersausen, aber der Lemur schaffte es dennoch, ihm die Krallen in den Oberkörper zu bohren, als wollte er ihm das Herz herausreißen. Bowbaq heulte vor Schmerz auf und hämmerte weiter auf das Ungeheuer ein, ohne es abschütteln zu können. Mit seinen Schlägen hätte er einen Büffel niedergestreckt, doch der Lemur war stärker als jedes gewöhnliche Tier, und ihm rann nicht mehr als ein dünnes Rinnsal schwarzen Bluts über das Gesicht. Amanón kam Bowbaq zu Hilfe und bohrte der Bestie sein Schwert bis zum Heft in den Magen, als wollte er sie mitten entzweischneiden. Doch auch damit richtete er kaum etwas aus: Bowbaq musste ihr erneut mit aller Kraft die Kaute gegen den Kopf donnern, bevor sie ein Stück zurücktaumelte. Noch während sie sich brüllend wieder aufrichtete, stürzte sich bereits die nächste auf ihn.

Keb, Zejabel und Nolan hatten es noch schwerer. Der Dämon, der sie angegriffen hatte, war mit einem Satz zwischen ihnen gelandet und schlug mit unglaublicher Kraft um sich. Obwohl der Kampf gerade erst begonnen hatte, bluteten alle drei schon aus tiefen Wunden. Sie bissen die Zähne zusammen und setzten ihre Waffen ein, so gut sie konnten, aber der Lemur schien den Degen, der sich in sein Fleisch bohrte, den Dolch, der ihm den Hals aufschlitzte, und die Lowa, die ihm in die Gliedmaßen schnitt, gar nicht zu spüren.

Dass die Erben überhaupt noch standhielten, verdankten sie allein Amanóns und Nolans Erfahrung. In Goran hatten die beiden zusammen mit Cael einen Lemuren besiegt, indem sie stets abwechselnd angegriffen hatten. Auch diesmal waren sie sofort zu dieser Taktik übergegangen, aber das verschaffte ihnen höchstens einen kurzen Aufschub. Gegen sieben Lemuren konnten sie unmöglich bestehen, vor allem nicht, wenn sich alle gleichzeitig in den Kampf stürzten – und das würde gewiss jeden Moment geschehen, denn sicher hatte auch ihr Gebieter aus dem Tod seiner Kreatur in Goran gelernt.

Als eines der Affenwesen einen gellenden Schrei ausstieß, wähnte Bowbaq das Ende nah. Nachdem er einen letzten Blick auf seine leblos daliegende Enkelin geworfen hatte, sah er zu der Pforte hinüber, durch die sie zu ihren Familien hatten gelangen wollen. Er würde seine alte Haut teuer verkaufen, das schwor er sich.

Doch der letzte tödliche Angriff blieb aus. Die Lemuren hatten mitten in der Bewegung innegehalten und starrten auf zwei ihrer Artgenossen weiter hinten. Bowbaq grübelte nicht lange über dieses seltsame Verhalten nach, sondern holte weit aus und ließ die Kaute auf seinen unaufmerksamen Gegner niedersausen. Er frohlockte, als der Hieb dem Ungeheuer den Schädel spaltete.

Amanón reagierte ebenso schnell und trennte das halb zertrümmerte Haupt des Lemuren mit einem gezielten Schlag vom Hals. Ein Schwall schwarzen Bluts schoss hervor, und Bowbaq musste den Kadaver erst beiseite stoßen, bevor er durchatmen konnte und auf die unfassbare Szene aufmerksam wurde, die sich vor seinen Augen abspielte. Zwei der Lemuren kämpften gegeneinander!

Bei näherem Hinsehen stellte er fest, dass einer der beiden versuchte, den anderen totzubeißen. Das Ungeheuer bohrte seine scharfen Zähne in den Nacken seines Gegners, der sich erbittert wehrte und wild kreischend mit den Pranken um sich schlug. Es war ein alptraumhafter Anblick, aber Bowbaq hätte beinahe laut gejubelt, als er den unterlegenen Lemuren wanken sah. Tatsächlich brach der stärkere der beiden seinem Opfer gleich darauf mit einem letzten Biss das Genick, ließ die Leiche zu Boden gleiten und warf Bowbaq aus dem Augenwinkel einen Blick zu. Da begriff er.

Niss war in den Körper des Dämons geschlüpft!

Nein, das war unmöglich, so stark konnte die Kraft eines Erjak niemals sein. Und doch war es geschehen. Im ersten Moment dachte er voller Panik an die unzähligen Gefahren, die seiner Enkelin bei diesem Wagnis drohten, aber dann wurde ihm klar, dass er sich jetzt zusammenreißen musste. Niss gab ihnen eine Chance, eine winzige Chance, diesen Kampf zu überleben. Von den sieben vermeintlich unbezwingbaren Bestien, die sich auf sie gestürzt hatten, lagen zwei tot am Boden, und eine dritte stand unter Niss' Einfluss. Das ungeheure Risiko, das seine Enkelin eingegangen war, durfte nicht vergebens sein.

Bowbaq brüllte wie ein Bär, als er sich auf eines der bereits verletzten Ungeheuer warf, und Amanón tat es ihm gleich. Auch Niss nahm sich einen weiteren Lemuren vor, doch der Überraschungseffekt war dahin, und sie musste sich ihm von Angesicht zu Angesicht stellen.

Nolan, Zejabel und Keb waren weiter mit ihrem Gegner beschäftigt, dem das Blut mittlerweile in Strömen über den Körper lief. Bowbaq überlegte fieberhaft, was er tun sollte, wenn die letzte der Kreaturen, die noch nicht in einen Kampf verwickelt war, zum Angriff überging. Plötzlich sah er genau diesen Lemuren auf die Pforte zugaloppieren, hinter der sich der Eingang zu dem Höhlenlabyrinth auftat, und hörte im selben Atemzug die Männer der Dunklen Bruderschaft in Todesangst aufschreien. Er wagte einen kurzen Blick über die Schulter, um sich zu vergewissern, dass der Lemur, der von Niss gelenkt wurde, nicht in Bedrängnis war. Dann wandte er sich wieder seinem Gegner zu … und blinzelte verblüfft.

Einen Wimpernschlag lang hatte er geglaubt, Cael zu sehen.

Er hatte seine Schritte verlangsamt, als er die dunklen Kreaturen, mit denen er sich messen wollte, immer dichter vor sich spürte. Die stolze, siegessichere Haltung, die er angenommen hatte, passte besser zu einem glorreichen Krieger wie ihm. Doch kaum drangen von Ferne Schreie an sein Ohr, lief er unwillkürlich schneller. Sobald er auch nur das geringste Anzeichen eines Kampfes vernahm, musste er sich einfach ins Getümmel stürzen, er konnte nicht anders, es lag ihm im Blut. Auf keinen Fall durfte er zulassen, dass irgendjemand ihm den Sieg stahl, *seinen* Sieg, seinen absoluten und unanfechtbaren Triumph.

Das letzte Stück legte er halb rennend, halb springend zurück, ohne die geringste Anstrengung zu verspüren, getrieben von einer Kraft, die ihm bis in die Fingerspitzen strömte. Der Weg kam ihm merkwürdig vertraut vor, als wäre er vor Jahrhunderten schon einmal durch diese Gänge gelaufen. Rasch konzentrierte er sich wieder auf den Hass, den seine Feinde in ihm entfachten, und den erhebenden Augenblick, in dem er sie unterwerfen oder vernichten würde. Endgültig und erbarmungslos.

Was ihn am Ende des letzten Gangs erwartete, rief eine weitere Erinnerung wach. Trotz der Wut und der Mordlust, die von seinem Geist Besitz ergriffen hatten und allmählich die letzten klaren Gedanken verdrängten, erkannte er eine der legendären Pforten, die ins Jal führten. War Sombre vielleicht dorthin zurückgekehrt? Cael brannte darauf, endlich seinen Schöpfer zu finden. Und zu beweisen, dass er viel, unendlich viel stärker war als die niederen Kreaturen, deren Gebrüll ihm in den Ohren dröhnte.

Unter dem steinernen Bogen drängten sich ein paar elende Würmchen – Sterbliche, die ihn nicht weiter interessierten, die nicht einmal würdig waren, ihm als Spielzeug zu dienen. Er sah die Ungläubigkeit in ihren Gesichtern, als sie herumfuhren und ihn entdeckten. Dann verwandelte sich ihre Überraschung in nacktes Grauen, als er dem ersten von ihnen ein Messer in den Hals rammte und dem zweiten den Arm brach. Die eigentliche Schlacht wurde dort draußen auf der Ebene geschlagen, und der Dämon Cael hatte nicht vor, seine Zeit mit diesen Jammerlappen zu vergeuden. Er zückte eine zweite Klinge und stach mit beiden Händen in Herzen, Augen, Lungen und Eingeweide, so schnell und präzise, dass diesem erbärmlichen Gewürm nicht der Hauch einer Chance blieb. Kaum war eines seiner Opfer zu Boden gegangen, erdolchte er bereits das nächste. Innerhalb weniger Augenblicke hatte er sein blutiges Werk vollendet. Acht Männer lagen ihm zu Füßen; dem einen oder anderen drang noch ein letztes Röcheln aus der Kehle.

Als er den Blick über die Leichen unter dem Tor zur ältesten Begräbnisstätte der Menschheit schweifen ließ, blitzte eine weitere Erinnerung in ihm auf. Bald würde ein machtvolles Wesen erscheinen, um den Seelen dieser nichtswürdigen Sterblichen den Zugang zum Jal zu öffnen. Ein Ungeheuer, das dem Ruf der Toten und Trauernden folgte, seit es dem Sinn der Menschen entsprungen war. Der älteste der Ewigen Wächter.

Der Wächter hatte sich bereits auf den Weg hinab begeben, er glitt vom Gipfel der Berge in das Tal hinunter, wie er es seit Urzeiten tat. Cael konnte es kaum erwarten, ihm die Stirn zu bieten. Nur ein Kampf von solcher Größe würde seine Wut besänftigen können, wenn er Sombre hier nicht vorfand.

Doch zunächst musste er den Lemuren aus dem Weg räumen, der sich mit lautem Kreischen auf ihn stürzte. Der Zusammenprall war so heftig, dass er auf den Rücken fiel und seine Dolche verlor. Es dauerte einen Moment, bis seine Überraschung in blanken Zorn umschlug. Gut, so würde er die Bestie eben mit ihren eigenen Waffen schlagen – mit schierer Körperkraft. Er würde ihr den grausamsten Tod bereiten, zu dem er in seinem alles verschlingenden Hass fähig war. Zu abscheulich war das schwarze Fell, das ihn zu erdrücken drohte, zu widerwärtig der Atem aus ihrem aufgerissenen Maul. Der Lemur wollte schon seine tödlichen Krallen in ihn bohren, als es Cael im letzten Moment gelang, seine Arme zu packen und eisern festzuhalten.

Dann bäumte er sich mit aller Macht auf und schleuderte seinen Gegner von sich. Kaum hatte er sich aufgerappelt, donnerte der Lemur seine Pranke auf die Stelle, wo er soeben noch gelegen hatte! Blitzschnell rammte Cael zwei Finger in Richtung seiner Augen.

Der Lemur wehrte den Stoß ab und stürzte sich wieder auf ihn, doch diesmal gelang es ihm nicht, ihn umzuwerfen. Der Dämon im Körper des Jungen bebte vor Wut und Empörung. Er hatte nicht erwartet, dass man ihm derart viel Widerstand leisten würde. War ihm der Lemur etwa ebenbürtig? Unmöglich!

Als er die Kreatur zurückstieß und sich drohend vor ihr aufbaute, sah er im Hintergrund weitere Zweikämpfe auf der Hochebene toben. In maßlosem Wahn versuchten zwei Lemuren, sich gegenseitig zu zerfleischen … Zwei weitere rannten gegen die Sterblichen an, die sie umringt hatten … Die Göttin, die als Einzige tatenlos zusah, schrie einen Namen, den Namen seiner inneren Stimme … Und der Ewige Wächter kam unaufhaltsam näher.

Der Junge spürte keine Angst, nur einen Anflug von Verzagtheit, was der unbezwingbare Eroberer, für den er sich hielt, keinesfalls zulassen durfte. Er hatte sich schon viel zu lange mit dieser unwürdigen Kreatur aufgehalten! Nach einigen Finten und Ausweichmanövern entfesselte er all seine Kraft, packte die Bestie an ihrem widerlichen Fell und schleifte sie zu dem Abgrund, der sich am Rand der Hochebene auftat.

Der Lemur quiekte in Todesangst und schlug wild um sich, doch er schaffte es nicht mehr, sich Caels Griff zu entwinden. Mit grausamer Genugtuung trat Cael zur Kante und schleuderte das zappelnde Wesen in die Tiefe. Trotz der Dunkelheit, die sich über das Gebirge senkte, hatten seine Dämonenaugen keine Mühe, dem langen Sturz seines Opfers bis zum Aufprall auf einem spitzen Felsen zu folgen. Genüsslich beobachtete er, wie der halb zerfetzte Körper über einen steinigen Abhang weiterkullerte und schließlich an einem Vorsprung hängen blieb.

Als er aufsah, erkannte er in der Ferne die Heilige Stadt, in der unzählige Feuer loderten. Wilde Freude wallte in ihm auf. So leitete die Verwüstung der großen Tempel also den Beginn seiner Herrschaft ein.

Mit einem breiten Grinsen wandte er sich zu den Sterblichen um, die die Angriffe der Lemuren mehr schlecht als recht abwehrten. Entschlossen marschierte er auf sie zu. Er würde alle seine Feinde hinwegfegen, bevor der Wächter eintraf.

Sein Zerstörungswerk in dieser berauschenden Nacht des Mordens hatte gerade erst begonnen.

Als Cael unter der Pforte der Etheker auftauchte, keimte Freude in Eryne auf – trotz ihrer ausweglosen Lage. Im ersten Augenblick gingen ihr zahllose Fragen durch den Kopf: *Wie hat er uns hier gefunden? Wo hat er die ganze Zeit gesteckt?* Doch das Glück, ihn wiederzusehen, überwog alles andere. Hauptsache, ihre kleine Gemeinschaft war wieder vollzählig, auch wenn sie kaum eine Chance hatten, den Lemuren lebend zu entkommen.

Erst dann wunderte sie sich über das Verhalten des Jungen. Die fast beiläufige Art, mit der er den ersten

Mann erdolchte, die kalte Grausamkeit, mit der er einem zweiten den Arm auskugelte … Da begriff sie, dass Cael noch immer von seiner inneren Stimme besessen war und der schwarze Geist, den sie im Zustand der Entsinnung hatte kommen spüren, sein Dämon gewesen sein musste.

Die Zuversicht, die sein Anblick in ihr geweckt hatte, schmolz dahin wie Schnee in der Sonne. Anstelle eines treuen Gefährten war eine Bestie zu ihnen gestoßen, die mit der gleichen hasserfüllten Besessenheit kämpfte wie die Lemuren. In Ith hätte Cael beinahe Niss umgebracht. Vielleicht war er ihnen bis hierher gefolgt, um seine Mordlust endgültig zu stillen!

Obwohl sie Todesängste ausstand, war Eryne fest entschlossen, ein solches Drama zu verhindern. Sie zitterte am ganzen Körper, als sie den Dolch umschloss, den Zejabel ihr in die Hand gedrückt hatte, und sich zu der besinnungslosen Niss vortastete. Mit Grauen dachte sie daran, dass Niss wieder im Tiefen Traum gefangen sein könnte, aber noch weigerte sie sich, an diese Möglichkeit zu glauben. Nein, das Mädchen war einfach nur vor Schreck ohnmächtig geworden, das war alles. Beinahe beneidete sie Niss darum, dass sie den Angriff der Lemuren nicht mehr miterlebte.

Ganz zu schweigen von Caels Grausamkeit.

Der Junge kämpfte gerade wie entfesselt gegen eins der Affenwesen. Einen Augenblick lang wusste Eryne nicht, wem sie den Sieg wünschen sollte, doch dann überwog ihre Zuneigung zu Cael, und sie begann, für ihn zu beten. Wenn er auch nur halbwegs mitbekam, zu welchen Untaten ihn sein Dämon trieb, musste er unvorstellbare

Qualen leiden. Schließlich traf ihn keine Schuld an dem Fluch, der auf ihm lastete.

In ihrer Verzweiflung rief sie ihn mehrmals beim Namen, um ihn aus seinem Wahn zu reißen. Doch Caels Gesicht blieb weiter in mörderischer Wut verzerrt, und seine Raserei schien sogar noch zuzunehmen, als er seinen Gegner packte und wie einen Kartoffelsack hinter sich herschleifte.

Eryne war so gelähmt vor Entsetzen, dass sie nicht einmal Keb, Amanón oder die anderen zu Hilfe rief, sondern nur stumm mit ansah, wie Cael zum Rand der Hochebene marschierte und sein Opfer den Abgrund hinunterschleuderte. Nachdem er noch einen Moment lang gedankenverloren in die Tiefe gestarrt hatte, drehte er sich um und kam geradewegs auf sie zu.

Er hat es auf mich abgesehen.

Mit schlotternden Knien hob Eryne den Dolch – und hielt dann mitten in der Bewegung inne. Lieber würde sie sterben, als die Waffe gegen ihren einstigen Gefährten zu richten, ein Kind, das ein grausames Schicksal in Sombres Gewalt gebracht hatte und das nichts für seine Taten konnte. Andererseits war nicht nur ihr eigenes Leben in Gefahr. Niss, die besinnungslos neben ihr auf der Erde lag, war hilfloser denn je. Und der kleine Mensch, der in ihr heranwuchs, sollte doch auch eine Chance haben, das Licht der Welt zu erblicken. Mit Tränen in den Augen machte sich Eryne bereit, das Leben von drei Menschen zu verteidigen, selbst wenn dafür ein Unschuldiger sterben musste.

Dabei wusste sie genau, dass sie keine Dezille lang gegen den Dämon in Caels Körper bestehen würde, der gerade mit bloßen Händen einen Lemuren getötet hatte. In ihrer Not versuchte sie, seine Gedanken zu lesen, um seinen Bewegungen zuvorzukommen, doch Cael wehrte ihren Geist ab, wie nur ein Sprössling des Jal es konnte. Da fiel es ihr wie Schuppen von den Augen. *Ich bin nicht die Einzige aus der Gemeinschaft der Erben, der es bestimmt ist, ewig zu leben.* Der besessene Junge war ein Unsterblicher, der die Welt seinem Willen zu unterwerfen vermochte. Seine Entwicklung zum Dämon hatte in jenem Moment begonnen, in dem Sombre zum ersten Mal nach seiner Seele gegriffen hatte. Eryne hingegen war noch zu sehr Mensch, um sich mit ihm zu messen. Jeder Widerstand war zwecklos. Nichts und niemand konnte die Erben vor dem Ungeheuer retten, das aus ihren eigenen Reihen stammte.

Eryne spähte rasch zu den anderen hinüber. Ihre Gefährten waren zu Tode erschöpft und schwer verletzt, nur mit Mühe wehrten sie sich noch gegen die verbliebenen Lemuren, denen das schwarze Gwel des Karu übernatürliche Kraft verlieh. Während Cael siegesgewiss die letzten Schritte zurücklegte, heftete sich ihr Blick auf den nutzlosen Dolch. *Zejabel hat ihn mir vielleicht nicht nur zur Verteidigung gegeben,* dachte sie. Sie sah keinen anderen Ausweg mehr.

Nachdem sie ihren Sohn, Nolan, ihre Eltern, Keb, Amanón und schließlich die gesamte Welt innerlich um Verzeihung gebeten hatte, holte sie tief Luft – und stieß sich den Dolch ins Herz.

Der Schmerz war entsetzlich, jenseits von allem, was sie sich je vorgestellt hatte. Aber er währte nur einen Augenblick. Dann umfing sie tiefe Dunkelheit.

Auch Niss war durch ein Wechselbad der Gefühle gegangen, nachdem sie Cael unter der Pforte erblickt hatte. Immer wieder schielte sie zu ihm hinüber, um seinen Kampf gegen den Lemuren zu verfolgen, auch wenn ihr jede noch so geringe Ablenkung zum Verhängnis werden konnte. Ihr zweiter Gegner schien zu wittern, dass sie etwas Menschliches an sich hatte, und gebärdete sich wie rasend. Sie durfte sich keine Blöße geben, was ihr in dem schweren, fremden Körper nicht leichtfiel.

Dennoch wandte sie unwillkürlich den Kopf, als Nolan einen gellenden Schrei ausstieß. Sie sah, wie Eryne zusammenbrach und reglos auf dem Rücken liegen blieb. In ihrer Brust steckte ein Dolch!

Niss wollte gerade ebenfalls vor Entsetzen aufschreien, als sie plötzlich etwas Kaltes an der Kehle spürte. Was das gewesen war, begriff sie erst, als ihr Gegner seine Krallen aus ihrer Luftröhre zog und der Schmerz in ihrem Kopf explodierte. Schon spürte sie, wie das Leben aus ihrem Lemurenkörper wich, während sich ein Schwall schwarzen Bluts über ihr Brustfell ergoss. Wenn sie den Körper nicht sofort verließ, würde sie wieder im Tiefen Traum versinken. Und diesmal würde ihr Eryne nicht zu Hilfe kommen. Sie würde ihr nie wieder helfen können.

Mit dem Mut der Verzweiflung beschloss Niss, alles auf eine Karte zu setzen und das zu tun, womit der Lemur am wenigsten rechnete: Sie krallte sich an ihm fest und schob ihn auf den Abgrund zu. Ihr Gegner stolperte und versuchte sich ihrem unerbittlichen Griff zu entwinden, aber sie hatte schon zu viel Schwung genommen. Die beiden blutüberströmten, ineinander verkeilten Leiber stürzten zusammen in den sicheren Tod. Niss hörte den Wind pfeifen, und einen Augenblick lang sah sie den Felsen heranrasen, auf dem gleich ihr Schädel zerschmettern würde …

Dann erwachte sie in ihrem eigenen Körper.

Äußerlich war sie unversehrt, doch die grauenvolle Erfahrung hatte sie zutiefst verstört.

Sie musste erst ein paarmal durchatmen, um wieder vollends zu sich zu kommen und die Kontrolle über ihre Bewegungen zurückzuerlangen. Zunächst konnte sie nur mühsam blinzeln. Als sie die Augen ganz öffnete, sah sie, wie sich Cael über die leblose Eryne beugte und ihr den Dolch aus der Brust riss.

»Du dachtest wohl, dass ich darauf hereinfalle«, sagte er mit eiskalter Stimme.

Niss spürte ihre Kräfte nach und nach zurückkehren; sie stützte sich auf die Ellenbogen, wollte protestieren und den wahren Cael zum Widerstand gegen den Dämon aufrufen, doch dazu kam sie nicht mehr. Amanón hatte Bowbaq den Kampf gegen den Lemuren überlassen, um Eryne zu Hilfe zu eilen: Er ging auf seinen Cousin los und versetzte ihm einen so heftigen Stoß, dass er hinfiel und erst einige Schritte weiter wieder aufsprang. Gram und Leid standen Amanón ins Gesicht geschrieben, und selbst sein Körper wirkte wie verkrümmt vor Schmerz, als er sich zwischen seine Geliebte und den Jungen stellte, um zu verhindern, dass er sich ihr noch einmal näherte. In diesem Moment schien in dem sonst so stillen Amanón ein Wahn aufzublitzen, der Caels Raserei glich. Wenn niemand eingriff, würden die beiden Cousins einander töten.

Cael setzte bereits ein höhnisches Grinsen auf, als

plötzlich von Himmel ein dumpfer, gleichmäßiger Schlag ertönte, der immer lauter wurde. Alle erstarrten. Selbst die letzten beiden Lemuren hielten inne, legten die Köpfe in den Nacken und ergriffen dann panisch die Flucht. Bevor sie im Eingang des Höhlenlabyrinths verschwinden konnten, spaltete Bowbaq dem einen mit einem gewaltigen Hieb den Schädel, während Keb dem anderen eine Pranke abhackte und ihn in Nolans und Zejabels Klingen trieb.

Umringt von den Kadavern der Lemuren und den Leichen ihrer menschlichen Wärter standen die Erben da und sahen furchtsam zum Himmel. Der Dämon in Caels Körper, der eher gespannt als ängstlich wirkte, tat es ihnen gleich. Niss kniff die Augen zusammen, doch in der Dunkelheit konnte sie nicht erkennen, was das Geräusch verursachte. Erst als sie in der Höhe einen gigantischen Schatten ausmachte, der sich wie eine Wolke vor die Sterne schob, begriff sie, was da auf sie zukam.

Ein geflügeltes Wesen schwebte auf sie herab, ein Wesen mit so gewaltigen Schwingen, dass jeder Flügelschlag von den Bergwänden widerhallte und einen Windstoß über die Ebene fegte.

Die Gefährten wechselten hilflose Blicke und schienen auf eine Reaktion von Amanón zu warten, doch der war vor Schmerz und Zorn völlig außer sich. Kebs Gesicht hingegen war wie versteinert. Mit Erynes Tod hatte die Gemeinschaft der Erben ihre Besonnenheit und ihren Zusammenhalt verloren. Als wäre mit Eryne auch der Sinn ihrer Suche dahin, als bliebe ihnen nichts mehr als ein letzter einsamer Kampf.

Kaum hatte Niss diesen Gedanken gefasst, da vernahm sie plötzlich ein leises Pfeifen, das immer weiter anschwoll, bis es so unvermittelt abbrach, wie es begonnen hatte. Nach der ersten Verwirrung fiel ihr ein, dass sie diesen durchdringenden Ton schon einmal gehört hatte. Ein einziges Mal. In der unterirdischen Höhle auf Ji.

Aufgeregt drehte sie sich zu dem steinernen Bogen um, hinter dem wie ein riesiges Maul der Eingang zum Labyrinth klaffte. Einen Augenblick später bestätigte sich ihre Vermutung. Die Dunkelheit unter der Pforte begann zu wabern, bis inmitten der Schwaden ein winziger Lichtpunkt aufleuchtete, wie eine fliegende Flamme, die sich rasend schnell ausbreitete und schließlich die gesamte Pforte erhellte.

Irgendetwas oder irgendjemand hatte die Pforte ins Jal geöffnet!

Das geflügelte Wesen musste ihr Wächter sein. Doch obwohl es inzwischen unmittelbar über ihnen schwebte, stand Niss weiter wie angewurzelt da und starrte auf die übernatürliche Landschaft, die sich hinter der Pforte abzeichnete. Eine Landschaft, die sie ebenfalls schon einmal gesehen hatte.

Karu, die Brutstätte der Dämonen.

Als Zuïa auf Ji versucht hatte, sie mit einer List in die Unterwelt zu schicken, hatten sich die Erben geweigert, das Flammenmeer zu durchqueren, das an der Schwelle der Pforte loderte. Doch diesmal lagen die Dinge anders. Das *Drüben* schien bereit, sie aufzunehmen. Sie mussten nur auf die flimmernde Erscheinung zugehen und die Pforte durchschreiten, um in den rötlich schimmernden Feuerkessel zu gelangen, der eindeutig zum Jal gehörte, wenngleich zu seiner dunklen Seite.

Erst als die Erde unter ihr leicht bebte, löste Niss den Blick von dem faszinierenden Schauspiel und sprang erschrocken zurück. Der Ewige Wächter war gelandet. Er erinnerte entfernt an einen Raubvogel, war aber zwanzigmal größer als die mächtigen romischen Kronenadler. Sein Federbusch war flammend rot, und die bedrohlich aufgeplusterte Halskrause leuchtete im schönsten Purpur. An manchen Stellen schien das herrliche Gefieder jedoch seinen Glanz verloren zu haben, ja fast grau geworden zu sein, und die Augen des Wächters wirkten verschleiert, als hätte das Alter sie getrübt. Dennoch fuhr Niss sein Blick durch Mark und Bein, als er die Lebenden und Toten auf der Hochebene musterte. Nicht weniger eindrucksvoll waren seine Klauen, die so lang waren wie ein Krummsäbel, und der gewaltige Schnabel, der aussah, als vermochte er einen Felsen zu spalten.

Alle außer Cael wichen zurück, als sich der Wächter halb hüpfend, halb stolzierend der Pforte näherte. Niss streckte bereits die Hand nach ihrem Großvater aus, um ihn ins Jal zu ziehen, da machte die Kreatur vor einem der Lemuren halt, hackte ein Stück Fleisch aus dem Kadaver und schlang es hinunter.

Es war ein abstoßender Anblick, doch Niss konnte die Augen einfach nicht abwenden, sosehr schlug sie das Vogelwesen in den Bann. Vielleicht hielt es seit Anbeginn der Zeit hier Wache, um die Lemuren und andere niedere Kreaturen aus der Unterwelt am Ausschwärmen zu hindern. Schließlich hatte sie mit eigenen Augen gesehen, wie die beiden letzten Affendämonen vor ihm geflohen waren.

Ein Seufzer, ein ganz schwacher Seufzer brachte Niss schließlich dazu, sich umzuwenden.

Er kam aus Erynes Kehle.

Niss dachte schon, sie hätte geträumt, doch die ungläubigen und zugleich freudig erregten Mienen ihrer Gefährten belehrten sie eines Besseren. Als Amanón sich über Eryne beugte, holte sie röchelnd Luft und stöhnte auf. Noch nie hatte ein Schmerzenslaut in Niss' Ohren so süß geklungen.

Der Einzige, der nicht jubelte, war Cael.

Beinahe unmerklich hatte der Junge die Hand nach dem Messer ausgestreckt. Der hasserfüllte Blick, mit dem er Eryne bedachte, ließ keinen Zweifel an seinen Absichten. Genauso düster und durchdringend hatte er Niss vor drei Tagen angesehen, als er sie angegriffen hatte.

Noch bevor er sein Vorhaben in die Tat umsetzen konnte, hatte Niss einen Entschluss gefasst. Schließlich wusste sie, dass sie es selbst mit einem Lemuren aufnehmen konnte – vielleicht war sie ja auch imstande, die schwarze Seele einer von Sombre erschaffenen Kreatur zu bekämpfen.

Sie zögerte nur einen Wimpernschlag, dann drang sie mit ihrem Geist in den Körper des Besessenen ein. Zu ihrer Überraschung fand sie dort *zwei* Wesen vor, wie damals in Lorelia … In diesem Moment fiel ihr alles wieder ein. Sie hatte Cael schon einmal auf diese Weise geholfen. Als sie aus dem Tiefen Traum heraus gesehen hatte, wie der Geist des Jungen mit einem fremden Geist rang. Sie musste es nur genauso machen!

Doch diesmal war das hundertmal schwieriger. Seit der Dämon aus seinem geistigen Gefängnis ausgebrochen war, hatte er an Macht gewonnen und war stärker geworden, viel stärker. Die wenigen Augenblicke, die der Kampf um die Vorherrschaft in Caels Körper währte, kamen Niss vor wie eine kleine Ewigkeit. Sie hatte sich überschätzt. Dieser Dämon war von einem anderen Kaliber als die Lemuren. Er würde sie zurückdrängen und die Erben einen nach dem anderen töten.

Sie war schon drauf und dran, den Versuch aufzugeben und in ihren Körper zurückzukehren, um ins Jal zu fliehen, als sie plötzlich unerwartete Hilfe bekam. Cael, der *wahre* Cael, vereinte seine Willenskraft mit ihrer. Genauso war es auch damals gewesen, erinnerte sie sich plötzlich. Darum also hatte sie von Anfang an das seltsame Gefühl gehabt, dass ihre beiden Schicksale miteinander verwoben waren.

Niss konnte nicht sagen, ob sie gemeinsam wirklich stärker waren oder ob ihr das Eingreifen ihres Freundes einfach die nötige Zuversicht gab. Jedenfalls geriet der von Sombre geschaffene Geist unter dem zweifachen Druck allmählich ins Wanken. Als sie das dämonische Wesen weit genug zurückgedrängt hatten, um es nicht mehr fürchten zu müssen, zog sich auch Niss zurück, während Cael die Kontrolle über seinen Körper wiedergewann, den er wider seinen Willen mit einer Bestie teilte.

So blickte Niss, als sie die Augen aufschlug, als Erstes in das aufgewühlte Gesicht ihres Freundes. Sie lag noch immer auf der Erde, und Cael hatte sanft ihren Kopf angehoben. Im nächsten Moment drückte er sie fest an sich. »Danke, danke«, stammelte er, »es tut mir so leid, bitte verzeih mir, bitte …« Als seine Gefühle ihn überwältigten, küsste er sie innig auf Wange und Lippen und nahm sie noch einmal in die Arme, als sei sie das Kostbarste, was er auf der Welt hatte. Niss wünschte, dass diese Liebkosungen niemals ein Ende nähmen, doch plötzlich sah sie Eryne inmitten der anderen stehen. Ihre Sinne mussten sie täuschen! Es war gekommen, wie sie befürchtet hatte, sie war wieder im Tiefen Traum versunken. Sie befand sich im Reich der Toten.

»Der Wächter wird unruhig«, ließ sich Zejabel vernehmen. »Wenn er wegfliegt, wird sich die Pforte schließen. Das ist unsere einzige Chance.«

Den meisten liefen Freudentränen übers Gesicht, aber niemand sprach ein Wort. Während sich Cael erhob, half Bowbaq seiner Enkelin auf. Wie betäubt sammelten sie ihre Bündel und Waffen ein und näherten sich der Pforte.

Niss konnte ihr Glück nicht fassen. All ihre Freunde lebten, selbst Eryne. Was sie sah, war kein Traum.

Und dieser Kuss war auch kein Traum, dachte sie und berührte noch einmal sacht ihre Lippen, während sie durch die Pforte ins Karu trat.

DRITTES BUCH

DER RUF DER UNDINEN

Wie jeden Tag machte er sich auf den weiten Weg von der Höhle, in der sie schliefen, bis zum Rand des Felsvorsprungs, um ins Tal hinunterzusehen. Es war ein sinnloses Ritual, denn die Landschaft war immer gleich. Nicht einmal die Blätter der Bäume schienen sich je zu bewegen oder die Farbe zu wechseln. Man konnte sie zwar anfassen, ja sogar abreißen, doch kurz darauf nahm die Umgebung wieder ihre ursprüngliche Gestalt an. Sobald man nur einige Augenblicke lang in eine andere Richtung blickte, wuchsen die Blätter nach, das niedergetretene Gras richtete sich auf, und selbst die Luft behielt nicht den geringsten Hauch einer fremden Anwesenheit zurück. In gewisser Hinsicht schien hier kein Wandel möglich.

Aber nur in gewisser Hinsicht. Er erinnerte sich noch gut an einen früheren Aufenthalt, rund zwanzig Jahre zuvor. Seit damals hatte sich das eine oder andere beinahe unmerklich verändert: Eine Baumgruppe hatte sich ein wenig gelichtet, ein Bächlein nahm nun einen etwas anderen Lauf. Man musste die Gärten schon über einen längeren Zeitraum hinweg erleben und ein scharfes Gedächtnis besitzen, um auf solche Kleinigkeiten aufmerksam zu werden. Und der Kaulaner hatte eine gute Beobachtungsgabe. Ihm wurde klar, dass die Landschaft nur auf Sterbliche unveränderlich wirkte. Betrachtete man sie aus dem Blickwinkel der Ewigkeit, so waren die Gärten in stetem Wandel begriffen.

Auch dieser Tag schien nichts Neues zu bringen. Am

Fuße der Berge und über die ausgedehnten Wiesen verstreut gaben sich die kleineren Kinder ihrer Lieblingsbeschäftigung hin: dem Schlaf. In der Ferne, für ihn gerade noch erkennbar, saß ein Mädchen im Jugendalter an einen Baum gelehnt und sann vor sich hin. Das war ein seltener Anblick, denn die älteren Kinder zeigten sich den Sterblichen beinahe nie. Seit seiner Ankunft hatte er erst drei oder vier von ihnen gesehen.

Er wandte seine Aufmerksamkeit wieder dem gewaltigen steinernen Bogen zu, der das Tal überragte. Wie immer hoffte er, dort ein kleines Licht aufblitzen zu sehen, das sich rasch ausbreiten, den gesamten Raum unter dem Steinbogen einnehmen und schließlich den Blick auf eine ferne Landschaft freigeben würde. Doch der Hüter des Tals ließ sich nicht dazu verleiten, den Ausgang zu öffnen, zumindest nicht, wenn seine ungebetenen Gäste wach waren. Ihr letzter Versuch, mit der Außenwelt in Verbindung zu treten, hatte ihn in höchstem Maße verärgert, und es war ihnen nicht gelungen, ihn umzustimmen, sosehr sie auch bettelten, flehten oder gar drohten. Da sie gegen seine Macht nichts ausrichten konnten, blieb ihnen nichts anderes übrig, als sich seinem Willen zu beugen und ihre Enttäuschung, Wut und Verzweiflung für sich zu behalten.

Seufzend machte er sich wieder auf den Weg zu den anderen. Ihre kleine Schar, dreizehn an der Zahl, lebte hier unter sehr merkwürdigen Bedingungen. In ihrer Höhle gab es keine Stühle oder Tische, keine Decken oder Kissen; sie schliefen auf der nackten Erde, was trotz des steinigen Bodens erstaunlich bequem war. Sie benötigen auch keine Kleider zum Wechseln, denn hier schwitzte man nicht und wurde niemals dreckig. Genauso wenig brauchten sie Lebensmittel, da sie in den Gärten keinen Hunger verspürten. Im Grunde hatten sie kein einziges körperliches Bedürfnis. Das Einzige, was sie ihrem Körper noch abringen konnten, war Schlaf, aber auch den durften sie sich nur in Maßen gönnen. Wer sich zu lange im Gras ausstreckte, lief Gefahr, von den Gärten verschluckt zu werden, so wie auch jeder niedergetretene Grashalm und jedes umgeknickte Blatt wieder in den ursprünglichen Zustand zurückversetzt wurde. Deshalb wachte immer einer der Sterblichen über die anderen. Mehr blieb ihnen nicht zu tun.

Vor dem Eingang wartete ein von Kopf bis Fuß in Schwarz gekleideter Mann mit schwarzem, von grauen Strähnen durchzogenem Haar auf ihn. Ihm machte die Untätigkeit besonders zu schaffen. Wäre es möglich gewesen, so hätte er keine Dezille gezögert, in die Welt unter ihrem grünen Gefängnis hinabzusteigen und die Flucht durch weitaus gefährlichere Gefilde zu wagen. Und der Kaulaner wäre ihm gefolgt. Beide sorgten sich um ihre Söhne, so wie auch ihre Gefährten um das Leben eines oder mehrerer geliebter Menschen bangten.

Auf den fragenden Blick des Kriegers antwortete er mit einem traurigen Kopfschütteln. Die Umgebung hatte sich nicht im Geringsten verändert. Es würde ein Tag wie jeder andere werden. Der Mann in Schwarz brummte ein »*Sakkar!*« und stapfte von dannen, die Hand am Griff seines überflüssig gewordenen Krummschwerts. Wenn sie nur ein Seil gehabt hätten, ein sehr langes und kräftiges Seil! Aber selbst all ihre Kleidungsstücke aneinandergebunden ergäben nicht mehr als ein paar mickrige Ellen. Etliche von ihnen waren halbnackt und tropfnass gewesen, als es sie hierher verschlagen hatte. Obwohl man in den Gärten nicht unter Hitze oder Kälte litt, hatten sie die wenigen Kleider, die sie besaßen, untereinander aufgeteilt, vor allem den beiden Kindern zuliebe, zwei kleinen Jungen im Alter von vier und sechs Jahren, die zutiefst verstört auf die neue Umgebung reagiert hatten.

Nachdem er den Unterschlupf betreten hatte, ließ er den Blick über seine Gefährten wandern. Die beiden jungen Paare mit den Kindern und der Großmutter bildeten einen kleinen Klan für sich. Zu ihrer Notgemeinschaft zählten außerdem eine ältere Frau von etwa sechzig Jahren, die ihr Los wie alles in ihrem Leben mit großer Würde trug, und ein Herzog, dem meist der Schalk im Nacken saß. Doch auch er war von Tag zu Tag stiller geworden, und die Einzige, die ihm noch ein Lächeln zu entlocken vermochte, war seine Frau, eine Priesterin, die allem Kummer zum Trotz weiter Kraft aus ihrem Glauben schöpfte. Erst ganz zum Schluss entdeckte er seine Liebste.

Sie saß an die Wand gelehnt da und brütete vor sich hin. Der Anblick tat ihm in der Seele weh. Seit ihrer Kindheit hatten sie nahezu jeden Tag miteinander verbracht. Er bewunderte, ja liebte ihre Offenheit, ihre Beharrlichkeit, ihre Willensstärke. Alles, was sie anpackte, gelang ihr. Als sie es nicht länger anderen überlassen wollte, ihr Leben zu verteidigen, hatte sie sich innerhalb weniger Monde zu einer gefährlichen Kriegerin entwickelt. Als sie ihre Leidenschaft für Pferde entdeckte, hatte sie in kürzester Zeit ein Gestüt aufgebaut, das mittlerweile in den gesamten Oberen Königreichen berühmt war. Ja, sie war tapfer und voller Tatendrang. Zumindest war sie es gewesen, bis man ihr den Sohn genommen hatte.

Es brach Yan das Herz, Léti so zu sehen.

Amanón machte sich darauf gefasst, etwas Feuchtes oder Kaltes auf der Haut zu spüren, doch als er durch die Pforte ins Jal trat, empfand er seltsamerweise nichts. Jedenfalls nicht äußerlich, denn in ihm tobte ein Sturm der Gefühle.

Seit Eryne tot zu Boden gesunken und plötzlich wieder in die Welt der Lebenden zurückgekehrt war, wusste er nicht mehr, wie ihm geschah. Er hatte mit eigenen Augen gesehen, wie schwer ihre Verletzung gewesen war: Der Dolch hatte seine Geliebte ins Herz getroffen, daran gab es keinen Zweifel. Der dunkelrote Fleck, der sich auf ihrem Kleid in Höhe der Brust ausgebreitet hatte, war keine Einbildung gewesen. Und trotzdem stand Eryne nun neben ihm, und nur ihr leichenblasses Gesicht verriet, wie erschüttert sie war. Nicht einmal sie selbst schien fassen zu können, dass sie tatsächlich noch lebte. Vielleicht fürchtete sie sich aber auch davor, der Wahrheit ins Gesicht zu sehen: Sie hatte einen weiteren Schritt auf dem Weg ihrer Entwicklung zur Göttin zurückgelegt. Eryne hatte Unsterblichkeit erlangt.

Fortan würde nur ein anderer Gott oder Dämon ihren Lebensfunken löschen können. In der Welt der Menschen konnte ihr keine Waffe, keine Krankheit, kein Gift mehr etwas anhaben. Offenbar vermochte nicht einmal sie selbst ihr Leben zu beenden. So hatten die Erben unverhofft ein weiteres der rätselhaften Gesetze entdeckt, denen die Kinder des Jal unterworfen waren.

Während seine Gefährten einer nach dem anderen durch die Pforte schritten und sich in der Unterwelt versammelten, beobachtete er Eryne verstohlen. Er liebte sie, das wusste er schon länger, aber erst in dem furchtbaren Moment, in dem er sie verloren glaubte, hatte er erkannt, wie viel sie ihm tatsächlich bedeutete. Was auch immer sie dazu bewogen hatte, in ihrer Verzweiflung Hand an sich zu legen, nun stand fest, dass ihr ewiges Leben bestimmt war. Und das Kind, das in ihrem Leib heranwuchs, würde in eine bessere Welt hineingeboren werden, das schwor er sich. Ganz gleich, wer der Vater war.

Kaum hatten alle Erben die Schwelle zum Karu überschritten, verschwamm die in tiefe Dunkelheit gehüllte Hochebene hinter dem steinernen Bogen, bis schließlich nur noch eine Art Nebel zu sehen war. Jetzt gab es kein Zurück mehr. Den Erben blieb nichts anderes übrig, als sich in den zwei Welten des Jal auf die Suche nach ihren Eltern zu machen und zu hoffen, dass sie ihre Kühnheit nicht mit dem Leben bezahlten. Denn die erste und größte Gefahr erwartete sie schon jetzt: Sie standen mitten in der Höhle der Undinen.

Amanón erinnerte sich noch genau, wie seine Mutter diese Wesen in ihrem Tagebuch geschildert hatte. Als er den Blick hob, sah er sie leibhaftig vor sich. Eine riesige Schlange, von der ein glühendes Licht ausging, lag oben auf dem Steinbogen der Pforte. Aus ihrem Haupt ragten Hörner, die an einen Ziegenbock erinnerten, während ihre Zähne spitz wie die eines Wolfs waren. Der restliche Körper schien nur aus Feuer zu bestehen, und ihre rot schillernde Haut versprühte unzählige kleine Funken.

Die Schlange allein erhellte die riesige Höhle, in der sich der Flüstersee befand; vielleicht war sie sogar die einzige Lichtquelle in den zahllosen Gängen des Karu. Seltsamerweise wurde das Leuchten nicht schwächer, als sich ihr Körper auf einmal in zwei identische Hälften teilte. Nachdem die Verwandlung vollzogen war, glitten die beiden kleineren Feuerschlangen an den Pfeilern der Pforte hinab.

»Wir müssen hier weg. Sofort«, murmelte Bowbaq.

Das musste er nicht zweimal sagen. Amanón fuhr herum, ergriff Erynes Hand und zog sie mit sich. Auch wenn er wusste, dass sie seiner Hilfe eigentlich nicht bedurfte, war sein Beschützerinstinkt einfach stärker. Die Erben rannten durch einen riesigen, gut zwanzig Schritte tiefen Kessel, den die Undinen binnen kürzester Zeit füllen würden, um den Flüstersee zu bilden, den seine Mutter beschrieben hatte. Als er einen Blick über die Schulter warf, stellte er mit Grauen fest, dass aus den zwei Schlangen bereits vier geworden waren, die sich in ebendiesem Moment wiederum teilten. Bald würden es unzählige sein.

Die Erben liefen, so schnell sie konnten, doch der lange Marsch durch das Höhlenlabyrinth und der Kampf gegen die Lemuren hatten sie viel Kraft gekostet. Nur Cael zeigte keinerlei Ermüdung und nahm Niss sogar ihr Bündel ab, damit sie schneller vorwärtskam. Als Nolan stolperte und hinfiel, zog Keb ihn mit einem Ruck wieder auf die Füße. Doch der Rand des Sees schien einfach nicht näher zu kommen, während sich die Undinen mit unglaublicher Geschwindigkeit vermehrten. Einige mussten bereits die Verfolgung aufgenommen haben, denn in Amanóns Rücken wurde es immer heißer. Ein Blick über die Schulter ließ ihn erschauern. Sie mussten schneller laufen, viel schneller! Ein wahrer Strom aus Feuer ergoss sich in den Krater und glitt geradewegs auf sie zu!

Seine Lungen brannten, seine Beine zitterten, aber er schaffte es bis zum Fuß des steil aufragenden Uferrands, dem letzten Hindernis. Amanón schnappte kurz nach Luft und machte sich dann als Letzter fieberhaft an den Aufstieg. Im hinteren Teil des Sees wogte inzwischen ein Meer von Schlangen, und immer neue sprangen in die wimmelnde, lodernde Masse. Amanón hatte hin und wieder das Gefühl, als leckten ihm Flammen um die Stiefel, aber er sah lieber nicht nach unten. Stattdessen brüllte er den anderen zu, noch schneller zu klettern, und zog sich selbst mit letzter Kraft an dem bröckeligen, schwarzen Gestein des Karu in die Höhe.

So fühlt sich also das Gwel an, schoss es ihm durch den Kopf. Das übel riechende Material, aus dem die gesamte Unterwelt bestand … Nachdem er sich über den Rand des Abhangs gehievt hatte, ließ er sich zu Tode erschöpft auf den Boden fallen.

»Weg vom Ufer!«, rief Bowbaq. »Sie können bis hierher springen!«

Keuchend krochen alle bis zur Höhlenwand weiter. Dann lehnten sie sich an den Fels und sahen zu, wie sich der See mit Feuerschlangen füllte. Am liebsten hätte Amanón Eryne in die Arme genommen, aber er begnügte sich damit, sich neben sie zu setzen. Auch Nolan kauerte sich neben seine Schwester, während Bowbaq seine geliebte Enkeltochter an sich drückte, als wollte er sie vor den Undinen schützen. Nur Keb und Cael blieben stehen und starrten gedankenversunken in das wogende Flammenmeer.

Amanón wagte Cael kaum anzusehen. Vor nicht einmal einer Dezime hatte er ihn mit dem Schwert bedroht. Auch wenn er Eryne nur gegen den Dämon hatte verteidigen wollen, war er doch bereit gewesen, ihn zu erstechen – und seinen Cousin zu opfern. Und er hätte es ohne zu zögern getan, so tief war seine Verzweiflung gewesen. Dass er derart die Beherrschung verloren hatte, lastete schwer auf seinem Gewissen. Diesen Verrat würde er sich niemals verzeihen können, auch wenn der Junge ihm nichts nachzutragen schien.

Was der Dämon, der in Cael schlummerte, von ihm hielt, wusste Amanón hingegen nur zu genau.

Nach einer Weile schien der See nicht weiter anzuschwellen. Zejabel hatte wieder genug Kraft geschöpft, um aufzustehen, und begann sofort in dem Beutel zu wühlen, in dem sie ihre Elixiere aufbewahrte. Im Kampf gegen die Lemuren hatte sie zwar selbst zahlreiche Verletzungen davongetragen, wollte sich aber zuerst um Eryne kümmern. Ihre Freundin saß noch immer völlig verwirrt, ja verstört auf dem Boden und starrte die anderen an, als wären es Fremde.

»Lass mich deine Wunde verarzten«, sagte Zejabel sanft.

Obwohl Eryne die Furcht ins Gesicht geschrieben stand, ließ sie Zejabel gewähren, als sie ihr das Kleid aufknöpfte.

Das Gewand war blutverschmiert, ebenso wie das Nachthemd, das sie darunter trug, doch als die Zü den Stoff ein kleines Stück beiseiteschob, war die Haut vollkommen unversehrt. Von einem Einstich keine Spur.

»Das habe ich mir gedacht«, sagte Zejabel mit einem Lächeln.

»Ich nicht«, murmelte Keb, der ihr über die Schulter sah.

Zejabel wandte sich kurz zu dem Wallatten um. Anders als sonst hatte er weder spöttisch noch abschätzig gesprochen und zog auch keine Grimasse. Das Wunder, das die Erben erlebt hatten, schien ihn tief erschüttert zu haben. *Wahrscheinlich hat er erst jetzt begriffen, dass Eryne tatsächlich eine Göttin ist,* dachte Zejabel.

»Ich kümmere mich um die Verletzungen der anderen«, sagte sie zu Eryne. »Dann helfe ich dir beim Umziehen. Jemandem deines Rangs gebührt es nicht, schmutzige Kleidung zu tragen.«

Sie wartete auf eine Antwort oder wenigstens ein kurzes Nicken, doch die Unsterbliche starrte nur stumm und traurig vor sich hin. Vorsichtshalber blieb Zejabel in ihrer Nähe und wandte sich zunächst Amanón zu, der ihr die Hand hinstreckte. Nolan und Kebree, die sich ebenfalls ein wenig mit Heilkunde auskannten, kamen ihr zu Hilfe, und so waren bald sämtliche Wunden gereinigt und sorgfältig verbunden. In der Zwischenzeit hatten sich die meisten auch umgezogen, selbst Nolan, dem Emaz Irno mehrere Roben mitgegeben hatte. Ihre zerrissenen, blutgetränkten Kleider waren völlig unbrauchbar.

»Ich frage mich, was passiert, wenn ich diese Lumpen einfach ins Feuer schmeiße«, sagte Kebree.

Da er keine Antwort erhielt, ging er mit nacktem Oberkörper auf den See zu. Er war noch nicht ganz am Ufer angelangt, da schnellten die Feuerschlangen auf ihn zu, schlugen vor ihm auf den Felsboden auf und zerstoben in Tausende Funken. Zornig schleuderte Keb sein Bündel in Richtung der Pforte, die hinter dem lodernden See kaum mehr zu erkennen war. Noch bevor sich die Kleider der Seeoberfläche näherten, schnappten einige Undinen danach und ließen sie in einem Feuerball aufgehen.

»Jetzt weißt du es«, brummte Amanón.

»Die Schlangen dürfen uns auf keinen Fall berühren«, warnte Bowbaq. »Rey und Grigán haben es zugelassen, und sie hatten beide eine ganz seltsame Vision.«

Zejabel betrachtete die zuckende Masse, aus der unentwegt einzelne Feuerwesen hervorschossen und wieder abtauchten. Manchmal hatte sie fast das Gefühl, dass sich das Knistern und Prasseln zu Worten formte. Nun verstand sie auch besser, warum man diesen Ort den Flüstersee nannte.

Sie drehte sich zu den anderen um. Nach allem, was sie im letzten Dekant erlebt und erlitten hatten, lag ihnen viel auf dem Herzen, doch vorerst saßen sie nur stumm beisammen und genossen die kurze Atempause und das Glück, noch am Leben zu sein. Da es offenbar niemanden zum Aufbruch drängte, nahm sich Zejabel die Freiheit heraus, in Erynes Gepäck nach einem edlen und zugleich bequemen Kleid zu suchen. Dann zog sie Eryne an der Hand hoch und führte sie in eine etwas abseits gelegene Nische.

»Du musst dich umziehen«, sagte sie in bestimmtem

Ton. »Eryne, ich weiß, dass du mich hörst. Willst du deinen Eltern etwa in diesem blutverschmierten Kleid gegenübertreten?«

Zum ersten Mal seit ihrer Rückkehr ins Leben füllten sich Erynes Augen mit Tränen. »Es tut mir so leid …«, hauchte sie. »Ich hatte solche Angst, ich wusste nicht mehr weiter, und dabei habt ihr … Ihr habt es geschafft … Ihr seid alle hier …«

»*Du* auch«, erwiderte Zejabel. »Komme, was wolle, wir bleiben zusammen!«

Anstatt sie mit diesem Versprechen wie erhofft zu beruhigen, brach Eryne in lautes Schluchzen aus. Immerhin hatte sie endlich das verstörte Schweigen gebrochen, das Zejabel nicht geheuer gewesen war. Insgeheim hatte sie schon befürchtet, der Schock habe ihr den Verstand geraubt. Teilnahmsvoll blieb sie neben Eryne stehen, bis sie sich ausgeweint hatte, dann half sie ihr aus dem Kleid und ließ sie allein, damit sie sich umziehen konnte.

Im Grunde wusste sie nur zu gut, was Eryne empfand. Nun hatte sie den untrüglichen Beweis, dass sie unsterblich war, und damit gab es keinen Zweifel mehr, welches Schicksal sie erwartete: Sie würde die Menschen, die sie liebte, einen nach dem anderen sterben sehen, ohne ihren Tod verhindern oder ihnen ins Jenseits folgen zu können. Die Aussicht auf ein solches Dasein hätte wohl jeden zur Verzweiflung getrieben.

Als sich Eryne angekleidet hatte, gingen die beiden Frauen zurück zu den anderen. Nacheinander trat Eryne zu jedem ihrer Freunde und legte ihnen die Hände auf die Wunden, als wäre es das Selbstverständlichste der Welt. Von Dekant zu Dekant wurden ihre heilenden Kräfte stärker. Selbst im Karu wirkte die Macht der barmherzigsten aller Göttinnen.

»Also hat Zuïa auch in dieser Hinsicht gelogen«, sagte Zejabel nachdenklich. »Sie behauptete, selbst nicht ins Jal zurückkehren zu dürfen. Eryne konnte die Pforte aber ohne weiteres durchschreiten.«

»Alle Unsterblichen sind in der Lage, die Pforten zu finden«, pflichtete Amanón ihr bei. »Diese Fähigkeit kommt sicher nicht von ungefähr.«

»Vielleicht fürchtet selbst Zuïa die Macht dieses Ortes«, überlegte Bowbaq.

Alle drehten sich zu ihm um. Zejabel ahnte, dass er keine gute Nachricht für sie hatte.

»Das Karu ist sehr rätselhaft«, fuhr Bowbaq fort. »Die Zeit verstreicht hier nicht wie in unserer Welt. Entfernungen und Richtungen folgen keiner ersichtlichen Logik. Und … es verändert uns. Es kehrt das Schlechte in uns hervor. Ich glaube nicht, dass es für Eryne gut ist, wenn wir noch länger hierbleiben.«

Unwillkürlich wanderte sein Blick nicht zu Eryne, sondern zu Cael. Doch auch so hatten alle verstanden, was er meinte.

Wenn die Erben nicht so schnell wie möglich einen Weg aus den Höhlen fanden, würden bald die ersten Feindseligkeiten ausbrechen. Angst, Wut, Eifersucht – all ihre inneren Dämonen und schwärzesten Gefühle würden im Karu zum Vorschein kommen.

Vor dreiundzwanzig Jahren hatte ein Kobold namens Lloïol die ältere Generation der Erben durch das Karu geführt. Mit der Hilfe des Zwergs waren Grigán, Corenn, Lana, Rey, Yan, Léti und Bowbaq vom Dara bis zum Flüstersee vorgedrungen. Ihre Kinder schlugen nun den umgekehrten Weg ein. Sie konnten nur hoffen, dass ihre Familien im Dara Zuflucht gefunden hatten, denn wenn auch sie in den Höhlen der Unterwelt umherirrten, würden sie sich wohl niemals finden.

Bowbaq erinnerte sich dunkel an einige Hinweise des widerspenstigen Kobolds, und Corenns Aufzeichnungen erwiesen sich abermals als wertvolle Hilfe. Aus ihrem Tagebuch wussten die Erben, dass die Gänge rund um den Flüstersee weniger gefährlich waren als die weiter entfernt gelegenen Höhlen und Tunnel. Alles, was an Halbdämonen und böswilligen Geschöpfen im Karu kreuchte und fleuchte, hielt sich wohlweislich von den Undinen fern, und selbst die Lemuren und andere dunkle Kreaturen, die seit Anbeginn der Zeit in der Unterwelt heranwuchsen, schienen den Wächter des Karu zu fürchten. Dennoch beschlossen die Erben, sich ein kleines Stück vom Flüstersee zu entfernen, denn das unentwegte Zucken und Prasseln der Feuerschlangen machte sie nervös. Sobald sie genug Kraft gesammelt hatten, schulterten sie ihre Bündel und marschierten im Licht ihrer Laternen in den erstbesten Gang hinein.

Vor allem Nolan war nicht böse darüber, dass sie dem Feuerkessel endlich den Rücken kehrten. Er zweifelte nicht daran, dass auch die anderen das knisternde Flüstern der Undinen vernahmen. Allerdings hatte er das Gefühl, einen Befehl herausgehört zu haben. *»Komm näher …«*, hatten die Undinen ihm immer und immer wieder zugezischelt.

Dieser Ruf war so eindringlich gewesen, dass er kurz davor gewesen war, ihm zu folgen, und sei es nur, um die Schlangen endlich zum Schweigen zu bringen. Doch dann hatte er sich in Erinnerung gerufen, dass alle unheilvollen Prophezeiungen, die auf den Erben lasteten, von den Undinen ausgesprochen worden waren. »*Er wird groß und stark werden. Er wird der mächtigste Dämon sein, der unter den Sterblichen weilt. Er wird Tausende Menschen töten*«, hatten sie über Sombre gesagt, um dann fortzufahren: »*Für alle Zeiten wird ein einziger Sterblicher eine einzige Chance haben, ihn zu besiegen. Es wird einer eurer Nachkommen sein, und er wird der Erzfeind genannt werden. Von seinem Sieg hängt der Anbruch des Zeitalters der Harmonie ab.*« Jene wenigen Sätze, die vor beinahe einhundertfünfzig Jahren ausgesprochen worden waren, hatten Abertausenden von Menschen Tod und Verzweiflung gebracht. Sie waren der Grund für Saats Eroberungsfeldzug gewesen, und sie waren nun der Grund für den Angriff der Lorelier auf die Heilige Stadt. Und auch die Erben trugen seither eine schwere Bürde.

Aus Angst vor der Verantwortung, die sie ihm auferlegen würden, widerstand Nolan dem Lockruf der Undinen. Doch zugleich bedauerte er, dass er damit eine kostbare Gelegenheit vergab, mehr über den Erzfeind in Erfahrung zu bringen. Die Prophezeiungen der Undinen waren viel verlässlicher als das Wissen, das Usul preisgab. Alles, was sie verkündeten, war unumstößlich und für alle Ewigkeit festgeschrieben. Der Ewige Wächter des Karu war das einzig wirklich allwissende Geschöpf der bekannten Welt. Wahrscheinlich hätte er ihnen sogar sagen können, wie der Kampf zwischen Sombre und dem

Erzfeind ausgehen würde! Warum hatte er ihren Vorfahren nicht alles verraten? Den Grund kannte wohl nur er allein. *So haben die Sterblichen mich erschaffen,* hätte er vermutlich geantwortet.

Dennoch wurde Nolan den Gedanken nicht los, dass er ihnen, der jüngsten Generation der Erben, vielleicht mehr offenbaren würde als ihren Eltern. War es nicht doch ein furchtbarer Fehler, den Flüstersee schon zu verlassen? Wäre es nicht seine Aufgabe, die anderen darauf aufmerksam zu machen? Da er sich einfach nicht zu einer Entscheidung durchringen konnte, folgte er seinen Gefährten in die feuchtwarmen, modrigen Gänge, ohne seine Zweifel zu äußern.

Sie bewegten sich mit äußerster Vorsicht voran. Trotz ihrer magischen Anhänger, die ihre Gegenwart zumindest teilweise verbargen, und der angeblichen Ungefährlichkeit dieses Teils des Labyrinths befürchteten die Erben, plötzlich die Fangzähne eines Ungeheuers aufblitzen zu sehen oder einem mörderischen Dämon zu begegnen. Die Verschnaufpause am Flüstersee war viel zu kurz gewesen, um sich von den Beschwernissen des vergangenen Tages und den Wunden des Kampfes gegen die Lemuren zu erholen, und so hielten sie zunächst nur nach einer einigermaßen geschützten Stelle Ausschau, an der sie ihr Lager aufschlagen und einige Dekanten Schlaf nachholen konnten, während sie sich mit der Wache abwechselten.

»Ich frage mich, warum sich die Pforte zum Karu geöffnet hat«, sagte Bowbaq auf einmal in das Schweigen hinein. »Es wäre so viel einfacher gewesen, wenn wir gleich im Dara gelandet wären.«

»Diese Frage habe ich mir auch schon gestellt«, meinte Zejabel. »Zuïa konnte uns nur den Zugang zum Karu öffnen, weil ihre schwarze Seele hier herangewachsen ist. Mit Eryne an unserer Seite hätten wir eigentlich in die Gärten des Dara kommen müssen.«

»Mein … mein anderes Ich kennt nur das Karu«, brachte Cael leise hervor. »Vielleicht ist es meine Schuld.«

Zunächst wagte niemand etwas zu erwidern, da sie ihm ansahen, wie sehr er litt. Bislang hatten sie den Angriff auf Niss, sein Verschwinden und die Rückkehr zu seinem gewöhnlichen Verhalten mit keinem Wort erwähnt. Sie waren nur froh, dass er wieder bei ihnen war – für alles andere würde noch Zeit genug sein, wenn sie erst einmal eine Nacht darüber geschlafen hatten. Andererseits konnte ihr Schweigen ihn ebenso sehr treffen wie ein offener Vorwurf. Schlimmstenfalls fasste er es gar als Zustimmung zu seinem Geständnis auf.

»Es hat sicher nichts mit dir zu tun«, sagte Amanón schließlich. »Aus den ethekischen Manuskripten geht hervor, dass die Pforte sich mal zum Karu, mal zum Dara öffnete, wenn die Priester sie beschworen. Es kam wohl darauf an, was für ein Mensch der Tote in den Augen der Sterblichen gewesen war. Verbrecher wurden jedenfalls immer der Unterwelt zugeführt. Ich glaube eher, dass sich das Karu geöffnet hat, weil die Mörder der Dunklen Bruderschaft zugegen waren.«

»Vermutlich hockten die Lemuren damals um den See herum und warteten auf ihr Fressen«, spottete Kebree. »Während die Leichen der braven Bürger im Dara verfaulten.«

»So war es sicher nicht«, protestierte Niss.

»Sie hat recht«, pflichtete Nolan ihr bei. »Alles, was im

Dara zurückgelassen wird, verschwindet spurlos, noch bevor es verwesen kann. Dieser Ort verschluckt alles, was nicht zu ihm gehört. Davor hat Nol der Seltsame unsere Eltern eindringlich gewarnt.«

»Wir sollten nicht einmal unsere Bündel zu lange auf dem Boden liegen lassen«, bestätigte Bowbaq.

»Großartig«, brummte der Wallatte ernüchtert.

Nolan fand die Aussicht auch nicht gerade ermutigend. Wer würde sich freiwillig an einen Ort begeben, der Gegenstände und Menschen verschwinden ließ, als würde man einen Schmutzfleck von einem Kleidungsstück klopfen? Nun mussten sie sich auch noch darum sorgen. Immerhin saßen ihre Eltern seit fast sechs Dekaden im Jal fest! Hatte das Dara sie womöglich längst unwiederbringlich verschluckt?

Nolan grübelte immer noch über diese Frage nach, als Amanón endlich eine geeignete Lagerstelle fand. Seine Wahl war auf einen Tunnel gefallen, dessen Zugänge auf beiden Seiten so eng waren, dass sie vor größeren Dämonen sicher waren. Nachdem sich Keb und Cael bereit erklärt hatten, die erste Wache zu übernehmen, streckten sich die Erben im Schein einer kleinen Laterne, die sie in ihre Mitte gestellt hatten, auf ihren Decken aus und versuchten, trotz ihrer schmerzenden Glieder und der drückenden Hitze, die von dem Gwel ausging, etwas Ruhe zu finden.

Nolan wurde derart von seinem Gewissen geplagt, dass er sich lange hin- und herwälzte, bis er endlich in unruhigen Schlaf fiel. Noch in seinen Träumen glaubte er das knisternde Flüstern der Undinen zu hören: »*Komm näher … Komm …*«

Jemand rüttelte Cael vorsichtig an der Schulter. In der Schwebe zwischen Traum und Wirklichkeit fühlte er sich einen Augenblick lang in den Schlafsaal des Großen Hauses zurückversetzt, wo ihn sein Freund zu einem nächtlichen Ausflug in die Bibliothek geweckt hatte. Doch diese Zeiten waren unwiderruflich vorbei.

Als er die Augen aufschlug, fand er sich in den finsteren Gängen des Karu wieder, mit hämmernden Kopfschmerzen und dementsprechend schlechter Laune. Erst als er Niss erblickte, die ihre Decke neben seine gezogen hatte, hellte sich seine Stimmung etwas auf. Ihr Gesicht war so dicht vor seinem, dass er im ersten Moment versucht war, sie noch einmal zu küssen. Aber er war jetzt wieder der alte Cael, der schüchterne Cael, und so schenkte er ihr nur ein schwaches Lächeln.

»Du hast schlecht geträumt«, erklärte Niss flüsternd. »Du warst schon seit einer Weile ganz unruhig, da dachte ich, es ist vielleicht besser, wenn ich dich wecke.«

Zum Dank nickte er nur stumm und versuchte sich seinen Alptraum ins Gedächtnis zu rufen. Er erinnerte sich dunkel an eine Reihe von Bildern, eines grausamer und furchteinflößender als das andere. Sie mussten der Vorstellungswelt entstammen, in der sein innerer Dämon lebte. Wahrscheinlich war es genau das: Die Macht des Karu hatte ihn mit schwarzen Gedanken überschwemmt, aus denen die Wesen der Unterwelt ihre Kraft schöpften. Über kurz oder lang wäre seine Stimme dadurch wieder so stark geworden, dass sie die Kontrolle über seinen Körper zurückgewonnen hätte. Es war wirklich ein Glück, dass Niss ihn geweckt hatte. Ein großes Glück.

Cael traute sich kaum mehr, die Augen zu schließen,

blieb aber ruhig liegen, um den Schlaf seiner Gefährten nicht zu stören und die Nähe zu Niss auszukosten. Eine halbe Dezille lang sahen sie sich still an, ohne ein Lächeln zu wagen oder sich ihre Gefühle füreinander zu gestehen.

»Wirst du es ihnen sagen?«, wisperte Niss schließlich.

»Was?«, fragte er erschrocken.

»Was mit Usul passiert ist. Ich weiß Bescheid«, erklärte sie, als sie die Panik in seinen Augen sah. »Ich habe es in deinem Geist gelesen. Na ja, im Geist von … Ich glaube, du solltest es den anderen erzählen.«

Cael hielt ihrem offenen Blick eine Weile stand. Er wusste nicht, wie er reagieren sollte. Tatsächlich erinnerte er sich nun wieder klar und deutlich an seine Begegnung mit dem Gott der Guori. Alles, was seit dem Besuch im Schönen Land in den Tiefen seines Gedächtnisses vergraben gewesen war, hatte der Dämon zum Vorschein gebracht. Doch nachdem die Stimme sich geschlagen gegeben hatte und in ihr Gefängnis in seinem Geist zurückgekehrt war, hatte er nur noch an die Qualen gedacht, die er erlitten hatte, an seine Dankbarkeit seiner Retterin gegenüber und an die Reue, die ihn jedes Mal durchfuhr, wenn er die Würgemale an Niss' Hals sah. Und so hatte er sich mit seinem Kummer eingeigelt, um seinen inneren Dämon wenigstens ein paar Dekanten lang zu vergessen, und war eingeschlafen, ohne sich den anderen anzuvertrauen.

Doch jetzt hatte Niss den Finger in die Wunde gelegt. Sollte er ihr deswegen böse sein? Nein, er würde ihr nie wieder wegen irgendetwas böse sein können. Außerdem hatte sie recht. Er musste seinen Gefährten sagen, was passiert war, so wie er sie auch hätte warnen müssen, dass seine Stimme stärker wurde. Dann hätte sich das Schlimmste vielleicht verhindern lassen.

»Ich werde es ihnen sagen«, hörte er sich murmeln.

Niss strahlte ihn an und sprang dann zu seiner Überraschung gleich auf. Sein Magen krampfte sich zusammen, als er sah, wie sie erst auf Bowbaq und dann auf Nolan einredete, die am Ein- und Ausgang des Tunnels Wache hielten. Während sie die anderen weckte und jedem von ihnen ein paar Worte ins Ohr flüsterte, woraufhin seine Gefährten ihm erstaunte und neugierige Blicke zuwarfen, geriet er geradezu in Panik. Es dauerte nicht lange, da saßen oder standen alle um ihn herum, und Niss zwinkerte ihm aufmunternd zu. Sosehr ihm auch vor dem Geständnis graute, nun hatte er keine Wahl mehr.

»Also … Es geht um Usul«, begann er verlegen. »Wie ihr wisst, hatte ich … hatte ich in Usuls Höhle einen Anfall, und ich kam erst wieder zu mir, als mir die Atemluft ausging …«

»Und wir haben dich aus dem Wasser gezogen«, ergänzte Bowbaq. »Kurz nachdem die Riesenschlangen verschwunden sind.«

»Ja … Es fing an, als Usul mir eröffnete, dass es unter uns einen Verräter gibt«, fuhr der Junge fort. »Da bin ich plötzlich wahnsinnig wütend geworden, und ich glaube, ich habe Usul innerlich verflucht. Deswegen dachte ich zuerst auch, dass er mich einfach meinem Schicksal überlassen hat. Aber so war es nicht.«

Seine Gefährten starrten ihn mit aufgerissenen Augen an. Cael musste seinen ganzen Mut zusammennehmen, um fortzufahren.

»Usul hat nicht versucht, mich zu ertränken. In Wirklichkeit wollte er sich nur verteidigen. Denn der Dämon in mir hat ihn angegriffen … und ihn umgebracht. Usul ist tot«, schloss er. »Er ist durch meine Hand gestorben.«

Nun, da er es laut ausgesprochen hatte, wurde Cael erst richtig klar, was das bedeutete. Was in seinen Freunden vorging, konnte er nur ahnen. Auf ihren Gesichtern spiegelten sich Verblüffung, Ungläubigkeit und Entsetzen. Die optimistischeren unter ihnen schienen jedoch auch Hoffnung zu schöpfen – denn ein Gedanke drängte sich allen sofort auf.

»Also könntest du der Erzfeind sein«, sagte Zejabel. »Du bist imstande, das Leben eines Unsterblichen auszulöschen.«

»Das war nicht ich, sondern der Dämon, der sich meinen Körper mit mir teilt«, wehrte Cael ab. »Und außerdem heißt das noch lange nicht, dass er auch Sombre besiegen könnte. Ich habe eher den Eindruck, dass … dass ich ihm auf keinen Fall begegnen darf. Das würde alles nur noch schlimmer machen. Es wäre sehr gefährlich.«

»Wie hast du es geschafft, Usul zu töten?«, fragte Amanón. »Es gibt sehr unterschiedliche Beschreibungen von ihm, aber er wird immer als riesenhaftes Wesen geschildert. Wie hast du ihm ohne jede Waffe überhaupt etwas antun können?«

Vor dieser Frage hatte sich Cael gefürchtet, obwohl er gewusst hatte, dass sie kommen würde. In den drei Tagen, in denen er ganz und gar von dem Dämon besessen gewesen war, hatte er jede Einzelheit dieses letztlich sehr kurzen Kampfes noch einmal durchlebt. Er erinnerte sich nur zu gut an den leblosen Körper, der durch die Höhle trieb, gefangen bis in alle Ewigkeit.

»Nun ja … Da ich ein Gwelom trug, konnte Usul meine Gedanken nicht lesen«, erklärte er. »Deshalb hatte er eine Gestalt gewählt, in der er unter Wasser mit mir sprechen konnte. Er sah eigentlich fast aus wie ein Mensch mit Kiemen. Und der Dämon hat ihn … erwürgt.«

Bei diesen Worten warf Cael Niss einen reuevollen Blick zu, aber sein Bericht schien sie so sehr mitzunehmen, dass sie gar nicht an das Leid dachte, das ihr selbst widerfahren war. Dabei hatte Cael nicht einmal den Mut gehabt, alles zu erzählen. Das amphibische Wesen mit den zarten, durchscheinenden Gliedern hatte im Grunde fast wie ein Kind ausgesehen, und Cael fragte sich, ob er damit nicht vielleicht Usuls wahre Erscheinung zu Gesicht bekommen hatte, jene Gestalt, in der der Gott das Jal verlassen hatte, um sich in der Höhle der Guori anzusiedeln. Dieser Gedanke machte ihm mehr zu schaffen als alles andere, auch wenn er für sein Tun nicht direkt verantwortlich war.

»Ich dachte, nur ein Unsterblicher könnte einem anderen Unsterblichen etwas anhaben«, sagte Keb.

»Das stimmt«, erwiderte Nolan. »Ich sehe nur eine mögliche Erklärung: Der Geist, den Sombre dir eingehaucht hat, ist unsterblich.«

»Das heißt, dass Sombre sich seinen Erzfeind selbst geschaffen hat«, überlegte Amanón. »Das nenne ich ausgleichende Gerechtigkeit.«

Die Erben nickten gedankenverloren, und Eryne konnte ihre Erleichterung kaum verbergen. Doch Cael wusste genau, dass eine Begegnung zwischen seinem Dämon und dessen Schöpfer ungeheuer gefährlich wäre. Entweder würde der Kampf ihn selbst das Leben kosten, oder die Bestie in seinem Innern würde den Sieg erlangen, was sich ebenfalls niemand wünschen konnte. Eine dunkle Vorahnung sagte ihm, dass den Erben in diesem Fall großes Unheil drohte.

Außerdem hatte er noch nicht zu Ende gesprochen. Eins blieb noch zu sagen, das Wichtigste. Etwas, das Niss offenbar nicht aus seinen Gedanken herausgelesen hatte.

»Ich habe Usul nach dem Namen des Erzfeinds gefragt«, begann er mit zitternder Stimme.

Um ihn herum wurde es totenstill, und die dunklen Gänge, ja das ganze Jal'karu schienen den Atem anzuhalten. Dabei hatte Cael eine weitere niederschmetternde Nachricht zu verkünden.

»Usul sagte: ›*Die Antwort auf deine Frage ist nicht ganz einfach. Der Erzfeind ist einer von euch, aber …* ‹ An diesem Punkt habe ich die Beherrschung verloren, aber seit gestern, seit Niss mir geholfen hat, zu euch zurückzukehren, weiß ich wieder, wie es weiterging. ›*Der Erzfeind ist einer von euch, aber sein Name ist noch nicht bekannt. Es kann dich treffen, genauso gut aber auch Nolan oder Eryne … Ein Ereignis wird eintreten, das zwischen euch allen entscheidet.*‹«

Diese Erinnerung hatte einen bitteren Beigeschmack. Unmittelbar danach war er dem Gott an die Gurgel gegangen und hatte seinem blindwütigen Hass freien Lauf gelassen.

Die Erben sahen ihn betroffen an, wenn auch aus anderem Grund.

Ihre Suche schien einfach nicht voranzukommen.

Sie diskutierten noch eine Weile über diese unerwartete Wendung, doch ihre Mutmaßungen brachten sie nicht weiter. Die Prophezeiung sagte nichts darüber aus, was die Entscheidung herbeiführen würde. Vielleicht hatte jenes Ereignis schon längst stattgefunden, schließlich waren seit ihrem Besuch auf Usuls Insel mehr als drei Dekaden vergangen. Drei Dekaden, in denen sie auf die Insel Zuïa und nach Ith gereist waren, unzählige Prüfungen überstanden und viele Kämpfe ausgetragen hatten.

Andererseits glaubten die Erben nicht, dass es ihnen entgangen wäre, wenn einer von ihnen zum Erzfeind auserwählt worden wäre. Also war das Ereignis wohl noch nicht eingetreten. Doch das war natürlich nur ein frommer Wunsch; Beweise gab es keine. Im Grunde hatten sie nur eine Erkenntnis gewonnen: Jene einzige Chance, von denen die Undinen gesprochen hatten, war noch nicht vertan. Sombre konnte immer noch besiegt werden.

Eryne war nicht gerade erfreut über Caels Auskunft. Immerhin hatte Usul sie als mögliche »Auserwählte« genannt, und dabei hatte sie schon gehofft, diese Bürde endgültig los zu sein. Auch Nolan hatte der Gott namentlich erwähnt. Zwar schloss die Ankündigung eines »Ereignisses, das zwischen euch allen entscheidet« Amanón, Niss oder Kebree nicht aus, aber die lorelischen Geschwister und der Junge aus Kaul schienen am ehesten in Frage zu kommen, sonst hätte Usul wohl kaum ausdrücklich von ihnen gesprochen. Oder war es vielleicht gerade umgekehrt? Wieder einmal tappten sie vollkommen im Dunkeln. Jedes Mal, wenn sie glaubten, ihrem Ziel näher gekommen zu sein, wurden sie bitter enttäuscht.

Doch das war nicht ihre einzige Sorge. Nach Caels Geständnis packten die Erben ihre Sachen zusammen, um sich auf die nächste Etappe ihrer Wanderschaft zu machen. Als Amanón eine zweite Lampe entzündete, stutzte er.

»Der Gang ist breiter geworden«, sagte er argwöhnisch.

»Das bildest du dir nur ein«, widersprach Nolan. »Ich sehe keinen Unterschied zu gestern Abend.«

»Du hast ja auch Wache gehalten«, erwiderte Amanón. »Ich denke, dass die Veränderung mit bloßem Auge nicht erkennbar ist. Aber als ich mich schlafen gelegt habe, war der Gang etwas schmaler, das schwöre ich.«

Nun, da Amanón sie darauf hingewiesen hatte, beschlich auch Eryne das dunkle Gefühl, dass sich die Umgebung irgendwie verändert hatte. Reihum bestätigten die anderen diesen Eindruck, allen voran Zejabel.

»Das Labyrinth verwandelt sich ständig«, rief ihnen Bowbaq ins Gedächtnis. »Das hat uns schon beim letzten Mal verwirrt. Nur die Höhle der Undinen scheint immer gleich zu bleiben.«

»Und wie sollen wir aus diesem Drecksloch wieder rauskommen, wenn es ständig wächst oder schrumpft?«, murrte Keb. »Vielleicht hat ja einer von euch eine zündende Idee!«

Offenbar waren seine Worte mehr als Frage denn als Stichelei gedacht, denn er sah dabei wie selbstverständlich Eryne an.

Die Göttin zuckte nur ratlos die Achseln. Wenn sie den Gärten des Dara nahe genug kämen, würde sie vielleicht den richtigen Weg vor sich sehen und ihre Gefährten aus dem Karu führen können. Doch das konnte Tage, ja Dekaden dauern, wenn es überhaupt jemals geschah. Schließlich war Saat einhundertachtzehn Jahre lang in diesem Labyrinth herumgeirrt.

Mit einem Mal kamen die aus Gwel geformten Gänge, die Verlauf und Gestalt nach Belieben ändern konnten, den Erben noch unheimlicher vor. Eryne malte sich aus, wie sie in eine Sackgasse gerieten, deren einziger Ausgang sich hinter ihnen verschloss! Dann würden ihre Freunde einen grausamen Erstickungstod erleiden und nach und nach vom Jal ausgelöscht werden, während sie, die Unsterbliche, bis in alle Ewigkeiten klagend und trauernd im Karu gefangen bliebe.

Von solchen Schreckensvisionen wurden wohl auch ihre Gefährten heimgesucht, denn alle schlangen hastig ein paar Bissen hinunter, um ihren Aufbruch nicht länger zu verzögern. Wenn sie diese Reise durch die Unterwelt überleben wollten, durften sie keine Zeit verlieren.

Am liebsten wären sie im Laufschritt weitermarschiert, doch sie mussten aufpassen, nicht blindlings in eine Höhle voller Dämonen zu stolpern.

Sombre war verärgert. Und wenn er verärgert war, dann floss Blut, Menschenblut. Aus diesem Grund hatte Agénor einige Unglückliche in die Verliese des königlichen Palasts werfen lassen – doch nachdem er ihnen die Knochen gebrochen, Gliedmaßen und Köpfe abgerissen und ihrem Schreien, Betteln und Röcheln eine Weile gelauscht hatte, musste der Dämon einsehen, dass ihm diese Gemetzel keinen Spaß mehr machten. Die Opfer leisteten einfach zu wenig Widerstand.

Als er Schritte auf der Treppe hörte, streckte er seinen Geist nach dem Besucher aus. Die neue Königin von Lorelien, wer auch sonst. Seit er dort hauste, wagte es niemand anders, in den Kerker hinabzusteigen. Selbst die Wachen, die ihm die zum Tode Verdammten brachten, kamen nicht immer mit dem Leben davon. Sombre genoss es, sie zu töten, da die Soldaten sich besser zu verteidigen wussten. Manchmal ließ er seinen Opfern sogar ihre Waffe, bevor er ihre Eingeweide über den Boden verteilte.

Er hätte den Gefangenen natürlich auch sofort den Kopf abreißen können, aber meistens ließ er die Sterblichen noch ein paar Tage zappeln und ergötzte sich an ihrer Angst, so wie er es einst in seinem Mausoleum getan hatte. Für gewöhnlich schickte ihm Agénor Gauner, Bettler und Deserteure, manchmal jedoch auch bedeutendere Persönlichkeiten: Generäle, die es gewagt hatten, gegen die Eroberungspläne ihrer Königin zu protestieren, Minister, die Zweifel an den Beweisen hatten, mit denen Agénor Gorans Schuld an der Ermordung der Thronfolger belegte, und all jene Mitglieder des Hofstaats, die dem neuen Regime mehr oder minder feindlich gegenüberstanden und in der Stille der Nacht von der Grauen Legion aus ihren Betten geholt und ihm zum Fraß vorgeworfen wurden. Bei ihnen ließ sich Sombre besonders viel Zeit. Ihre Verzweiflung war unterhaltsamer, da sie sich erbitterter wehrten als das gemeine Gesindel. Aber irgendwann mussten auch sie daran glauben.

Gelangweilt ließ er das Häuflein Mensch fallen, das er gerade zwischen seinen vier Armen zerquetscht hatte, und nahm seiner Verbündeten zuliebe die Gestalt eines jungen Mannes an. Sie sah es nicht gern, wenn er als abstoßendes Ungeheuer in Erscheinung trat, und so verzichtete er in ihrer Anwesenheit darauf, obgleich er nicht sagen konnte, warum. Vielleicht lag es einfach daran, dass sie ihm in seiner Menschengestalt noch mehr Bewunderung entgegenbrachte.

Am Fuß der Treppe angekommen, betrachtete Agénor die menschlichen Überreste, die in dem gewaltigen Kerker verstreut lagen, und die noch lebenden Gefangenen, die sie aus ihren winzigen Verliesen um Gnade anflehten. Hätten sie die alte Frau ebenso gut gekannt wie Sombre, so hätten sie sich die Mühe gespart. In den Augen der Königin gehörten diese wimmernden Jammergestalten längst der Vergangenheit an, und auch der Anblick der verstümmelten, zerfetzten Kadaver, die sich in den Winkeln des Kerkers häuften, ließ sie vollkommen ungerührt. Sie würde ein paar Hungerleider damit beauftragen, den Unrat wegzuschaffen, bevor auch deren Blut in die Fugen des Steinbodens sickerte und sich dort für immer mit der Erde vermischte. Sombre hielt sich erst seit einem Mond hier unten auf, doch der Geruch von Tod und Verwesung, der in der Luft hing, erinnerte ihn schon an das Karu. Eigentlich fühlte er sich hier fast heimisch.

Agénor hingegen konnte den Gestank nicht lange ertragen. Sie presste sich ein besticktes Taschentuch vor die Nase und winkte ihren Ziehsohn zu sich. Der Dämon war versucht, genüsslich durch die Blutlachen zu waten, doch da ihm das Wimmern der Sterblichen auf die Nerven ging, begab er sich lieber gleich zum Fuß der Treppe.

»Sie sind immer noch im Jal«, sagte er schmollend.

»Das kannst du doch nicht wissen, mein Schatz. Vielleicht haben sie es längst durch eine andere Pforte verlassen.«

»Ich habe nicht genügend Lemuren nach Ith geschickt«, klagte der Dämon. »Wenn sie sieben von ihnen bezwingen konnten, so werden zwölf auch nicht reichen. Ich werde dreißig herbeirufen, und noch einmal so viele schicke ich nach Sol und auf die Insel Ji!«

Agénor schenkte ihm ein nachsichtiges Lächeln, als wäre er ein bockiges Kind, das sie trotz seiner Unartigkeit entzückend fand. Dann zog sie ihn die Treppe hoch.

»Du hast mir doch erzählt, dass die Zeit im Jal auf andere Weise verstreicht«, erinnerte sie ihn. »In unserer Welt sind vier Tage vergangen, im Jal womöglich erst einer. Nur Geduld, mein Schatz. Sie werden schon wieder auftauchen. Und was die Lemuren angeht … Vergiss nicht, dass wir sie bald brauchen. Hebe sie dir für den Beginn deiner Herrschaft auf.«

Aus Prinzip wollte Sombre protestieren, wütend werden, seinen Kopf durchsetzen, aber er brauchte den Geist seiner Verbündeten nur kurz zu streifen, um sich zu vergewissern, dass sie tatsächlich nichts als seinen Ruhm und Glanz im Sinn hatte. Und sie hatte recht. Wie immer.

»Ich will dir etwas zeigen«, sagte sie. Sie schien es kaum erwarten zu können, ihm ihre Überraschung vorzuführen.

Der Dämon wusste bereits, worum es sich handelte. Seit ihrer ersten Begegnung hatte sie unentwegt darüber nachgedacht. Mithilfe der Schwarzen Legion, der geheimen Untereinheit ihrer Spitzelorganisation, hatte sie alle nötigen Auskünfte eingeholt, und kurz nach ihrem Einzug in den königlichen Palast waren die Bauarbeiten in

Angriff genommen worden. In wenigen Dekaden, vielleicht sogar früher, würden sie abgeschlossen sein. Dennoch folgte Sombre Agénor zur Baustelle, um die Wut über das Verschwinden seiner Feinde für einen Augenblick zu vergessen.

Die Halle, zu der ihn die Königin führte, lag nicht allzu weit entfernt. Agénor hatte einen gesamten Flügel der Palastanlage räumen lassen, und nur sie selbst und der Dämon hatten Zutritt zu der geheimen Stätte. Den Arbeitern und Schreibern, die hier am Werk waren, standen Lebensmittel und Material für drei Monde zur Verfügung. Die Männer ahnten nicht, dass sie sich ihr eigenes Grab schaufelten.

Als er das letzte Tor durchschritt, stob Sombre eine Wolke von Steinstaub entgegen. Inmitten des steten Hämmerns der Meißel und der Rufe der Arbeiter auf ihren Gerüsten zeigte Agénor auf die Überraschung, von der er bereits in ihren Gedanken gelesen hatte.

Der Bau kam gut voran, sehr gut sogar. Die Männer leisteten ganze Arbeit: Ihr Werk würde über viele Jahrhunderte hinweg dem Zahn der Zeit trotzen.

Langsam breitete sich ein Lächeln auf Sombres Gesicht aus, ein siegessicheres, triumphierendes Lächeln. Der steinerne Bogen war tatsächlich eine Pracht. Und von den Schriftzeichen, die die Sterblichen auf seine Unterseite übertrugen, schien eine noch größere Macht auszugehen als von den längst vergessenen Originalen.

Niss schätzte, dass sie schon mindestens drei Dekanten lang unterwegs waren. In den finsteren Gängen ließ sich nur schwer sagen, wie viel Zeit tatsächlich vergangen war, und obendrein schien das Jal'karu es geradezu darauf anzulegen, sie nicht nur in die Irre zu führen, sondern auch ihre Urteilskraft zu trüben. Bowbaq behauptete zum Beispiel, sie seien erst seit einigen Dezimen auf den Beinen. Zejabel hingegen fand, dass bereits ein ganzer Tag verstrichen sein müsse. Insgeheim war jeder von ihnen überzeugt, mit seiner Schätzung richtig zu liegen, und es bereitete ihnen großes Unbehagen, nicht von den anderen bestätigt zu werden. Deshalb beschlossen sie, von nun an lieber zu schweigen. Nur in einem waren sie sich einig: Je schneller sie hier wieder herauskamen, desto besser.

Schließlich waren sie alle der Wanderung durch die Dunkelheit schon längst überdrüssig. In regelmäßigen Abständen plagten sie Hunger und Durst, so dass sie eine kurze Pause einlegen mussten, um etwas von ihren spärlichen Vorräten zu verzehren. Dabei wurde ihnen klar, dass ihnen noch eine weitere Gefahr drohte: Wenn sie nicht bald einen Weg aus dem Labyrinth fanden, würden sie schlicht und einfach verdursten. Bowbaq zufolge verspürte man in den Gärten des Dara keine körperlichen Bedürfnisse; in den Höhlen des Karu waren Hunger und Durst hingegen hundertmal stärker als sonst, ebenso wie alle anderen Gelüste und Begehrlichkeiten. Hin und wieder stießen sie zwar auf ein dünnes Rinnsal, aber das Wasser war jedes Mal schlammig-schwarz und stank nach dem allgegenwärtigen Gwel. Bisher hatte niemand gewagt, seinen Schlauch damit zu füllen, doch vielleicht würde ihnen bald nichts anderes übrigbleiben.

Obwohl es keiner laut aussprach, wussten alle, dass ihre Vorräte allmählich knapp wurden. Als Eryne eine

Handvoll Trockenfrüchte ablehnte, die Nolan ihr hinstreckte, sahen sich alle bestürzt an, denn ihr Magen hatte vernehmlich geknurrt. Da sie nun um ihre Unsterblichkeit wusste, versuchte Eryne, ihre menschlichen Bedürfnisse zu ignorieren, damit ihren Gefährten mehr zu essen blieb. Sie täuschte Übelkeit vor, doch die anderen durchschauten ihre Absicht sofort. Erst als Amanón sie auf die Gesundheit ihres Kindes hinwies, willigte sie zur großen Erleichterung ihrer Freunde ein, wenigstens eine Kleinigkeit zu sich zu nehmen: Sie hätten ganz sicher keinen Bissen hinunterbekommen, wenn Eryne ihnen zuliebe gehungert hätte.

Das Lampenöl bereitete ihnen ebenfalls große Sorge. Auf dem Weg durch die Kanäle von Ith und die Gänge unter den Bergen hatten sie bereits einen Großteil ihrer Vorräte verbraucht. Wie lange das restliche Öl noch reichen musste, konnten sie unmöglich wissen, und so überlegten sie, welche Gegenstände sich als Fackel verwenden ließen. Zejabels Bogen und die Pfeile würden sicher gutes Brennmaterial abgeben, ebenso wie Bowbaqs Kaute, sofern es ihnen gelang, sie in Brand zu setzen. Wenn sie dann noch einige Fetzen Stoff um das Holz wickelten, hätten sie wohl für eine Weile genügend Licht. Die Erben hofften dennoch, dass sie nicht gezwungen sein würden, eine solch helle Flamme durch das Reich der Dämonen zu tragen. Schon der matte Schimmer ihrer Laternen erschien ihnen in der undurchdringlichen Finsternis viel zu auffällig.

Zejabel hatte zunächst vermutet, dass Eryne vielleicht im Dunkeln sehen könnte wie andere Götter auch, aber als sie es ausprobierten, schüttelte die Lorelierin nur den

Kopf. Notfalls würden sie also doch auf Fackeln ausweichen müssen, denn niemand traute sich, Cael zu einem Versuch aufzufordern. Und selbst wenn sein innerer Dämon sie durch die Finsternis führen könnte, so würde er sie gewiss nicht ins Dara bringen.

Niss behielt ihren Freund schon seit einer Weile im Auge. Sie war so glücklich gewesen, ihm helfen zu können, dass sie sich nun irgendwie dafür verantwortlich fühlte, einen erneuten Ausbruch seines inneren Dämons zu verhindern. Doch genau das schien sich in diesem verfluchten Labyrinth anzubahnen. Nach seinem Geständnis am Morgen war Cael immer mürrischer und verschlossener geworden, wie schon auf ihrer Reise von der Insel Zuïa nach Ith. Gelegentlich blieb er unvermittelt an einer Abzweigung stehen, als lausche er einem Lockruf, den nur er hörte, und wenn er sich danach wieder seinen Gefährten zuwandte, funkelten seine Augen angriffslustig. Sobald ihn einer der Erben ansprach, gab er dieses sonderbare Verhalten zwar wieder auf, doch sein Schweigen machte alle noch nervöser. Dass Cael seinen Cousin von sich aus bat, sein Rapier für ihn zu verwahren, machte die Sache nicht besser: Damit bestärkte er sie nur in dem Verdacht, dass seine Aggressivität zunahm.

So marschierten sie von Sorgen und Ängsten geplagt bis zum frühen Abend dahin – zumindest ging Niss davon aus, dass es früher Abend war. Irgendwann kam ihr die Umgebung plötzlich seltsam vertraut vor, und ihren Freunden erging es wohl nicht anders, denn sie sahen sich immer wieder beunruhigt um. Nach einer Weile vernahmen sie in der Ferne ein stetiges Murmeln und Flüstern. Ein Flüstern, das sie alle noch gut in Erinnerung hatten. Nein, das durfte nicht sein …

Doch nur wenige Dezillen später mussten sie der bitteren Wahrheit ins Auge blicken.

Sie waren den ganzen Tag gelaufen, nur um wieder zu ihrem Ausgangspunkt zurückzukehren. Als sie die Höhle der Undinen betraten, begannen die Feuerschlangen durcheinanderzuspringen wie Lachse vor einem Wasserfall.

»Wir müssten meilenweit vom Flüstersee entfernt sein«, sagte Amanón entmutigt. »Meinem Kompass zufolge sind wir immer in dieselbe Richtung gegangen.«

Resigniert löschte er ihre Lampe, die nun überflüssig war, ließ sein Bündel zu Boden fallen und setzte sich an die Wand. Die anderen taten es ihm gleich und warfen sich bekümmerte Blicke zu.

Sie hatten ihre wertvollen Vorräte umsonst verbraucht. Jetzt waren sie wieder da, wo ihr Marsch begonnen hatte, und nichts sagte ihnen, dass es ihnen beim nächsten Mal besser ergehen würde.

Sie hatten die Tücken des Labyrinths unterschätzt. Solange sie nicht mehr darüber wussten, hatte es keinen Sinn, wieder aufs Geratewohl loszulaufen. Nachdem er den ersten Schock verwunden hatte, griff Amanón nach seinem Bündel und zog das ethekische Buch hervor, das ihm am aufschlussreichsten erschienen war. Seit Caels Verschwinden hatte er keine Zeit mehr gehabt, es sich noch einmal in Ruhe anzusehen. Es war vielleicht nicht der beste Zeitpunkt, sich wieder an die Übersetzung zu machen, aber er wusste nicht, was er sonst tun sollte. Mit etwas Glück stand in dem Manuskript irgendetwas, das ihnen aus der Patsche helfen könnte. Es war seine letzte Hoffnung.

Als seine Gefährten sahen, wie er sich in das Buch vertiefte, machten sie es sich ebenfalls bequem, streckten ihre müden Beine aus und betrachteten den Feuertanz der Undinen. Auch Amanón war immer wieder versucht, den Blick zu heben und sich in dem faszinierenden Schauspiel zu verlieren. Ihm fiel auf, dass Nolan dem Zischeln der Flammen besonders gebannt lauschte, und so überraschte es ihn kaum, als er sich bald darauf zu ihm setzte, um ihm etwas anzuvertrauen.

»Es ist, als würden … als würden uns die Undinen daran hindern, von hier wegzukommen«, murmelte er. »Sie haben das Labyrinth so verändert, dass wir wieder hier herausgekommen sind, da bin ich ganz sicher.«

»Den Eindruck habe ich auch«, sagte Amanón. »Meine Mutter schreibt, dass die Undinen vor zwanzig Jahren ebenfalls Einfluss auf das Labyrinth genommen haben. Allerdings haben sie damals den Weg freigegeben, damit unsere Eltern schneller vorankamen und möglichst keinen Dämonen begegneten.«

Nolan nickte und verfiel in Schweigen, blieb aber weiter neben Amanón sitzen. Erst nach einer Weile sprach er aus, was er tatsächlich auf dem Herzen hatte.

»Sie halten uns nicht grundlos gefangen«, merkte er an. »Sie erwarten etwas von uns. Und ich glaube, ich weiß, was sie wollen.«

Als Amanón sein gequältes Gesicht sah, legte er das Manuskript und seine Notizen beiseite und schenkte ihm seine ganze Aufmerksamkeit. Nolan hatte seine Neugier geweckt.

»Ich nehme an, dass wir alle das Flüstern des Feuers hören. Aber ich weiß nicht, ob ich der Einzige bin, der versteht, was sie sagen. Die Undinen fordern mich auf, näher zu kommen.«

Amanón riss erstaunt die Augen auf. Hatte er richtig gehört? Die Miene seines Freundes ließ daran keinen Zweifel. »Ich habe nichts Derartiges gehört«, antwortete er ernst. Dann sprang er auf und winkte fieberhaft die anderen herbei. Vielleicht hatten sie damit des Rätsels Lösung gefunden. Ihm wurde schwindelig: Sollten sie den Undinen gehorchen? Warum sprachen sie ausgerechnet zu Nolan? Welche Wahrheit würden sie ihm verkünden? Und hörten noch andere außer Nolan ihren Ruf? Diese letzte Frage würde sich beantworten lassen, sobald alle versammelt waren.

Nein, die übrigen Erben waren ebenso verblüfft wie Amanón. Als einer nach dem anderen langsam den Kopf schüttelte, wurde Nolan leichenblass, aber noch bevor er darüber nachdenken konnte, was er nun tun solle, meldete sich Bowbaq zu Wort.

»Das Geschwätz dieser Schlangen hat uns von Anfang an nur Unglück gebracht!«, schimpfte er. »Sie werden uns nur noch mehr fürchterliche Dinge sagen! Oder uns in eine Falle locken!«

»Das Problem ist doch«, hielt Keb dagegen, »dass wir hier nicht wegkönnen, bevor sie nicht ihre Launen an uns ausgelassen haben.«

»Es kommt nicht infrage, dass sich Nolan einer solchen Gefahr aussetzt«, protestierte Eryne. »Was ist, wenn sie ihn schnappen und in den See ziehen? Das will ich nicht verantworten.«

»Unser Vater hat sich von den Undinen berühren lassen«, sagte Nolan leise. »Und er hat es überlebt.«

»Ja, aber sie haben ihm eine Schreckensvision beschert«, beharrte Bowbaq. »Und das hat ihn dazu verleitet, sich ganz allein in Saats Palast zu begeben! Diese Schlangen bringen nur Leid und Unheil.«

»Ich glaube nicht, dass sie Nolan nach dem Leben trachten«, überlegte Amanón laut.

»Aber sie haben sich doch auf uns gestürzt«, widersprach Zejabel. »Es war, als wollten sie uns alle verschlingen.«

»Sie leben von den Gedanken der Menschen«, erklärte Nolan. »Wie alle Kreaturen aus dem Jal. Vermutlich wussten sie, dass sie uns nicht einholen würden, aber sie mussten es trotzdem versuchen, weil es in ihrer Natur liegt.«

»Soll das heißen, dass du bereit bist, ihnen deinen Geist zu übergeben?«, empörte sich Zejabel.

»Nur einen kleinen Teil … Vielleicht regeneriert er sich ja wieder, so wie Haut, Nägel und Haare nachwachsen. Mein Vater und Grigán haben es beide gewagt, und es scheint ihnen nichts Schlimmes passiert zu sein.«

»Aber diesmal ist die Lage anders«, sagte seine Schwester ängstlich. »Nolan, du bist vielleicht der Erzfeind! Nicht auszudenken, wenn sie dich damit in die Falle locken! Das ist viel zu gefährlich!«

»Schön, dann machen wir eben die Probe aufs Exempel«, sagte Keb ungeduldig.

Bevor die anderen ihn daran hindern konnten, schritt

er mit erhobener Lowa auf das wogende Flammenmeer zu. Sofort fuhren ihm rund zwanzig Schlangen entgegen, durch deren weit aufgerissene Mäuler man geradewegs in einen Feuerschlund sah. Nachdem er einige mit der Lowa abgewehrt hatte, streckte er entschlossen den Arm aus, um sich beißen zu lassen. Der Schmerzensschrei, den er daraufhin ausstieß, ging Amanón durch Mark und Bein – doch da kehrte Keb auch schon wieder zu ihnen zurück. Er rieb sich das Handgelenk, an dem keine Spuren einer Verbrennung zu erkennen waren, und zog ein finsteres Gesicht.

»Und?«, fragte Niss in das angespannte Schweigen hinein.

»Nichts«, sagte Keb. »Es tut kurz weh, dann ist es vorbei.«

»Glaubst du, dass Nolan es auch versuchen sollte?«, fragte Zejabel.

Der Krieger sah dem Maz einen Augenblick lang in die Augen. Es war nicht zu erraten, was er dachte.

»Das muss er schon selbst wissen«, sagte er dann. »Sterben wird er jedenfalls nicht daran.«

Amanón wunderte sich über diese rätselhafte Antwort, aber er kam nicht mehr dazu, darüber nachzudenken. Nolan nickte und stand auf.

Er würde dem Ruf der Undinen folgen.

Nolans Herz klopfte so heftig, dass er sich der Ohnmacht nahe fühlte. Dass er die Blicke seiner Gefährten auf sich ruhen spürte, machte die Sache nicht besser. Er atmete tief durch, um sich zu sammeln, dann tat er einen ersten Schritt auf die Kreaturen zu, deren Ruf er jetzt immer deutlicher hörte.

»Komm näher ...«, zischelte es aus dem Flammenmeer, das nun noch heftiger in dem gewaltigen Kessel hin- und herwogte. *»Komm näher ...«*

Am liebsten wäre er wieder umgekehrt, aber dann besann er sich auf die Lehre Eurydis', der Führenden. *Das universelle Streben nach Moral wird sich erfüllen, wenn die Menschen die drei Tugenden der Weisen zu ihren höchsten Werten erkoren haben,* lernte man im Großen Tempel. *Wissen, Toleranz, Frieden.*

Nolan hoffte, der Tugend des Wissens zu dienen, indem er dem gefräßigen Dämon gehorchte. Dennoch konnte er nicht verhindern, dass seine Hand zitterte, als er sie den gierigen Mäulern der Feuerschlangen darbot. Die meisten Flammenzungen sprangen nicht weit genug, zerschellten auf dem Boden und ließen das schwarze Gwel einen Augenblick lang rot aufleuchten. Nolan kam es beinahe so vor, als ginge er über einen Feuerteppich, während die Undinen vor seinen Augen immer wilder in die Höhe schossen.

Schließlich gelang es einer der Schlangen, ihn in die Fingerspitzen zu beißen, bevor sie sich mit einem letzten Zischeln in Luft auflöste wie eine Rauchfahne im Wind.

Nolan sprang unwillkürlich einen Schritt zurück. Zunächst verspürte er nur einen stechenden Schmerz, doch dann konzentrierte er sich auf die Bilder, die allmählich vor seinem geistigen Auge entstanden: eine Vision, verschwommen und zugleich deutlich zu erkennen, ein Ausblick auf Ereignisse, die nur in der Zukunft liegen konnten. Flüchtig sah er die Gesichter einiger seiner Gefährten, auch ihre Eltern glaubte er kurz zu erkennen. Die meisten waren schwer verletzt, und allen liefen Tränen übers Gesicht. Und es handelte sich nicht um Freudentränen, nein, sie waren Ausdruck unendlichen Leids.

Im nächsten Moment verschwand die Vision so schnell, wie sie gekommen war, und ließ Nolan zutiefst aufgewühlt zurück. Schon begann die Erinnerung zu verblassen … *Wen habe ich in dieser Szene gesehen? Wer war nicht dabei? Wer wird Schmerzen leiden, schwer verwundet werden oder gar sterben? Wo und wann wird sich das alles abspielen?* Er wollte jede noch so kleine Einzelheit festhalten, sie sich für immer ins Gedächtnis brennen, aber alles, was ihm schließlich in Erinnerung blieb, war der Eindruck völliger Machtlosigkeit gegenüber der Unerbittlichkeit des Schicksals. So heldenhaft die Erben auch kämpfen mochten, sie würden nicht ändern können, was im Buch der Ewigkeit geschrieben stand.

Erschüttert kehrte der Maz zu seinen Freunden zurück. Kaum begegnete er ihren fragenden Blicken, vergrub er das Gesicht in den Händen und begann zu weinen. Zejabel und Eryne sprangen auf, um ihn tröstend in die Arme zu nehmen, doch das machte es nur schlimmer. Würden die beiden Frauen noch am Leben sein, wenn der Tag der Abrechnung kam? Er wusste es nicht mehr. Und selbst wenn er es wüsste, könnte er nichts dagegen unternehmen. Die Wahrheiten der Undinen waren unumstößlich – was er gesehen hatte, würde sich eines Tages erfüllen.

»Wir werden scheitern«, sagte er schließlich mit gebrochener Stimme und hörte seine Gefährten fassungslos aufstöhnen. Wie würden sie erst reagieren, wenn er ihnen die Szene schilderte, die ihm offenbart worden war? Die Undinen hatten ihn zu einem Boten gemacht, dem Herold der unabwendbaren Niederlage der Menschen im Angesicht des Schicksals.

In seiner Verzweiflung fragte er sich, warum die Undinen gerade ihn auserwählt hatten. Denn der Wächter des Karu hatte ihm noch etwas zugeflüstert, während er die grauenvolle Vision hatte: Es stehe auch geschrieben, dass Nolan von Kercyan der allerletzte Sterbliche sein werde, zu dem die Undinen sprächen.

Das älteste Wesen der Unterwelt konnte seiner Bestimmung ebenso wenig entrinnen wie die Menschen.

Cael musste sich fast dazu zwingen, traurig dreinzublicken. Insgeheim begriff er nicht, was an Nolans Vision so schlimm sein sollte, selbst nachdem er ihnen alles berichtet hatte. Allem Anschein nach würden die Erben den Kampf gegen Sombre verlieren. Na und? Viele von ihnen würden danach ja offenbar noch am Leben sein, und das war doch immerhin etwas. Was machte es schon, wenn der Dämon zum Herrscher über Menschen und Götter aufstieg? Diese Ehre hatte er mehr als verdient, wenn er seine Überlegenheit unter Beweis stellte.

Zugleich wusste der Junge, dass ihm diese Gedanken von seiner inneren Stimme eingegeben wurden. Genauso war es auch in Ith gewesen, nur war es diesmal noch gefährlicher. Hier, in der Unterwelt des Jal, kam es ihm ganz natürlich vor, sich von dem schwarzen Geist in seinem Körper leiten zu lassen. Umso schwieriger war es, gegen seine Einflüsterungen anzukämpfen.

Aus Angst vor einem neuen Anfall versuchte er, immer in Niss' Nähe zu bleiben. Sie war die Einzige, die ihm helfen konnte – aber nichts garantierte ihm, dass es ihr gelingen würde, den Dämon in ihm ein drittes Mal zurückzudrängen. Mit jeder Dezille, die er inmitten des unheilvollen Gwels verbrachte, wurde die Stimme stärker, und es sah nicht danach aus, als würden die Erben allzu bald aus dem Karu herauskommen.

Seit Nolan seine Vision gehabt hatte, war jedenfalls schon einige Zeit verstrichen, und sie saßen immer noch untätig herum, versuchten einander Mut zu machen und sprachen über ihre Sorgen, Hoffnungen und Ängste. Auch aus dieser Prophezeiung konnten sie keine Schlüsse ziehen, solange sie nicht mehr über die Umstände wussten. Die einzige gute Nachricht, der einzige Strohhalm, an den sie sich klammerten, war die Aussicht, bald ihre Familien wiederzufinden.

Der Flüstersee war zur Ruhe gekommen, was nur bedeuten konnte, dass sich der Wächter des Karu nicht mehr für seine Besucher interessierte. Hin und wieder sprang noch eine Undine aus der Masse heraus, doch das Wogen und Zischeln hatte sich gelegt. Fast schien es, als dämmerten die Feuerschlangen nun apathisch vor sich hin, und so hofften die Erben, nicht wieder im Kreis zu laufen, wenn sie sich ein zweites Mal in das Labyrinth vorwagten.

Dennoch schoben sie ihren Aufbruch noch um einige Dekanten hinaus. Sie alle hatten etwas Schlaf und Erholung bitter nötig, denn der Schock über die Prophezeiung der Undinen und das düstere Schicksal, das sie erwartete, saß tief.

Diesmal schlugen sie ihr Lager nicht in einem Gang, sondern am Ufer des Flüstersees auf. Da die Undinen sie nun nicht mehr beachteten, gab es keinen Grund, sich den Gefahren des Labyrinths auszusetzen, wo sie jederzeit eine böswillige Kreatur überraschen oder sich ein Gang für immer verschließen konnte. Außerdem wollte Amanón das Licht in der Höhle nutzen, um an der Übersetzung des ethekischen Manuskripts weiterzuarbeiten, während er Wache hielt. Überhaupt waren die Erben froh, hier auf ihre Lampen verzichten zu können. Der Weg ins Dara war vielleicht noch weit, und sie mussten sparsam mit ihrem Ölvorrat umgehen.

Ohne zu wissen, ob es Tag oder Nacht war, nahmen sie ein karges Mahl zu sich und wickelten sich in ihre Decken. Doch die meisten waren noch viel zu aufgewühlt, um schlafen zu können, besonders Nolan, den nicht einmal Zejabel zu trösten vermochte. Auch Keb wirkte gereizt; er hatte seine Decke in einigem Abstand zu den anderen ausgebreitet, lag reglos mit unter dem Kopf verschränkten Händen da und starrte ins Leere. Seit Nolan von seiner Vision berichtet hatte, war ihm kaum ein Wort über die Lippen gekommen. Er schien an Heimweh zu leiden, was ihm keiner seiner Freunde verdenken konnte, schließlich kannten sie das Gefühl selbst nur zu gut.

Cael hingegen war es sogar ganz lieb, noch wach zu bleiben. Wenn es ihm gelang, der Müdigkeit zu widerstehen, wollte er am liebsten kein Auge zutun. Er spürte, dass sein Dämon Kraft aus den dunkelsten Gedanken der Menschen zog und stärker wurde, sobald er schlief. Da es ihm zu gefährlich schien, sich hinzulegen, setzte er sich an die warme Höhlenwand, aber er nickte trotzdem immer wieder ein, nur um einen Augenblick später erschrocken hochzufahren. Als die meisten seiner Gefährten die Augen geschlossen hatten, stand er auf, um sich die Beine zu vertreten, und ging schließlich zu seinem Cousin, der ein wenig abseits zwischen seinen Manuskripten, Notizen und Schreibwerkzeugen saß.

»Kann ich dir irgendwie helfen?«, fragte er und unterdrückte ein Gähnen.

Amanón sah überrascht auf: Er war so vertieft in seine Arbeit gewesen, dass er ihn nicht hatte kommen hören. Nach kurzem Zögern räumte er den Platz neben sich frei und bedeutete Cael, sich zu ihm zu setzen.

»Ich bin auf ein interessantes Kapitel gestoßen«, sagte er und blinzelte schläfrig. »Wenn du aufschreibst, was ich dir diktiere, kann ich mich vielleicht besser auf die Übersetzung konzentrieren.«

Cael griff strahlend zu Feder und Papier. Er hatte fest damit gerechnet, dass Amanón sein Angebot dankend ablehnen würde, und freute sich jetzt umso mehr, ihm von Nutzen sein zu können. Es war lange her, dass sein Cousin und er so einträchtig beisammengesessen hatten.

Nachdem er die ersten Zeilen niedergeschrieben hatte, war seine Müdigkeit verflogen. Amanón hatte in der Tat eine hochinteressante Entdeckung gemacht.

Zejabel war sehr früh aufgewacht, zumindest nach ihrem Dafürhalten. Da sie nicht gern tatenlos blieb, stand sie auf, um Kebree abzulösen, der gerade Wache hielt. Er saß auf einem Felsen, wenige Schritte von dem brodelnden See entfernt, und seine Lowa lag neben ihm auf dem Boden wie ein achtlos weggeworfenes Stück Holz. Als die Zü näher trat, beschlich sie das unheimliche Gefühl, dass er drauf und dran war, sich in den Feuerkessel zu stürzen. Seine finstere Miene bestätigte ihr, dass er düstere Gedanken hegte.

»Leg dich ruhig noch ein bisschen hin«, sagte sie. »Ich kann nicht mehr schlafen.«

»Ich auch nicht«, sagte der Krieger. »Eigentlich habe ich die ganze Zeit kaum ein Auge zugetan. Unsere beiden Kaulaner konnten aber auch einfach nicht die Klappe halten. Ein Königreich für ein Bett! Wenn ich dann noch was zu saufen hätte, würde ich schlafen wie ein Stein.«

Die Zü nickte. Der Rausch verlockte sie zwar nicht, aber von einem weichen Bett hatte sie auch schon geträumt. Nach den schweren Prüfungen der letzten Zeit und der Prophezeiung ihrer Niederlage sehnte sie sich ebenfalls nach kleinen Momenten des Glücks: einem Sonnenstrahl, der sie im Gesicht kitzelte, oder dem Geschmack von frischem, saftigem Obst. Unweigerlich musste sie an den Brauch mancher Völker denken, ihren zum Tode verurteilten Gefangenen ein letztes Mahl vorzusetzen. Vermutlich war auch der Einfluss des Karu daran schuld, dass ihr die Entbehrungen mehr zu schaffen machten als sonst. Die Kinder, die in diesem Teil des Jal heranwuchsen, nährten aus solchen ungestillten Bedürfnissen ihren Hass, ihre Macht und ihre ungeheure Gier, alles zu besitzen, zu erobern oder zu zerstören.

»Was hältst du von der Vision?«, fragte Kebree. »Glaubst du, dass es sich überhaupt noch lohnt, weiterzusuchen?«

Zejabel war verblüfft, dass gerade der wallattische Prinz, der sich bislang nie hatte entmutigen lassen, eine solche Frage stellte. Im ersten Augenblick hielt sie die Bemerkung für einen seiner schlechten Scherze, doch ein Blick in sein zweifelndes Gesicht verriet ihr, dass er es ernst meinte. Er wollte tatsächlich wissen, was sie dachte.

»Natürlich«, sagte sie. »Ich werde bis zum letzten Atemzug gegen Zuïa und ihre Verbündeten kämpfen. Das Leid, das uns die Undinen vorhergesagt haben, muss uns ja nicht unbedingt beim letzten Kampf treffen. Abgerechnet wird erst ganz zum Schluss, und es ist nicht gesagt, dass wir das letzte Gefecht nicht gewinnen werden.«

»Das reden sich die anderen auch ein«, erwiderte Kebree grimmig. »Aber was ist, wenn sie sich irren? Wenn diese verfluchten Schlangen tatsächlich unser Ende prophezeit haben? Der Dämon wird uns ganz schön auf die Pelle rücken, und er ist bestimmt nicht so leicht kleinzukriegen wie diese widerlichen schwarzen Affen. Ehrlich gesagt frage ich mich, was wir hier noch verloren haben, du und ich. Diese Prophezeiung geht uns nichts an. Wir gehören nicht zu den Erben. Und wir können nichts tun, um ihnen zu helfen, auch wenn ich mir das eine Weile eingebildet habe.«

Zejabel ließ den Blick über das Nachtlager schweifen, wo der eine oder andere bereits begann, gahnend die Glieder zu strecken. Sie konnte kaum fassen, was sie gerade gehört hatte. Das Letzte, was sie nun gebrauchen konnte, waren Zweifel an ihrem rechtmäßigen Platz in der Gemeinschaft der Erben. Diese Menschen waren alles, was ihr geblieben war. Das war nicht viel, und zugleich von unschätzbarem Wert. Die Bande zwischen ihr und Eryne, Nolans Zuneigung und die aufrichtige

Freundschaft der anderen wollte sie nicht mehr missen. Sie würde nicht wanken, erst recht nicht jetzt.

»Mein Schicksal ist an ihres gebunden«, sagte sie unumwunden. »Und wenn sie tatsächlich in ihr Verderben gehen, so werde ich an ihrer Seite fallen.«

Für diesen tapferen Schwur hatte Keb nur ein Stirnrunzeln und einen verächtlichen Seufzer übrig. Unter gewöhnlichen Umständen hätte die Zü einen solchen Mangel an Respekt nicht schweigend hingenommen, doch Kebrees Verhalten erschien ihr so seltsam, dass sie nicht recht wusste, wie sie damit umgehen sollte. Erst als er ihr den Rücken kehren wollte, gab sie sich einen Ruck.

»Auch du hast hier deinen Platz, das weißt du genau«, begann sie. »Du bist mitgekommen, weil du deine Mutter dem Einfluss des Dämons entreißen wolltest. Und vielleicht auch, um dein Gewissen reinzuwaschen, indem du den Geist deines Vaters tötest«, fügte sie vielsagend hinzu. »Es gibt nur einen Weg, das zu erreichen: Stehe diesen Menschen bei, die dich als Freund behandeln.«

»Ich lasse mir von niemandem vorschreiben, was ich zu tun habe«, knurrte der Wallatte und verzog zornig das Gesicht.

»Und selbst wenn wir scheitern«, sagte Zejabel, »gibt es denn nichts, was dich an sie bindet? Ist es nicht deine Pflicht, diejenigen zu beschützen, die dir ihr Herz geöffnet haben?«

Kebrees Blick wanderte in Erynes Richtung, wie Zejabel erwartet hatte.

»Ich bin ein freier Mann«, beharrte er stur. »Und ich werde zur rechten Zeit meine Wahl treffen.«

Zejabel setzte zu einer Antwort an, aber als sie Bowbaqs schwere Schritte näher kommen hörte, verstummte sie. Es würde nur Unruhe stiften, wenn alle von Kebrees Zweifeln wüssten. Zumal sie ahnte, dass die Gründe für seinen Unmut tiefer lagen, als er zugeben wollte.

Obwohl sie sich selbst darüber ärgerte, gab es Eryne einen Stich, als sie Kebree und Zejabel zum Lager zurückkommen sah, nachdem Bowbaq ihnen Bescheid gegeben hatte. Schnöde Eifersucht war wirklich das Letzte, was diese beiden Menschen, die ihr so lieb und teuer waren, verdient hatten. Und was nahm sie sich eigentlich heraus, ihre Zuneigung für sich allein zu beanspruchen? Diese Anwandlungen mussten von dem schwarzen Gwel hervorgerufen worden sein, dessen Einfluss sie immer stärker zu spüren begann. Hätten Bowbaq und Corenn sie nicht gewarnt, hätten sich die Erben vielleicht schon längst ihren schwärzesten Gefühlen hingegeben. Vorerst schafften sie es noch, sich zu beherrschen, aber wie lange würden sie das durchhalten?

Mit einem Seufzer setzte sie sich zu den anderen, die sich um die beiden Cousins versammelt hatten. Amanón hatte sie gleich nach dem Aufstehen herbeigerufen, da er in einem der ethekischen Bücher etwas Wichtiges entdeckt hatte. Cael hielt mehrere eng beschriebene Blätter in der Hand, doch Amanón zog es vor, seine Übersetzung nicht vorzulesen, sondern sie wie immer für die anderen zusammenzufassen. Was er zu berichten hatte, war so spannend, dass ihn niemand unterbrach, bis er zu Ende gesprochen hatte.

Bei dem kleinen Büchlein, das Amanón nun übersetzt

hatte, handelte es sich um einen Abriss der ethekischen Geschichte. Der Verfasser schilderte darin in groben Zügen die Entwicklung der ethekischen Zivilisation über mehrere Jahrtausende hinweg, wobei er manchen Jahrhunderten nicht mehr als ein oder zwei Seiten widmete. Amanón schätzte, dass das Werk gegen Ende der Alten Zeit geschrieben worden war, einer Epoche, in der die verschiedenen ethekischen Völker ihre einheitliche Lebensweise aufgegeben hatten und sich in jeder Gegend neue Sitten, Gebräuche und Sprachen herauszubilden begannen. So waren allmählich die Unteren und die Oberen Königreiche, die Länder des Ostens und sämtliche Kulturen der bekannten Welt entstanden. Jener Stamm der Etheker, der damals noch immer in seinem ursprünglichen Gebiet am Fuße des Rideau-Gebirges siedelte, nahm irgendwann den Namen der Völker von Ith an und vergaß die ruhmreiche Vergangenheit der ältesten Zivilisation der Menschheit.

Amanón glaubte, den Gründen für diese Umwälzung auf die Spur gekommen zu sein. Auch wenn der Verfasser der Chronik dies nur andeutete, war er sicher, dass die Pforten bei jener Zeitenwende eine entscheidende Rolle gespielt hatten.

Die Erben wussten bereits, dass die Etheker den Steinbogen am Blumenberg wie auch alle später erbauten Pforten für ihre Bestattungen genutzt hatten. In der Frühzeit hatten sie ihre Toten einfach den Aasfressern und den Launen der Witterung überlassen. Doch nachdem sich daraus die ersten Rituale entwickelt hatten, war dem Brauch bald eine immer größere spirituelle Bedeutung beigemessen worden, und die Menschen hatten sich von

Generation zu Generation stärker dem Götterglauben zugewandt, wie der Chronist berichtete. Da das Durchschreiten der Pforte den Eintritt in eine neue Daseinsform versinnbildlichte, wurde es bald von förmlichen Zeremonien begleitet und der Bogen mit Abschiedsgebeten, Verheißungen kommenden Glücks und anderen Botschaften der Lebenden an die Toten verziert.

Nach einer Weile ergaben sich daraus zwei sehr unterschiedliche Rituale. Die meisten Verstorbenen wurden mit großer Ehrerbietung behandelt und fanden, wie die Etheker glaubten, ihre wohlverdiente Ruhe in blühenden Gärten, die bislang nur in ihrer Vorstellung existierten. Manchen Toten jedoch – Räubern, Mördern und anderem Gesindel – dachten sie eine andere Art des Fortlebens zu. Diese Leichname pflegten die Etheker zwar je nach örtlicher Sitte am selben Ort zurückzulassen oder in die gleiche Erde zu betten wie alle anderen, doch sie durchschritten die Pforte dabei rückwärts, als Symbol für die Verdammnis jener Seelen, denen es ihrer Überzeugung nach bestimmt war, für immer in finsteren, verpesteten Höhlen umherzuirren.

So war es viele, vielleicht Hunderte Generationen lang gegangen. Irgendwann aber hatte sich eine Entwicklung abgezeichnet, von der der Chronist nur in Andeutungen berichtete. Mal schilderte er ein Begräbnis, das wie üblich ablief, mal schrieb er von einer Veränderung, die die Etheker offenbar nicht für besonders bemerkenswert hielten.

Die Erben hingegen waren wie vom Donner gerührt, als Amanón an diesem Punkt anlangte. Im Laufe der Jahrhunderte hatten die Gärten und unterirdischen Höhlen, die sich die Etheker für ihre Toten ausgedacht hatten, tatsächlich Gestalt angenommen.

Das Urvolk hatte seine religiösen Riten daraufhin noch eifriger gepflegt. Fortan begleiteten Priester die Verstorbenen in das Seelenreich, das sie nun als Jal bezeichneten. Im Dara segneten sie die Toten, verhießen ihnen ewige Ruhe und zogen sich dann still zurück. Öffnete sich die Pforte aber ins Karu, so warfen sie die Leichen in den Flüstersee und verließen den verfluchten Ort so schnell wie möglich, indem sie rückwärts durch die Pforte schritten.

Der magische Übergang erfolgte auf sehr einfache Weise. Sobald ein Leichnam vor die Pforte getragen wurde, zeigte sich auf der anderen Seite der lichte oder der dunkle Teil des Jal. Nachdem die Priester das Jal verlassen hatten, verschloss sich der Zugang zum Dara oder Karu wieder. Einen Ewigen Wächter schien es zu jener Zeit noch nicht gegeben zu haben.

Eines Tages jedoch wurde die Ordnung der Dinge zerstört. Auch hier schilderte der Chronist ein Ereignis, das den Erben von größter Bedeutung erschien, mit erstaunlicher Beiläufigkeit. Aber ließ sich das Weltbild jener Menschen, für die das Übernatürliche alltäglich gewesen war, überhaupt begreifen? Damals hatten die Etheker ja nicht absehen können, welche Folgen diese kleine Episode der Geschichte haben würde.

Offenbar hatte eines Tages ein Priesterpaar beschlossen, im Dara zu bleiben, weil dort das Leben so viel schöner war als der entbehrungsreiche Alltag bei ihrem Stamm. Und so waren sie, berauscht von dem Glücksgefühl, das die Gärten hervorriefen, nicht mehr in die

Welt der Menschen zurückgekehrt. Als sich die Pforte hinter ihnen schloss, konnten sie ungestört in der Seligkeit des Dara schwelgen. Ihre Namen waren in der Chronik nicht verzeichnet, doch ihr Beispiel hatte zu einem wahren Exodus ins Reich der ewigen Seelen geführt. Bald strömten die Etheker scharenweise durch sämtliche Pforten der bekannten Welt und kehrten nicht mehr in ihre Heimat zurück.

Die Oberhäupter der ethekischen Stämme verurteilten diesen Frevel an ihren Vorfahren auf das Schärfste, wagten aber nicht, die Auswanderer mit Gewalt zurückzuholen. Einige Monde vergingen, und weder diesseits noch jenseits der Pforten schien die Welt aus den Fugen zu geraten. Zwar verschwanden manche Neuankömmlinge im Dara spurlos, doch die Hochstimmung, von der die Bewohner der Gärten getragen wurden, ließ sie diese rätselhaften Vorfälle schnell vergessen. Sie nahmen einfach an, dass die Vermissten in die Alte Welt zurückgekehrt waren. Niemand kam auf die Idee, dass das Jal alles auslöschte, was nicht aus ihm hervorgegangen war. Der Glaube der Menschen hatte einen Ort geschaffen, an dem sie selbst störende Eindringlinge waren.

Doch dann geschah etwas Verhängnisvolles. In den Gärten wurde ein Kind gezeugt.

Bei seiner Geburt gab man ihm den Namen Nol.

Schon früh zeigte sich, dass dieses Kind etwas Besonderes an sich hatte. Es dauerte nicht lange, bis die Etheker begriffen, dass ein unsterbliches Wesen unter ihnen lebte, ein leibhaftiger Gott! Bald eiferten viele Auswanderer dem Elternpaar nach, und so kamen zehn, zwanzig, dreißig weitere Kinder zur Welt.

Einige der wundersamen Kinder fanden den Weg ins Jal'karu, kehrten völlig verwandelt in die Gärten zurück und flößten dort selbst ihren Eltern Furcht ein. Noch schlimmer war es, wenn sie ganz in der Unterwelt blieben. Nach einer Weile kamen Gerüchte auf, dass grausame Kreaturen durch die Pforten entflohen und Angst und Schrecken unter den Menschen verbreiteten. Die Auswanderung ins Jal fand ein jähes Ende. Die Etheker trugen wie eh und je ihre Verstorbenen durch die Pforten, suchten dann aber hastig das Weite. So blieben die seltsamen Kinder schließlich allein zurück, behütet von dem ältesten: Nol dem Lehrenden.

Daraufhin nahm der Glaube der Etheker neue Formen an. Die Sterblichen begannen, zu mächtigen Wesen zu beten, die an den gefährlichen Pforten Wache hielten und als Einzige imstande waren, den Zugang zum Jal zu öffnen. Und eines Tages nahmen diese der Fantasie entsprungenen Wesen tatsächlich Gestalt an. Manche Stämme erkannten, dass auch jene Ungeheuer einmal von Menschen gezeugte Kinder gewesen waren, und zogen es vor, die Pforten zu zerstören und alle Rituale, die mit dem Jal zu tun hatten, aufzugeben.

Dies hatte Amanóns Ansicht nach dazu geführt, dass die Ära der Etheker zu Ende ging.

Dabei schilderte die Chronik auch diese Episode nur am Rande. Der Verfasser hatte nicht ahnen können, dass mit der Aufgabe der ethekischen Religion letztlich auch die gesamte Zivilisation untergehen würde. Im Laufe der Jahrhunderte gerieten die Pforten und die Ungeheuer aus dem Karu in Vergessenheit. Allmählich verwandelten sich die Geschehnisse jener Epoche in Aberglauben und Legenden und entfernten sich immer mehr von der Lebenswirklichkeit der Menschen. Die außergewöhnlicheren Kinder des Jal, deren Andenken über die Generationen hinweg am Leben erhalten worden war, wurden nunmehr als Schutzgottheiten verehrt, denen man Tempel und Statuen baute – Eurydis etwa, Mishra, Odrel und viele andere. Doch auch die Sprösslinge der Unterwelt gewannen an Macht und Einfluss, indem sie sich von der Böswilligkeit und Heimtücke der Sterblichen nährten: Zuïa, K'lur, Soltan. Und ihr jüngster Bruder, Sombre.

Hier endete Amanóns Bericht, und er hätte wohl kein niederschmetternderes Schlusswort finden können. Eryne war so aufgewühlt, dass sie kaum einen klaren Gedanken fassen konnte. Also hatten sie mit ihrer Vermutung recht gehabt: Sie war unsterblich, weil sie im Jal gezeugt worden war. Allerdings war sie nicht im Dara zur Welt gekommen, nicht dort aufgewachsen! Hatte das denn gar keine Bedeutung? Offenbar nicht …

»Wir wussten ja bereits, dass die Götter dem Geist der Menschen entspringen«, sagte Nolan nachdenklich. »Aber ich hätte nie und nimmer gedacht, dass auch das Jal nur durch die Kraft des Glaubens hervorgebracht wurde.«

»Es hätte eigentlich mit dem Volk, das es erschaffen hat, untergehen müssen«, spann Amanón den Faden weiter. »Wahrscheinlich wäre es auch so gekommen, wenn die Kinder nicht in den Gärten gelebt hätten – und im Karu.«

Die bloße Erwähnung der Unterwelt ließ Eryne erschauern. Ihr wurde wieder bewusst, dass sie im Herzen dieser Stätte der ewigen Finsternis saßen. Ein Ort, den es in Wahrheit nicht gab, in dem die Gesetze von Zeit und Raum aufgehoben waren … Ein Reich zwischen Fantasie und Wirklichkeit, aus dem alle Götter und Dämonen stammten, die der Mensch je ersonnen hatte – und all das Übel, das damit einherging.

»Ich will hier weg«, hörte sie sich mit tonloser Stimme sagen. »So schnell wie möglich.«

Sie hatte ausgesprochen, was alle dachten. Nur wenige Dezillen später kehrten die Erben dem Flüstersee den Rücken. Sie konnten nur hoffen, dass der Wächter des Karu sie diesmal ziehen lassen würde.

Um nicht mehr an die Schreckensvision denken zu müssen, die ihm offenbart worden war, versuchte Nolan krampfhaft, sich auf andere Dinge zu konzentrieren. Zum Glück hatte Amanón ihm mit seiner Übersetzung der ethekischen Chronik viel Stoff zum Grübeln geliefert. Seine Enthüllungen erschütterten die Grundfesten gleich welcher Religion: Damit war erwiesen, dass Eurydis wie auch alle anderen Götter menschlichen Ursprungs war. Hätten ihre Eltern sie in der Welt der Menschen gezeugt und aufgezogen, hätte Eurydis ein ganz gewöhnliches Leben geführt und wäre vor Jahrtausenden eines natürlichen Todes gestorben.

Seiner Verehrung und Liebe für Eurydis tat das keinen Abbruch, denn das Schicksal hatte ihr eine ganz besondere Rolle zugedacht. Die Wunder, die sie mit eigenen Händen vollbracht hatte, und die Worte des Friedens, die ihre Priester in ihrem Namen verbreiteten, waren Grund genug, die Göttin der Weisheit anzubeten – so wie Tausende Gläubige dereinst Eryne preisen würden, wenn sich die Kunde von der Heilenden in der bekannten Welt verbreitete.

Doch damit kehrten seine Gedanken unweigerlich zur Offenbarung der Undinen zurück. Es sah ganz so aus, als würde Sombre den Sieg davontragen – und dann würde niemand je von Eryne der Heilenden erfahren.

Als Verzweiflung in ihm aufstieg, biss Nolan die Zähne zusammen und tastete unwillkürlich nach seinem Stockdegen, der wie immer an seinem Gürtel hing. Er hatte Zejabel versprochen, den Kopf nicht hängen zu lassen und sich nicht kampflos zu ergeben. Und zu diesem Wort würde er stehen.

Immerhin hatten die Erben das Gefühl, diesmal besser voranzukommen. Seit ihrem Aufbruch hatte sich das Labyrinth stetig verändert. Durch manche Gänge wehte mittlerweile eine kühle Brise, und das Gwel war weniger hart, fast wie Lehm. Hin und wieder gluckste es sogar unter ihren Füßen, und der Schlamm, der sich an die Stiefel und den Saum ihrer Mäntel heftete, ließ ihre Schritte schwerer werden. Damit war ihre Hoffnung, möglichst wenig Spuren zu hinterlassen, endgültig zunichte: Ihre Fußabdrücke waren so deutlich zu sehen, dass ein Verfolger leichtes Spiel hätte. Dennoch freute sich Bowbaq über die Veränderung, denn er erinnerte sich noch genau, dass die Tunnel bei ihrem Abstieg vom Dara ins Karu zunächst recht feucht gewesen waren. Das konnte nur heißen, dass sie sich tatsächlich immer weiter vom Feuerkessel der Undinen entfernten.

Zwar wurden die Erben diesmal nicht von einem ortskundigen Kobold geführt, doch Amanóns Kompass war ihnen eine große Hilfe. Sein Vater hatte ihm dieses seltene romische Kleinod geschenkt, als er zum ersten Mal als Übersetzer auf Reisen gegangen war. Grigán hatte den Kompass bei seinem Marsch durch das Karu nicht nutzen können, da er nicht gewusst hatte, in welcher Richtung der Flüstersee lag; diesmal diente er ihnen jedoch dazu, sich erst einmal möglichst weit vom Mittelpunkt der Unterwelt zu entfernen. Amanón hatte die Himmelsrichtung willkürlich gewählt, und so folgten sie nun immer jenen Tunneln, die westwärts führten, in der Hoffnung, irgendwann auf einen der Durchgänge zu stoßen, die das Karu mit dem Dara verbanden.

Aus Corenns Tagebuch wussten sie, dass die Unterwelt insgesamt acht Höhlengebiete umfasste, die sich rund um den Flüstersee erstreckten. In den größten dieser Grotten lebten die Riesenungeheuer des Karu, doch glücklicherweise schien ihr Weg sie nicht dorthin zu führen. Ein anderer Bereich lag gänzlich unter Wasser, und ein weiterer war für das menschliche Auge unsichtbar. Im Grunde war das einzige Gebiet, über das sie ins Dara gelangen konnten, genau jenes, durch das ihre Eltern vor rund zwanzig Jahren gekommen waren. Und je öfter sie Bowbaq zufrieden in seinen Bart brummen hörten, desto zuversichtlicher wurden sie, dass sie das Glück diesmal auf ihrer Seite hatten.

Doch auch wenn die Gänge gerade hoch genug für einen Menschen waren, genau wie Bowbaq es in Erinnerung hatte, waren sie sicher nicht die Einzigen, die sich hier herumtrieben. Noch waren die Erben auf keine bösartige Kreatur gestoßen, ja nicht einmal auf fremde Spuren, aber Nolan zweifelte nicht daran, dass irgendwo in dieser Finsternis Ungeheuer lauerten. Womöglich hausten die Artgenossen der Lemuren, gegen die sie in Goran und vor der Pforte gekämpft hatten, ganz in ihrer Nähe!

Dabei fiel ihm wieder die Geschichte von den Kindern ein, die die Etheker im Jal geboren und zurückgelassen hatten. Waren die Bestien mit dem Affengesicht vielleicht auch einmal unschuldige Götterkinder gewesen, die das Karu verdorben und bis zur Unkenntlichkeit entstellt hatte? Nein, das konnte nicht sein. Es waren niedere Kreaturen, eine Brut, die vermutlich von noch schaurigeren Dämonen in die Welt gesetzt worden war. Schließlich war es den Erben gelungen, sie zu töten, und jeder hatte das Seine zu dem Sieg beigetragen, während es nur einem unter ihnen bestimmt war, der Erzfeind zu sein – oder vielmehr, es zu werden.

Wie viele Kinder genau im Dara zur Welt gekommen waren, stand nicht in der Chronik. Wie viele mochten seither in die Welt hinausgegangen sein, um das ihnen zugedachte Reich zu beziehen? Vielleicht waren manche sogar als Erwachsene im Jal geblieben, so wie Nol. Wenn dem so war, hatten sie vielleicht eine weitere Generation von Götterkindern hervorgebracht, oder auch zehn, wenn nicht gar hundert! Schließlich erzählten sich die Menschen immer wieder von Verwandtschaften zwischen den Göttern. Und waren die Nachkommen jener Unsterblichen etwa noch mächtiger als ihre Eltern, da sich die magische Kraft des Gwels von Generation zu Generation vervielfachte? War das bei Sombre der Fall? War er deshalb mächtiger als die anderen Unsterblichen?

Rasch schob Nolan diesen Gedanken beiseite. Immer wenn er versuchte, sich mit derlei Überlegungen abzulenken, landete er irgendwann bei Sombre und dem entsetzlichen Leid, das den Erben nach einem unerbittlichen Kampf in naher Zukunft bevorstand. Aber wie sollte er das in dieser unheilschwangeren Umgebung auch vergessen, wo er nichts anderes zu tun hatte, als stumm einen Fuß vor den anderen zu setzen?

Plötzlich riss ihn Eryne aus seinen Grübeleien. Seine Schwester schlug alle Vorsicht in den Wind und rief ihnen jubelnd zu, dass sie den Weg ins Dara vor sich sehe. Sie würde sie in die Gärten führen können!

Auf einen Schlag vergaß Nolan alle bösen Prophezeiungen und Ängste, alle vergangenen und künftigen Gefahren, so eilig hatte er es, seinen Gefährten zu folgen, hinaus aus dieser Finsternis, in der sie schon viel zu lange gefangen waren.

Mit Cael geschah etwas Sonderbares. Obwohl er glaubte, nicht unter dem Einfluss seiner Stimme zu stehen, wünschte er sich insgeheim, dass es Eryne nicht gelingen würde, sie aus dem Karu zu führen.

Er konnte sich gar nicht erklären, woher dieses Gefühl kam. Verwirrt versuchte er, seine Gedanken zu ordnen, während er den Erben folgte, die aufgeregt durch die Gänge hasteten. Sie waren in Laufschritt gefallen, ohne es so recht zu merken. Nachdem sie den ganzen Weg über höchste Vorsicht hatten walten lassen und dem üblen Einfluss des Karu widerstanden hatten, konnten sie jetzt an nichts anderes mehr denken als daran, diesen abscheulichen Ort so schnell wie möglich zu verlassen. Auf einmal kam ihnen der Gestank des schwarzen Gwels unerträglich vor, fast vergiftet. Jede weitere Dezille, die sie in diesen Gängen ausharren mussten, war eine Qual.

Caels Widerwille war nicht ganz so stark. Die Vorstellung, noch ein wenig länger im Karu zu bleiben, schreckte ihn kaum, aber wenn er darüber nachdachte, war ihm unbegreiflich, warum das so war. Ihm schien, dass sein Dämon ihm bei jedem Herzschlag die Kontrolle über seinen Körper und seinen Geist streitig machte, und dennoch hatte er das Gefühl, bei klarem Verstand zu sein. Wie war es da möglich, dass es ihm geradezu widerstrebte, das grauenhafte Labyrinth zu verlassen?

Da fiel es ihm plötzlich wie Schuppen von den Augen, und er begann, am ganzen Leib zu zittern. Irgendetwas hielt ihn zurück, weil ein Teil seiner selbst hierhergehörte. Die Stimme, die ihn seit seiner Geburt verfolgte und quälte, war hier zu Hause!

Als ihm klar wurde, in welcher Gefahr er schwebte, schlug der Schreck in nackte Angst um. Schon verlangsamten sich seine Schritte unwillkürlich. Er nahm alle Willenskraft zusammen, um die anderen einzuholen, die sich immer weiter von ihm entfernten. Bald sah er nur noch den fahlen Schimmer ihrer Lampen am Ende des Gangs, und er war drauf und dran, einfach zu warten, bis die Dunkelheit sie endgültig verschluckte. Im nächsten Augenblick schüttelte er sich und zwang seine Beine, sich wieder in Bewegung zu setzen, auch wenn sie ihm kaum noch gehorchten.

Aber nicht der Dämon lenkte ihn. Vielmehr versuchte das Karu selbst, ihn in seine Gewalt zu bekommen. Die Brutstätte der schwarzen Seelen weigerte sich, eines ihrer Kinder ziehen zu lassen, bevor es vollends zum Dämon herangereift war. So deutlich er die Gefahr auch spürte, so erbittert er sich gegen die Kraft des Jal wehrte, Cael konnte nicht mehr verhindern, dass der Abstand zu seinen Gefährten immer größer wurde.

Nun begriff er, auf welcher Macht der Glaube der Etheker beruhte. Das Dara und das Karu waren tatsächlich viel stärker als die Gottheiten, die sie hervorgebracht hatten. Er musste all seine Energie aufbringen, um überhaupt noch einen Fuß vor den anderen zu setzen. Tränen liefen ihm über die Wangen, während seine Freunde vor ihm zu immer winzigeren Schatten zusammenschrumpften … Bald wären sie außer Sicht, und das Labyrinth würde ihn nie mehr freigeben. Zumindest nicht in seiner menschlichen Gestalt.

Cael spürte, wie Verzweiflung und Finsternis von ihm Besitz ergriffen, als seine Gefährten plötzlich zu schreien begannen und sich der Zauber, der ihn gefangen hielt, ein wenig lockerte. Die Schatten, die ihre Lampen an die Wände warfen, zuckten wie wild: Irgendwo vor ihm kämpften die Erben gegen einen unbekannten Feind. Seine Entschlossenheit wuchs. Er spannte die Muskeln und nahm all seinen Willen zusammen, um seinen Freunden zu Hilfe zu kommen. Hatte man ihm nicht erzählt, dass sein Vater ein mächtiger Magier war? Ein wenig von dieser Kraft musste doch auch durch seine Glieder strömen. Er würde gegen die Fesseln des Jal ankämpfen. Selbst wenn er nicht weiter kommen sollte als bis zum Schauplatz des Kampfes, so konnte er wenigstens seinen Freunden helfen, und wenn es das Letzte war, was sie gemeinsam erlebten.

In einem schier übermenschlichen Kraftakt schaffte es

Cael, sich bis zu Eryne und Niss zu schleppen, die vor dem Kampf in Deckung gegangen waren. Erschrocken starrten sie ihn an. Offenbar hatten sie noch gar nicht bemerkt, dass er zurückgefallen war, und sein hoch konzentrierter Gesichtsausdruck schien ihnen unheimlich zu sein. Es kostete Cael unendlich viel Energie, die Hand an seinen Gürtel zu führen – da erinnerte er sich, dass er Amanón sein Rapier überlassen hatte. Ihm blieb nichts anderes übrig, als mit bloßen Händen zu kämpfen.

In der kleinen Höhle, die vor ihm lag, war eine Horde Lemuren über die Erben hergefallen. Die Affenwesen waren kleiner als die Exemplare, die sie vor der Pforte getötet hatten, aber es waren viele, und sie befanden sich auf eigenem Territorium. Jeder der Freunde musste es mit mindestens zwei Gegnern aufnehmen, und gegen eine solche Übermacht hatten sie keine Chance. An Bowbaqs Stirn klaffte bereits eine tiefe Wunde, aus der ihm das Blut in Strömen übers Gesicht lief. Er wankte hin und her und schien sich nur noch mit Mühe auf den Beinen halten zu können.

In diesem Augenblick trat Cael mitten in das Getümmel.

Die Lemuren erstarrten, ihre tödlichen Fangzähne und Krallen zuckten durch die Luft, ihr Knurren erstarb – und auf einmal kauerten sie sich furchtsam zusammen. Nachdem der erste von ihnen in einen kleinen Seitengang geflohen war, gerieten alle in hellen Aufruhr und griffen sich sogar gegenseitig an, um möglichst schnell aus der Höhle zu kommen.

Cael sah sich das Chaos an, ohne auch nur die Hand zu heben. Er ahnte, dass die Angst, die er diesen niederen

Geschöpfen einflößte, irgendwie mit der Macht des Jal zu tun hatte, der er unterlag. Keb, Amanón und Zejabel hingegen schlugen eifrig auf die fliehenden Lemuren ein. Als die Erben wieder vollzählig versammelt waren, hatten sie drei Gegner niedergestreckt und die anderen offenbar endgültig vertrieben. Dennoch stellte sich Nolan zur Sicherheit an dem Durchgang auf, in dem sie verschwunden waren.

Was danach folgte, nahm Cael wie durch einen Schleier wahr. Er sah, wie sich Keb in die Mitte der kleinen Höhle stellte und die Hände verschränkte, um Zejabel hochzuhieven. Erst als sie auf Kebs Schultern kletterte, bemerkte er das Loch in der Felsendecke. Das matte Licht, das die Grotte erhellte, hatte er die ganze Zeit für Lampenschein gehalten – dabei fiel es von draußen herein. Dort oben dämmerte der Morgen.

So stieg Zejabel als Erste in die Gärten des Dara hinauf, auch wenn sie sich keine Zeit nahm, ihre Schönheit zu bewundern. Kaum hatte sie sich durch das Loch gezwängt, warf sie den anderen ein Seil herunter.

Bowbaq schwindelte bei der Vorstellung, daran hochklettern zu müssen, aber die Decke war zum Glück so niedrig, dass er es mit Kebs Hilfe im Handumdrehen schaffte. Der Wallatte folgte ihm aus eigener Kraft und bedeutete Eryne, sich gut an dem Seil festzuhalten, bevor er und die beiden anderen sie ins Freie zogen. Unterdessen sah Cael hilflos und verzweifelt zu, ohne sich entscheiden zu können, ob er ihnen Lebewohl sagen oder lieber ohne ein Wort im Labyrinth verschwinden sollte.

Als Nolan ebenfalls nach oben geklettert war, winkte Amanón die beiden Jüngsten herbei. Kaum hatte Niss das Seil gepackt, wurde Cael von Traurigkeit überwältigt. Nein, er durfte sie nicht gehen lassen, ohne sich zu verabschieden. Er würde sie nie wiedersehen, und er musste ihr die Wahrheit sagen.

Jetzt.

»Ich kann nicht … Ich kann nicht mitkommen«, sagte er mit gepresster Stimme. »Das Jal hält mich zurück.«

Die Worte wollten ihm kaum über die Lippen kommen. Amanón und Niss starrten ihn fassungslos an. Dann ließ Niss das Seil los, das Amanón ihr entgegengestreckt hatte.

Sie spürte einen jähen Schmerz am Hals. Die Würgemale, die Caels Angriff hinterlassen hatte, waren fast verheilt, doch in diesem Moment spürte sie die Verletzung wieder, wie eine Warnung. Niss beschloss, den Schmerz zu ignorieren. Nicht jetzt. Nicht so nah am Ziel.

»Was sagst du da?«, rief sie. »Halt dich am Seil fest und lass dich hinaufziehen, mehr brauchst du gar nicht zu tun.«

Cael blieb wie angewurzelt stehen, als wollte er sie nicht hören. Doch in seinen Augen las sie abgrundtiefe Verzweiflung. Irgendetwas hielt ihn gefangen.

Auch Amanón begriff zunächst nicht, was mit Cael los war. Er ging mit dem Seil auf seinen Cousin zu, und als der sich nicht von der Stelle rührte, rief er zu den anderen hinauf, es noch weiter herabzulassen. Doch kaum machte er Anstalten, es ihm um die Brust zu binden, sprang Cael zurück wie eine tollwütige Katze und stieß dabei einen Schrei aus, der halb klagend, halb bedrohlich klang.

»Bleibt weg«, warnte er mit tränenerstickter Stimme. »Versucht nicht, mich mit Gewalt nach oben zu ziehen! Das Jal würde mich zwingen, euch zu töten!«

Diese Antwort verwirrte Niss mehr als alles andere. Von welcher sonderbaren Macht wurde Cael diesmal beherrscht? Unter dem Einfluss seines inneren Dämons verhielt er sich jedenfalls ganz anders.

»Du musst mitkommen«, beharrte Amanón. »Jetzt oder nie! Je länger du wartest, desto schwieriger wird es.«

»Es ist zu spät«, gab der Junge zurück, und seine Stimme klang dabei merkwürdig verzerrt.

Niss litt mit ihm, und es zerriss ihr das Herz, ihm nicht helfen zu können. Es durfte doch nicht sein, dass sie einen der Ihren ausgerechnet hier zurücklassen mussten, wo sie nur noch drei oder vier Schritte von den Gärten trennten! Sie suchte fieberhaft nach einer Lösung und ließ sich selbst die abwegigsten Einfälle durch den Kopf gehen. Wenn sie so stark gewesen wäre wie fünf Männer zusammen, hätte sie sich einfach auf Cael gestürzt und ihn durch die Öffnung nach oben gehievt, bevor er überhaupt dazu kam, sich zu wehren. Aber vielleicht war er selbst im Dara nicht außer Gefahr. Was, wenn ihn das schwarze Gwel wieder zu sich rief oder ihm die erzwungene Flucht in die Gärten in irgendeiner Weise schadete? Ertrugen die Geschöpfe des Karu den Duft der Blumen des Dara?

Fast wäre es ihr lieber gewesen, wenn er wieder von der Stimme besessen gewesen wäre, denn dann hätte sie wenigstens versuchen können, den fremden Geist in ihm zurückzudrängen. Was nützten ihr nun ihre Erjak-Kräfte? Rein gar nichts.

Cael wurde von Mächten gelenkt, die stärker waren

als sie alle, und wenn sein innerer Dämon wieder die Oberhand gewann, war er für immer verloren. Es kostete ihn offenbar schon ungeheure Mühe, in der Höhle zu bleiben und sich von ihnen zu verabschieden. Jeden Moment konnte er ihnen den Rücken kehren und in der Dunkelheit verschwinden, ohne es selbst zu wollen.

»Wenn du bleibst, bleibe ich auch«, begehrte sie plötzlich auf.

»Was?«, rief Amanón.

»Nein …«, stöhnte der Junge in einer Mischung aus Wut und Verzweiflung auf.

Als er einen kleinen Schritt auf sie zu machte, krampfte sich ihr Magen vor Angst zusammen. Doch in seinem verzerrten Gesicht las sie weder Zorn noch Bösartigkeit. Da wurde ihr klar, dass er diesmal nicht gegen die uralte Kraft der Unterwelt ankämpfte, um sich selbst zu retten, sondern um ihretwillen.

»Ich bleibe, bis du bereit bist, mich zu begleiten«, sagte sie fest, während ihr Tränen in die Augen schossen. »Ich folge dir in diesem Labyrinth überallhin, bis du mich tötest oder beschließt, mit mir zu unseren Eltern zurückzugehen! Ich bleibe, bis du dich für das Leben entscheidest, so wie ich es zweimal getan habe, als ich im Tiefen Traum gefangen war! Das schwöre ich!«

Niss wusste, dass Cael keine Schuld an dem Fluch traf, der auf ihm lastete, aber sie spürte, wie ihr Schwur seinen Kampfgeist anstachelte. Er machte zwei weitere Schritte auf sie zu, langsam und abgehackt wie eine Blechfigur auf einer Spieluhr, und sein fiebriger Blick heftete sich auf das Seil, das Amanón ihm immer noch hinstreckte.

In einer plötzlichen Anwandlung griff sie selbst danach

und ging zu Cael, der wieder einen Satz zurücksprang. Doch sie hatte nicht vor, irgendetwas zu erzwingen, zumindest nicht auf Wegen, die der schwarzen Macht des Karu begreiflich waren. Sie hielt lediglich das Seil zwischen sich und Cael und näherte sich sacht seinen Lippen, um ihm einen ersten Kuss zu geben, und dann einen zweiten …

Sie spürte, wie seine zitternden Finger ihre Hände berührten und sie zärtlich und zugleich entschlossen umklammerten. Auf ein Zeichen von Amanón begannen ihre Gefährten, das Seil hochzuziehen. Als Niss die Augen wieder öffnete, blickte sie in Caels verliebtes Gesicht, und die Sonne des Dara schien auf sie herunter.

Ihre Freunde halfen ihnen auf und ließen das Seil ein letztes Mal hinab, um Amanón aus der Höhle zu ziehen. Die Finsternis, aber auch die Zärtlichkeit der vergangenen Dezillen wirkte noch so stark in Niss nach, dass sie sich wie betäubt umsah.

Der Anblick der ewigen Gärten traf sie wie ein Schlag. Was sie immer schon geahnt hatte, bestätigte sich nun: Sie kannte diesen Ort. Schon zweimal war sie hier gewesen, öfter sogar, wenn man die vielen Momente mitzählte, in denen sie aufgewacht und wieder zurückgeglitten war.

Das Dara war der Tiefe Traum.

An diesem Morgen kamen ihm die Sonnenstrahlen wärmer vor als sonst, aber Yan ließ sich von diesem Eindruck nicht täuschen. Seit er mit Léti und ihren Freunden in den Gärten festsaß, glich ein Tag dem anderen. Selbst das

Wetter veränderte sich nie. Warum sollte es ausgerechnet heute anders sein?

Weil die Hoffnung, die uns seit jeher antreibt, unsere Stärke ist, gab er sich selbst zur Antwort. *Ohne diese Hoffnung hätten wir nie und nimmer so viele Schicksalsschläge überstanden.*

Inzwischen war es ihm zur Gewohnheit geworden, sich morgens vor ihrer Höhle umzusehen und dann zu der Felswand zu schlendern, um ins Tal hinunterzublicken. Schon von weitem sah er, dass er mit seiner Vermutung richtig gelegen hatte: Die Landschaft des Dara war vollkommen unverändert. Nur die Anwesenheit der Kinder sorgte hin und wieder für ein wenig Bewegung in der ansonsten wie hingemalt erscheinenden Kulisse. Meist schlummerten die kleinen Mädchen und Jungen jedoch ebenfalls reglos im Gras oder versteckten sich zwischen Büschen und Bäumen vor den Besuchern. Auch die gewaltige Pforte, die das Tal überragte, hatte sich seit ihrer Ankunft nicht mehr geöffnet.

Gerade als Yan sich wieder auf den Rückweg machen wollte, stach ihm etwas Ungewöhnliches ins Auge. Nicht in den Gärten, sondern ein paar Schritte vor ihm – genauer gesagt, am Rand des Felsvorsprungs. Es sah ganz so aus, als wäre dort ein Stück herausgebrochen. *Ein Steinschlag, hier im Jal? Das wäre wirklich einmal was Neues!*

Vorsichtig trat er bis an die Kante heran. Natürlich wollte er nicht riskieren, in die Tiefe zu stürzen, aber in seiner Neugier konnte er nicht umhin, das Phänomen näher zu erkunden.

Seine Entdeckung verschlug ihm einige Augenblicke lang die Sprache, und er rieb sich ungläubig die Augen.

Hatte die Magie des Dara etwa eine Sinnestäuschung hervorgerufen? War sein sehnlichster Wunsch tatsächlich wahr geworden? Nachdem er die Hand ausgestreckt und die Stelle betastet hatte, war kein Zweifel mehr möglich. Die Landschaft hatte sich verändert, und das auf geradezu spektakuläre Weise. Also hatte ihn sein Gefühl am Morgen doch nicht getrogen!

Im ersten Moment war er versucht, die Gelegenheit zu nutzen, so lange sie sich bot. Sonst vertat er vielleicht die einzige Chance, jemals etwas an ihrer Lage zu ändern. Aber er war eine zu treue Seele, um seine Frau und seine Freunde zurückzulassen, selbst wenn es in der Absicht geschah, ihnen zu helfen. Kaum hatte er seine Entscheidung getroffen, sprang er auf und lief zu den anderen zurück, so schnell ihn die Beine trugen. Wie immer wartete Grigán bereits auf ihn, doch seine tagtägliche Frage erübrigte sich: Er begriff sofort, dass etwas Außergewöhnliches vorgefallen war.

Während Yan die anderen weckte und ihnen zurief, dass sie umgehend aufbrechen müssten, eilte der Krieger zu Corenn und rüttelte sie wach. Nicht einmal drei Dezillen später führte Yan seine Freunde zu der Steilwand. Die Überraschung und Freude, die sich gleich darauf auf Létis Gesicht abzeichneten, war ihm Belohnung genug.

»Bei allen Göttern …«, murmelte Grigán.

»… und ihren Huren!«, ergänzte Rey mit schelmisch blitzenden Augen.

Im selben Moment, in dem das Gefühl der Ohnmacht von ihnen abfiel, fand der Herzog auch sein loses Mundwerk wieder. Yan war genauso aufgeregt wie die anderen. Endlich konnten sie den Ort verlassen, an dem sie so lange gefangen gewesen waren. Vielleicht öffnete sich ihnen nun auch eine der beiden Pforten des Jal, vielleicht würden sie sich schon bald auf die Suche nach ihren Familien machen können. Über Nacht war eine Treppe in der Felswand erschienen.

Zwar war ihnen der Grund für dieses Wunder unerklärlich, aber niemandem stand der Sinn danach, sich den Kopf darüber zu zerbrechen. Grigán hatte bereits den Fuß auf die Treppe gesetzt, die steil nach unten führte. Die eine Hand lag auf dem Griff seines Krummschwerts, die andere reichte er Corenn, die jedoch keine Mühe hatte, ihm die Stufen hinunter zu folgen. Als Nächstes begann der kleine arkische Klan den Abstieg, angeführt von Bowbaqs Frau Ispen, deren Augen freudig glänzten. Hinter ihnen machten sich Rey und Lana auf den Weg, dann Léti, und zuletzt verließ Yan den Felsvorsprung, von dem er so oft sehnsuchtsvoll ins Tal geblickt hatte.

Falls nötig, wäre er gleich weiter in die Unterwelt hinabgestiegen, um die Pforte der Undinen zu durchschreiten. Der Kampfgeist, der in Létis Blick aufgeblitzt war, verlieh auch ihm neuen Mut. So war es schon immer gewesen.

Die Treppe schien gar nicht enden zu wollen, doch die Erben verspürten keine Müdigkeit. Die Vorfreude, in die sich auch Rachegelüste mischten, trieb sie voran. Hätten sie nicht die beiden kleinen Jungen bei sich gehabt, wären sie wohl die Stufen hinuntergesprungen. Aber die Treppe war steil und der Abgrund tief, und so hielten sie Bowbaqs Enkel lieber fest an der Hand und nahmen vorsichtig Stufe um Stufe.

Schließlich kamen sie alle wohlbehalten am Fuße der

Felswand an. Zu ihrer Überraschung fanden sie dort Nol den Seltsamen vor, der unter einem Kirschbaum stand und auf sie zu warten schien. Grigán, Léti und Reyan marschierten sofort auf den Hüter des Dara zu, um ihm gehörig die Meinung zu sagen, doch der Gott hob beschwichtigend die Hand und zeigte dann in Richtung der Gärten.

»Sie kommen«, sagte er nur.

Bei den Worten des Ältesten krampfte sich Yans Herz zusammen, dabei hatte Nol ebenso sanft gesprochen wie immer. Doch was er sagte, weckte eine Hoffnung in ihm, die er schon so lange hegte, dass er sein Glück nun kaum fassen konnte.

Er hörte Stimmen, vertraute Stimmen.

Ohne nachzudenken, lief er los, doch niemand stürzte den Ankömmlingen so selig entgegen wie Lana und Léti.

Amanón spürte, wie ihn jene sanfte Seligkeit erfüllte, von der jeder Sterbliche in den Gefilden des Dara ergriffen wurde. Obwohl er wusste, dass sich der Taumel nach einer Weile legen würde, wollte er dieses Glücksgefühl nie mehr missen. Nach ihrer langen, gefahrvollen Reise hatten sie etwas Ruhe und Frieden mehr als verdient. Er sehnte sich danach, all ihre Alpträume vergessen zu können, selbst das Wissen um ihre künftige Niederlage, und sie im süßen Nichts verschwinden zu sehen. Die Zeit würde kommen, wo sie sich darüber Gedanken machen mussten – aber nicht jetzt, nicht sofort.

In seiner Hochstimmung wunderte er sich nicht einmal darüber, plötzlich den geliebten Menschen gegenüberzustehen, die sie so lange und so verzweifelt gesucht hatten. Auf beiden Seiten wurden Freudenrufe und Schluchzer laut, während sie aufeinander zueilten, um sich in die Arme zu fallen. Fast wäre Amanón ebenfalls losgerannt, doch dann blieb er ruhig stehen und kostete jeden Augenblick dieser magischen Begegnung aus. Ihm war, als hätte er endlich Frieden gefunden. Er hatte das Versprechen gehalten, das er sich selbst und seinen Gefährten gegeben hatte, allen voran Eryne. Seine Entscheidungen waren vielleicht nicht immer die besten gewesen, aber er hatte sie alle zu ihren Familien zurückgebracht.

Zwei Menschen lösten sich aus der Gruppe vor ihm und kamen auf ihn zu: Corenn, seine Mutter, deren Tagebuch ihnen auf der Reise eine unschätzbare Hilfe gewesen war, und Grigán, sein Vater, der die drei Generationen von Erben, die nun hier versammelt waren, mit dem Stolz eines Stammesoberhaupts betrachtete. Beim Anblick des alten Kriegers, dem eigentlichen Anführer ihres Klans, hatte Amanón das Gefühl, getan zu haben, was zu tun gewesen war. Nun konnte er seinem Vater das Zepter übergeben oder zumindest auf seine Erfahrung vertrauen.

Doch als er seine Eltern an sich drückte, genoss er vor allem das unermessliche Glück, sie beide wiedergefunden zu haben.

Die Reise der Krieger geht weiter:

PIERRE GRIMBERT
DIE KRIEGER
DAS LABYRINTH DER GÖTTER

AHNENTAFEL

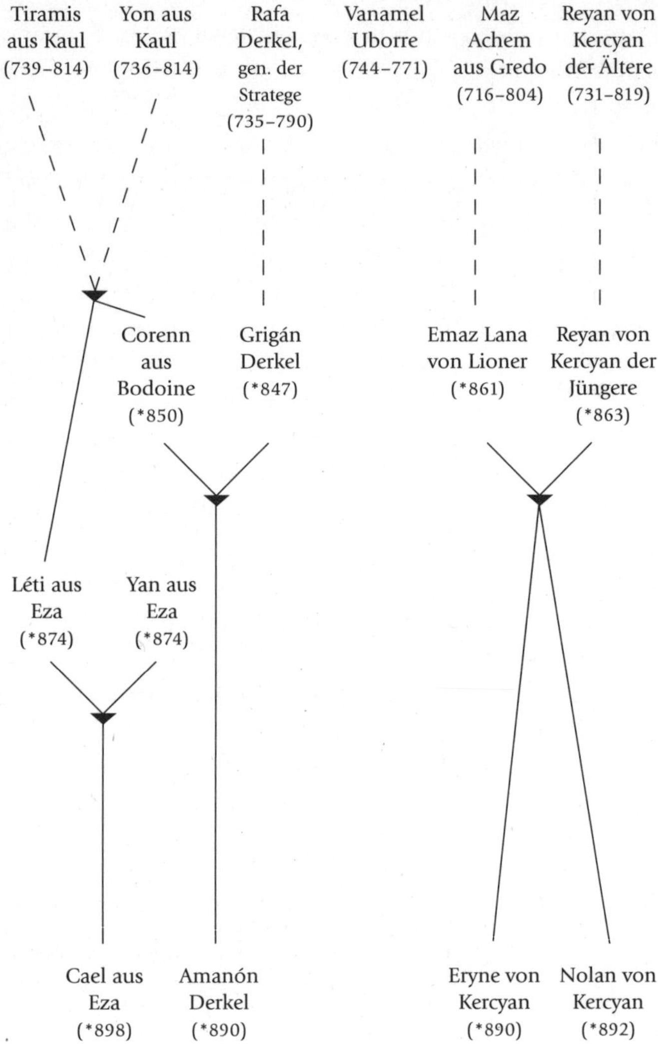
Tiramis aus Kaul (739–814)
Yon aus Kaul (736–814)
Rafa Derkel, gen. der Stratege (735–790)
Vanamel Uborre (744–771)
Maz Achem aus Gredo (716–804)
Reyan von Kercyan der Ältere (731–819)
Corenn aus Bodoine (*850)
Grigán Derkel (*847)
Emaz Lana von Lioner (*861)
Reyan von Kercyan der Jüngere (*863)
Léti aus Eza (*874)
Yan aus Eza (*874)
Cael aus Eza (*898)
Amanón Derkel (*890)
Eryne von Kercyan (*890)
Nolan von Kercyan (*892)

DIE WEISEN VON JI UND IHRE ERBEN

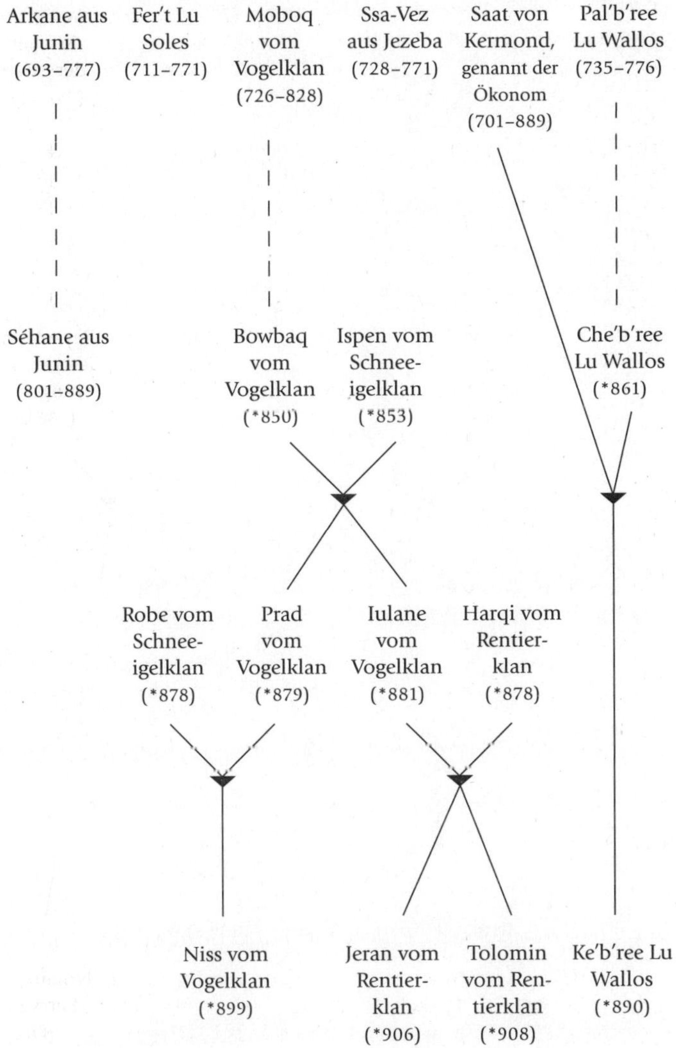

KLEINES LEXIKON DER BEKANNTEN WELT

ALIOSS

Der Anführer. Alioss ist der Gott der Familienväter, Klanchefs und Königsgeschlechter Gritehs. Nur Männer der oberen Stände dürfen ihm dienen: Krieger, Priester, Edelmänner und Handwerker. Frauen, Bettlern und Verbrechern ist es verboten, auch nur den Namen des Allmächtigen auszusprechen.
Die Göttin Aliara erfüllt eine ähnliche Rolle für die weiblichen Einwohner Gritehs, auch wenn sie kein so hohes Ansehen genießt. In den Unteren Königreichen muss der König jedem Tempelbau seinen Segen erteilen, und kein König würde je erlauben, dass sich Frauen in einem Tempel versammeln.

ALT

Der Alt ist der größte Fluss der bekannten Welt. Er entspringt in den höchsten Bergen des Rideau, fließt durch Itharien und Romin und mündet schließlich in den Spiegelozean.
Einer goronischen Legende zufolge werden die Toten eines Tages in riesigen Geisterschiffen den Fluss heruntergefahren kommen, um sich für alles Leid zu rächen, das ihnen zu Lebzeiten angetan wurde. Hin und wieder behauptet jemand, die Vorhut dieser Armee der Finsternis gesehen zu haben. Aus diesem Grund lassen manche Häfen nach Einbruch der Dunkelheit kein Schiff mehr einlaufen.

ALTES LAND
Anderer Name des Königreichs Romin.

ALUÉN
Man geht davon aus, dass Aluén gegen Ende des achten Äons kurz nach dem Untergang des Itharischen Reichs in Partacle herrschte.
Während sich die Itharier der Religion zuwandten, nachdem Eurydis ihnen zum zweiten Mal erschienen war, lieferten sich die befreiten Völker blutige Bürgerkriege um die Reichtümer, die die einstigen Eroberer zurückgelassen hatten. Es heißt, dass Aluén einen Schatz anhäufte, der sogar den des Kaisers von Goran übertraf.
Dieser Schatz ist jedoch spurlos verschwunden. Einer Legende zufolge soll ein Teil des Schatzes im Grab seines Besitzers versteckt sein, allerdings weiß heute niemand mehr, wo sich dieses Grab befindet. Sieben Grabstätten wurden bereits erfolglos durchsucht, aber die Schatzjäger geben die Hoffnung nicht auf.

AMARIZIER
Amarizische Priester führen ein gottesfürchtiges und frommes Leben. Die meisten bleiben bis zu ihrem Tod innerhalb der Mauern eines Gemeinschaftstempels und vollziehen die religiösen Riten. Für manche Amarizier ist es jedoch der höchste Beweis ihrer Liebe zu Gott, Ungläubige zu bekehren, und so ziehen sie durch die Lande, um »verlorene Seelen« zu retten.
Amarizier lehnen Theoretiker ab, da sie es für anmaßend halten, den göttlichen Willen auszulegen.
Es gibt viele Ausprägungen des amarizischen Glaubens –

vermutlich vielleicht ebenso viele wie Dörfer der bekannten Welt. In den Oberen Königreichen wird Odrel am häufigsten verehrt.

AÒN
Fluss in den Unteren Königreichen, der in den Jezebahöhen entspringt und bei Mythr ins Feuermeer mündet. Viele große Städte der Unteren Königreiche liegen am Ufer des Aòn: La Hacque natürlich, aber auch Quesraba, Tarul und Irzas.
Es hält sich hartnäckig das Gerücht, der Unrat der Menschen ziehe in der heißen Jahreszeit Raubfische aus dem Meer an. Sie schwämmen den Fluss bis La Hacque hoch und schreckten auch nicht davor zurück, Menschen anzugreifen und zu zerfleischen. Obwohl es in der Vergangenheit tatsächlich einige Attacken von Ipovanten gab und einmal sogar den Angriff eines Dornhais, sind solche Vorfälle äußerst selten.

ARGOS
Die Argosfelsen befinden sich in den Unteren Königreichen, ganz im Osten der Jezebahöhen. Berühmt sind sie vor allem für ihr Echo, das eindrucksvollste der bekannten Welt. Zahlreiche Legenden ranken sich um diese Felsen. Es heißt, das Echo von Argos habe ein Gedächtnis, und wer nur stumm dastehe und geduldig abwarte, dem gäben die Felsen irgendwann die Geheimnisse preis, die ihnen im Laufe der Jahrhunderte anvertraut wurden.

ARKISCH
Wichtigste Sprache Arkariens.

AVATAR
Inkarnation oder Verkörperung einer Gottheit in einer anderen Gestalt als seiner eigentlichen.

BELLICA
Die Bellica ist eine Spinne, die im Norden der Fürstentümer heimisch ist. Ihr Biss ist für den Menschen nicht tödlich, und sie greift nur bei zwei Gelegenheiten an: wenn ihr Nest bedroht ist oder wenn sie einer Artgenossin begegnet.
Aufgrund dieser Eigenschaft eignet sich diese Spinnenart gut für Schaukämpfe. Bellica-Kämpfe sind in den Unteren Königreichen ein beliebter Zeitvertreib. Es werden regelrechte Turniere veranstaltet, und die Wetteinsätze erreichen schwindelerregende Höhen. Der Todeskampf zweier Bellica-Spinnen ist ein beeindruckendes Schauspiel. Wenn die beiden handtellergroßen Tiere aufeinander losgelassen werden, stellen sie sich zunächst auf ihre vier Hinterbeine und versuchen, die Gegnerin mit Drohgebärden einzuschüchtern: Sie bewegen ihre Kieferklauen, vollführen nervöse kleine Sprünge und klappern mit den Beißwerkzeugen.
Es ist jedoch äußerst ungewöhnlich, dass eine der Gegnerinnen zu diesem Zeitpunkt aufgibt. Als Nächstes folgt ein Kampf auf Leben und Tod, in dem sich die Spinnen ineinander verbeißen. Sie versuchen, ihre Widersacherin mit ihrem Gift zu lähmen oder sie in ein Netz einzuspinnen. Oft gewinnt die scheinbare Verliererin im letzten Moment die Oberhand. Manche Spinnen stellen sich tot, um ihre Gegnerin zu täuschen. Andere gewinnen den Kampf, obwohl sie mehrere Beine verloren haben.

Die Siegerin frisst immer den Kopf der Verliererin, und zwar nur den Kopf. Eine Spinne, die man daran hindert, verliert ihre Angriffslust und stirbt.

BROSDA

Ein Gott, der vor allem im Matriarchat von Kaul verehrt wird. Er ist der Sohn des Xéfalis und dem Spiegelbild Echoras.

Brosda ist der Gott der Fischer. Sein Reich ist weder das Wasser noch das Land, sondern die Grenze zwischen beiden. Er ist ein neutraler Gott und wird je nach Ort und Epoche verehrt oder gefürchtet. In den Geschichten über Brosda kommen auch Seeungeheuer vor, was vor allem den Kindern gefällt.

BRUDER

Die Mitglieder der Großen Gilde bezeichnen sich gegenseitig als Brüder. Andere Verbrechergilden haben die Bezeichnung übernommen.

Manche geben ihren Mitgliedern bei Eintritt sogar einen neuen Namen und bilden regelrechte »Familien«.

CREVASSE

Hauptstadt Arkariens, die zum Klan des Falkens gehört. Eigentlich haben nur Bewohner des Weißen Landes Zutritt zur Stadt, Fremde sind nur in Ausnahmen erlaubt. Diejenigen, die das Glück hatten, Crevasse besuchen zu dürfen, vergleichen sie wegen ihrer Größe mit Lorelia und wegen der Schönheit ihrer Bauwerke mit Romin.

Der Legende zufolge wurde die Stadt an einem Ort errichtet, an dem sich drei Minen befinden: eine Eisen-, eine Kupfer- und eine Goldmine. Dies sei auch der Grund für den unermesslichen Reichtum des Falkenklans, aus dem zwei Drittel der arkischen Könige stammen und der somit die Geschicke des größten Lands der bekannten Welt lenkt.

DAÏ

Die Daï ist eine kleine Schlange, die in den Unteren Königreichen vor allem in den Ausläufern der Gebirge heimisch ist. Das ausgewachsene Tier ist zwei Fuß lang und wird bis zu drei Jahre alt. Seine Hautfarbe wechselt je nach Jahreszeit von Dunkel- zu Hellgelb.

Das Gift der Daï ist nicht tödlich – jedenfalls nicht in der üblichen Dosis –, erzeugt aber eine euphorische Trance mit Halluzinationen. Die Daï beißt ihre Beute in regelmäßigen Abständen, versetzt sie so in einen Tiefschlaf und hält sie über mehrere Dekaden am Leben, ähnlich wie Spinnen.

Das Gift ist eine beliebte Droge. Die Zucht von Daï-Schlangen hat in den Unteren Königreichen eine lange Tradition. Bei einigen Stämmen gilt es als Mutprobe, sich von einer Daï beißen zu lassen, da ihr Gift nicht wieder aus dem Körper gesaugt werden kann. Aber wie alle Drogen wird sie vielen zum Verhängnis: Man hört immer wieder von Menschen, die sich freiwillig in eine Schlangengrube stürzen und dort den Tod finden.

DARN-TAN

Darn-Tan war Graf von Uliterra, einer ehemaligen lorelischen Provinz zwischen dem Herzogtum Cyr-la-Haute und dem Herzogtum Kercyan. Einst führte Uliterra aus

Gründen, die in Vergessenheit geraten sind, Krieg gegen das benachbarte Fürstentum Elisere und dessen Herrscher Iryc von Verona.
Der Brauch wollte, dass der Sieger den unterlegenen Herrscher, seine Familie und sein Domizil verschonte. Doch Darn-Tan war bekannt dafür, diese Sitte zu missachten. Einige Jahre zuvor hatte er das Schloss von Orgerai angezündet und den Fürsten und dessen zwei Töchter an einen Balken knüpfen lassen. Darn-Tan hatte auch diesmal nicht die Absicht, seinen Feind mit dem Leben davonkommen zu lassen, und so ersann er eine komplizierte List. Er rechnete damit, dass Iryc von Verona ihm misstrauen und einen Hinterhalt wittern würde, und genau dann würde seine Falle zuschnappen.
Iryc von Verona, der keine Heimtücke kannte, entging dem Hinterhalt, indem er sich verhielt, wie Darn-Tan es nie erwartet hätte: arglos.

DEKADE
Zehn Tage. Zeiteinheit des eurydischen Kalenders.
Die Tage einer Dekade tragen Ordnungszahlen. Der erste Tag ist der Prim, der letzte der Zim. Die anderen Tage vom zweiten bis zum neunten heißen: Des, Terz, Quart, Quint, Sixt, Septim, Okt und Non.
Die Dekade der Erde und die des Feuers haben nur neun Tage. Der Okt wird übersprungen, auf den Septim folgt sogleich der Non. Die Maz haben hierfür eine religiöse Erklärung: Der Wegfall des Okten versinnbildlicht Eurydis' Sieg über die acht Drachen von Xetame.

DEKANT

Zeiteinheit goronischen Ursprungs. Ein Dekant entspricht dem Zehntel eines Tages, also ungefähr zwei Stunden und fünfundzwanzig Minuten unserer Zeit. Der erste Dekant beginnt mit Sonnenaufgang, wenn der zehnte Dekant des Vortages endet. Das Ende des dritten Dekants wird als Mit-Tag bezeichnet.

Das gemeine Volk gebraucht diese Zeiteinheit im Alltag eher grob, während die Gelehrten sehr viel präziser sind. Sie richten sich nicht nur nach der Sonnenuhr, sondern berechnen mit komplizierten Formeln den genauen Zeitpunkt des Sonnenaufgangs über der Stadt Goran. Diese Methode ist auch die einzige, die es ermöglicht, in der Nacht – also vom siebten bis zum zehnten Dekant – den Wechsel der Dekanten exakt zu bestimmen.

DEZILLE

Zeiteinheit goronischen Ursprungs. Eine Dezille entspricht dem Zehntel einer Dezime, also ungefähr einer Minute und sechsundzwanzig Sekunden unserer Zeit. Gemeinhin wird es nicht für nötig gehalten, die Zeit in noch kleinere Einheiten zu unterteilen. Offiziell existieren allerdings noch Divisionen und Schläge. Eine Division misst ungefähr acht Sekunden, ein Schlag weniger als eine Sekunde.

DEZIME

Zeiteinheit goronischen Ursprungs. Eine Dezime entspricht dem Zehntel eines Dekants, also ungefähr vierzehn Minuten unserer Zeit.

DONA

Die Göttin der Händler. Sie ist die Tochter Wugs und Ivies. Der Legende nach erschuf sie das Gold, um damit ihren Körper zu bedecken und so die Schönheit ihrer Cousine Isée zu übertreffen. Anschließend schenkte sie ihre Schöpfung den Menschen, damit diejenigen, die wie sie vom Schicksal benachteiligt wurden, mit ihrer Klugheit auftrumpfen können, die durch den Besitz des Edelmetalls versinnbildlicht wird.

Zu Donas Unglück entschied der junge Gott Hamsa, den sie zum Schiedsrichter erkoren hatte, sich jedoch abermals für Isée. Daraufhin beschloss Dona, nie mehr auf das Urteil eines Einzigen zu vertrauen. Sie nahm sich zahlreiche Liebhaber und gilt seither auch als Göttin der Sinnesfreuden.

In Lorelien gibt ein Händler, der ein gutes Geschäft abgeschlossen hat, üblicherweise einem fremden Mädchen, das in Armut lebt, ein Almosen. Dieses Geld wird »Donas Anteil« genannt. Leider gerät der Brauch immer mehr in Vergessenheit, da die meisten Anhänger Donas finden, die Opfergabe, die sie an den Tempel entrichten, sei ein ausreichender Beweis ihrer Hingabe.

Kein geschäftstüchtiger Händler würde je vergessen, Dona ein Opfer zu bringen, und sei es nur, um sich die Gunst derjenigen »Priesterinnen« zu sichern, die der Göttin der Sinnesfreuden besonders ergeben sind.

DORNHAI

Der Dornhai oder auch Kletterhai ist ein Raubfisch im Feuermeer, der häufig mit der Panzermuräne verwechselt wird. Die durchschnittliche Größe eines ausgewachsenen Dornhais liegt bei fünf bis sieben Schritten, aber

wenn man alten ramythischen Seemännern glaubt, existieren auch Exemplare mit einer Länge von zehn Schritten oder mehr.
In den Meeren tummeln sich jedoch weit imposantere Lebewesen, und der Dornhai wird nicht wegen seiner Größe gefürchtet. Er ist berüchtigt für seinen Blutdurst und vor allem für die zahlreichen ausfahrbaren Haken, die sich zwischen seinen Schuppen am Bauch befinden. Die Haken tragen ein Gift in sich, mit dem der Dornhai seine Beute lähmt. Außerdem benutzt der Dornhai diese Haken, um wie eine Raupe lautlos an der Außenwand von Schiffen hochzuklettern. Aus diesem Grund gilt er als der gefährlichste Raubfisch, und die Hochseefischer haben sich zahlreiche Schutzmaßnamen ausgedacht. Zum Beispiel weisen viele Schiffe einen »Glockenkranz« auf, ein schlauchförmiges, mit Alteisen gefülltes Netz, das rings um den Rumpf gehängt wird. Aus Aberglauben scheuen sich Seeleute, den Namen eines Mannes auszusprechen, der einem Dornhai zum Opfer gefallen ist, bevor sie das Festland erreicht haben.

EIHER

Arkisch. Fabeltier des Weißen Landes. Der Eiher wird entweder als riesiger Reiher mit Hörnern entlang der Wirbelsäule beschrieben oder als Schildkröte, deren Speichel in der Luft zu einem Pfeil gefriert, wenn sie ihr Opfer anspuckt. Obwohl diese beiden Beschreibungen unvereinbar sind, behauptet so mancher alteingesessene Arkarier, den Eiher in einer mondlosen Nacht bei der Jagd beobachtet zu haben. Aus Höflichkeit glauben die Arkarier beide Versionen.

EMAZ
Hohepriester des Großen Tempels der Eurydis und geistliche Oberhäupter aller Gläubigen. Es gibt vierunddreißig Emaz. Der Titel wird jeweils von einem Emaz auf einen Maz übertragen.

ERJAK
Arkisch. Jemand, der die Fähigkeit besitzt, die Gedanken der Tiere zu lesen und ihnen seine eigenen zu übermitteln.

EURYDIS
Hauptgöttin der Oberen Königreiche. Itharische Moralpriester brachten die Eurydisverehrung an die entlegensten Orte der bekannten Welt.
Die Geschichte der Göttin ist seit je mit der Heiligen Stadt verbunden. Im sechsten Äon waren die Itharier – die damals noch nicht so hießen – nichts als ein loser Zusammenschluss ehemaliger Nomadenstämme. Sie lebten am Fuß des Blumenbergs, einem der ältesten Berge des Rideau. Dieser Bund soll das Werk eines einzigen Mannes gewesen sein. Es heißt, König Li'ut von Ith wollte ein neues, mächtiges Königreich gründen und scharte alle unabhängigen Klans westlich des Alt um sich.
Er widmete sein ganzes Leben der Erfüllung dieses Traums, doch der Bau der Stadt Ith – der Heiligen Stadt, wie sie heute genannt wird – nahm mehr Zeit in Anspruch, als ihm zur Verfügung stand. Nach seinem Tod brachen die alten Rivalitäten zwischen den Klans erneut aus. Ohne Li'uts diplomatisches Geschick war der schöne Traum zum Scheitern verurteilt.

Daraufhin soll die Göttin Eurydis dem jüngsten Sohn Li'uts erschienen sein und ihm befohlen haben, das Werk seines Vaters fortzuführen. Comelk – so war sein Name – dankte der Göttin für ihr Vertrauen, äußerte jedoch die Befürchtung, nichts gegen die Zwietracht der Stämme ausrichten zu können. Eurydis bat ihn daraufhin, alle Klanführer zusammenzurufen, und Comelk kam ihrem Wunsch nach.

Eurydis sprach zu jedem von ihnen und befahl ihnen, dem Pfad der Weisheit zu folgen. Die Klanführer lauschten ihren Worten andächtig, denn so barbarisch und großmäulig sie auch waren, ließen Aberglaube und Tradition sie die Macht der Göttin fürchten.

Als sich Eurydis zurückgezogen hatte, beratschlagten die Anführer lange und befragten die Stammesältesten und Seher. Schließlich wurden alle Streitpunkte beigelegt. Die Klanführer schworen einander ewigen Frieden und schlossen den Itharischen Bund.

Die Jahre vergingen, und Ith entwickelte sich von einer ansehnlichen zu einer wahrhaft eindrucksvollen Stadt. Zu jener Zeit konnte nur noch Romin mit der Hauptstadt des jungen Königreichs wetteifern. Die Stämme vermischten sich, und der alte Zwist geriet mehr und mehr in Vergessenheit. Itharien war auf dem besten Weg, ein Leuchtfeuer der bekannten Welt zu werden. Und so kam es auch, allerdings nicht im guten Sinne.

Trunken von der neuen Macht, die ihnen mehr oder weniger in den Schoß gefallen war, begannen die Nachfahren der alten Stämme von ihrer Überlegenheit über den Rest der bekannten Welt zu sprechen, bis es einigen in den Sinn kam, dies auch beweisen zu wollen. Zunächst

beschränkten sich die Itharier auf kleinere Überfälle, doch schon bald folgten Scharmützel an den Grenzen und schließlich regelrechte Eroberungsfeldzüge, die immer blutiger wurden.
Gegen Ende des achten Äons herrschte Itharien über das gesamte Gebiet zwischen dem Rideau im Osten, der Velanese im Westen, dem Mittenmeer im Süden und der Stadt Crek im Norden. Die Itharier waren grausame Eroberer: Sie plünderten, brandschatzten, verwüsteten ganze Landstriche und metzelten Tausende dahin.
Eines Tages, als die Heerführer wieder einmal zusammenkamen, um eine Invasion Thalitts zu planen, erschien Eurydis zum zweiten Mal.
Es heißt, sie habe die Gestalt eines zwölfjährigen Mädchens angenommen, und so wird sie auch heute meist dargestellt. Dennoch glaubten einige der gestandenen Feldherren vor Angst zu sterben, so groß war der Zorn der Göttin.
Sie sprach kein Wort, sondern begnügte sich damit, jedem Heerführer des itharischen Reichs – denn so nannte man es inzwischen – in die Augen zu sehen.
Der Blick war ihnen Warnung genug. Sie gaben alle Angriffspläne auf und befahlen ihren Kriegern, die Waffen niederzulegen und sich aus den eroberten Gebieten zurückzuziehen. Die Heerführer nahmen es auf sich, das itharische Denken und Handeln tiefgreifend zu verändern. Eine Generation später hatte sich das gesamte itharische Volk der Religion zugewandt. In der nächsten Zeit erfuhren sie großes Unglück, da sich die von ihnen unterjochten Völker – wie das junge goronische Volk – nun ihrerseits als Henker aufführten. Das itharische Reich musste

immer mehr Gebiete abtreten, bis es nur noch sein ursprüngliches Territorium umfasste: die Umgebung der Stadt Ith und den Hafen von Maz Nen.
Im Laufe der Jahre begannen die Itharier mit einer anderen Art der Eroberung, die eher dem Willen der Göttin entsprach: Die Maz zogen durch die bekannte Welt und bis an die entlegensten Orte, um Eurydis' Moral zu verkünden. Dies nützte auch den weniger entwickelten Völkern, denn die Itharer brachten ihnen nicht nur die Religion, sondern auch Errungenschaften wie Kalender, Schrift, Kunst und Technik, die sie sich bei ihren Eroberungszügen angeeignet hatten.
Manche Theoretiker prophezeien, dass die Göttin bald ein drittes Mal erscheinen wird. Natürlich wird sie das irgendwann tun, da sie ja bereits zweimal erschienen ist. Die wichtigste Frage, die die Itharier sich stellen, lautet: Welchen Weg werden wir als Nächstes einschlagen?

EZOMINE

Ezomine sind Steine, die Licht ausstrahlen. Sie sehen aus wie gemeine Quarze, und ihre Kraft wird erst im Dunkeln sichtbar.
Die Stärke des Lichts ist unterschiedlich. Manche behaupten, Steine gesehen zu haben, deren Licht fünfzig Schritte weit reiche. Doch die meisten Ezomine leuchten nicht einmal so hell wie eine gewöhnliche Kerze.
Wenn der Stein auseinanderbricht, verliert er seine Kraft.
Seit Äonen studieren die Gelehrten das Geheimnis der Ezomine, aber keine der Theorien, die sie über den Ursprung der rätselhaften Kraft entwickelt haben, konnte bislang bewiesen werden.

Unter Sammlern, Abenteurern und Schatzjägern sind die Steine sehr begehrt.

FRUGIS

Das Frugis ist ein Seil mit drei Enden, dessen Name auf den legendären König und Magier zurückgeht, der drei Äonen, bevor das Friedensabkommen der Fürstentümer geschlossen wurde, in Lineh herrschte. Das Seil ist auf verschiedene Arten beschrieben worden. Die gängigste lautet wie folgt: Man habe drei Seile genommen, jedes von ihnen zu einem V gelegt und die Spitzen aneinandergelegt. Dann habe man die Hälften zusammengeflochten und so ein kräftiges Tau mit drei gleich langen Enden erhalten. Die Angaben zur Länge der Enden schwanken zwischen sechs und neunundneunzig Schritten. Das Frugis-Seil soll die geheimnisvolle Macht besitzen, denjenigen, der eines seiner Enden hochklettert, an jeden Ort zu bringen, an dem eins der anderen Enden hängt. Sollte es dieses Seil jedoch tatsächlich geben, wüsste heute niemand mehr, wie man es gebraucht.

GESCHWÄTZIGE MUSCHEL

Zu Zeiten der Zwei Reiche verbreiteten romische Seeleute die Geschichte dieses kuriosen Gegenstands. Heutzutage hört man eher Spaßvögel von ihr sprechen als echte Schatzjäger. Angeblich handelt es sich um eine Gironenmuschel, in die einst ein Dämon die Stimme einer Frau einsperrte, die allzu schwatzhaft war. Doch selbst dieser Fluch brachte die Arme nicht zum Verstummen, und man sagt, dass jeder, der die Muschel in die Hände bekommt, sie so schnell wie möglich wieder loswerden will, da das unaufhörliche Geschwätz unerträglich ist.

GISLE

Grenzfluss zwischen dem Matriarchat von Kaul und dem Königreich Lorelien.

GILDE DER DREI SCHRITTE

Zusammenschluss der Prostituierten Lorelias.
Früher durften die Freudenmädchen ihrem »Geschäft« nur in der sogenannten Unterstadt nachgehen. Allerdings gab es so viele von ihnen, dass es häufig zu Streit und sogar Handgreiflichkeiten kam. Deshalb gingen die Zuhälter irgendwann dazu über, jeder Frau ein Stück Straße zuzuweisen, das genau drei Schritte maß.
Manche Zuhälter haben diesen Brauch beibehalten, obwohl die meisten Prostituierten heutzutage im Hafenviertel zu finden sind, das sehr viel größer ist.

GROSSE GILDE

Zusammenschluss der meisten Verbrecherbanden der Oberen Königreiche. Die Große Gilde hat keine feste Ordnung oder Hierarchie, sondern ist im Grunde eine Übereinkunft der Banden, einander keine Gebiete und Betätigungsfelder streitig zu machen, derart, wie sie auch die Gilden eines Königreichs oder einer Stadt schließen. Trotz häufiger Streitigkeiten gelingt es den Banden manchmal, gemeinsame Operationen durchzuführen, vor allem beim grenzüberschreitenden Schmuggel.
Offiziell lässt die Gilde die Finger von Meuchelmorden.

Ihre Spezialität sind Erpressung, Entführung, Betrug, Schmuggel und natürlich sämtliche Formen von Raub und Diebstahl. Trotzdem fällt auf, dass den Mitgliedern neuer Banden, die sich nicht an die Übereinkunft halten, ein recht kurzes Leben beschieden ist …

GROSSES HAUS

Sitz der Regierung des Matriarchats von Kaul. Hier halten die Mütter ihre Ratsversammlungen ab, und hier haben sie ihre privaten Gemächer und Studierzimmer. Alle Einwohner Kauls können in das Große Haus kommen und ihre Beschwerden vortragen. Fünfzehn Personen halten sich von morgens bis abends bereit, um sie zu empfangen. Mehrmals im Jahr stehen die Arbeits- und Versammlungssäle des Großen Hauses allen Neugierigen offen.

GROSSTERRA

Hauptstadt und größte Insel des Schönen Landes, einer Inselgruppe im romischen Meer.

HATI

Heiliger Dolch der Züu. Der vollständige Name, wie man ihn in alten Schriften findet, lautet »Zuiaorn'hati«, wörtlich übersetzt »eine Wimper Zuïas«.
Den Hati bekommt ein Novize von einem Judikator überreicht, nachdem er seine erste Mission erfüllt hat, üblicherweise mit bloßen Händen. Dadurch wird er in den Kreis der Boten Zuïas aufgenommen und erhält das Recht, über Leben und Tod seiner weniger glücklichen Landsleute zu richten.

HELANIEN

Eine der fünf Provinzen des Königreichs Romin. Ihre Hauptstadt ist Manive, ihr Wappenbild die Rose von Manive.

HEILIGE STADT

Anderer Name Iths, der Hauptstadt des Königreichs Itharien. Häufig bezeichnet der Name auch nur das religiöse Viertel, eine Enklave mit einer eigenen Festungsmauer, eigenen Gesetzen und eigenen Bürgern – eine Stadt in der Stadt.

ITHARISCHE WÜRFELSPIELE

Diese Spiele sind in der gesamten bekannten Welt verbreitet. Ihr Ursprung ist ungewiss. Sicher ist allerdings, dass sie sich im siebten und achten Äon mit den Eroberungsfeldzügen der itharischen Armee ausbreiteten und rasch von allen besiegten Völkern übernommen wurden. Der itharische Würfel hat sechs Seiten. Auf vieren ist je ein Element abgebildet: Wasser, Feuer, Erde und Wind. Jeweils eins dieser Elemente erscheint auch auf der fünften und sechsten Seite. Folglich gibt es vier Sorten von Würfeln: einen weißen für den Wind, einen roten für das Feuer, einen grünen für die Erde und einen blauen für das Wasser.
Wie viele Würfel für ein Spiel benutzt werden, hängt von den Regeln ab und wird zwischen den Spielern ausgehandelt. Im Normalfall reichen vier Würfel aus – ein Soldat –, doch es gibt auch Spiele, die mit zwanzig oder mehr Würfeln gespielt werden.
Stern, Prophet, Kaiser, Zwei Brüder und Gejac sind die bekanntesten, wenn auch längst nicht alle itharischen Würfelspiele.

JAHRMARKT (LORELISCHER)

Der Jahrmarkt ist eine der ältesten lorelischen Traditionen. Vom Tag des Händlers bis zum Tag des Kupferstechers in der zehnten Dekade entfallen jegliche Steuern auf die Ein- und Ausfuhr von Waren – solange ihr Handel nicht gegen die Gesetze des Königreichs verstößt. Die meisten Gelegenheitsverkäufer, Handwerker, Fremde und Kuriositätenhändler bieten ihre Waren zu dieser Zeit feil. Der Jahrmarkt zieht eine Menge Menschen an, von denen ein Drittel gar nichts kaufen will, sondern nur der zahlreichen Attraktionen wegen kommt: Straßentheater, Spiele, Bankette und vieles andere. Manche dieser Vergnügungen werden vom König spendiert, der damit sein Ansehen verbessern will.

Für die königliche Schatzkammer ist der Jahrmarkt dennoch einträglich, da jeder, der einen Stand eröffnen will, einen Obolus entrichten muss. Die Kontrollen sind streng, und Verstöße werden mit der sofortigen Beschlagnahmung sämtlicher Waren geahndet.

Der Jahrmarkt findet auch in anderen großen Städten Loreliens statt: Benelia, Lermian und Le Pont. Er hat dort eine gewisse lokale Bedeutung, ist aber nicht mit dem der Hauptstadt vergleichbar.

JAHRZEHNT

Zehn Jahre.

JELENIS

Lorelisch. Die Jelenis sind Soldaten der ältesten Leibwache Loreliens. Sie sind vor allem berühmt dafür, König Kurdalene im sechsten Äon beschützt zu haben.

Die Jelenis sind auch die königlichen Hundeführer. Ihnen gehören über sechzig weiße Doggen, obwohl diese Rasse wegen ihrer Aggressivität nahezu ausgerottet ist. Jedes Tier ist mehr als vierhundert Terzen wert und der Stolz des jeweiligen Königs.
Es heißt, es brauche mindestens fünf erfahrene Krieger, um einen Jelenis und seinen Hund zu besiegen.

JERUSNIEN
Eine der fünf Provinzen des Königreichs Romin. Ihre Hauptstadt ist Jerus, ihr Wappenbild das Kreuz von Jerus.

JEZ
Einwohner des Sultanats von Jezeba.

JEZAC
Wichtigste Sprache des Sultanats von Jezeba.

JUDIKATOR
Religiöser Führer der Boten von Zuïa.

JUNEISCH
In Junin und den meisten anderen Fürstentümern gesprochene Sprache. Das Hochjuneische wird nur noch in offiziellen Schriften, im Handel und in der Literatur verwendet, während sich die Sprache der einfachen Leute, die einst eine Mundart war, im Laufe der Zeit von ihrem Ursprung entfernt hat und heute eine eigene Sprache darstellt.

KALENDER

In den Oberen Königreichen gilt der itharische Kalender. Er ist in 338 Tage, 34 Dekaden und 4 Jahreszeiten unterteilt. Das Jahr beginnt am Tag des Wassers, dem Frühlingsanfang. Zwei Dekaden bestehen nur aus neun statt aus zehn Tagen: Die Dekade vor dem Tag der Erde und die vor dem Tag des Feuers. Der Tag beginnt mit Sonnenaufgang.

Jeder Tag und jede Dekade trägt einen bestimmten Namen, der ursprünglich religiöser Herkunft war und mit der Verehrung der Göttin Eurydis zusammenhing, deren Botschaft von Moralpriestern bis in die entlegensten Winkel der bekannten Welt getragen wurde. Mit der Zeit bildeten sich an verschiedenen Orten regionale Besonderheiten heraus. So heißt der Tag des Hundes, der im Großen Kaiserreich Goran keine besondere Bedeutung hat, in der Umgebung von Tolenks Tag des Wolfes und ist einer der höchsten Feiertage. Die Dekade des Jahrmarkts, die mit dem Tag des Händlers beginnt, ist in Lorelien von größter Wichtigkeit, in Memissien aber belanglos.

Kaum jemand kennt sämtliche Tage des Kalenders auswendig oder weiß um ihre Bedeutung für die Eurydisverehrung – abgesehen von den Priestern natürlich. Für die Einwohner der Oberen Königreiche ist der Kalender so selbstverständlich wie Sonnenauf- und -untergang. Die meisten wissen nicht einmal, dass er religiösen Ursprungs ist. Es gibt noch andere Kalender in der bekannten Welt, die auf königlichen Erlässen, nicht-eurydischen Religionen oder ganz einfach Stammestraditionen beruhen. Viele orientieren sich an den Mondphasen, wie zum

Beispiel der alte romische Kalender, der aus 13 Zyklen zu je 26 Tagen besteht.

KAULANER
Bewohner des Matriarchats von Kaul.

KAULI
Wichtigste Sprache des Matriarchats von Kaul.

KLEINE KÖNIGREICHE
Anderer Name der Fürstentümer.

KONZIL
Versammlung der arkischen Klanchefs.

KURDALENE
Kurdalene war ein lorelischer König, der in die Geschichte einging, weil er gegen die Züu kämpfte. Damals übten die Anhänger der Rachegöttin mit Drohungen, Erpressungen und Morden einen solchen Einfluss auf die Edelleute und Bürger Loreliens aus, dass der König keine Entscheidung treffen konnte, ohne sie vorher von den Mördern im roten Gewand absegnen zu lassen.
Irgendwann riss Kurdalene der Geduldsfaden, und von jenem Tag an tat er alles, um die Religion auszurotten – zumindest in Lorelia. Er überlebte fast zwei Jahre, indem er sich mit einigen ihm treu ergebenen Wachen in einem Flügel seines Palastes verbarrikadierte. Schließlich gelang es den Züu, ihn zu ermorden.

LA HACQUE

Der Legende zufolge wurde die Handelsstadt der Unteren Königreiche von einem lorelischen Edelmann gegründet. Wahrscheinlicher ist jedoch, dass eine Gruppe reicher Reeder am Ufer des Aòn ein Kontor errichteten, wodurch sich ein bereits bestehendes Dorf entwickelte. Jedenfalls finden sich in der Stadt, die oft als die schönste der Unteren Königreiche bezeichnet wird, zahlreiche Gebäude mit lorelischer Architektur. Auch einige Straßen erinnern an die König-Kurdalene-Straße oder an die Bellouvire-Allee in Lorelia.

La Hacque war lange die einzige Stadt, die von den Stammeskriegen verschont blieb, die diesen Teil der Welt heimsuchten. Im Jahre 878 wurde sie von Yussa-Söldnern im Dienste Alebs des Einäugigen erobert, dem König von Griteh und Quesraba. Seither gibt es südlich der Louvelle keine freie Stadt mehr.

LEEM (DIE GLOCKEN VON)

In Leem kam es einst zu einem derartigen Anstieg der Verbrechen, dass man den Eindruck hatte, die Stadt sei in fester Hand von Dieben, Plünderern, Brandstiftern, Mördern und anderen finsteren Gesellen. Vergeblich verdoppelten und verdreifachten die Nachtwächter die Anzahl ihrer Runden; die Schurken waren einfach zu gut organisiert.

Daraufhin hatte der damalige Bürgermeister die Idee, an den Häusern der Honoratioren Glocken anbringen zu lassen. Wenn sich ein Würdenträger bedroht fühlte oder Zeuge eines Verbrechens wurde, läutete er die Glocke, um den Nachtwächter herbeizurufen. Meist war dieser jedoch nicht schnell genug, da die Übeltäter schon beim

ersten Glockenschlag die Flucht ergriffen. Dennoch besserte sich die Lage etwas.
Die gemeinen Bürger folgten dem Beispiel, und bald hatte jeder Handwerker und Händler eine Glocke an seiner Werkstatt oder seinem Laden angebracht. Nach einigen Jahren gab es in Leem so viele Glocken, dass kaum noch Verbrechen verübt wurden.
Allerdings nahmen die Schurken Rache, indem sie jedes Haus mit einer Glocke anzündeten.
Heutzutage hängen immer noch an über sechshundert Häusern Leems Glocken, die jedoch nur noch selten geläutet werden, hauptsächlich zu Festtagen.

LERMIAN (DIE KÖNIGE VON)

Vor fünf Jahrhunderten war Lermian die Hauptstadt eines blühenden Königreichs, das dem aufstrebenden Großen Kaiserreich Goran oder dem expandierenden Lorelien in nichts nachstand. Die königliche Familie saß seit elf Generationen auf dem Thron, und die Dynastie drohte nicht auszusterben, da König Oroselem und seine Frau Federis drei Söhne und zwei Töchter hatten.
Lermian hatte romische Invasionen, die itharische Herrschaft und goronische Expansionsgelüste ohne größeren Schaden überstanden. Auch allen Einflussversuchen Bledevons trotzte das Königreich tapfer. Der lorelische König wollte Lermian annektieren, da es wie eine Insel mitten in seinem Reich lag. Doch es war nicht Bledevons Art, die Stadt, die er als Bollwerk gegen Goran brauchte, von seiner Armee stürmen zu lassen. Oroselem wusste das nur zu gut und schmetterte belustigt alle Einschüchterungsversuche, Versprechen und Intrigen des lorelischen Königs ab.

Lermian hätte eine der einflussreichsten Städte der Oberen Königreiche werden können – mehr noch, als sie es heute ist –, wenn seine Herrscher nicht ein grausames Schicksal ereilt hätte. Oroselem starb an einer Lebensmittelvergiftung, nachdem er etwas Verdorbenes gegessen hatte. Sein ältester Sohn saß ganze sechs Tage auf dem Thron, bevor er von der Burgmauer stürzte und seinen Verletzungen erlag. Der mittlere Sohn regierte etwas mehr als acht Dekaden, bis er plötzlich spurlos verschwand. Da der jüngste Sohn noch zu jung war, um den Thron zu besteigen, wurde der Prinzgemahl als Regent eingesetzt, doch er musste nach einem Jahr abdanken, weil er infolge eines Reitunfalls den Verstand verloren hatte. Der Gatte der zweiten Prinzessin verzichtete auf die Ehre, die Geschicke des Königreichs zu lenken, und ging mit seiner Frau ins Exil. Königin Federis bat daraufhin ihre Ratgeber, einen Regenten aus ihrer Mitte zu bestimmen. Ein einziger Ratgeber stellte sich zur Wahl, doch er wurde wenige Tage später in der Stadt von einer Räuberbande niedergestochen.
Niemand wollte nun mehr die Regentschaft übernehmen. Die Königin, die sich selbst dazu nicht in der Lage sah, akzeptierte schließlich ein von Bledevon vorgeschlagenes Abkommen. Lermian wurde ein Herzogtum Loreliens, und das Königreich versprach der Stadt im Gegenzug Schutz durch seine Armee.
Der Fluch, der auf Oroselems Dynastie gelastet hatte, schien aufgehoben. Königin Frederis und ihr jüngster Sohn erreichten beide ein hohes Alter.
Böse Zungen munkelten etwas von einer Mordserie und verdächtigten sogar König Bledevon. Doch der lorelische

Hoftheoretiker zerstreute alle Zweifel, indem er bewies, dass es der Wille der Götter gewesen sei, beide Königreiche unter einer Krone zu vereinen.
Von diesen tragischen Geschehnissen rührt die volkstümliche Wendung her »so tot wie die Könige von Lermian sein«.

LOUVELLE

Grenzfluss zwischen den Fürstentümern und den Unteren Königreichen.

LUREEISCHER GESANG

Im Altitharischen bedeutete »Lur« Späher. Lurée ist aber auch ein beliebter Gott. Übersetzt heißt sein Name »der Wächter«. Lurée wacht vor allem über Neugeborene, aber auch über glückliche Familien. Auf diesen beiden Tatsachen beruht vermutlich der Brauch des lureeischen Gesangs.
Es heißt, solange der Gesang irgendwo auf der Welt erklinge, bringe er all jenen Glück, die irgendwann in ihrem Leben eine Strophe gesungen hätten. In Ith wird der Gesang nie unterbrochen: Zahlreiche Freiwillige stehen Tag und Nacht Schlange, um eine der fünf Stimmen im Chor zu übernehmen. Die wenigsten kommen aus Selbstlosigkeit, aber alle erfüllen ihre Aufgabe gewissenhaft, wenn sie an der Reihe sind.
Der Kult des Lurée ist wie die Eurydisverehrung eine Moralreligion, wie der Liedtext eindeutig zeigt. Im Verlauf der Jahrhunderte haben die lureeischen Maz mehr als dreißig Strophen zu den ursprünglichen siebzehn hinzugefügt. In ihnen werden Nächstenliebe, Freundlichkeit,

Treue, Bescheidenheit und andere Tugenden gepriesen. Dahinter verbirgt sich die Überzeugung, niemand könne einen Text laut aufsagen, ohne von ihm beeinflusst zu werden: Aus einem Samenkorn im Wind kann ein Baum wachsen …

LUS'AN

Zü. Mystischer Ort der Zuïa-Religion, an dem die Boten nach ihrem Tod von der Göttin empfangen werden. Sie finden dort ewiges Glück und gehen Zuïa bei ihrem Großen Werk zur Hand.

Lus'an ist auch der Name einer kleinen Provinz auf der Heimatinsel der Züu. Dort leben die Judikatoren und ihre Sklaven, Fremden ist der Zutritt verboten. Die wenigen Abenteurer, die es wagten, die Insel zu betreten, sind nie zurückgekehrt.

In den Mooren Lus'ans sind die Geister der untauglichen Boten gefangen und derjenigen, die die Göttin verraten haben. Sie irren dort für alle Ewigkeit in unermesslicher Schwermut umher.

LUSEND RAMA

Der hoch zu Pferd Sitzende. Gott der Reiter und Beschützer aller Nomaden und Boten. Er wird vor allem in den Unteren Königreichen verehrt. Außerdem ist er der Hüter der Stammesgesetze. Sein Urteil wird ebenso gefürchtet wie sein Ehrgefühl bewundert.

Künstler stellen ihn meist auf dem Rücken eines schwarzen Hengsts mit blinden Augen dar. So wird er in der Chronik des Pferdekönigs beim Kampf gegen die zwei Riesen von Irimis beschrieben. Manchmal wird er auch in der Gestalt eines Zentauren gemalt. Dieses Bild stammt aus der Taspriá, der ältesten religiösen Schrift der Unteren Königreiche.

MAÏOK
Arkisch. Mutter.

MARGOLIN
Nagetier von mittlerer Größe. Ausgewachsen kann es bis zu zwei Fuß lang werden. Es gibt mehrere Unterarten: das Kupfermargolin, das Plärrmargolin, das Fressmargolin und andere.
Margoline sind vor allem im Süden und in der Mitte der Oberen Königreiche heimisch und leben in Wiesen, im Wald oder am Ufer von Flüssen. Wegen ihrer hohen Vermehrungsrate, ihrer Bösartigkeit und der Ungenießbarkeit ihres Fleischs gelten sie als Schädlinge. Ihr Fell, aus dem die Handwerker Pelze, Lederbeutel und Kleider herstellen, ist jedoch sehr begehrt.

MASKE
In Itharien ist es üblich, eine Maske zu tragen. Obwohl die Itharier aus religiösen Gründen ansonsten eher schlichte Kleidung bevorzugen, ist die Maske eine Art Statussymbol.
Die Maske ist keineswegs Pflicht, und von zehn Ithariern, denen man an einem Tag begegnet, tragen sie vielleicht nur vier. Dennoch gibt fast jeder Bewohner der Heiligen Stadt an, irgendwann in seinem Leben die Maske getragen zu haben oder sie im Alter tragen zu wollen.
Die Erklärung für diesen religiösen Brauch verliert sich in den Tiefen der Vergangenheit. Schon die Ureinwohner

der Gegend, die Vorfahren der heutigen Itharier, trugen zu gewissen Anlässen Masken.

Die eurydischen Priester übernahmen die Tradition, weil sie darin ein hervorragendes Mittel sahen, die dritte Tugend der Weisen Eurydis umzusetzen: Toleranz. Das Tragen der Maske ebnet alle Unterschiede ein und stellt die unter einem glücklichen Stern Geborenen mit den weniger Begünstigten auf eine Stufe. Obwohl dieser Gedanke umstritten ist, tragen die Itharier weiterhin ihre Masken.

MAZ

Ehrentitel vor allem in der Eurydisverehrung. Andere Religionen haben ihn übernommen.

Mit einer Ausnahme kann der Titel nur von einem Maz auf einen seiner Novizen übertragen werden, wenn dieser ihn sich durch seine Hingabe verdient. Der Große Tempel muss die Übertragung absegnen. Sie kann sofort in Kraft treten oder erst beim Tod des Maz, je nach Abmachung. Es ist einem Maz streng verboten, den Titel einem Mitglied seiner Familie zu vermachen.

Allerdings kann der Titel einem Novizen auch außer der Reihe verliehen werden, um ihm für ein besonderes Verdienst zu danken. Häufig wird der Titel posthum als Ausdruck der Dankbarkeit verliehen, wenn jemand sein ganzes Leben der Eurydisverehrung geweiht hat, und in diesem Fall kann er natürlich nicht weitergereicht werden. Eine solche Auszeichnung kann nur ein Emaz vergeben.

Die Rechte und Pflichten eines Maz sind nicht festgelegt und hängen von der persönlichen »Laufbahn« ab. Manche bekleiden wichtige Ämter in den Tempeln, andere

unterrichten nur hin und wieder einige Novizen, und wieder andere treten nie einen Dienst an.
Niemand kennt die Anzahl der lebenden Maz, abgesehen von den Archivaren des Großen Tempels, die ihre Liste ständig auf dem neuesten Stand halten. Viele Priester außerhalb Ithariens nennen sich unrechtmäßig Maz, was die Schätzungen nicht gerade erleichtert. Der Legende zufolge gab es ursprünglich 338 Maz, so viele, wie ein Jahr Tage hat, und 34 Emaz, nach der Anzahl der Dekaden.

MÈCHE
Kleiner Fluss im Matriarchat von Kaul. Die Hauptstadt Kaul liegt an seinem Ufer. Zufluss der Gisle.

MEMISSIEN
Eine der fünf Provinzen des Königreichs Romin. Ihre Hauptstadt ist Jidée, ihr Wappenbild ein großer Platinschmetterling.

MERBAL
Merbal war einst der Anführer einer legendären Räuberbande, die für ihre Grausamkeit und Barbarei berüchtigt war. Heute fällt es schwer, bei den Schauergeschichten, die über ihn kursieren, zwischen Wahrheit und Lüge zu unterscheiden. Es gilt jedoch als sicher, dass Merbal die grausame Angewohnheit hatte, von jedem seiner Opfer einen Becher Blut zu trinken.
Der Glaube einer Sekte namens »die Vampire von Jidée« beruht auf dieser Legende.

MISHRA

Die Verehrung Mishras ist mindestens so alt wie der Große Sohonische Bogen. Mishra war die Hauptgöttin der Goroner, bevor die itharische Armee im achten Äon die Stadt Goran einnahm. Nach der Befreiung, als die Itharier die Waffen niederlegten und sich der Religion zuwandten, wurde die Verehrung Mishras wieder populär. Aus der Stadt Goran ging erst das Königreich Goran und schließlich das Große Kaiserreich Goran hervor, und die Religion breitete sich im Land aus.

Mishra ist die Göttin der Gerechtigkeit und der Freiheit. Ein jeder hat das Recht, sie anzurufen. So kam es vor, dass Völker, die vom Großen Kaiserreich Goron besiegt worden waren, die Göttin ihrer Eroberer um Hilfe anflehten. Sie ist mit keiner bekannten Gottheit verwandt. Manche Theoretiker behaupten, sie sei die Schwester Hamsas. Zu Mishras Ehren wurden nur wenige Tempel gebaut – eine Ausnahme ist der prachtvolle Palast der Freiheit in Goran. Viele Gläubige verehren Miniaturen der Göttin oder eines Bären, ihres Sinnbilds.

MIT-TAG

Höchststand der Sonne, in unserer Welt 12 Uhr. Allgemein wird das Ende des dritten Dekants als Mit-Tag bezeichnet.

MOÄL

Der Moäl ist ein Baum, der nur in den Wäldern der Kleinen Königreiche wächst. Alle Versuche, ihn anderswo anzupflanzen, scheiterten, was die fähigsten Botaniker vor ein Rätsel stellt.

Der Moäl ähnelt der weit verbreiteten Grule sehr, und

es fällt häufig schwer, sie auseinanderzuhalten. Der Unterschied ist eigentlich nur zu Beginn der Jahreszeit des Wassers sichtbar, wenn die Zweige des Moäls mehrere Tage lang blassgrüne Blüten austreiben.
Es heißt, wenn man beim Vollmond eine Goldmünze unter einen Moäl legt und nur lange genug zum Nachtgestirn hinaufsieht, erscheint der Kobold, der in dem Baum haust. Wenn ihm der Glanz der Münze gefällt, tauscht er sie gegen einen Wunsch ein.
Selbst diejenigen, die das für einen Aberglauben halten, sind überzeugt, dass es Unglück bringt, den Zweig eines Moäls abzubrechen.

MONARCH
Goldmünze im Königreich Romin.

MONDKÖNIGIN
Kleine Muschel mit glatter Oberfläche und nahezu runder Form, die wegen ihrer Seltenheit äußerst kostbar ist. Es gibt drei Sorten von Mondköniginnen: eine weiße, die am häufigsten vorkommt, eine blaue, die schon weniger gängig ist, und schließlich eine gefleckte, die äußerst selten ist. Eine Zeit lang dienten die blauen und gefleckten Mondmuscheln in einigen entlegenen Orten des Matriarchats von Kaul als Währung, und bei manchen alten Leuten kann man noch heute mit ihnen bezahlen. Die Muschel ist auf alle Münzen geprägt, die von der Schatzkammer des Matriarchats ausgegeben werden. Nach ihr ist auch die offizielle Währung benannt: die Königin. Es gibt Münzen zu einer, drei, zehn, dreißig und hundert Königinnen. Die Hundert-Königinnen-Münzen

sind etwa so groß wie eine Hand und dienen nicht als Zahlungsmittel. Sie fungieren lediglich als Garantie bei Transaktionen zwischen dem Matriarchat und seinen Nachbarn.

MORALIST

Die Moralpriester stützen sich auf religiöse Schriften und Überlieferungen, um die moralischen Werte zu verbreiten, die gemeinhin als die wichtigsten gelten: Mitgefühl, Toleranz, Wissen, Aufrichtigkeit, Achtung, Gerechtigkeit, usw.

Häufig sind Moralpriester Lehrer oder Philosophen, die sich aus Bescheidenheit darauf beschränken, eine kleine Gruppe von Schülern zu unterrichten. Die wichtigste Moralreligion ist die Eurydisverehrung.

MORGENLAND

Bezeichnung für die Länder östlich des Rideau.

NAMEN

Die Bedeutung der Namen hängt natürlich vom Geburtsland ab. In Kaul, Romin oder Goran werden seit Jahrhunderten einfach immer dieselben Namen weitergegeben, und niemand macht sich großartig Gedanken über ihre Herkunft. Doch das gilt nicht für alle Völker der bekannten Welt.

In Itharien ist es üblich, ein Neugeborenes auf das erste Wort zu taufen, das es spricht. Da jedes Lallen als Wort gilt, das die Menschen zwar nicht verstehen, für die Götter aber von Bedeutung ist, sind die gängigsten itharischen Namen Nen, Rol, Aga und ähnliche Ein- und Zweisilber.

Die Interpretation bleibt den Eltern überlassen, und es ist auch möglich, mehrere Silben aneinanderzureihen. Itharische Namen sind meist kurz und leicht auszusprechen.
Arkische Namen werden nicht endgültig vergeben. Im Verlauf seines Lebens nimmt ein Arkarier verschiedene Namen an. So heißen die meisten Neugeborenen Gassan (Säugling) oder Gassinuë (Winzling). Arkische Eltern suchen sehr früh nach der Besonderheit ihres Kindes und benennen es entsprechend, bis ein Namenswechsel geboten ist. So bedeutet Prad »der Neugierige«, Iulane »das junge Mädchen«, Ispen »die Liebreizende«, Bowbaq »der Riese«, usw. Jeder gibt sich Mühe, sich keinen Namen wie »der Grausame«, »der Geizhals«, »der Untreue« oder andere Beleidigungen einzuhandeln. Selbstverständlich verbietet es die Höflichkeit der Arkarier, jemanden nach einem körperlichen Makel zu benennen, doch bei Feindschaften wird dieser Grundsatz gern einmal vergessen.
Die Züu, die der Rachegöttin dienen, nehmen am Ende ihres Noviziats einen neuen Namen an. Als Zeichen ihrer Unterwerfung unter Zuïa wählen sie einen Namen mit dem Anfangsbuchstaben »Z«, der ihnen zugleich Macht über das gemeine Volk der Züu verleiht.

NIAB

Kauli. Der Niab ist ein Tiefseefisch, der nur nachts an die Oberfläche kommt. Die kaulanischen Fischer spannen ein großes dunkles Tuch kurz über der Wasseroberfläche zwischen mehrere Schiffe, um ihn zu täuschen. Dann müssen sie die Fische nur noch einsammeln, weil sie in eine Art Dämmerzustand verfallen. Als »Niab« bezeichnet man auch jemanden, der allzu leichtgläubig und arglos ist.

OBERE KÖNIGREICHE

Streng genommen sind damit das Königreich Lorelien, das Große Kaiserreich Goran und das Königreich Itharien gemeint, manchmal auch noch das Königreich Romin. In den Unteren Königreichen zählt man jedoch alle Länder nördlich des Mittenmeers dazu, also auch das Matriarchat von Kaul und Arkarien.

ODREL

Odrel ist ein Gott, der vor allem in den Oberen Königreichen verehrt wird. Odrel soll der zweite Sohn Echoras und Olibars sein.

Ein fleißiger Priester sammelte einst mehr als fünfhundertfünfzig Geschichten über den traurigen Gott, wie Odrel manchmal genannt wird. Die bekannteste ist die Geschichte der tragischen Liebe Odrels zu einer Schäferin, die mit dem Tod der Menschenfrau und ihrer drei Kinder endet. Als Odrel seiner Geliebten in den Tod folgen will, muss er qualvoll erfahren, dass dies als Einziges auf der Welt nicht in seiner Macht steht.

Der Priester fasst die Ergebnisse seiner Forschungen wie folgt zusammen: »Niemand hat so viel Unglück erfahren wie Odrel. Aus diesem Grund wenden sich all jene an ihn, die ein Unheil oder einen Schicksalsschlag erlitten haben, die von Trauer, Reue oder bösen Erinnerungen gequält werden, die in Ungnade gefallen sind oder in Armut leben, die Ungerechtigkeiten, Verzweiflung oder andere Prüfungen des Lebens durchstehen müssen. Er ist der einzige Gott, der sie versteht und ihnen Trost spenden kann, da er selbst Mitleid erregt.«

PAÏOK

Arkisch. Vater.

PHRIAS

Der Verfolger. Phrias ist ein Gott, der durch böse Gedanken und finstere Gebete der Menschen beschworen wird. Er macht, dass ein Seil reißt, ein Hund zubeißt, das Feuer aus dem Kamin springt oder der Boden plötzlich rutschig wird. Dieser Dämon nährt sich vom Hass und erfüllt die schwärzesten Wünsche.

PRESDANIEN

Eine der fünf Provinzen des Königreichs Romin. Ihre Hauptstadt ist Mestebien, ihr Wappenbild ein Gyolendelfin.

RAMGRITH

Bewohner des Königreichs Griteh. Wichtigste Sprache dieses Königreichs.

RAT DER MÜTTER

Oberste Versammlung und Regierung des Matriarchats von Kaul.

Jedes Dorf hat einen solchen Rat, deren Vorsitz die Dorfmutter innehat, während die Dorfälteste als ihre Beraterin dient.

RIDEAU

Der Rideau ist ein Gebirge, das im Westen an das Große Kaiserreich Goran und das Königreich Itharien und im Osten an das Morgenland grenzt.

ROCHANE

Fluss, der in den Nebelbergen entspringt und in das romische Meer mündet. Er fließt durch die romischen Provinzen Helanien und Presdanien. An seinen Ufern liegen zwei der größten Städte des Alten Landes: Mestebien und Trois-Rives.

ROMERIJ

Legendäre Stadt, auf dessen Ruinen Romin gebaut ist.

ROMISCHES ALPHABET

Das romische Alphabet ist das komplizierteste Alphabet der bekannten Welt, das noch in Gebrauch ist. Es besteht aus einunddreißig Buchstaben, von denen siebzehn einen Akzent tragen können. Diese achtundvierzig möglichen Buchstaben geben jedoch noch keine Laute wieder. Erst aus der Kombination von zwei, drei oder vier Buchstaben entstehen Silben. Die Schreibweise jeder Silbe hängt wiederum davon ab, welche Silben ihr vorausgehen und auf sie folgen.
Selbst die Rominer benutzen im Alltag eine vereinfachte Version. Das ursprüngliche Alphabet wird nur noch für offizielle Schriften verwendet. Musiker nutzen es außerdem für Gesangspartituren, da seine Variationsmöglichkeiten es erlauben, jede noch so kleine Stimmmodulation zu notieren.

Gelehrte aus allen Königreichen studieren das romische Alphabet wegen seines streng mathematischen Aufbaus.

SCHIEBEN

Schieben ist ein Spiel mit großem Körpereinsatz, das vor allem im Alten Land und im Norden der Fürstentümer populär ist. Zwei Gegner stellen sich jeweils auf ein Bein, legen die Handflächen aneinander und verschränken die Finger. Derjenige, der als Erster das zweite Bein auf den Boden stellen muss, hat verloren. Die Hände müssen sich die ganze Zeit berühren. Wie der Name schon sagt, ist es die beste Taktik, mit aller Kraft zu schieben.

SEMILIA

Unabhängiges Fürstentum, das unter dem Schutz Loreliens steht.

TAL DER KRIEGER

Landstreifen zwischen den nördlichen Ausläufern des Rideau und dem Spiegelozean. Sowohl das Große Kaiserreich Goran als auch das Königreich Thalitt erheben Anspruch auf das Gebiet. Seit Jahrhunderten liefern sie sich im Tal der Krieger erbitterte Gefechte.

TERZ

Die Terz ist die offizielle Währung Loreliens. Es gibt Silberterzen – das gängigste Zahlungsmittel – und Goldterzen, auf die das Konterfei des Königs geprägt ist.
Die lorelischen Goldterzen sind berühmt für den hohen Goldgehalt ihrer Legierung.
Die Untereinheit der Terz ist der Tick. Eine Silberterz ist

zwölf Tick wert. Der Wert einer Goldterz hängt vom jeweiligen Geldwechsler ab, liegt aber bei mindestens fünfundzwanzig Silberterzen.

THEORETIKER
Priesterkaste, die sämtlichen Göttern dient, selten auch nur einigen oder gar einem einzigen Gott. Die Theoretiker versuchen, aus den göttlichen Zeichen den Willen der Allmächtigen herauszulesen. In den Tempeln genießen sie kein hohes Ansehen, aber an den Höfen der Könige und Fürsten sind sie sehr gefragt. Häufig sind sie auch Astrologen und Ratgeber.
Der bekannteste Theoretiker war Jéron der Zarte, der die Einwohner Romins vor dem Ertrinken rettete, obwohl der König seiner Prophezeiung keinen Glauben schenkte.

UBESE
Fluss, der in den Jezebahöhen entspringt und durch die Kleinen Königreiche fließt. Bis zum Abschluss des ersten Friedensabkommens kämpften die Fürstentümer lange Zeit um die Vorherrschaft über die Ubese.
Die Ubese ist ein breiter, gemächlich dahinfließender Strom und bildet in der Ebene von Junin einen See. Ein bewachtes Wehr am Südeingang des Sees schützt die Hauptstadt der Fürstentümer vor einem Angriff der Unteren Königreiche auf dem Wasserweg.

UNTERE KÖNIGREICHE
Bezeichnung für die Länder südlich der Louvelle. Oft werden jedoch auch die Fürstentümer hinzugezählt.

URAE

Fluss, der in den Brantacken entspringt und ins romische Meer mündet. Die romische Pronvinz Uranien ist nach ihm benannt. Romin, die Hauptstadt des Alten Landes, liegt an seinem Ufer.

Die Urae genießt den traurigen Ruf, der dreckigste Fluss der bekannten Welt zu sein. Man sagt, in seinem schlammigen Grund verberge sich ein größerer Schatz als der des Kaisers von Goran. Aber das ist sicher nur ein Bild, um das Ausmaß der Verschmutzung zu beschreiben. Dennoch hält sich das Gerücht hartnäckig, da immer wieder Flussschiffer zu plötzlichem Reichtum gelangen und über die Herkunft des Geldes schweigen.

URANIEN

Eine der fünf Provinzen des Königreichs Romin. Ihre Hauptstadt ist Romin, ihr Wappenbild der Kronenadler aus den Nebelbergen.

VELANESE

Lorelischer Fluss. An seiner Quelle liegt die Stadt Le Pont.

DIE WEISE

Die Göttin Eurydis wird auch »die Weise« genannt.

WEISSES LAND

Anderer Name für das Königreich Arkarien.

YÉRIM-INSELN

Die Inselgruppe Yérim besteht nur noch aus zwei Inseln: Yérim selbst und der Insel Nérim. Zwei kleinere Inseln sind beim Ausbruch des Yalma – des größten Vulkans der Inselgruppe – im Meer versunken. Eine fünfte Insel erhob sich aus den Fluten, verschmolz mit Yérim und gab der Hauptinsel ihre heutige Form. Der Vulkanausbruch geht auf das Jahr 552 zurück. Zwei Jahrhunderte zuvor hatte das Große Kaiserreich die Inselgruppe besiedeln lassen, ohne auf Widerstand zu stoßen, da kein anderes Königreich Anspruch auf diesen trostlosen Fleck Erde erhob. Kaiser Uborre, der die Besiedlung befohlen hatte, wollte von Yérim aus die Unteren Königreiche angreifen, verwarf die Idee aber wieder, als sich herausstellte, dass es zu kostspielig war, den Hafen und das Fort zu unterhalten, die eilig auf Yérim errichtet worden waren.

Zurück blieben nur eine kleine Garnison und eine Flotte von zehn Galeerenschiffen. Die unfähigsten Soldaten wurden nach Yérim versetzt und unter den Befehl von unfähigen Offizieren gestellt. Bald wurde das Fort zum Gefängnis umgebaut, und immer mehr Verurteilte wurden ohne Hoffnung auf Rückkehr nach Yérim verschifft. Die Ausgestoßenen der goronischen Gesellschaft – Gefangene wie Aufseher – sollen das Wappenbild Yérims entworfen haben: ein schwarzes Stirnband, das Symbol der Verschwörer und Feinde des Kaisers.

Als im Jahre 552 der Vulkan ausbrach, nutzten die dreitausend Gefangenen die Gelegenheit zur Revolte. Die Hälfte der auf Yérim stationierten Soldaten schloss sich ihnen an. Die Gefechte waren rasch beendet, doch bald brachen Kämpfe zwischen den verschiedenen Rädelsführern aus. Inmitten der Unruhen entdeckten die einstigen Gefangenen das reiche Kupfervorkommen der Insel, das bei einem Vulkanausbruch an die Oberfläche gekommen war.

Anstatt von der Insel zu fliehen, beschlossen die Goroner, die Galeeren, die bei der Revolte verschont worden waren, zur Verschiffung des Erzes zu nutzen. So brachten sie Yérim endgültig in ihre Gewalt. Die Bewohner fürchteten einen Gegenangriff Gorans, doch bald stellte sich heraus, dass sich das Große Kaiserreich wenig um den Verlust scherte und nicht noch mehr Kriegsschiffe verlieren wollte.

Als die Kupferminen erschöpft waren, sattelten die Yérimer um und wurden Piraten, Söldner und Schmuggler. Drei Jahrhunderte später wird die Insel immer noch »Gorans Gefängnis« genannt und gilt nach wie vor als äußerst gefährlich.